타향살이

타향살이

초판 1쇄 인쇄 2011년 9월 26일
초판 1쇄 발행 2011년 10월 3일

지은이 펄 S. 벅
옮긴이 은하랑
펴낸곳 도서출판 길산
교열·교정 황인순
표지그림 오진목
편집디자인 홍명숙
마케팅·관리 송유미

ADD 경기도 고양시 덕양구 행주내동 170-6
TEL 031.973.1513 | FAX 031.978.3571
E-mail keelsan@hanmail.net | http://www.keelsan.com
ISBN 978-89-91291-30-0 03840

값 14,000원

THE EXILE
Copyright ⓒ 1936 by Pearl S. Buck
Copyright ⓒ renewed 1963 by Pearl S. Buck.
All rights reserved.

Korean translation copyright ⓒ 2011 by Keelsan Books
Korean translation rights arranged with Harold Ober Associates Incorporated New York, NY
through EYA (Eric Yang Agency), Seoul

이 한국판 저작권은 EYA (Eric Yang Agency)를 통한
Harold Ober Associates Incorporated 사와의 독점계약으로 한국어 판권을
'도서출판 길산' 이 소유합니다.
저작권법에 의하여 한국 내에서 보호를 받는 저작물이므로 무단전재와 복제를 금합니다.

● 파본은 구입처나 본사에서 교환해 드립니다.

타향살이

펄 S. 벅 지음 | 은하랑 옮김

길산

차례

I	뿌리	7
II	어머니의 죽음	45
III	신의 부르심	80
IV	그들 속으로	127
V	시련	138
VI	10년 만의 귀향	177
VII	행복	190
VIII	언덕 위의 집	206
IX	낯선 크리스마스	244
X	또 다른 미국	271
XI	사투	294
XII	꽃 중의 꽃	310

I
뿌리

 주마등처럼 흘러가는 캐리의 여러 이미지 가운데 가장 그녀다운 모습은 바로 이것이다. 중국의 양쯔 강揚子江 유역, 한 어두운 시가지 중심부에 그녀가 손수 가꾼 미국식 정원이 있다. 한창 원숙한 아름다움이 절정에 이른 그녀는 우아하고도 꼿꼿한 자태로 뜨겁게 내리쬐는 여름날의 태양 아래 서 있다. 적당한 키에 발끝에 힘을 주고 서 있는 도도한 분위기 뒤로 모종삽을 쥔 그녀의 손이 보인다. 그녀는 정원을 손질하고 있는 중이다. 모종삽을 든 그녀의 손은 고우며 또한 억세다. 잡티 하나 없이 관리된 하얀 손이 아닌,

구릿빛으로 변한 생동감 넘치는 손은 그녀가 그간 많은 육체노동을 해왔음을 증명해준다. 비록 손마디는 굵어졌지만 손가락만큼은 여전히 우아하고 섬세하게 뻗어 있다.

열대 지방의 태양처럼 폭포수인 양 쏟아지는 햇살 아래, 그녀는 담대히 고개를 들어 태양을 정면으로 바라본다. 짙은 눈썹과 숱 많은 속눈썹 아래로는 황금조각 같은 그녀의 엷은 갈색 눈동자가 강렬한 시선을 보낸다.

사람들은 그녀의 아름다움보다는 그녀의 얼굴에서 삶을 바라보는 긍정적인 시선과 생명력을 느끼고 깊이 매료된다. 곧은 코와 적당한 미간, 감성적인 입술선 — 적당히 도톰한 그녀의 입술은 금방이라도 다양한 표정을 자아낼 것만 같다 — 그리고 아담하지만 잘생긴 턱과 목에서 어깨로 이어지는 우아한 곡선이 보는 이의 마음을 사로잡는다.

햇살은 그녀의 탐스러운 곱슬머리 위로 뜨겁게 떨어진다. 연한 밤색을 띠고 있는 굵고 비단결 같은 머리카락은 위로 틀어 올리면 넓은 이마 양쪽으로 두 가닥의 흰 머리카락이 자연스럽게 늘어지는데, 그것을 관자놀이 양옆으로 올려 둥근 모양의 큰 매듭을 짓게 되면 하얀 가닥들이 빙글빙글 돌아가면서 머리 장식을 역동적으로 마무리하게 된다.

중국 도심지 한가운데에 만들어진 미국식 정원에서 만날 수 있는 그녀의 모습은 누가 봐도 낯설고 강렬하다. 비록 타국의 낯선 태양이 그녀의 하얀 피부를 구릿빛으로 그을려 놓긴 했지만, 이 미국식 정원을 거닐 때면 그녀는 자신이 미국인이라는 사실을 잊곤 한다.

가까운 곳에 축 늘어진 중국인 정원사가 대나무에 기대어 서 있다. 그는 푸르스름하게 색이 바랜 면 외투와 헐렁한 바지를 입고, 까까머리 위에 대나무 살로 만든 밀짚모자를 쓰고 있다. 하지만 중국인 정원사나 대나무 때문에 그녀가 이국적으로 보이는 것은 아니다. 그녀는 그녀 자체로 개성이 넘친다. 이 정원도 중국인 정원사가 양동이로 몇 차례 물을 나른 것을 빼고는 거의 그녀의 작품이다.

 벽돌 담장을 따라 미국산 꽃씨를 심고 향꽃무와 수레국화와 접시꽃을 심은 것도 그녀였고, 잔디가 잘 자라게 돌보고, 나무를 손질하고, 베란다 끝에 영국산 제비꽃으로 화단을 만든 것도 그녀였다. 그녀는 이 볼품없는 선교사 사택의 벽을 따라 양담쟁이덩굴이 올라오게 만들었는데, 그건 이미 벽의 두 면을 장식하고 있다.

 긴 베란다의 한쪽 끝에는 활짝 핀 백장미를 늘어뜨려 놓았는데, 누구라도 그곳에 가까이 다가가면 물러서라는 그녀의 외침을 들어야 했다. 왜냐하면 멧비둘기가 그곳에 둥지를 틀었기 때문이다. 그녀는 마치 어미 새라도 된 것처럼 멧비둘기를 보호하려고 했다. 언젠가 그녀가 크게 화를 낸 적이 있었는데, 중국인 정원사가 그 둥지를 떨어뜨렸을 때였다. 그녀는 유창한 중국어로 비난을 쉴 새 없이 퍼부었고, 중국인 정원사는 놀라서 그녀를 살금살금 피해 다녔다. 그녀는 측은한 표정으로 푸드득거리는 멧비둘기의 가여운 날갯짓을 바라보았고, 곧 화는 누그러져 부드러운 어조로 정원사를 나무랐다. 격분했을 때의 음성을 들었던 사람이라면 결코 같은 사람이라고는 생각할 수 없는 자애로운 음성이었다. 그녀는 그렇게 멧비둘기를 달래고, 엉킨 장미 줄기를 풀었다. 그리고 망가진 둥지를 손질해 다시 제자리에 갖다놓고, 슬픔 반, 분노 반의 심정이 되어 깨진 알들을 모아 땅속에 묻었다. 멧비둘기가 그 둥지에서 네 개의 알을 낳았을 때 그녀의 기쁨은 이루 말할 수 없었다. 그녀는 눈을 빛내며 이렇게 소리쳤다.

"또 알을 낳아주다니, 세상에 이렇게 예쁘고 기특할 때가 다 있나."

하지만 이 낯선 나라에서 그녀가 일군 이 미국식 정원만으로 그녀를 묘사하기에는 부족하고, 미국인이면서 어떻게 중국에 자신만의 미국식 정원을 만들 생각을 하게 되었는지를 설명하는 것도 쉽지 않다. 그래서 한 여자의 뿌리를 찾아 거슬러 올라가는 일은 당연한 수순일 듯싶다.

그녀의 가문은 강건하고 유복하며 독립심 강한 네덜란드 혈통으로, 조부는 네덜란드 위트레흐트 시에서 잘나가는 상인이었다. 모든 게 수작업으로 이루어지던 그 시대에 자신의 공장을 가지고 백여 명의 공예가들을 고용해서 수입한 목재로 장롱이나 진열장 등의 가구를 만드는 일에 종사한 그는 매우 부유한 축에 속했다. 그 당시 자단목으로 만든 책상들과 상감 세공을 한 테이블, 마호가니로 만든 가구들이 그의 공장에서 쏟아져 나왔다.

이 네덜란드인, 민히어* 스털팅은 정교한 세공기술과 완벽함을 추구하는 열정을 지니고 있었다. 또한 매우 검소해서 재산이라 불릴 만큼의 돈이 모일 때까지 한 푼도 낭비하는 일이 없었다. 그

---

* Mynheer. Mr.나 Sir에 해당하는 네덜란드의 경칭

의 가족은 위트레흐트 시에서 흔히 볼 수 있는 전형적인 집에서 살았다. 집은 그리 크지 않았으나, 편안하고 자투리 공간이 많았으며, 견고하고 아름다운 가구들이 정갈하고 말끔하게 놓여 있었다. 그는 전형적인 도시 사람이었지만, 집의 뒤뜰에 네모난 정원을 가꿔놓고 튤립과 백합 같은 구근 식물들을 재배하며 나름대로의 실험정신을 만끽했다. 어스름이 깔리는 저녁이면 그곳에 나와 앉아 긴 파이프 담배를 즐기고 손잡이 없는 낮은 잔에 포도주를 따라 마시곤 했다.

일요일이면 그는 아내와 집에 남아 있는 마지막 자식인 막내아들과 함께 거룩한 주일을 지키기 위해 어김없이 교회로 향했다. 그들에게 주일은 절대적인 날이었다. 민히어 스틸팅은 300여 명의 신도들 중에서 교회 일을 가장 중대하게 생각하는 사람이었다. 그는 교회 일이라면 몸과 마음을 다했다. 매사에 자신의 뜻을 굽히지 않는 그의 성격은 교회에서도 발휘돼, 그가 좋아하는 찬송가를 선창할 때면 우렁찬 목소리가 그 짧고 굵은 목에서 흘러나왔다. 호리호리한 그의 아들도 늘 그의 옆에 서서 찬송가를 불렀다. 그는 아버지보다 키가 작고, 몸은 훨씬 날씬했으며, 옷차림에 꽤나 신경을 쓰는 청년이었다. 민히어 스틸팅의 옆에는 또 그의 아내가 서서 조그만 소리로 찬송을 했는데, 몸집이 통통한 그녀는 상냥하고 친절한 여성이었다. 그녀는 성대한 주일 만찬에만 정신이 팔려 있어서 찬송가를 부르는 동안에도 티 한 점 없이 깨끗한 주방의 도자기 오븐 속에서 따뜻하게 덥혀지고 있을 음식들이 머릿속에서 떠나지 않았다.

키가 훤칠하고 비쩍 마른 목사는 불타오르는 듯한 눈빛과 열정적인 어조로 설교를 했다. 그에게 300여 명에 달하는 영혼들의 눈빛은 피해갈 수 없는 도전이었다. 그 영혼들은 설교 한 구절 한 구절을 놓치는 법이 없었다. 뚫어져라 바라보는 섬세하고 흔들림 없는 눈빛들은 깊은 사색에 잠기거나, 평온한 내면을 반영하거나, 갈급한 마음을 나타내거나, 비판적인 인상을 풍기는 등 다양한 분위기를 자아냈다. 그들은 목사가 설교를 준비하는 동안 그가 신과 함께했는지 용케도 간파했다. 그들은 예배를 드릴 때마다 두뇌를 위한 양질의 고기와 음식처럼, 영혼을 위한 힘과 권능을 기대했다. 목사는 이것을 아낌없이 그들에게 주었다.

때는 바야흐로 역사에 짧게 기억될 순간에 접어든다. 네덜란드에도 종교 검열의 시기가 있었는데, 이러한 억압은 기독교인들에게 적잖은 고통으로 다가왔다.

신앙의 자유를 억압하는 포고가 내려진 후, 처음 맞이하는 일요일에 300여 명의 신자들이 다시 교회에 모였다. 이번에는 목사의 설교를 듣기 위해서가 아니라 대안을 마련하기 위해서였다. 신자들 사이에 밀담이 무르익어갈수록 결론은 더욱더 분명해졌다. 남녀노소 할 것 없이 모두가 신앙을 억압하는 조치를 받아들이지 않겠다는 뜻을 분명히 했다. 마침내 자리에서 벌떡 일어나 굵은 목을 꼿꼿이 세우고 번뜩이는 눈빛으로 신자들을 향해 큰 소리로 외친 건 민히어 스털팅이었다. 그의 쩌렁쩌렁한 음성은 마치 트럼펫 소리처럼 울려 퍼졌다.

"나와 내 집이 있는 한, 우리는 예배를 올릴 것입니다! 우리나라에서 주님을 경배할 수 없다면, 그땐 조국을 떠납시다!"

그는 잠시 말을 중단하고, 날카로운 눈빛으로 주위를 둘러보았다. 그랬다. 사람들은 모두 알고 있었다. 이 나라를 떠날 경우 크게 사업을 하는 민히어 스털팅만큼 잃을 게 많은 사람도 없다는 것을 말이다.

그는 외쳤다. "예배를 드립시다! 누가 나와 함께하겠소?"

그의 말이 끝나기가 무섭게 백발의 목사가 감동에 겨워 미소를 띠며 자리에서 일어섰다. 그러자 스무 명 남짓한 젊은이들이 굳게 다짐을 한 듯 입을 앙다문 채 눈을 빛내며 일제히 벌떡 일어섰다. 중년의 신사들이 하나둘 그 뒤를 이었다. 이들은 하나같이 잃을 게 많은 사람들이었다. 이제껏 닦아놓은 사업이 번성기에 접어들었고, 사놓은 집과 땅들이 많은 사람들이었다. 마지막으로 여자들이 자리에서 일어나기 시작했다. 남자들이 자리를 박차고 일어나는 걸 보면서 젊은 여자들도 하나둘 수줍게 따라 일어났다. 아이들 손을 잡고 일어난 애기 엄마들은 당황한 나머지 놀라고 불안한 눈빛을 감추지 못했다. 마침내 300여 명의 영혼들이 모두 자리에서 일어났다. 목사는 이 모습을 지켜보면서 뺨에 흘러내리는 눈물을 멈출 수가 없었다. 바로 여기가 승리를 의미하는 하나님의 나라였다. 그는 기도하기 위해 양손을 들었고, 신자들은 그 아래 무릎을 꿇었다. 기도가 시작되자, 존재감으로 충만한 에너지와 기운이 교회 안에 가득 흘러넘쳤다. 오로지 주님과 신앙의 자유를 위해서 모든 것을 버리기로 작정한 사람들의 예배였다. 이러한 토양 속에서 한 미국인 여성이 만들어진 것이다.

깊은 감정의 파동이 한바탕 휩쓸고 지나가자, 네덜란드인 특유의 강직하고 검소한 특징을 지닌 민히어 스털팅은 공장을 괜찮은 가격에 팔았고, 서서히 자신이 전 재산을 처분하고 있다는 것을 깨달았다. 하지만 그는 아내에게만큼은 힘든 시련을 주고픈 마음이 눈곱만큼도 없었다. 그의 아내는 집 안을 둘러보며 하염없이 흐느꼈다. 자신이 남편의 의지를 바꿀 길이 없다는 것을 알고 있던 그녀는 조용히 고개를 돌린 채 흐느낄 뿐이었다. 신의 뜻을 누구보다 더 잘 알고 있는 사람이 자신의 남편이라는 데에 한 치의 의심도 없었다. 그녀는 늘 요리, 빨래, 청소 등의 집안일로 바빠 신을 생각할 겨를이 없었기 때문에 그런 사안은 남편에게 맡기는 게 당연하다고 생각했다.

성경책을 읽는 일도 그녀에게는 시간이 한참 걸리는 일이었다. 아침과 밤에 성경 구절을 낭독하는 것은 그녀가 남편에게 맡기는 일 중의 하나였다. 특히 아침 시간에는 커피 케이크와 소시지에 온 정신이 팔려 있었으므로 그녀는 남편이 읽어주는 성경 구절에 귀를 기울이는 것으로 만족하곤 했다. 그러나 밤에는 상황이 더 심각했다. 그녀는 기도할 때마다 꾸벅꾸벅 졸았고, 남편은 무릎을 꿇은 채 졸고 있는 그녀를 안아 일으켜야 했다. 하지만 그는 한 번도 이런 그녀를 나무란 적이 없었다. 단지 위엄 있는 인자한 목소리로 이렇게 말할 뿐이었다. "이런, 내 사랑 훌다, 당신 어지간히 피곤한가 보구료."

그러면 그녀는 부끄러운 마음에 자책하는 어조로 이렇게 답하곤 했다. "아이코, 또 깜박 졸았네요. 성경 말씀을 듣고 싶은 마음은 굴뚝같은데, 당최 왜 이런지 모르겠네요."

이런 식으로 금슬 좋게 살아온 그들이었다. 만약 이 중요한 시점에 그가 떠나야만 한다고 말했다면, 그녀는 기꺼이 따를 준비가 되어 있었던 것이다. 그는 결코 아내에게 혹독하게 구는 남편이 아니었다. 가져가고 싶은 것을 챙기라는 그의 말에, 그녀는 제법 부피가 큰 깃털 침구류를 비롯해 파란색과 흰색 접시들, 은으로 된 식기류와 필요한 가구들을 포장했다. 같은 교회에 다니는 두 아들은 이미 결혼해 분가하였으므로, 그들의 집도 처분해야 했다. 아직 미혼인 막내아들 헤르마누스는 한창 혈기왕성한 젊음을 누리고 있는, 더없이 자긍심 강하고 반듯한 청년으로 형들과는 달리 아직 아버지 사업에 발을 들여놓지 않은 상태였다. 몇 명의 아이를 먼저 하늘나라로 떠나보내고, 그의 어머니가 늘그막에 낳은 막둥이였다. 어렵게 본 자식인지라 그는 머리카락 한 올 다칠세라 곱게 자랐다. 더구나 그가 성인이 되기까지 아버지 사업이 승승장구한 덕에 좋은 환경에서 부족함 없이 자랄 수 있었다. 그는 자존심이 강했고, 감수성이 풍부했으며, 늘 아름다움을 동경하고 있었다. 그의 부모는 그에게 사업에 필요한 학문을 익힐 수 있도록 선택권을 주었고, 그는 보석 세공을 택했다. 보석의 색깔과 감촉이 그에게는 더없이 매력적이었기 때문이다. 또한 요정같이 세밀한 기계의 찰나적인 특성과 복잡함에 매료된 나머지 시계를 만들고 수리하는 방법을 터득하는 일에도 열을 올렸다.

  헤르마누스는 이 건장하고 검소한 부모에게서 나온 자식이라는 게 믿기지 않는 면을 많이 가지고 있었다. 부모 사이에서 예배를 드릴 때나, 체구 좋은 형들과 형수, 조카들 사이에 섞여 있을 때도 그는 다소 그들과는 동떨어져 보였다. 보다 왜소하고 가냘폈으며, 그가 꿈꾸는 모습처럼 자긍심과 독립심으로 한껏 도도한 분위기를 풍겼다. 누구도 그런 그만의 세상을 침범하려고 하지 않았다.

또한 형들보다 더 좋은 교육을 받은 그는 여러 나라 말을 할 줄 알았고, 작곡도 하고, 시도 썼다. 그는 연필, 펜, 잉크 등 여러 가지 필기구를 능수능란하게 다루었으며 매우 정교한 그림을 그렸다. 또한 미성을 갖고 있는데다, 음정을 정확히 짚어냈으므로 노래를 부를 때는 공명이 울려 퍼졌다. 갓 소년티를 벗었을 때는 교회에서 찬송가를 부를 때 소리굽쇠로 음정을 맞추는 역할을 했다. 그 누구보다 정열적이고 아름다움을 동경하는 이 섬세하고, 도도한 청년의 소양들 속에서 한 미국 여성이 탄생한 것이다. 이 청년이 바로 그녀의 아버지이다.

때때로 이 막내아들은 아버지를 대신해서 출장을 가곤 했는데, 그는 이 일을 정말로 좋아했다. 집을 떠나 있을 때면 자아도취에 빠진 사람처럼 멋진 모습으로 꾸미고 돌아다니곤 했다. 암스테르담에서는 화려한 조끼라든가 값비싼 비단을 샀고, 티 한 점 없는 흰색 리넨 종류의 옷을 즐겨 입었으며, 늘 향수를 뿌리고 외투는 항상 각이 잡혀 있었다. 이처럼 완벽해 보이는 겉모습에 치중하기는 했어도 그는 누구나 신뢰하는 청년이었다. 충성스런 하인이 곁에서 일일이 챙겨주지 않아도, 그의 신중한 주의력은 청년들이 범하기 쉬운 여러 가지 실수로부터 그를 안전하게 지켜주었고, 그로 인해 그는 더욱더 강한 자부심을 느꼈다.

민히어 스틸팅이 조국을 떠나기 위해 사업을 정리할 당시 그에게 빚지고 있는 소규모의 상인들이 몇몇 있는 상태였다. 여러 도시의 소매상들은 그가 만든 완벽한 가구들을 좋아해 자주 구매했었다. 모든 가구들은 그의 세밀한 검사를 거쳐 팔려 나갔고, 대부분이 그가 수작업으로 마무리한 작품들이었다. 그는 막내아들을 불렀다.

"헤르마누스, 네가 한 번 더 암스테르담에 다녀와야겠다. 이번에는 네가 직접 그 가게 주인을 만나 모든 회계장부를 정리하고 오너라. 그리고 난 자유를 찾아서 이 나라를 떠난다고 전하거라. 이곳에서는 마지막이지만 새로운 시작을 의미하기도 하지."

이 소매점의 주인은 위그노* 혈통의 프랑스인으로, 부친의 가게를 물려받았다. 헤르마누스는 예전에 그를 본 적이 있었고, 그때 그의 딸도 알게 되었다. 그는 작은 몸집에 짙은 눈동자를 지닌 그녀를 볼 때마다 점점 빠져들었다. 그녀는 그가 알고 있는 평범한 네덜란드 여자들보다 더 가냘프고 연약했다. 그도 작은 키였는데 그녀는 그의 어깨높이 정도였다.

그 당시 엄격한 사회적 관습 때문에 둘은 따로 얘기를 나눈 적이 없었다. 그들이 마주쳤던 세 번 모두 서로를 바라보며 눈빛으로만 느낌을 교환했을 뿐이었다. 그러나 언젠가는 둘 사이에 뭔가 고백할 것들이 있으리라는 사실을 헤르마누스는 알고 있었다.

오늘이 지나면 그녀를 영영 볼 수 없을 것이다. 짙은 곱슬머리를 숙이고 새침하게 앉아 있는 작고 말 없는 그녀를 말이다. 그가 곧 외국으로 떠난다는 말을 그녀의 아버지에게 전하고 있을 때, 그녀는 이 말을 듣고는 그를 올려다본 후 잠시 가쁜 숨을 몰아쉬는 듯했다. 그때 그는 그녀가 손을 자신의 가슴 위에 얹는 것을 보았다. 그러자 갑자기 그의 가슴속에 뜨거운 열기가 퍼지는 듯했

---

* 16~17세기 경 프랑스의 칼뱅(Calvin)파 신교도

다. 그가 이제껏 차마 사랑이라고 부르지 못했던 감정들이 용솟음쳐 거의 그를 마비시키고 있었다. 그는 이 아담한 프랑스 처녀를 자기 사람으로 만들어야 했다. 그는 새빨개진 얼굴로 머뭇거리면서 가까스로 입을 열었다. 자존심이 상하지 않을까 하는 걱정과 두려움으로 마음이 아팠기 때문이다. 그는 그녀의 아버지에게 자신의 주소를 그녀에게 전해줄 수 있는지 물었다. 그러자 이 나이 든 남자는 즉각 딸을 방에서 내보냈다. 그는 자신이 방금 들은 말에 놀라움을 감추지 못한 듯 눈을 위로 치켜뜨고, 눈을 깜빡거리면서 어깨를 들었다 내렸다 하고, 손가락을 가만두지 못하고 있었다. 그러면서도 뚜렷한 의사표현은 하지 않았다. 그는 이 청년의 아버지가 부자라는 것을 알고 있었으므로, 어느 정도 여지는 남겨둔 채 나중에 시간을 마련해보겠다고만 말했다. 그러자 헤르마누스는 갑자기 용감해져서 물러서지 않을 태세로 말했다.

"저는 곧 이 나라를 떠납니다. 모든 일은 당장 이루어져야 합니다."

오, 하지만 이건 아니었다. 앞에 있는 남자는 눈썹을 더욱더 높이 치켜 올리고 눈꺼풀을 가늘게 떨면서 대답을 대신했다. 헤르마누스는 도도하게 돌아서서 가게를 나왔다. 그러나 그의 침착한 태도와 자신만만한 얼굴 뒤로는 가슴이 거칠게 방망이질을 치고 있었다.

거리에 나오자, 그는 다소 뭉개진 자존심에 울고 싶어졌다. 묵고 있는 호텔로 가기 위해 자갈길을 따라 넘어질 듯 휘청거리며 걷고 있을 때, 흐르는 눈물 때문에 아무것도 보이지 않았다. 모든 사업이 정리된 마당에 그는 출발을 늦출 수 없었다.

바로 이때, 놀랍게도 그의 뒤에서 달려오는 가벼운 발자국 소리가 들렸다. 뒤를 돌아보니, 그녀가 서 있었다. 레이스가 달린 작은 숄을 머리에 두른 그녀가 그의 팔을 잡고 있는 것이 아닌가. 그러고는 두서없는 말을 그 앞에 쏟아냈다.

"당신의 아버지가 떠나려고 하신다고요? 오 …… 미국으로요? …… 그렇게 멀리요? 오 …… 너무 멀잖아요!"

그러더니 그녀는 갑자기 눈을 아래로 떨어뜨렸다. 헤르마누스는 한없이 사랑스럽고 아이처럼 맑고 금빛으로 빛나는 아름다운 갈색 눈동자를 절망 속에서 바라보았다. 몇 달에 걸쳐 천천히 예의를 갖춘 구애기간 이후, 드디어 운명의 시간이 와준 것이다. 그는 네덜란드인 특유의 직선적인 성격으로 이 답답한 상황에서 벗어나려고 한껏 담담히 말했다. "나를 당신의 남편으로 받아들이겠소?"

그녀는 그를 올려다보더니, 주저 없이 흔쾌히 대답했다. "네, 그럼요."

서로의 뜻을 확인한 두 사람은 재빨리 계획을 세우기 시작했다. 그녀가 집에서 무사히 빠져나오는 데에는 무리가 없었다. 그녀의 어머니는 오래전에 돌아가셨으므로 집 안에 있는 아버지와 가정부만 따돌리면 되는 일이었다. 그녀는 30분 후에 그를 다시 만나 함께 마차를 타고 떠나면 되는 것이다. 그녀는 이런 일을 늘 상상해왔기 때문에 조금도 낯설지 않았다. 그가 청혼을 하면 언제든지 따를 준비가 되어 있었다. 이제 그의 부모님을 따라 미국으로 가는 것이다.

헤르마누스는 그 적막하고 구부러진 길에 서서 그녀를 기다렸다. 사랑과 두려움으로 들뜬 나머지 당혹스러움까지 느끼면서 서 있었다. 그녀는 턱 아래로 끈을 묶은 앙증맞은 모자와 망토를 두른 채, 아까처럼 다시 그에게로 달려왔다. 헤르마누스는 그녀와 함께 하인이 기다리고 있는 호텔로 갔다. 평소엔 무심하기 짝이 없는 하인도 예상치 못한 상황에 놀라 어쩔 줄 몰라했다. 하지만 둘은 그를 잘 설득시켜 무사히 집에 도착하게 되었다. 밤 여행으로 피곤에 지치긴 했지만, 민히어 스틸팅 부부 앞에 선 두 사람은 어떤 일이 있어도 굴복하지 않을 것이라는 꿋꿋함과 단호함을 보여주었다.

그들의 열정과 사랑을 향한 강력한 의지가 한 미국인 여성의 천품 속으로도 스며들었다. 이 용감무쌍한 남녀가 바로 그녀의 부모이기 때문이다.

교회 사람들 모두가 계획한 대로 빨리 위트레흐트를 떠나는 것은 불가능했다. 300여 명에 달하는 사람 모두가 자신의 뿌리를 그렇게 쉽사리 뽑을 수는 없었던 것이다. 그 중에는 곧 정부의 정책이 바뀌길 기대하는 사람도 있었다. 그러나 아무런 변화도 일어나지 않았다. 그렇게 떠날 준비를 하는 데 1년이라는 시간이 지나갔다. 그동안 헤르마누스는 그 아담한 프랑스 처녀와 결혼해 아들을 낳아 코넬리우스라는 이름을 지어주었다. 그렇게 스틸팅 가의 3대가 함께 미국을 향해 출발했다.

300여 명의 영혼들은 그들이 따르는 목사를 선두로 대서양을 건너는 항해를 시작했다. 그들은 배 한 척을 빌려서 모두 함께 기나긴 여정에 올랐다. 배 위의 시간들은 고요히 흘러갔다. 모두가 앞으로 펼쳐질 미지의 날들을 그려보며 깊은 생각에 잠겨 있었다. 대서양을 건너가기까지는 20여 일이 걸렸는데, 그동안 여덟 명이 유행병에 걸려 목숨을 잃었다. 그들은 바다에 수장되었고, 목사는 그 앞에서 기도를 올렸다. 목사의 가는 백발은 거센 바닷바람에 이리저리 흩날렸다.

그러나 헤르마누스 부부에게는 사랑과 행복이 넘쳐흐르는 시간이었다. 연로한 프랑스의 장인에게서 딸을 용서하겠지만 다시는 집에 얼씬도 하지 말라는 전갈을 받았을 때에도 그들은 전혀 개의치 않았다. 그녀는 오히려 쾌활하게 말했다. "오라고 해도, 지금 여기서 어떻게 가겠어요? 무엇보다 전 우리 아버지가 싫은걸요. 정말 못 말리는 양반이죠. 에르마누스."

헤르마누스는 아내가 자음을 모음화시켜 생략해버리는 프랑스어 특유의 발음 때문에 자신의 이름을 정확하게 부르지 못하는 모습이 더욱더 사랑스럽게 보였다. 그들 앞에 어떤 삶이 펼쳐질지 그도 알 수 없었다. 그는 모든 걸 아버지에게 맡기지 않았던가. 지금 그의 옆에는 사랑스런 아내와 어린 아들이 함께 있었다.

미국 항구로 올라서는 순간부터 고난은 시작되었다. 조국을 등지고 떠나온 그들이 모두 감상적인 사람들은 아니었다. 그들은 비록 자유를 찾아 새로운 땅으로 향하는 모험을 감행했지만, 앞으로 어떻게 먹고살아야 할지와 같은 현실적인 질문을 스스로 던지고 있었다.

뉴욕 사람들은 영악하고 탐욕스러웠다. 네덜란드 상인들과 공예가들이 탄 배가 항구에 도착하자, 이들은 이 낯선 이방인들을 다루기 쉬운 먹잇감으로 보고, 부유해 보이는 네덜란드 남자들에게서 짐을 약간 날라주는 대가로 금을 뜯어내기까지 했다. 그러나 불굴의 의지를 품고 이 땅에 온 네덜란드인들은 모든 걸 묵묵히 참아냈고, 곧 서류상으로 구매 계약이 완료된 펜실베이니아 땅을 향해서 출발했다.

하지만 그들이 도착한 땅은 농사는커녕 그 어떤 용도로도 쓸 수 없는 늪지대였다. 한 지역에 집과 사업체, 교회를 짓고 함께 살아가는 공동체를 꿈꾸며 온 그들은 모두 말을 잃었다. 그들 중 일부는 실망한 나머지 일거리를 찾을 수 있는 도시로 떠나기도 했다. 민히어 스틸팅은 결코 이런 부류에 속하는 사람이 아니었다. 그는 교회에서 그랬던 것처럼 질척한 습지 위에 당당히 서서 사람들에게 자신과 목사를 믿고 따르면, 남은 금으로 남쪽 땅을 더 사서 그곳에서 함께 살아갈 터전을 마련할 수 있을 것이라고 설득했다.

전부는 아니지만 많은 사람들이 그를 따르기 위해 조용히 일어섰다. 그들은 버지니아에 있는 땅을 구입한 후, 선택의 여지 없이 그곳으로 이주했다. 가슴속에 말 못할 서글픔과 향수를 가득 안은 채……. 새로 구입한 땅은 산까지 둥글게 에워싸고 있는 매우 비옥한 토지였다. 그러나 네덜란드 도시에서 부족함 없이 편리한 생활에 길들여져 있던 이들이 과연 무엇을 할 수 있는가가 문제였다. 농사는 물론 시골 생활에 대해서는 아무것도 알지 못했으며, 심지어 이 작고 비옥한 토지를 어떻게 활용해야 할지도 막막한 그들이었다.

사방으로 산이 둘러싸여 있고, 그들이 딛고 서 있는 땅 위에는 무성한 삼림이 자라고 있었다. 몇몇 가구가 모여 사는 영국인 마을이 가까이 있었고, 가끔 인디언들이 그곳을 거쳐 행군하곤 했다. 다행히 그다지 공격적이거나 적대적이지는 않았지만, 겁나고 야만적으로 보였다.

하지만 네덜란드인들은 담대한 민족이었다. 그들은 손도끼와 도끼, 칼 등을 물물교환으로 사들여 영국인들이 알려준 대로 나무를 자르기 시작했다. 비록 초라하지만 통나무로 자신만의 집을 지었고, 보다 큰 교회도 하나 지었다. 그곳에서 처음으로 맞는 주일이었다. 통나무로 긴 의자를 만들었는데, 둔탁한 껍질은 그대로 남아 있었다. 큰 나무의 그루터기로 연단도 만들었다. 드디어 이국의 하늘 아래에서 모두가 그토록 갈망하던 신을 찬양하기 위해 모인 것이다. 많은 사람들이 지난 2년 동안 이곳을 등졌다. 비교적 나이 많은 사람들과 도시에서 곱게 자란 사람들이 그동안 중요하게 생각했던 삶의 의미를 잃게 되면서 겪어야 했던 시련을 끝내 감당할 수 없었던 것이다. 신을 찬양하는 이날을 맞이하기 위해 끝까지 견뎌준 사람들은 거의 5,60대였다. 그들은 지금 뺨에 흘러내리는 눈물을 멈출 수가 없었다. 여전히 그들 앞에 있던 목사는 보기에 딱할 정도로 노쇠해서 마치 생령처럼 보였지만, 정신만큼은 여전히 꿋꿋했다. 안타깝게도 그는 이듬해 세상을 떠났다.

지난 5년간 어떤 일들이 벌어졌었는가! 그들은 거친 평야를 일구었고, 그곳에 곡식을 심었다. 나무들은 잘라내서 말과 인간이 함께 쇠사슬을 달아 끌어냈고, 나무 밑 둥지는 씨뿌리기와 수확 작업 등 더 많은 일들을 끝마칠 때까지 그대로 두었다. 겨울이 오면 방치해둔 나무 밑 둥지에 다시 쇠사슬을 달아 말과 인력을 동원해 모두 끙끙대면서 간신히 땅 위로 끌어올렸다. 이 작업은 사람들이 겪은 노동 중에 첫 번째 장애물이라고 할 만큼 골치 아픈 일이었다. 누구라도 헤르마누스를 빼고는 모두가 도시 사람이라고는 생각할 수 없었을 것이다. 유독 헤르마누스만이 너무도 호리호리해서 힘센 인부가 필요한 현장에서 그의 존재감은 미미했다. 그러나 어떤 경우에도 그는 자신만의 멋진 분위기를 잃지 않았다. 이 황야에서조차 그는 자신의 수공예품을 만지작거렸다. 손목시계나 벽시계가 고장이 나면 사람들은 멀리서도 그에게 맡기러 찾아들었다.

헤르마누스는 아내와 아이들과 함께 부모님이 사는 집 근처에 통나무집을 짓고 살았다. 이 씩씩한 프랑스 여성은 괄목할 만한 개척자로서의 역할을 톡톡히 해내고 있었다. 어떤 시련에도 굴하지 않는 명랑함을 한순간도 잃지 않았고, 손발이 민첩해서 잠시도 쉬지 않고 움직였으며, 현실적이었고 무슨 일이든지 정성을 다해 매달렸다. 비록 허술한 통나무집일지라도 그녀가 지나간 자리는 흠 잡을 데 없이 말끔했다. 그녀는 장남인 코넬리우스 이후로 연년생으로 세 딸을 낳았고, 아들 한 명을 더 낳았다. 그리고 나서 몇 년간은 출산 없이 쉴 수 있었다.

이 아담한 여성은 남편을 지극히 사랑했다. 그녀가 볼 때 헤르마누스는 그들이 처한 삶과 어울리지 않을 정도로 매우 멋지고 고상한 존재였다. 그녀는 타국에서의 삶이 그다지 나쁘지 않았다. 요리하고 바느질하고 아이들을 돌보는 일은 세계 어느 여성이라도 다 하는 것처럼, 그녀도 이곳에서 자신의 일을 할 뿐이었다. 그녀는 마당 한쪽에 땅을 파놓고 약 16킬로미터를 걸어 다른 마을을 찾아가 둥지 트는 암탉과 여섯 개의 갓 낳은 알을 사 왔는데, 얼마 후 한 무리의 닭이 마당을 돌아다녔다. 프랑스에서는 오리가 길조라서 그런지 그녀는 연못은 있는데, 오리 알이 없다고 늘 안타까워했다.

그녀는 흰 천으로 남편의 셔츠를 손수 재단하고, 매일 남편의 셔츠를 빨고 다림질했다. 헤르마누스는 아침 여덟 시 전에 일어나는 법이 없었다. 그녀는 아침 식사 전에 늘 초콜릿 차를 타서 그가 누워 있는 침대로 갖다 주었다. 그가 케이크와 커피를 들기 위해 아침 식탁에 앉았을 때는, 이미 그녀가 하루 일의 절반을 다 끝내놓은 시점이었다. 그녀는 남편을 거의 숭배하다시피 했으며, 그의 신사다운 매너와 말쑥한 차림새, 잘 면도된 턱과 티 한 점 없는 흰색 셔츠와 깃을 보면서 마음이 들뜨곤 했다. 그들이 사는 지역에는 헤르마누스처럼 멋진 남자가 한 사람도 없었다.

아마 어떤 둔감한 네덜란드 여자라도 이 야무진 프랑스 여자만큼 황야에서 더 빨리 적응할 수도, 황무지를 깔끔한 프랑스식 정원으로 둔갑시킬 수도 없었을 것이다. 그녀는 여기저기서 끊임없이 뭔가를 긁어모았다. 누구 집에만 갔다 오면, 빈손으로 돌아오는 법이 없었다. 그녀의 가족들은 그녀가 손수 기른 채소와 닭고기, 계란을 먹으며 충분한 영양을 섭취했고, 영국인 이웃에게서는 바느질 삯으로 송아지 한 마리를 받아와 모두 우유를 짜 마시게 했다. 이는 이곳에서 처음 있는 일이었다. 황야는 그녀에게 아무런 영향도 끼치지 못했다. 그녀는 늘 활기찼고 생동감이 넘쳤다.

그러던 어느 날, 그녀는 감자밭에서 돌아와 통나무집으로 들어가기 전에 문 앞에 잠시 멈춰 서서 아기가 잘 있는지 살펴보았다. 속이 빈 통나무로 만든 작은 여물통을 요람처럼 사용했는데, 그곳에 잠든 아기를 눕혀놓고 밭에 다녀오는 길이었다. 아기는 여전히 곤히 자고 있었다. 그러나 그다음 순간 그녀는 공포에 질려버렸다. 놀랍게도 방울뱀이 똬리를 틀었다 풀었다 하면서 아기의 몸을 가로질러 누워 있는 게 아닌가? 그녀는 파랗게 질린 채 창문에 매달렸다. 순간 그녀의 머릿속엔 절대로 소리를 내거나 움직여서는 안 된다는 생각이 들었다. 하지만 아기가 깨어나 울기라도 한다면? 그녀는 공포로 정신을 차릴 수가 없었지만, 죽을 힘을 다해 기도를 하며 문 앞에서 숨죽인 채 지켜보고 있었다. 뱀은 똬리를 푼 채 아기 위에서 편안히 누워 있었다. 어느새 태양은 높이 떠올랐고, 곧 점심을 먹으러 사람들이 들이닥칠 시간이었다. 그녀는 계속 기도했다. 마침내 아무 일도 없었다는 듯 뱀이 움직이기 시작했고, 요람의 가장자리로 미끄러지듯 내려와 마룻바닥 위로 기어가더니 통나무 틈 사이로 천천히 나아갔다. 그러자 이 작고 용감한 어머니의 가슴속에서 참았던 분노가 치밀어 올랐다. 그녀는 뱀을 향해 쏜살같이 달려가 외마디 비명을 지르며 들고 있던 괭이로 사정없이 뱀을 찍고 누르고 내리쳤다. 헤르마누스가 집에 왔을 때 그녀는 형체를 알아볼 수 없을 정도로 뭉개진 뱀 옆에서 파랗게 질려 흐느끼고 있었고, 아기는 어느새 깨어 일어나 혼자 옹알거리며 놀고 있었다. 그녀가 우는 모습을 본 건 그때가 처음이었다.

그다음에 태어난 아기가 캐리였다. 이 시기는 이 아담하고 대담한 프랑스 엄마가 가장 적응력이 뛰어난 경지에 접어들었을 때로, 더없이 원숙하고 대범하며, 또한 분별 있고 활달하게 빛을 발하고 있을 때였다.

네덜란드인들이 모여 사는 거주지의 삶은 이제 미국이라는 나라에서의 삶으로 자리를 잡아가고 있었다. 의식적이든, 의지적이든 그들은 그렇게 자신의 삶과 생각을 변화시키고 있었다. 그러나 나이 든 사람들 중에는 여전히 예전에 고국에서 누렸던 안락함과 안정된 삶을 그리워하는 사람들도 있었다. 민히어 스틸팅조차 가끔씩 옛집을 그리워했다. 목사가 정착 초기에 세상을 떠난 건 그에게는 가장 슬픈 충격이었다. 이후에 목사의 자리를 대신하려는 자들이 있었지만, 누구도 그를 만족시킬 순 없었다.

가장 견디기 힘들었던 것은 그들이 네덜란드를 떠나온 지 채 여섯 달도 안 돼서 정부가 정책을 바꿔 종교의 자유를 허락하기로 했다는 점이었다. 조금만 참았더라면, 이 모든 고난과 시련이 불필요한 일이 되었을 것이다. 이 모든 고생스런 노동과 목숨을 잃은 사람들까지! 너무 성급했다는 이유로 민히어 스틸팅을 비난하는 사람들도 있었다. 그는 자신의 언행을 돌아보며 사람들을 간절한 시선으로 바라보았다. 그러고는 마른 음성으로 나지막이 중얼거렸다. "그래도 여전히 그건 신과 자유를 위한 선택이었지!"

선량한 그의 아내는 그의 편에 서서 그를 적극적으로 변호했다. 사람들 앞에 나서서 얘기하는 것은 이번이 처음이었다. 그녀는 부드러운 음성으로 말했다.

"그땐 아무도 앞일을 예견할 수 없지 않았나요? 좋으신 하나님께서는 적어도 우리가 모든 걸 버리고 그분을 따랐다는 것을 알고 계실 겁니다. 이제 그분은 우리가 취한 행동으로 우리를 판단하실 겁니다. 우리는 스스로를 증명한 셈입니다. 그리고 여러분 중에 우리 집 양반보다 더 많은 걸 포기한 사람이 있습니까? 열두 개의 방과 방마다 도자기 난로가 있는 으리으리한 집에서 누렸던 모든 안락함을 버린 사람이 있냔 말입니다."

그것은 누구도 반박할 수 없는 사실이었다. 더는 할 말이 없었다. 민히어 스틸팅은 단호하게 말을 끝맺었다.

"돌아간다는 건 불가능합니다. 우리는 오직 앞으로만 전진할 수 있습니다. 이 새로운 땅에 우리 자신을 건축해야 합니다. 아이들에게 이 나라의 언어를 배우게 합시다. 우리 자신도 이제껏 그렇게 해왔습니다. 이 나라의 법을 준수하고 이 나라의 시민이 됩시다. 우리는 이제 옛 나라의 시민이 아닙니다."

그들은 그렇게 삶의 방향을 결정했다.

민히어 스틸팅에게 죽기 전에 단 한 가지 꿈이 있었다면, 네덜란드에서 가졌던 것과 같은 집을 언젠가 이곳 미국 땅에도 짓는 것이었다. 만일 그럴 수만 있다면 그는 옛 기억들을 쉽사리 잊고 살 수 있을 것 같았다. 이런 생각을 더욱 부추긴 건, 그의 아내도 집 같은 집을 간절히 갈망하고 있다는 것을 알았기 때문이었다. 그녀는 도저히 이 허술한 통나무집이 집이라고 느껴지지 않았다.

그들이 가진 땅은 비옥했고, 그의 장남과 차남이 농사를 잘 지어서 몇 년간은 식량 외에도 약간의 돈을 저축할 수 있었다. 목재도 풍부했고 영국인 거주지에는 작은 제재소까지 있었다. 민히어 스틸팅은 그가 그토록 꿈 꾸던 집을 짓기로 결심했다. 그는 구체적인 집 구조를 설계하고 혼자 집짓기에 착수했다. 아들들이 짬이 날 때마다 와서 그를 도왔다. 그는 이제껏 모든 고난을 감내해준 아내가 집 짓는 것을 바라보면서 마냥 기뻐하는 게 더없이 행복했다.

그들은 거주지의 끝자락에 집을 짓기 시작했다. 목재로 열 두 개의 방과 매끈매끈한 바닥을 만들고, 회반죽으로 벽을 칠하고 종이를 붙였다. 멋진 도시의 집이 탄생하는 것이다. 목재는 그들 소유의 땅에서 직접 가져왔다. 목재를 옮기는 작업은 그들의 힘만으로는 감당할 수 없었으므로 다른 사람들과 노역을 교환함으로써 이루어졌다. 그렇게 해도 집을 완성하기까지는 오랜 시간이 걸렸다. 그렇게 2년이 지나갔다. 집이 완성되기 전 두 번째 겨울이 찾아왔다. 산악지대다운 혹독하고 추운 겨울이었다. 민히어 스털팅은 여느 때와 다름없이 완성되어가는 집을 바라보며 서 있었는데, 이때 그는 오한을 동반한 감기에 걸리고 말았다. 그는 아무도 눈치 채지 못하는 사이에 시름시름 앓다가 결국 심하게 몸져누웠고, 그렇게 세상을 떠나고 말았다. 같은 해 겨울, 남편 없이 남겨진 집에서 아무런 감흥도 느끼지 못하던 그의 아내도 점점 쇠약해지더니 조용히 그의 뒤를 따라갔다.

새로운 땅에서 숨을 거둔 이 두 영혼은 요람에 누워 있는 그들의 손녀 캐리를 굽어봤을 것이다. 비록 이 모든 건 캐리의 기억 속에 없겠지만, 그녀의 뇌세포와 그녀를 이루는 모든 피와 살과 뼈에 그들의 흔적은 영원히 살아있을 것이다.

1858년 겨울, 상심과 절망의 풍랑이 거주지를 휩쓸고 지나갔다. 수확량은 형편없었고, 네덜란드 남자들 중에는 농사를 포기하고 도시로 장사를 하러 떠나는 사람들이 늘고 있었다. 민히어 스털팅의 장남과 차남도 예외가 아니었다. 그들은 가족을 데리고 멀리 떠나버렸다. 헤르마누스 가족과 아직 완성되지 않은 집만이 덩그러니 남겨졌다.

네덜란드에서 낳은 그 작은 소년이 어느새 열다섯 살이 되었다. 그는 나이에 비해 총명하고 어른스러웠다. 헤르마누스는 의젓한 장남과 다른 사람들의 도움을 받아 미완성된 집을 마무리할 수 있었다. 그들은 마침내 역사적인 새집으로 이사했다. 이때 캐리는 두 살이었는데, 이 새집과 크고 네모진 텅 빈 방들은 늘 그녀의 유년 시절 기억의 한구석을 차지하고 있었다. 그녀의 조부 민히어 스털팅이 개척 정신으로 짓기 시작한 이 크고 웅장하고 아름다운 집, 그리하여 그녀의 오빠가 젊고 열정적인 손으로 마무리한 이 집은 한 미국인 여성의 탄생에서 결코 간과할 수 없는 중요한 자리를 차지하고 있었다.

캐리는 이 시절의 추억을 자주 들려주었다. 우리 가족이 중국으로 건너가서 살았던 세월 동안 나는 줄곧 그녀의 이야기를 들을 수 있었지만, 캐리는 한자리에 앉아 긴 이야기를 들려줄 만큼 시간이 많지 않았다. 늘 분주했기 때문에 옛날이야기를 몇 시간 동안 한가로이 곱씹을 수는 없었지만, 지난 30여 년을 돌아볼 때 그녀가 들려준 이야기 조각들을 꿰어 맞추다 보면, 리틀 레벨이라 불리는 산악지대의 비옥한 평야에 자리 잡은 버지니아의 한 작은 마을에서 그녀가 보냈던 유년시절의 단편들이 매우 생생하게 그려지곤 했다.

보통 캐리는 일요일 저녁에는 다른 날에 비해 더 많은 이야기보따리를 풀어놓았다. 아마도 그녀에게는 일요일이 옛 기억을 더욱 되살아나게 하는 듯했다. 일요일 아침이면, 캐리는 평소와는 다른 얼굴로 일어나곤 했다. 여느 때와 달리 평화로워 보였고, 계획이나 목표 따위에 쫓기는 얼굴이 아니었다. 낮고 네모진 이마는 한층 더 부드러워 보였고, 늘 반짝반짝 빛나는 눈은 고요하고 평온해 보였다. 일요일, 선교사 사택의 햇살 가득한 식탁에서 맞는 아침은 언제나 즐거웠다. 햇살을 머금은 듯한 하얀 식탁보와 갓 따다 놓은 향기로운 꽃과 화병, 과일과 뜨거운 커피와 남쪽에서 공수해온 따끈따끈한 빵, 각종 잼과 베이컨, 그리고 달걀 등이 아침 식탁 위를 장식했다. 중국 소년이 식탁 옆에서 시중들 준비를 하고 있었지만, 캐리는 그에게 거의 심부름을 시키지 않았다. 그녀의 손은 늘 파란 컵과 컵 받침대 사이를 오가느라 분주했다. 그러다가 자신이 직접 가꾼 정원을 살가운 눈빛으로 내다보곤 했다.

나뭇잎과 꽃들이 한창 무성할 때건, 겨울 하늘 아래 앙상한 모습만을 연출하는 풍경이건, 그녀의 눈빛은 언제나 사랑스러운 존재를 바라보는 것처럼 살가웠다. "정말 멋진 정원이야!" 캐리는 이따금 감정에 북받쳐 이렇게 외치곤 했다.

때때로 식사 중에 이런 말을 할 때도 있었다. "조용한 주일 아침에는 늘 옛날 생각이 나는구나. 그 시절처럼 예배당 종소리를 들을 수 있으면 얼마나 좋을까! 매주 일요일 아침마다 아버지께서는 성경책을 옆에 끼고 교회로 힘차게 걸어가셨지. 여든이 되셨을 때도 정정하게 걸어 다니셨단다!"

예배당 종소리, 그녀는 조용한 시골마을에 울려 퍼지던 그 청아하고 순박한 소리를 그리워했다. 가끔씩 밤낮으로 사택 아래의 대나무 숲 계곡을 타고 음산하고 엄숙한 절의 종소리가 들려올 때도 있었다. 그녀는 가슴을 파고드는 단조의 슬픈 느낌에 진저리를 쳤다. 그녀에게 절의 종소리는 그녀를 둘러싼 동양의 신비와 어둠의 그림자처럼 느껴졌다. 캐리는 이 신비와 어둠을 싫어했다. 그녀는 예배당을 헌당할 무렵 종을 마련하기 위해 자신의 고향 마을을 찾아가 사람들에게 기부금을 내라고 설득하기도 했다. 그녀는 미국산 종이 내는 작고 청아한 소리가 중국 거리 위로 경쾌하게 울려 퍼지기를 원했다. 나는 종종 품위 있는 중년의 중국 신사가 이 예배당 종소리가 들려오면 걸음을 멈추고 이게 어디서 나는 소리인지 살펴보기 위해 고개를 이리저리 돌리던 모습을 목격하곤 했다. 그 종소리만큼 도시 전체를 빠른 속도로 청아하게 정화시키는 것도 없었다. 캐리는 일요일 아침마다 이 종소리를 들으면서 행복에 겨워 만면에 미소를 머금은 채 이렇게 외치곤 했다.

"이 얼마나 듣기 좋으냐! 마치 고향에 온 것 같구나."

주일의 모든 일정이 끝나갈 무렵 그녀는 우리에게 이런 추억담을 들려주곤 했다. 캐리는 주일에 두 번 교회를 나갔는데, 오전에는 중국 예배당에서 아침예배를 드렸고, 오후에는 고향을 떠나온 백인들끼리 동지애를 느끼며 다소 산만한 분위기 속에서 오후예배를 드렸다. 두 예배 모두 그녀가 오르간을 연주했는데, 아주 작은 오르간에서 기가 막히게 멋진 소리를 만들어냈다. 캐리는 찬송을 인도하곤 했는데, 그녀의 풍부한 소프라노 음색은 천정까지 울릴 정도로 우렁차고 사랑스런 목소리였다. 몸이 허약해지고 왜소해졌을 때에도 찬송하는 음성만큼은 여전히 크고 낭랑했다.

캐리는 주일 저녁이면 으레 그녀의 오르간 앞에서 노래를 불렀다. 이 오르간은 아버지의 자리를 대신해주는 존재이기도 했던 큰오빠 코넬리우스가 가장 사랑하는 여동생이었던 그녀에게 준 선물이었다. 그녀의 아버지 헤르마누스는 평생을 매우 민감하고 섬세한 삶의 방식을 고수한 사람이었기 때문에 자식들은 그에게 의지하기보다는 오히려 그를 돌보는 입장이었다.

이 책의 첫머리에서 미국식 정원에서 캐리의 가장 아름다웠던 때의 모습을 서술한 바 있다. 그렇다면, 여기 선교사 사택의 작고 네모진 거실, 창가에 드리워진 흰 커튼, 향기로운 꽃과 버드나무 잔가지로 만든 의자들을 이용해 그녀가 미국식으로 멋지게 꾸민 공간에서 오르간을 연주하며 노래를 부르는 모습 또한 빼놓을 수 없을 것이다.

이 미국식 가옥에 다닥다닥 붙어 있는, 어두운 색상의 타일을 붙여 만든 중국 가옥들 사이로 행상들의 고함과 아이들의 울음이 끊이지 않았고, 북적거리는 거리에서 난무하는 욕설들이 들려오곤 했다. 하지만 이 와중에도 캐리는 오르간 앞에 앉아 우리를 저 바다 건너 고향 땅으로 데려가주는 찬송가, '내 주를 가까이하려 함은', '때 저물어 날 이미 어두우니', '비바람이 칠 때와', '예수, 내 영혼의 사랑' 등을 불러주곤 했다. 그녀는 이 외에도 많은 찬송가를 불렀는데, 그 중에 승리를 노래하는 희망찬 곡들은 꼭 빼놓지 않았다. 사실 그녀의 목소리 톤 자체가 슬픔보다는 승리의 기쁨을 노래하는 쪽에 더 잘 어울렸다. 우리는 캐리가 가장 좋아하는 '내 주는 살아 계시고', '다 기뻐하여라, 맘 청결한 자여'를 즐겨 들었다. 인생의 마지막 순간에도 그녀는 침대에 누워 그 작고 야윈 얼굴 속에 여전히 꺼지지 않는 눈빛으로 이렇게 말했다. "절대로 슬픈 노래는 부르지 마라. 나는 환희에 찬 영광의 노래를 듣고 싶단다!"

늘 우리의 마음을 짓누르고 있던 음울한 소음들이 주변에 진을 치고 있었지만 그녀의 맑은 음성에는 항상 승리의 기운이 강력하게 감돌고 있었다. 하지만 그녀에게도 노래를 부를 수 없는 힘든 시절이 몇 차례 있었는데, 그 당시 집 분위기는 말도 못할 정도로 가라앉아 있었다. 다시 그녀가 노래를 부르게 되면, 가구들은 몇

점 없지만 안락하기 그지없던 그 작은 거실에서 나는 그녀의 어릴 적 고향인 리틀 레벨의 시골 마을로 여행을 떠나곤 했다. 나는 그녀의 눈빛을 통해 그녀가 미국에서 보낸 어린 시절이 단순하지만 고상한 삶이었음을 느낄 수 있었다. 캐리가 향수에 젖어 행복한 음성으로 노래를 부르거나, 우리가 그녀의 노래에 흠뻑 빠져 있을 때나, 겨울엔 벽난로 옆에 앉아서 여름엔 정원 옆의 긴 툇마루 위에 앉아서 우리에게 그녀의 옛 이야기를 들려줄 때는, 우리는 그녀를 어린아이나 아가씨 또는 젊은 부인으로 상상하며 바라보곤 했다.

캐리는 우리에게 그녀가 살았던 크고 아름다운 집을 머릿속에 생생하게 그릴 수 있게 해주었다. 태어난 이후 그녀가 첫 번째로 기억하는 것 역시 그 집의 지붕 아래에서였다. 그 크고 하얀 저택은 3층짜리 집이었는데, 우리는 이것을 그녀의 손동작으로 가늠할 수 있었다. 그 집에는 서늘한 지하 저장고가 있었는데, 그곳에 우유 교반기를 보관하고 버터를 만들었다. 선반에는 둥근 네덜란드산 치즈와 딸기류의 과실주와 포도주를 담아놓은 통이 있었다. 검은 딸기와 나무딸기와 딱총나무 열매는 여름에 따서 저장해놓았다. 캐리는 여기서 잠시 말을 멈추고 회상에 잠긴 듯 말을 다시 잇곤 했다.

"여름마다 우리는 숲으로 가서 딸기류의 열매들을 따곤 했지. 자줏빛 나무딸기 위에 맺혀 있던 은색의 이슬방울을 아직도 잊을 수가 없단다. 과일주를 내오면 나는 항상 그 나무딸기 술을 선택했지. 왜냐하면 그건 여전히 내게 은방울을 머금고 있는 듯 느껴졌으니까. 게다가 다른 것보다 더 달콤했지. 오, 그 가시 줄기에 내 맨다리가 얼마나 긁혔던지!"

캐리는 말을 멈추고 희미한 미소를 지었다. 그녀가 말없이 앉아 있을 때 우리는 딸기밭 깊숙이 파묻힌 구릿빛 다리와 피부를 보호하기 위해 햇빛 가리개 모자를 쓴 작은 소녀를 바라보았다.

"모자를 써도 소용이 없었단다." 캐리는 늘 설명을 덧붙였다. "난 원래 피부가 까무잡잡한 편이었으니까. 그땐 그게 정말 창피했지. 하지만 나보다 피부색이 더 검은 그레타가 태어난 이후로는 모두 나 대신 그 애를 놀려대기 시작했단다. 그래도 그 애가 얼마나 예뻤었는지. 어린 노새처럼 크고 까만 눈동자를 가졌었지."

후에 나는 캐리가 말한 그 집을 직접 보게 되었는데, 집은 그녀가 말한 그대로였다. 정원은 넓었고 울타리엔 큰 대문이 있었는데, 그 빗장을 벗기기 위해서는 마차에서 내려야만 했을 것이다. 대문 왼쪽에는 오래된 사탕단풍나무가 위풍당당하게 서 있었고, 대문 아래에는 넘어 다니는 계단이 있었다. 그녀는 이곳을 수도 없이 말을 몰고 올라 다녔을 것이다. 하지만 이때는 캐리가 소녀티를 막 벗었을 때라 승마용 치마가 너무 길어 걸을 때마다 발에 걸려 넘어지곤 했을 것이다. 어린 시절, 그녀는 목초지를 마음껏 뛰어다녔고, 말 위에 올라타 말 갈퀴를 잡고 짙은 곱슬머리를 휘날리며 질주했었다.

"그 가슴 뛰던 자유!" 캐리는 추억에 잠겨 말했다. "작은 언덕과 계곡들 사이로 말을 타고 여한 없이 달리던 그 시절들이 생각날 때면, 이곳에 있는 어린 중국 소녀들이 얼마나 가엾게 느껴졌는지 몰라. 이 아이들에게는 기껏해야 거리를 어슬렁거리며 걸어다니는 진흙투성이의 늙은 물소밖에 없으니 말이다."

캐리는 담장 너머 아무렇게나 쌓아올린 중국 지붕들을 못마땅한 시선으로 바라보았다. 그녀가 유년시절을 보낸 하얀 집 주변으로는 드넓은 공간이 펼쳐져 있었다. 대문간 둘레에는 꽃으로 만발한 정원과 포석을 깐 도로가 네모진 현관까지 이어졌다. 현관 양옆으로는 포도나무 덩굴로 덮여 있어 그 아래 나무의자에 초록빛 그림자를 드리우고 있었다. 겨울을 빼고는 늘 활짝 열려 있던 큼지막한 하얀 문에는 놋쇠로 만든 노커*가 달려 있었고, 그 위에는 풍차 모양의 유리 창문이 달려 있었다. 내가 그곳을 방문했을 때는 문이 열려 있어 그 안에 직선으로 뻗어 있는 넓고 긴 복도와 그 끝으로 이어지는 잔디와 나무들, 울타리에 기대 있는 협죽초 화단, 그리고 그 너머로는 사과나무 과수원을 볼 수 있었다.

집 안에 들어서면 양편으로는 방들이 있었는데, 우리는 이 모든 걸 실제로 보기 오래전에 이미 그것들이 어떻게 생겼는지 다 말할 수 있었다. 이 집은 우리에게는 미국을 대표하는 상징물과도 같았다. 안쪽으로 들어가면 왼편으로 거실이 나타났는데, 서늘하고 어두컴컴한 그곳에는 말총으로 만든 가구들과 책장, 우아한 자단목 테이블이 놓여 있었다. 그리고 한편에는 피아노가 있었고, 그 위에 바이올린과 플루트가 가지런히 놓여 있었다. 벽에는 헤르마누스가 직접 만든 판화를 비롯해 펜과 잉크로 그린 그림들이 정교한 솜씨를 빛내며 걸려 있었다. 둥글게 세로 홈을 새긴 벽난로 옆면 기둥 위로는 민히어 스털팅의 초상화가 그려진 어두운 톤의 유화 한 점이 걸려 있었다. 그리고 꽃무늬 장식의 카펫이 마룻바닥 전체를 덮고 있었고 프랑스풍의 길다란 창문이 정원을 향해 열려 있었다.

---

* 방문자가 잡고 두드리기 위해 현관에 장치한 쇠붙이

오른편에는 헤르마누스가 아내와 오랜 세월을 함께 지낸 안방이 자리했는데, 내가 그곳을 찾았을 때는 그의 장남인 코넬리우스 부부가 그 방을 차지하고 있었다.

나이가 무색할 정도로 윤기가 흐르는 아름다운 백발을 뽐내듯 등을 꼿꼿이 세운 채 흐트러짐 없는 자세를 유지했던 이 작달만한 노신사, 헤르마누스는 복도를 따라 내려가면 나타나는 또 다른 방에서 기거했다. 방문을 열면 누구라도 그가 손보고 있는 엄청나게 큰 손목시계와 다양한 종류의 시계들이 째깍거리는 소리를 들을 수 있었다. 헤르마누스는 매일 아침 정각 여덟 시에 그 방에서 나왔다. 다른 가족들은 모두 일곱 시에 아침 식사를 끝마쳤지만 말이다. 내가 그를 처음 보았을 때 그는 이미 여든 일곱 살의 노인이었다. 하지만 흠 잡을 데 없이 단정한 옷차림에 자세는 매우 곧았고, 굵은 백발을 낮고 네모진 이마 뒤로 말끔히 빗어 넘긴 모습이었다. 그의 이마는 캐리가 그대로 물려받았다. 헤르마누스는 우리가 모여 있는 식탁을 바라보며 아침 인사를 했다. 그는 전투적인 이미지가 강했지만 정중한 모습으로 우리 곁을 지나가곤 했다.

식탁이 있는 주방은 복도의 끝부분에 자리하고 있어서 채소를 가꾸는 텃밭의 일부분과 창문 크기만큼의 과수원이 내다보였다. 서늘한 기운이 느껴지는 길쭉한 이 공간에는 정교하게 다듬어진 타원형의 테이블을 포함한 몇 점의 아름다운 가구밖에 없어서 비교적 횅한 분위기를 풍겼다.

캐리가 한때 상하이上海의 오래된 중고 가구점에서 발견한 타원형의 탁자를 보고 기쁨을 감추지 못했던 것도 이 테이블에 대한 향수 때문이었을 것이다. 그녀는 전날 경매 소식을 들었고, 중국 상인은 그 탁자를 한 선박의 영국인 선장에게서 구입했다고 말하면서 처음엔 인도에서 티크 나무만 수입하고 후에 영국인 장인이 탁자로 만들었다고 호들갑스럽게 얘기했다. 그리고 영국인 선장이 그 탁자를 그의 집이 있는 상하이로 가져왔는데, 그의 부인이 죽자 모든 세간을 팔게 되어 그 탁자가 자기 손에 들어왔다고 쉴 틈 없이 떠들어댔다. 그의 꾀죄죄한 좁은 가게 안에서 그 탁자는 대나무를 쪼개 만든 오래된 가구들과 부러진 등나무 더미들 사이에서 눈에 띄게 우아함을 뽐내고 있었다. 캐리는 단 몇 달러에 그 탁자를 구입해 밤낮없이 닦고 윤내면서 애지중지했다. 그 후로 이사를 다닐 때마다 이 탁자는 늘 그녀를 따라다녔다. 때로 집이 2층에 있었는데 계단이 너무 좁고 나선형으로 되어 있어 탁자를 운반할 수 없을 때에도 밧줄을 이용해 들어 올려 창문 너머로 옮기기도 했다. 아래로는 외바퀴 손수레와 인력거, 혼란스런 중국인의 얼굴들로 마비된 번잡한 중국거리의 교통 상황이 펼쳐져 있었다.

 나는 오랜 세월, 캐리가 그 타원형 탁자 끝에 습관처럼 앉아 있곤 하던 모습을 기억한다. 그녀가 어릴 적 살았던 대궐 같은 집에서 그 식탁을 본 적이 있는 나는 왜 그녀가 그 탁자에 그토록 애착을 느꼈는지 충분히 이해할 수 있었다. 우리는 그녀의 추억과 추억이 담긴 소품들을 통해 그녀가 태어나고 자란 모국을 조금씩 알아갈 수 있었다.

 그 집의 2층으로 올라가는 마호가니 계단에는 하얀 난간이 위까지 뻗어 있었고, 2층에는 여섯 개의 큰 방들이 있었다. 오른쪽 맨 앞에 캐리의 방이 있었는데, 그곳에서는 리틀 레벨의 먼 산과 부드러운 초록빛 숲이 내다보였다. 바로 아래로는 꽃들이 만발한 정원이 있었고 그 너머로 단풍나무가 보였다. 방 안에는 한쪽 벽면에 깊은 서랍장이 있었는데, 캐리가 어릴 때 입었던 테를 두른 치마가 들어갈 정도로 폭이 깊었다. 그리고 창 옆에는 그녀의 모자가 담긴 모자함이 의자의 용도로 놓여 있었다. 방의 중앙에는 크고 멋진 흰 침대가 꽃 문양의 옥양목 커튼 아래 자리하고 있었다. 벽에는 분홍빛 장미와 연두색의 양치류 식물을 분무기로 뿌려놓은 듯한 작은 문양들이 수놓인 벽지가 발라져 있고, 또 세 점의 그림이 걸려 있었다. 하나는 헤르마누스가 프랑스에서 사온 금빛 테두리 액자에 들어가 있는 낡고 색 바랜 성모 마리아 사진, 또 하나는 캐리 어머니의 은판 사진, 그리고 나머지 하나는 야트막한 언덕 사이의 구부러진 길을 따라 해질 녘 양떼를 몰고 집으로 돌아가는 양치기의 사진이었다. 선교사 사택의 캐리 방에도 이와 비슷한 그림이 걸려 있었다. 어느 잡지책에서 오려 액자를 만들어 꾸민 사진이었다. 그녀는 먼저 하늘나라로 보낸 어린 자식들의 무덤 위에 직접 이 양치기에 관한 성경 구절을 새겨 올려놓았다.

주 여호와께서 어린 양을 그 품에 안으시리로다.

그래서 그녀의 이 특별한 방은 먼 타지에 있는 그녀의 또 다른 집에 왜 그토록 그녀만의 색깔들이 가득 들어차 있는지 이해하게 해주었다.

이 소녀다운 방의 마룻바닥에는 깔끔한 담황색 매트가 깔려 있었고, 그 위로 장미꽃 문양의 카펫이 덮여 있었다. 높은 창문에는 프릴이 달린 흰색 커튼과 장밋빛의 고리가 달려 있었다. 방에는 하얀색으로 칠한 흔들의자와 등받이에 가로장을 여러 개 댄 직각 의자가 있었다. 거기엔 또 자단목으로 만든 작은 화장대와 그 위로는 금테를 두른 타원형 거울이 달려 있었다. 그 방에서는 늘 꽃이 담긴 그릇과 활짝 펼쳐져 있는 책들, 한창 진행 중인 바느질감을 볼 수 있었다. 형언할 수 없을 정도로 향기롭고 단정하며 깨끗한 방이었다. 내가 이 방에 대해 이렇게 상세하게 설명하는 이유는 이곳이 바로 그녀가 삶을 시작하고, 잠을 자고, 꿈을 꾸었던 장소이기 때문이다.

3층에는 널찍한 다락방이 있었는데, 박공구조로 만든 창문 밖으로 무성한 목초지가 내다보였다. 지붕 아래에는 네덜란드에서 가져온 작고, 단단하고, 둥근 여행 가방이 있었다. 그곳에는 또한 당시 가장 인기 있던 《구디 레이디스 북스》라든가 《피어슨 매거진》과 같은 잡지들이 한쪽 구석을 차지하고 있었고, 옛날 옷들이 담긴 상자와 꼬아서 러그를 만들려고 모아둔 작은 천 조각들이 널려 있었다. 천장에는 말린 허브 식물들이 늘어져 있었는데, 그 아담한 프랑스 어머니는 아이들에게 수프의 향을 내거나 건강에 좋은 차를 만들기 위해 허브를 선별해서 매달아놓는 법을 가르쳐주었다.

이 다락방은 더운 적이 없었다. 집의 가장 높은 곳에 있었고, 더군다나 우뚝 솟은 고원 지대의 골짜기를 타고 흐르는 공기는 여름에도 항상 한기를 띠었다. 밤에는 자욱한 연무가 올라와 정오까지 골짜기의 허리춤에 머물러 있다가 해질 녘이 되면 다시 골짜기의 한기를 내보냈다. 정신이 번쩍 나는 청량한 한기 속에서 성장한 캐리가 그 오랜 세월 동안 중국의 살인적인 더위와 고약한 악취가 나는 여름을 어떻게 견뎠는지 놀라울 뿐이다. 미국의 이 투명한 은빛 연무 속에서 서늘한 열기의 태양을 받고 자란 그녀에게 사람들의 가쁜 숨소리와 땀 냄새로 가득 찬 중국 남부의 찌는 듯한 8월의 정오는 거의 정신을 못 차리게 만드는 고문이었을 것이다.

드넓은 평야를 뒤덮은 짙은 안개와 칼바람과 서늘한 태양 속에서, 캐리는 더욱 강하고 의연하게 성장했을 것이다. 마음껏 뛰어놀 수 있는 들판, 돌보고 함께 놀아줄 동물들, 우유와 고기를 끊임없이 제공해주던 선한 눈망울을 가진 소들, 등 위에 올라타 맘껏 달릴 수 있는 말들, 그리고 재배할 설탕과 사과나무들이 늘 곁에 있었다. 또한 곡식을 수확한 후 그루터기만 남은 밭에는 닭과 칠면조를 풀어놓아 이리저리 뛰어다니는 메뚜기를 잡아먹을 수 있게 해주었다. 집 안으로 들어가면 또 다른 삶으로 충만했다.

아이들로 북적거리는 집에는 늘 분주하게 집안일을 하는 아담하고 씩씩한 어머니, 섬세하고 꼼꼼한 아버지, 진지하고 자상한 큰오빠가 있었다. 삶은 바쁘게 돌아갔고 시간은 행복하게 흘러갔다. 가족들은 음악과 함께 저녁 시간을 보내곤 했는데, 한 사람이 바이올린을 연주하면 다른 사람은 플루트를, 또 다른 사람은 피아노를 연주하면서 다 함께 노래를 불렀다.

언젠가 나는 캐리에게 이런 질문을 했었다.

"어떻게 아주머니는 어린 시절을 그렇게 또렷이 기억하실 수 있으세요?"

그러면 캐리의 눈빛은 순간 광채를 띠다가 회상에 잠긴 듯 엷어지더니, 다시 초롱초롱 빛났다.

"내가 세 살 때의 일이었지. 나는 설거지를 하고 있는 어머니를 도와드리려고 식탁에 있던 푸른색 무늬의 큼지막한 고기 접시를 들어 올렸단다. 오래전에 할아버지께서 네덜란드에서 가져오신 접시였지. 나는 조심스럽게 옮겨서 주방의 서랍에 갖다놓으려 했는데, 접시가 너무 큰 나머지 내 눈을 가려서 바닥을 볼 수 없었단다. 결국 바닥에 약간 튀어나온 널빤지에 맨발이 걸려 그대로 넘어지고 말았지. 그 푸른색 접시 위로 살이 토실토실 오른 튼튼한 여자아이가 넘어졌으니, 접시는 산산조각이 나고 말았지. 아버지는 그 자리에서 회초리로 나를 때리셨고, 난 목 놓아 울었단다. 하지만 아버지의 회초리가 아파서 운 게 아니었어. 난 단지 어머니를 도와드리려고 한 것뿐인데, 그 마음을 몰라줘서 서러웠던 게지. 지금도 나는 내가 매 맞을 만큼 잘못했다고 생각지 않는단다. 내 나이 쉰 살이 된 지금도 여전히 그건 부당하다고 생각하니까!"

캐리는 이야기하는 동안에도 식탁 위에서 빵을 만들기 위해 크고 부드러운 밀가루 반죽을 부지런히 굴리고 있었다. 그녀는 중국식 주방에서 갓 구워낸 큼지막하고 갈색 빛이 도는 달콤한 빵 덩어리들과 작은 물결 문양의 롤빵 등, 그녀만의 빵을 만드는 데 제법 익숙해져 있었다. 활짝 열린 창문 아래로 거리에서 시가행진이 있는지 쨍그랑거리는 심벌즈 소리가 들려왔다. 심벌즈의 리듬 속에는 플루트의 가냘프고 멋진 음색도 섞여 있었다. 나는 무슨 일인지 보기 위해 창가로 다가갔다. 유명인사가 지나가는 모양이었다. 하지만 그다지 거창한 행렬은 아닌 것으로 봐서는 대단한 사람은 아니었던 모양이다. 작은 가마에 힘없이 앉아 있는 그는 너덜너덜해진 종이옷을 입은 초라한 세속적 인물일 뿐이었다. 그의 앞에서는 누더기 옷을 입은 승려가 심벌즈를 치고, 가마 뒤로는 두 명의 승려가 더 있었는데 그 중 한 명은 플루트를 마지못해 불고 있었고,

나머지 한 명은 물고기머리 모양의 나무 북을 생각날 때마다 북채로 한 번씩 두들겼다. 행인들은 굳이 행진을 보기 위해 고개를 돌리지 않았고, 그 뒤를 따르는 건 오로지 어린 소년들뿐이었다.

캐리는 여전히 빵을 만들기 위해 반죽을 하면서 머릿속은 수만 마일 떨어져 있는 곳에 가 있었다. 그녀는 말을 이었다.

"하지만 그 집에서 정말 행복한 시절을 보냈지. 중국인 승려의 엉성한 플루트 소리를 들으니 옛일이 생각나는구나. 우리 집은 늘 음악으로 가득 찼었지. 나이 많은 형제들은 악기를 연주했고, 어린 형제들은 노래를 불렀지. 코넬리우스는 아주 훌륭한 노래 선생님이었지. 몇 년 후 학교에서 제일 잘 가르친다는 노래 선생님한테 배웠을 때도 거의 새로운 게 없었단다. 코넬리우스에게서 난 이미 발성법을 배웠거든. 우리는 '메시아'를 즐겨 부르곤 했지. 정말 다 기억나는구나!"

캐리는 밀가루 반죽에서 잠시 손을 떼고는, 그 자리에 선 채로 '할렐루야 합창'을 불렀다. 성량이 풍부한 그녀의 음색은 떨림까지 있어 은은하게 울려 퍼졌다. 옆에서 그녀를 거들던 중국인 요리사는 들고 있던 냄비를 내려놓고 그녀를 잠시 쳐다보더니 이내 다시 냄비를 들고 하려고 했던 일을 시도했지만, 아무것도 할 수가 없었다. 그는 갑자기 터져 나오는 캐리의 노랫소리에 익숙해졌다.

쨍그랑거리는 심벌즈 소리는 점점 희미해져갔다. 나는 캐리를 바라보며, 통나무로 지은 최초의 예배당 대신 그 이후에 들어선 하얀 테두리의 미국식 교회에서 그녀가 높은 성가대 자리에 서 있는 모습을 그릴 수 있었다. 내가 그곳을 찾았을 때는 무성하게 자란 사과나무들이 열린 창문에 입 맞추고 있어 예배당은 사과 향기로 가득 찼었다. 그 시절 성가대에는 코넬리우스의 어린 딸이 한 자리를 차지하고 있었다. 비록 노래는 잘 불렀지만 중국에 살고 있는 이 여인만큼 그렇게 우렁차지도, 또한 이토록 가슴을 뛰게 만들지도 못했다.

갑자기 캐리가 노래를 멈추자 주방의 공기는 그녀 음성의 메아리로 고동치고 있는 듯했다. 캐리는 다시 반죽하고 있던 빵으로 돌아와 이렇게 말했다.

"그래, 남북전쟁이 터지기 전까지는 정말 행복한 나날이었지. 그런 시절이 또 어디 있을까!"

II
어머니의 죽음

 그랬다. 참으로 아름다운 시절이었다. 남북전쟁이 터지던 해, 스털팅 가족은 버지니아주 북쪽 구역에 살고 있었는데, 그곳은 이후 웨스트버지니아라는 새로운 주가 되었다. 이 무렵 헤르마누스는 마흔에 접어들어 혈기왕성한 시기를 지나 더욱 섬세하고 완고하고 꼿꼿해졌다. 그는 항상 빛나는 은발을 얼굴의 가는 주름 위로 쓸어 넘기고 있었다. 그의 자그마한 프랑스 아내도 모진 세월의 풍파를 비껴갈 수 없었는지 더욱 왜소해졌다. 이때 그녀에게는 결핵의 징후가 희미하게 보였는데, 이것이 나중에 그녀의 목숨을 앗아가게 되리라고는 누구도 상상하지 못했다. 그들의 장남 코넬리우스는 스무 살에 접어들었고, 나이에 비해 어른스러워 보였던 그는 강한 눈매에 짙은 머리카락을 지닌 분별력 있고 인내심 강한 점잖은 청년이었다. 비록 그가 책과 음악을 헌신적으로 사랑하긴 했지만, 그는 자신의 손을 늘 땅 위에 놓아야만 했다. 가족의 생계를 책임져야 하는 가장의 역할은 그의 아버지가 아닌 그에게 주어졌고, 그는 이것을 어쩔 수 없는 현실로 받아들였다. 참으로 신기한 일은, 비록 헤르마누스가 가족들의 생계를 위해 고된 노동을 하지 않을지라도, 또한 그의 이런 결벽증으로 인해 자식들에게 너무 빨리 부담을 떠맡겼지만, 여전히 가족들은 그를 존경했고, 그를 본래 있는 그대로, 고상한 도시의 신사로 살아갈 수 있게끔 도와주었다는 것이다.

하지만 어엿한 청년이 된 코넬리우스가 자신은 새벽에 일하러 나가기 위해 뻣뻣한 작업복을 힘겹게 입고 있을 때, 아버지는 여전히 곤히 잠을 자고, 심지어 온 가족이 아침 식사를 마칠 때까지 세 시간을 내리 더 잠을 자고, 게다가 초콜릿 차를 침실로 대령하고 나서야 옷을 입고 아침 식사를 하러 나온다는 것을 어떻게 생각했을까? 내가 이것을 캐리에게 묻자, 그녀는 이렇게 대답했다.

"아마도 그 시절에는 아버지가 우리 삶에서 뭔가를 보상해주고 있다고 생각했었던 것 같구나. 우리는 모두 고상하고 아름다운 것들을 사랑했지만 전쟁 후에는 남아 있는 게 거의 없었지. 하지만 우린 아버지한테 아무것도 요구하지 않았어. 아버지는 힘든 노동을 할 만큼 강한 분이 아니었기 때문에 그걸 기대해서는 안 된다고 생각했지. 어머니도 그걸 당연히 여기셨으니까. 아버지는 대신 양봉과 포도덩굴나무나 장미나무 가지치기를 하셨지. 아버지의 뛰어난 양봉 솜씨 덕에 우리는 사시사철 맛난 꿀을 맛볼 수 있었단다. 한 번도 벌에 쏘인 적이 없으셨지. 아버지는 몸가짐이 늘 신중하고 섬세하신 분이셨고, 내가 본 사람 중에 가장 손재주가 있어 보이는 손을 지니셨었지. 마치 아름다움이 아버지를 피해갈 수 없는 것만 같았어. 하얀 포도덩굴이 헛간 벽을 타고 무성하게 자랐는데, 그 백포도 송이들이 이슬을 머금은 초록 잎들 사이로 탐스럽게 열려 있는 모습이란! 아버지는 그것들을 자르기 전에 우리를 불러서 보게 하셨지. 그러면서 꼭 구슬로 만든 달 같지 않냐고 감탄하셨단다. 바로 그런 아버지의 감성적인 모습이 우리가 그를 사랑할 수밖에 없는 이유였던 것 같구나. 아버지는 우리가 아름다움에 눈뜰 수 있게 해주셨지. 물론, 큰오빠 코넬리우스가 현실적으로 우리 집의 가장이나 다름없었다. 돈을 어떻게 지출하고 관리할지 어머니와 큰오빠는 늘 머리를 맞대고 궁리하곤 했으니까. 필요한 게 있을 때마다 그를 찾았으니 어떻게 어린 동생들을 두고 결혼을 할 수 있었겠니. 여자에게는 아예 눈도 돌리지 않았어. 우리가 모두 성인이 되고 전쟁이 끝나고 오랜 후에야 결혼을 하게 됐다. 하지만 여전히 아버지는 우리에게 중요한 역할을 하셨단다. 우리는 당시 주변 사람들과는 뭔가 다른 농부들이었지. 늘 책과 음악을 가까이했고, 아버지의 그림과 보석 세공 작품을 보면서 살았으니까. 아버지는 확실히 남다른 분이었지. 검정 외투 속에 흰 셔츠를 매일 갈아입으셨단다. 이웃 사람 중에는 그런 사람이 한 명도 없었어. 난 아버지의 그런 모습을 볼 때마다 우쭐해지곤 했었지. 하지만 그 하얀 셔츠 뒤에 일종의 잔인함이 숨겨져 있다는 생각이 나중에야 들게 되었지. 누군가는 매일 끊임없이 그 셔츠들을 빨고 다림질을 해야 했으니까. 손으로 얼마나 많이 주무르고 치대야 하는지는 상관없이 말이야. 물론 그 역할은 오랜 세월 어머니의 몫이었고, 어머니가 노쇠해지자 그 일은 맏딸이 떠맡아야 했지."

전쟁이 터지자 장남인 코넬리우스가 참전해야 한다는 두려움이 찾아들었다. 하지만 그는 자원하지 않기로 결심했다. 헤르마누스는 노예제도가 얼마나 끔찍한 것인지 일찌감치 자식들에게 가르쳐왔었다. 부유한 이웃들 중에는 노예를 부리는 사람들도 많고, 땅을 경작하려면 노동력이 절대적으로 필요했지만, 헤르마누스는 절대로 노예를 사려고 하지 않았다. 자유를 옹호하는 그의 마음은 자식들에게 그대로 전해졌다. 그는 사람이라면 타인의 의지에 반한 어떤 것도 강요할 수 없다는 믿음을 강하게 품고 있었다. 그가 흑인에게 일을 시키는 경우에는 정확하게 계산해서 돈을 지불했다. 모든 자식들이 그로부터 이러한 정의를 추구하는 열정을 몸소 체득하게 되었다.

남부동맹에 속해 있던 버지니아주의 대부분 남자들은 군대의 소집 명령을 받고 노예 해방을 부르짖는 북부연합에 대항해서 싸우기 위해 전선에 나섰지만, 코넬리우스 가족은 어느 한쪽을 선택하기 어려운 난감한 입장이었다. 비록 쉽지 않은 결정이었지만, 중립만이 그들에게 남겨진 선택이었던 셈이다. 헤르마누스와 코넬리우스는 중립을 지키겠다고 선포했다. 이런 시류 속에 그들이 선택한 입장은 환영받지 못했지만, 적어도 헤르마누스는 조금도 개의치 않았다. 그의 기질은 본디 저항하는 쪽에 가까웠다. 그는 이 당시 약간의 호기를 더해 이전보다 더 당당한 자세로 교회를 다녔다고 한다. 그리고 찬송가를 부를 때에도 주변을 의식하지 않는 듯 자기 마음대로 부르는 모습을 연출했다고 한다. 물론 주변에서는 그의 선택을 비난하는 수군거림이 있었다. 특히 노예를 부리는 자들은 더욱 심했다. 하지만 강직하고 다소 오만하며 타인의 시선을 두려워하지 않는 그의 성정을 익히 아는 그들로서는 대놓고 그를 비난하지는 못했다.

하지만 청년 코넬리우스에게 이 문제는 만만한 사안이 아니었다. 그는 양단간에 한쪽을 선택해야 한다는 압력에 시달렸다. 하지만 그는 어머니와 어린 동생들의 생계를 책임져야 하므로 자신이 떠나버리면 그들을 돌봐줄 사람이 없다고 응수할 뿐이었다. 그는 동네에서 들려오는 비난과 조소를 묵묵히 참아냈고, 아무 일 없었다는 듯 우직하게 논과 밭에서 일했다.

시간이 갈수록 남부동맹에는 눈에 띄게 남자들이 부족해 어려움을 겪었지만, 그는 어떻게든 징병을 피해보겠다는 생각뿐이었다. 처음에 가족들은 설마 강제로 그를 끌고 가지는 않을 것이라고 생각했지만, 마침내 그런 일은 현실로 벌어지고 말았다.

어느 날 정오, 코넬리우스가 일을 마치고 잠시 집에 들렀을 때 점잖은 음성과 차가운 눈빛을 지닌 몇 명의 남부동맹 군인들이 잿빛 군복 차림으로 그를 기다리고 있었다. 그들은 그를 따라 집 안으로 들어갔다. 그들 중 한 명이 입을 열었다.

"당신은 우리와 함께 싸워야겠소. 당신이 그걸 원하든 원치 않든 그건 우리가 상관할 바가 아니오. 우리에겐 전사가 필요하오."

코넬리우스는 그들을 덤덤히 바라보더니 이렇게 말했다.

"그렇다면 나를 강제로 끌고가야 할 거요."

"정 그렇다면 할 수 없군."

그 남부 군인은 병사들을 향해 말했다.

"묶어서 말 위에 앉혀라!"

그러자 세 명의 병사가 앞으로 나와 코넬리우스의 손목을 묶고, 밖으로 데리고 나가 대기하고 있던 말 위에 앉혔다. 그 시간에 자그마한 프랑스 어머니는 집 텃밭에서 콩을 따고 있었는데, 어린 자식들이 소리를 지르면서 우는 소리가 들리자, 급히 안채로 들어와 무슨 일이 벌어지고 있는지를 보게 되었다. 그녀는 아들이 있는 곳으로 달려가 그의 다리를 붙들고 매달렸다.

"제발 내 아들은 가만 놔두시오. 우리 집 가장이란 말이오!"

그녀는 파랗게 질려서 소리쳤다. 그러나 그 남부 군인은 그의 모자에 손을 갖다 대며 말했다.

"죄송합니다, 부인 명령입니다!"

"안 돼. 절대 안 돼. 내 아들만은 그냥 내버려두시오! 내 아들만은!"

"자, 출발!"

남부 군인들은 모두 말 위에 올라 열을 지어 출발하기 시작했다. 이 자그마한 여성은 아들의 다리에 매달려 필사적으로 달리기 시작했다. 그러자 놀란 아들은 몸을 구부려 이렇게 간청했다.

"어떻게든 돌아올 길을 찾을게요, 어머니. 그러니, 제발 그만 따라오세요. 저는 기회를 봐서 탈영할 거예요."

그러자 그녀는 울부짖듯 속삭였다.

"그래, 그래서 총살을 당할 테냐! 안 돼. 절대로 너를 이렇게 보낼 순 없다."

 말이 점점 속도를 내며 달리기 시작하자, 그녀는 사력을 다해 달리다가 급기야는 거의 끌려가다시피 발이 땅에 질질 끌리고 있었다. 하지만 그녀의 의지는 변함없었다. 그러자 그 남부 군인은 더는 그 광경을 못 보겠다는 듯 말을 멈추고 그녀에게 말했다.

 "부인, 그래봤자 아무 소용없습니다. 이건 명령이란 말입니다. 죄송하지만, 부인, 이곳의 모든 아들들이 전쟁터에 나가 싸워야만 합니다."

 "하지만 내 아들만은 안 돼!"

 그녀는 가쁜 숨을 몰아쉬며 단호하게 외쳤다. 그녀의 모자는 등 뒤에 매달려 있었고 곱슬머리는 산발한 채 그녀의 작고 야윈 얼굴 여기저기에 달라붙어 있었다. 눈빛은 지친 기색이 역력했고, 숨은 목까지 차올라 가슴이 심하게 요동쳤다.

 "만일 내 아들이 가야만 한다면 나도 따라가겠소······. 게다가······ 난 노예제도를 신봉하지 않소. 우리나라가 세워진 기초 정신이 자유 아니었소? 우리가 진정으로 원하지 않는 것을 당신네들을 위해서 내 아들에게 굳이 싸움을 시키겠단 것이오?"

 그 군인은 잠시 그녀를 바라보더니 이내 다소 냉담하게 명령을 내렸다.

 "자, 출발한다!"

 말은 다시 움직이기 시작했고, 그는 갈색으로 빛이 바랜 옷을 입은 이 왜소한 여자가 끈질기게 아들의 다리에 매달려 숨이 차 헐떡거리는 모습을 애써 외면했다. 그녀의 발은 험한 도로 위에서 반은 공중에 뜬 채로 질질 끌려가고 있었다. 그녀의 입술은 거친 숨을 몰아쉬느라 벌어져 있었고, 갈색 눈빛은 절망에 휩싸인 채 멍하니 앞을 향하고 있었다. 그녀의 아들은 낮은 소리로 흐느끼며 그녀를 굽어보고 있었다.

"오, 어머니…… 어머니…… 어머니……."

그건 차마 볼 수 없는 광경이었다. 그 남부 군인은 약 2킬로미터 가까이 못 본 체하며 행진하다가 갑자기 멈춰서더니 말에서 내렸다. 그러고는 자신의 모자를 벗고 그녀 앞에 고개를 숙이며 말했다.

"부인, 제가 졌습니다. 아들을 데려가십시오."

그러고 나서 병사들을 향해 명령했다.

"밧줄을 풀어줘라."

얼마 후 그녀와 아들은 길 위에 단둘이 남겨졌다. 멀리서 말 탄 병사들이 아무도 타지 않은 말 한 필과 함께 사라져가는 것이 보였다. 아들은 형언할 수 없이 애처로운 눈빛으로 어머니를 바라보았다. 그녀는 황망한 눈빛으로 아들에게 기대어 간신히 바짝 마른 입술을 열었다.

"그렇게 할 순 없지, 암!"

하지만 이런 일이 또다시 일어나지 않으리라는 보장이 없었다. 아마 다음에 들이닥칠 군인은 이번 군인처럼 관대하지 않을지도 모른다. 온 가족이 힘을 합쳐 코넬리우스를 숨겨야만 했다. 코넬리우스는 그날 밤 집을 떠났다. 간단한 침구류와 음식 한 바구니를 싣고, 말을 타고 드루프 마운틴이라고 불리는 먼 산속으로 몸을 숨겼다. 그 산의 정상에는 컵처럼 움푹 파인 작은 골짜기가 있었는데, 그곳에는 쓰러져가는 텅 빈 오두막 한 채와 잡초만 무성한 땅이 있었다. 이곳에서 이 젊은 청년은 전쟁이 끝날 때까지 2년 동안 살았다. 그는 땅을 파서 콩과 옥수수, 밀을 심었고, 수확기에는 밤에 가족이 사는 곳으로 몰래 찾아와 수확한 곡식들을 갖다주었다. 그리고 그가 필요한 물건들을 가져갔다. 남북 군대가 서로 싸우며 몇 차례 휩쓸고 지나간 리틀 레벨의 땅은 점점 황폐해졌고, 곡식 창고는 노략질당하기 일쑤였다. 코넬리우스의 집도 예외는 아니어서 그가 간신히 가져다주는 빈약한 수확물이 그나마 가족의 주된 식량이 되었다.

캐리의 삶 중 남북전쟁이 점령한 이 시기를 나는 일부러 역사책에 나와 있을 법한 이야기를 쓰고 있지 않다. 나는 그녀가 어린 딸 — 중국이라는 이국땅에서 그녀의 눈을 통해 미국을 바라보고, 내가 한 번도 보지 못한 조국에 대한 그녀의 이야기에 마음을 빼앗겼던 한 미국인 소녀 — 에게 들려주었던 이야기를 쓰고 있는 것이다.

나는 전쟁에 대해 잘 알고 있었다. 우리처럼 당시 중국에 머물고 있던 백인들은 반외세 비밀단체였던 의화단 봉기의 가능성과 미래에 대한 불확실성 때문에 항상 불안에 떨며 살고 있었다. 대피해야 하는 긴급 상황에 대비해서 후다닥 옷을 입고 피신할 수 있도록 매일 밤 내 옷은 침대 바로 아래 놓여 있었다. 캐리는 내게 옷을 놓는 방법과 신발 끈을 가장 빨리 묶는 방법, 나가면서 의자 옆의 마룻바닥에서 모자를 요령 있게 집어 드는 방법 등을 가르쳐주었다. 그래야 동양의 살인적인 태양이 위세를 떨치는 낮 동안의 강행군을 견딜 수 있었다. 집에는 나보다 더 어린 동생이 있었기 때문에 내 일은 스스로 알아서 해야 했다. 캔 우유 한 바구니가 늘 아기를 위해 준비되어 있었는데, 이 바구니는 나가면서 바로 집어 들 수 있게 문 옆에 놓아두었다. 캐리는 이 모든 걸 용의주도하면서도 의연하게 준비해놓았다. 그녀는 어린 우리가 두려움에 떨며 사는 걸 원치 않았고, 우리도 그녀가 항상 우리를 돌봐줄 것이라는 사실을 잘 알고 있었다.

두려움을 모르는 그녀의 기질은 그녀가 물려받은 강인한 성정을 넘어서 그녀가 어린아이였을 때 4년간의 남북전쟁을 치르면서 단련되었다. 1900년, 그 길고 무더운 여름날 우리는 그녀에게 이렇게 졸라대곤 했다.

"미국에서 일어난 남북전쟁에 대해 이야기해주세요!"

그러면 그녀는 남북의 경계선에 있어 남북 군사들이 끊임없이 충돌하던 격전지, 웨스트버지니아의 고원지대에서 성장하던 어린 소녀의 시선으로 본 부침 많았던 세월의 이야기를 들려주었다. 후에 내가 이 시기의 역사를 공부하게 되었을 때, 책에 기록된 모든 내용은 이미 그녀에게서 배운 것들이었다. 그녀의 이야기는 어느 책보다도 더 생생하고 가슴에 와 닿는 살아있는 역사였다.

나는 당시 군대 이동 경로는 물론, 그들의 사기까지 짐작할 수 있었다. 초기엔 더없이 의기충천하고 확신에 차 있던 남부동맹의 분위기는 점차 복수심으로 불타오르고 처절해지더니 절망적으로 변했고 끝내 격퇴당하고 말았다.

캐리는 짙은 눈망울을 반짝거렸다.

"북부 군인들은 당시 북군의 지휘관이었던 셔먼 장군이, 너무 넓고 황량해서 까마귀조차 옥수수 낟알 한 톨도 발견할 수 없다는 조지아주를 바로 잇는 철도를 놓을 것이라고 호언장담하곤 했지*."

그녀는 보다 단호한 어조로 말을 이었다.

"셔먼은 전쟁은 지옥이라고 했지. 글쎄다. 지금 그게 맞는 말인지. 그가 직접 확인을 하면 좋겠구나. 이후 오랜 평화의 날들이 그와 함께 지나갔지."

그녀는 또 이렇게 말하곤 했다.

"우리 가족은 노예제도를 따를 수 없었으니까. 아마도 링컨보다 더했을 거다. 우리는 미국인이었고, 미국 땅에서 노예들을 볼 수는 없었지만 그렇게 하는 것이 옳다고 생각했지. 하지만 그 많은 노예들을 한꺼번에 해방시킬 길이 없었단다. 전쟁이 끝난 후 우리는 함부로 바깥을 돌아다닐 엄두를 내지 못했지. 마을에는 흑인이 눈에 띄게 줄었고, 큰오빠 코넬리우스는 자유의 몸이 된 노예들을 다시 잡아들이기 위해 큐 클럭스 클랜**에 억지로 가입해야만 했지. 그렇게 우리 가족은 홀로 남겨지게 됐단다."

캐리는 갑자기 뭐가 우스운지 얼굴에 웃음기가 번지더니 의자에 앉아 눈물이 나올 때까지 깔깔거리고 웃었다.

"어느 날 아침이었지. 북부 군인들이 과수원에서 야영을 하던 날이었어. 때는 겨울이었고 나무들은 가지만 앙상했지. 난 헛간 뒤에서 그들을 보려고 밖으로 나갔단다. 왜냐하면 주변사람들이 그들은 악마처럼 뿔이 나 있다는 얘기를 했었거든. 그런데 괴상하게 생긴 열매들이 나무에 주렁주렁 매달려 있지 않겠니? 난 어리둥절

---

* 조지아주 애틀랜타의 방화는 셔먼의 초토화 작전에 따른 것이었다. 철로의 궤도를 두들겨 펼 수 있을 정도로 가열한 다음 꼬아서 감아버려 못 쓰게 만들었는데, 남부는 철이 부족했으므로 이런 철로 파괴 작업은 치명적이었다. 그 후 애틀랜타와 연결되는 남부동맹의 철로는 오직 한 개만 남게 되었다.
** Ku Klux Klan. 백인 우월주의를 내세우는 미국의 극우비밀결사단체

해져서 가까이 다가가보니, 아니 그게 빵 덩어리들이더구나. 군인들은 시큼한 옥수수 빵을 배급받았는데, 그걸 먹지 않고, 재미로 나뭇가지에 매달아 놓았던 거였어. 그 모습이 얼마나 우습던지! 그 덕에 새들은 몇 달 동안 배를 채울 수 있었지."

"그 군인들은 정말 뿔이 달렸던가요?"

말이 끝나기가 무섭게 내가 묻자, 캐리는 눈빛을 반짝이며 대답했다.

"아니, 그들도 우리랑 똑같이 생겼단다. 그것 때문에 난 좀 실망했지만 말이다."

바로 다음 이야기는 우리가 가장 좋아하는 이야기 중에 하나였다. 우리는 캐리에게 이 이야기를 해달라고 수시로 조르곤 했다.

어느 날 헤르마누스는 북부 군대가 다가오고 있다는 소식을 들었다. 당시 그는 유복한 이웃 사람들이 맡긴 값비싼 옛 보석들을 세공하고 있었다. 그는 군인들에게 보석들을 뺏길까봐 늘 전전긍긍했다. 그 보석들은 그의 능력으로는 도저히 돈으로 되갚을 수 없는 액수였기 때문이었다. 그래서 고민 끝에 그는 그것들을 숨기기로 마음먹고, 뚜껑 달린 작은 바구니에 보석들을 넣어 정원과 붙어 있는 목초지로 가지고 나갔다. 그곳에는 납작하고 큼지막한 돌이 하나 있었는데, 그는 바구니를 그 아래에 밀어 넣었다.

오후가 되자 북부 군인들이 들이닥쳤고, 공포스럽게도 그들은 야영 장소로 바로 그 목초지를 선택했다. 그들은 그 돌 위에 앉기도 하고 식탁으로 사용하기도 했고, 밤에는 그 위에 천막을 쳤다. 헤르마누스는 창문에 달라붙어서 이 모든 광경을 숨죽이고 지켜보았다. 저녁이 되어 어스름이 깔릴 때까지는 안전한 듯 보였다. 하지만 어둠이 짙어지자, 큰 횃불이 불타고 있었지만 희미하게 어른거리는 그림자만으로는 무슨 일이 벌어지고 있는지 알 길이 없었다.

헤르마누스는 그날 밤 거실로 나아가 가족 모두에게 기도하라고 얘기해놓고는 보석을 주인에게 빨리 돌려주지 않은 자신을 책망하면서 만일 보석을 잃어버리기라도 하면 어떻게 해야 할지 혼란에 휩싸여 생각에 골몰해 있었다. 그 보석 주인은 자부심으로 똘똘 뭉친 남자였고, 고집 세고 절대로 손해 보지 않는 계산적인 사람으로 악명이 높았다. 더구나 그가 맡긴 보석은 집안 대대로 내려오던 보석이라 무엇으로도 대신할 수 없었다. 동이 트자 군대는 다른 곳으로 이동했고, 헤르마누스는 걱정으로 혼절할 지경인 몸을 이끌고 내달렸다.

그는 돌 아래를 보려고 몸을 구부렸다. 다행히 작은 보석 바구니는 그가 놓아둔 그대로 안전하게 놓여 있었다. 캐리는 다행스러운 이 대목을 전할 때 나지막한 목소리와 동그래진 눈, 생동감 넘치는 표정으로 더욱더 이야기를 흥미진진하게 만들었다. 우리는 마침내 깊은 안도의 한숨을 내쉬었다.

그녀는 대체로 저녁 시간에 이야기를 들려주곤 했는데, 그때 우리는 베란다에 앉아 벼가 익어가는 논과 골짜기 사이로 보이는 짚으로 만든 농가의 지붕들과 저 멀리 언덕배기 대나무 숲에 걸려 있는 듯한 사원의 가느다란 탑을 바라보곤 했다. 하지만 우리는 실제로 이것들을 본 게 아니었다. 우리가 마음속으로 보고 있었던 것은 머나먼 우리 조국의 땅에 펼쳐진 광활한 평야와 울퉁불퉁한 산기슭, 그 위로 질주하는 말들과 푸르스름하고 회색빛의 군복을 입은 병사들의 깃발 물결들이었다.

남북 군대가 드루프 마운틴에서 격전을 벌일 때가 가장 무시무시한 순간이었다. 산 너머에서 밤낮없이 지축을 흔드는 대포 소리가 들려왔고, 가족들은 부디 코넬리우스가 은신처에서 포로로 잡히지 않기만을 바라면서 공포에 질려 기도조차 할 수 없었다. 그러나 새벽녘 코넬리우스는 손과 옷이 찢어지고 맨다리는 심하게 긁힌 채 비틀거리며 집 안으로 들어왔다. 그는 낮 동안 동굴에 숨어 있다가 어두워지자 깎아지른 듯한 절벽을 타고 도망쳐 내려왔다. 그는 다행히 큰 부상 없이 목숨을 건졌지만, 그가 씨를 뿌리기 위해 일궈놓은 땅은 포탄으로 쑥대밭이 되고 말았다.

그 시절에는 집에 먹을 것이라고는 1리터 분량의 마른 콩을 제외하고는 아무것도 없는 날도 있었다. 그런데 바로 그날, 절망 속에서 도망치던 헐벗고 굶주린 남부 병사들이 찾아든 것이다. 그 자그마한 프랑스 여성은 그들을 위해 집 안에 있는 콩들을 다 그러모아 요리를 했다. 그래서 모두에게 돌아갈 분량의 수프와 콩요리가 만들어졌다. 그날 오후 그녀의 자식들은 저녁거리를 마련하기 위해 민들레 잎사귀를 따러 헤매 다녔다.

이 이야기를 포함해 다른 많은 일화들은 캐리가 무더운 여름날 중국 시가지를 벗어난 곳에서 들려주곤 했다. 그곳에서 우리는 이방인인 우리 자신의 서글픔과 외로움을 조금은 달랠 수 있었다.

나는 캐리의 이야기를 들으며 나의 조국과 내 나라 사람들의 영웅적 모습에 빠져들었고, 그로 인해 나의 조국애는 더 강해졌다. 캐리는 결코 두려워하는 법이 없었다. 그녀는 이미 어린아이일 때 부상당하고 피 흘리는 남자들을 보았고, 의연하게 굶주림을 견디며 먹을 게 없을 때는 어떻게든 변통해가면서 순간순간 최선을 다해 생존했던 것이다. 그리고 이러한 모든 시련은 당시의 탁월한 시대 정신에 의해 미화되고 추억되었다.

남북전쟁이 끝났을 때 캐리는 여덟 살이었다. 다른 이웃들처럼 그녀의 가족들도 새로운 환경에서 다시 정착해야 했다. 패배를 인정하자, 새로운 삶을 시작하려는 열기가 곳곳에서 요동쳤다. 지난 4년간의 전쟁 기간에는 학교도 문을 닫았었다. 캐리는 알파벳을 한 자 한 자 물어가며 독학으로 읽는 법을 겨우 터득했지만, 어린 동생들은 읽는 법조차 몰랐다. 그와 같은 처지에 놓인 아이들이 한 둘이 아니었다. 지난 4년 동안 그들의 부모들은 너무도 곤혹스러운 삶 속에서 연명해왔다. 아버지는 전쟁터에 나가 절망적으로 싸웠고, 어머니는 아버지를 대신해 농사일을 하고 집안일을 돌보며 어떻게든 생계를 꾸려가기 위해 이를 악물었다. 이제 사람들은 전쟁 기간 동안 황폐해졌던 삶을 제자리로 돌려놓기 위해 학교부터 열어야 한다는 생각들을 갖고 있었다.

교육받지 못한 동생들의 무지를 뼈저리게 느끼던 코넬리우스는 시내에서 학교를 세운 첫 번째 설립자가 되었다. 그는 농사일을 돌보면서 이른 아침과 귀가 후 밤 시간을 이용해 독학을 했다. 학교는 교회의 방 한 칸을 빌려 시작되었으나, 점차 빠른 속도로 확장되어 마침내 독립된 학교 건물이 생겼고, 후에는 아카데미라는 체계적인 학교로 알려지기에 이르렀다.

캐리에게 학교는 삶의 관문과도 같은 것이었다. 배움에 목말라 있던 그녀는 지난 2년을 참기가 힘들었다. 지식은 늘 그녀가 궁금해하던 많은 것들을 이해할 수 있게 도와주었다. 그녀는 어떤 면에서는 꽤나 엉뚱한 아이였다. 상상력이 풍부하고 열정적이고 민감했으며, 지극히 현실적인 상식들과 심오한 신비주의 사이의 애매한 결합을 좋아했다. 그녀는 밤이면 하얀 집 앞으로 펼쳐진 초원의 깊은 풀숲 사이를 맨다리로 거닐다가 별들을 바라보며 누워 있곤 했다. 깊은 밤하늘을 수놓고 있는 별들을 바라보며 사색에 잠기고 무한한 우주를 헤아리면서 막연한 동경심을 품곤 했다. 별들은 그녀에게 매혹적인 존재였다. 나는 그녀가 중국 도심지의 뜨거운 여름밤에 시끄러운 거리의 소음을 뒤로하고 그녀의 방 창문에 기대어 서서 칙칙한 보랏빛 하늘에 무거운 추처럼 매달린 금빛 별들을 바라보며 이렇게 말했던 걸 기억한다.

"내가 어릴 적 그 초원 위에서 바라보았던 별들과 같은 별들이라는 게 믿어지질 않는구나. 그때의 별들은 아스라이 먼 곳에서 은빛으로 찬란하게 빛났었는데, 이곳의 별들은 너무 가까이서 뜨거운 고체 덩어리처럼 빛나는구나. 어릴 때 나는 그곳에 투명하고 아름다운 요정 같은 사람들이 살고 있을 거라 꿈꾸곤 했지. 하지만 이곳의 별에는 마치 뜨겁고 사악한 사람들이 살고 있을 것만 같구나. 저기 사원 지붕 끝에 매달려 있는 붉은 오리온자리를 보렴!"

마을 학교에서 캐리는 천문학을 배웠다. 수학은 다소 그녀를 낙담시키는 과목이었지만, 천문학은 그녀가 가장 좋아하는 과목이었다. 캐리는 무미건조한 지식 뒤로 생동감 넘치는 상상의 나래를 펴곤 했고, 그렇게 천문학이란 과목에 생명력을 불어넣었다. 그녀의 큰오빠 코넬리우스는 타고난 교사였고, 그녀는 총명한 학생이었다. 비록 그녀가 이해력이 빠른 만큼 암기력은 그다지 좋지 않았지만 말이다. 이렇게 이 둘은 남매지간의 유대감뿐만 아니라, 사랑받는 학생과 열렬한 존경을 받는 선생님의 관계이기도 했다.

웨스트버지니아의 그 작은 마을에서 전후의 삶은 정신적인 갈급함과 어쩔 수 없이 수도자처럼 사는 모습이 어우러져 있었다. 캐리는 이런 시대적 공기를 마시며 젊은 시절을 보냈고, 그녀의 성정에는 아름다움을 향한 동경과 심미안이 영원히 자리하게 되었다. 또한 이러한 시대적 분위기는 캐리에게 다양한 경험을 할 수 있게 했고, 그 안에서 다채로운 즐거움을 맛보게 했다. 언젠가 그녀는 이런 말을 했었다.

"난 생계를 위해 필요한 모든 일을 했었지. 근데 난 오히려 그 일들을 즐겼단다. 남북전쟁이 끝난 후엔 가게들도 없어져서 물건을 살 수도 없었기 때문에 우리는 아마를 직접 재배해 실을 짜서, 침대 시트며 식탁보며 속옷 등을 만들었단다. 그리고 우리가 손수 짠 리넨 실을 엮어서 만든 옷들을 염색했지. 나는 여러 종류의 허브와 나무껍질, 또는 다양한 식물의 뿌리가 어떤 색깔을 낼 수 있는지 배웠단다. 때때로 염색이 실패할 때도 있었는데, 그때는 그냥 모두 똑같은 색의 옷을 입어야 했지. 또 우리는 양털을 깎아 깨끗이 씻어 보풀을 세우는 작업을 한 후에 그것을 짜고 엮었단다. 그 모든 걸 배울 수 있었다는 것을 난 정말 기쁘게 생각한단다."

그들은 청미래 덩굴의 긴 실버들 가지를 이용해 자신들의 치마를 부풀릴 버팀테도 직접 만들었다. 버들가지로 만든 버팀테는 바짝 말라서 떨어져 나가기까지는 꽤 잘 붙어 있었다. 나는 버팀테에 관한 에피소드를 거듭 묻곤 했는데, 캐리는 그때마다 변함없이 신나는 어조로 답해주었다.

"내 버팀테가 어떻게 떨어졌냐고? 그래, 주일 아침이었지. 그날은 선교 사역에 대한 간증이 있어서 작은 교회가 발 디딜 틈 없이 가득 찼단다. 사모였던 던롭 부인이 내 옆에 앉아 있었지. 그녀는 참으로 사랑스런 부인이었고, 난 정말 그분을 좋아했었단다. 그런데 좀 뚱뚱했던 그녀가 내 옆에 바짝 기대 앉는 바람에 나는 점점 그녀의 몸이 불어나고 있는 것처럼 느껴야 했어. 게다가 무더운 여름날이었지. 그녀의 계속 불어나는 듯한 몸은 드디어 내 버팀테를 밀어붙였단다. 그때 내가 입고 있던 치마는 결코 큰 편이 아니었단다. 왜냐하면 아버지께서는 우리가 큰 옷을 입는 걸 허락하지 않으셨거든. 하여튼, 그 버팀테는 점점 올라와서 치마를 창피할 만큼 높이 들어 올렸단다. 나는 치마를 끌어내리려고 안간 힘을 다 썼지만 소용이 없었지. 결국 난 절망에 휩싸였단다. 설상가상으로 내 뒤에 앉아 있던 남자아이가 키득거리는 소리를 들을 수 있었거든. 그래서 나는 죽을 힘을 다해 치마를 힘껏 밑으로 내렸지. 그러자 딱 하고 부러지는 소리가 들리더니 순식간에 내 치마는 밑으로 스르륵 내려갔단다. 내가 그렇게 서 있는 모습을 너희들이 보았다면…… 워낙 길었던 치마는 내 몸 어딘가에 붙은 채로 바닥에 질질 끌리면서 치렁치렁 매달려 있었지. 착한 던롭 부인이 마침 내 앞에 서주어서 나는 그녀 뒤에서 살금살금 빠져나가 마차에 후다닥 올라탔지. 나중에 우리는 배꼽을 잡고 웃었지만, 그날은 정말 생각만 해도 오싹할 정도로 당황스런 날이었단다. 물론 나도 웃음을 참을 수가 없었지. 내 꼴이 정말 우습다는 걸 누구보다 잘 알고 있었으니까. 아버지는 그 일을 두고 내게 허영에 대한 징벌이라고 말씀하셨지. 아마 그럴 수도 있겠지만, 내 생각으로는 그 청미래 덩굴이 너무 말라비틀어진 나머지 던롭 부인의 체중을 견딜 수 없었던 것 같구나."

중국 도심지에 사는 어린 미국 아이들이었던 우리에게는 캐리가 겪은 흥미진진한 이야기들 중에 사탕단풍 이야기만큼 더 마음을 들뜨게 하는 건 없었다. 전후, 그 당시 집에서는 모든 것을 거의 자급자족했는데, 단 예외가 있다면 헤르마누스가 매일 아침 마셔야 하는 초콜릿 차와 커피, 홍차였다.

지금까지 나는 단풍당을 만들어본 적도 없었거니와, 나무를 잘라 그곳에서 자당이 나오는 것을 본 적도 없었지만, 마음속으로는 이미 그것을 수없이 경험했다. 꿈속에서 말고는 사탕단풍나무를 찾아볼 길 없는 동양의 나라에서 나는 캐리 덕분에 그 나무를 자주 볼 수 있었다. 아직 한기가 도는 이른 봄이지만 나무에 작은 구멍을 내고 목재 튜브를 끼운 후, 아래에 양동이를 놓아 두면 달콤한 수액이 콸콸 흘러 떨어진다. 양동이가 가득 찰 정도로 충분한 수액이 모아지면 단풍당 캠프에 갖다놓은 쇠솥에 들이붓는다. 소년들은 장작으로 쓸 나무를 패고, 대충 만들어놓은 기중기 위에 걸린 쇠솥 아래에서 불은 활활 타오르고 수액은 끓기 시작한다.

그리고 나면 신나는 시간이 시작된다. 시내의 소년 소녀들이 모두 모여 단풍당이 만들어지는 과정을 지켜보면서 그것을 휘젓기도 하고, 솥 아래에 장작들을 쑤셔넣기도 한다. 눈이라도 내리면—마땅히 그래야 하지만—그 들뜬 시간들과 수많은 놀이와 한바탕 터지는 웃음들 사이로 터보건 썰매가 질주한다. 뺨들은 모두 발그레하게 물들고, 눈빛들은 반짝반짝 빛나고, 사방이 신나는 축제 분위기다.

시간이 지나 걸쭉해진 단풍 시럽은 큰 나무통에 담아져서 메밀 케이크나 와플 또는 팬케이크를 만드는 데 요긴하게 쓰인다. 만약 설탕가루가 필요하다면 수액을 더 오래 끓여야 한다. 그러나 언제 불을 끄고 그 뜨거운 수액을 그릇에 부어야 하는지를 판단하는 것은 보다 경험 많은 사람의 몫이다. 커다란 둥근 틀에서 만들어낸 각설탕은 1년 내내 주방에서 사용된다. 또한 수백 개의 하트 모양과 별 모양, 초승달 모양의 그릇들에 쏟아 부어 각양각색의 각설탕을 만들어낸다. 가장 신나고 달콤했던 기억은 뜨거운 설탕을 눈 위에 부어 순식간에 응결된 것을 먹는 일이었는데, 눈과 함께 떠낸 딱딱해진 설탕의 맛은 그야말로 일품이었다. 설탕 만드는 일이 끝나고 나면 모두가 코끝을 찌르는 달콤한 공기 속에서 저마다 노래를 부르며 집으로 돌아갔다. 설탕을 너무 많이 먹어서 탈이 나는 경우는 거의 없었다. 캠프가 열린 숲은 매우 청량했고, 사방에 덮인 눈은 더없이 희고 깨끗했으며, 쌀쌀한 공기는 한없이 상쾌했다. 무엇을 아무리 많이 먹어도 끄떡없을 정도로 모두 건강할 수밖에 없었다. 이처럼 캐리가 우리에게 심어준 우리 조국, 미국에 대한 꿈과 이미지는 정말 아름다웠다.

눈은 또 어떤가! 캐리가 우리에게 보여준 미국 땅에 내린 눈은 그 얼마나 황홀했던가! 예전에 가끔씩 춥고 습한 겨울날에는 중국 남부지역의 도심지에도 가는 눈발이 흩날리곤 했었는데, 그때 우리는 창유리에 얼굴을 대고 눈송이가 떨어지는 것을 지켜보았다. 잿빛 하늘에서 떨어지는 무수한 흰 눈송이들은 지붕의 검정 타일에 닿자마자 녹아내렸다. 바람에 작은 눈발이 마치 이슬처럼 날아다니던 안뜰로 나가 우리는 껑충껑충 뛰면서 이렇게 소리치곤 했다.

"와! 눈이다. 눈이 내린다!"

전례 없이 추웠던 어느 겨울날, 성곽 밖에는 함박눈이 소복소복 내렸다. 그곳에는 버려진 묘지가 있었는데, 튀어나온 그루터기를 유심히 살피지만 않는다면 세상은 그야말로 새하얀 동화의 나라 같았다. 눈이 살포시 내려앉은 대나무는 솜털옷을 입은 것 같았고, 자그마한 어린 소맥들은 묘지를 덮은 새하얀 땅 사이에서 아스라한 초록빛을 띠고 서 있었다.

캐리는 캔 우유가 들어 있던 상자의 나무판을 뜯어서 풀로 엮은 밧줄을 연결해 썰매를 만들었다. 우리는 중국 무덤들 사이에 가파른 경사로를 만들어 그 썰매를 타고 미국의 터보건 썰매를 상상하며 신나게 내달렸다.

몇 년 후에 나는 버지니아주 블루마운틴의 깊은 숲 속에 내리는 진짜 눈을 보았는데, 캐리가 내게 들려준 이 눈을 나는 이미 마음으로 보았었다. 나는 눈 아래 숨어 있는 드넓은 목초지를 보았고, 두꺼운 담요를 덮고 있는 지붕들, 그리고 그 아래 아늑하고 유쾌하게 내다보는 창문들과 평온한 하늘로 모락모락 피어오르는 굴뚝 연기를 보았다. 이 모든 것은 그녀가 말한 그대로였다. 길모퉁이만 돌면 언덕이 펼쳐지는 지점에서 내 마음은 분명히 눈 위의 그림자가 푸른 빛깔로 반짝이고 있을 것이라고 외치고 있었다. 그러고 나서 길모퉁이를 돌자, 그곳에 푸른빛의 그림자가 펼쳐져 있었다. 수만 마일 떨어진 곳에서 내가 이것들을 눈으로 직접 보기 10년 전부터 캐리는 내게 이 모든 것을 보여주고 있었던 것이다.

캐리가 느끼던 미국의 모든 아름다움은 그녀의 어린 시절부터 미국을 떠나던 스물세 살 때까지 그녀의 삶 속에 깊이 스며들었다. 만일 캐리가 아버지로부터 받은 가장 큰 선물이, 아름다움이 어디에 있는가를 보여주는 것이었다면, 그녀에게는 애당초 그 선물이 거의 필요하지 않았다. 왜냐하면 그녀는 이미 심미안을 갖고 있었기 때문이다. 그녀는 계절이 바뀔 때마다 늘 새옷으로 갈아입는 초원과 산과 계곡의 광활한 아름다움을 놓치는 법이 없었다.

또한 이끼와 앙증맞은 꽃봉오리, 곤충들과 같은 작은 생명들이 지닌 아름다움도 지나치는 법이 없었다. 언젠가 캐리는 빨강과 검정의 화려한 무늬를 갖고 있는 거미를 내려다보고, 그 색깔에 매료되어 손가락을 뻗어 만진 적이 있었는데, 그때 거미한테 쏘여 팔 전체가 독이 올라 퉁퉁 부었었다. 그 이후로는 그냥 보는 것으로 만족해야만 했지만 독거미에게 쏘여 그렇게 고생을 하고도 그녀는 여전히 그것을 아름답게 보았다.

아름다움을 향한 열렬한 사랑과 그것에 대한 민감한 반응은 그녀의 피와 뼈, 감각에 각인돼 있었고, 아름다움 앞에서 자유분방해지는 기질 또한 그녀의 일부분이었다. 캐리는 따뜻한 봄 햇살이 내리쬐는 초원 위에서 술에 취해 웃고 불꽃을 터뜨리고 춤을 출 줄 아는 사람이었다.

또한 맑고 담백하며 안정된 것들이 지닌 아름다움도 찬미했다. 그녀가 볼 때 달빛 아래 산 어귀의 호숫가도 아름다웠고, 정갈하게 정리된 그릇들이 반짝거리며 윤을 내는 주방의 산뜻함과 질서도 아름다웠다. 남북전쟁 이후 간소한 생활을 꾸려갈 때 그녀가 누렸던 즐거움 중에 하나는 새 그릇들을 살 곳이 없어서 그녀의 할아버지가 네덜란드에서 가지고 온 하얀 버드나무 문양의 도자기와 얇은 크리스털 와인잔을 사용하는 것이었다. 다른 할 일도 많은데 매일

같이 그것들을 닦으면서 캐리는 손 안에서 느껴지는 섬세한 감촉을 즐겼는지도 모른다. 이 또한 그녀의 인생에서 아름다움을 음미하던 기억의 한편으로 남아 있다.

캐리에게는 심미안적인 천성이 있었다. 가령 그녀는 실크, 자기류, 리넨, 벨벳, 장미잎, 솔방울 등의 감촉을 사랑했다. 나는 그녀가 대나무 잎을 문지르며 그 부드러우면서 뻣뻣하고 마른 감촉을 느끼면서 이렇게 중얼거리곤 하던 걸 기억한다.

"단단하면서도 부드럽고, 또한 섬세하구나."

캐리는 또한 예민한 후각을 지녔었다. 중국에서 사는 그녀에게 가장 큰 고문 중에 하나는 성곽 밖에서부터 정원에까지 풍겨오는 인분과 퇴비의 악취였다. 도시에서 수거한 분뇨는 땅을 기름지게 하고 열매를 빨리 맺게 하는 데 주된 비료로 쓰이고 있었다.

나는 캐리가 다시 미국으로 돌아왔던 때의 이야기를 영영 잊지 못한다. 그녀는 초원의 깊은 숲 속에서 무릎 꿇고 앉아서 거듭 깊은 숨을 내쉬었다 들이마시거나 코로 짧게 숨을 들이마시면서 온갖 냄새들을 맡곤 했다.

"그게 뭐죠?" 우리가 뭐 하나라도 놓칠까봐 부리나케 물으면 캐리는 유쾌하게 대답해주곤 했다. "그냥 모든 냄새지! 미국이란 나라에서 가장 사랑스런 것 중 하나가 바로 이 냄새라는 것을 알고 있니? 아! 사랑스럽고 사랑스러운 냄새!"

캐리는 솔잎을 한 줌 쥐고서 양손으로 비비다가 코에 갖다 대는 것을 좋아했다. 그러다가 그 향에 흠뻑 취해 황홀함에 눈을 감곤 했다. 캐리는 특히 솔잎처럼 코끝으로 진하게 퍼지는 향이나 월계화의 은은한 향을 좋아했다. 반면에 동양의 꽃들은 별로 좋아하지 않았는데, 그 까닭은 사향 냄새가 나는 달콤함 때문이었다.

캐리는 음악에도 조예가 깊었는데, 그녀에게 음악은 감정이나 느낌의 파동이었다. 내가 참을성 없는 사춘기 소년이었을 때 캐리가 음악을 들으면서 늘 눈물을 흘리는 모습이 꽤나 성가시게 느껴졌었다. 그건 괴로움의 눈물이라기보다는 워낙 풍부한 감수성을 지닌 탓에 도저히 아름다운 음악의 선율에 영향을 받지 않을 수가 없어서였는데 나는 사춘기 특유의 오만함을 가지고 이렇게 물었다.

"눈물을 참을 수 없다면, 왜 계속 듣고 계신 거죠?"

그러면 캐리는 나를 깊은 눈으로 멀거니 응시하다가 입을 열었다.

"넌 지금 이해하지 못할 거야. 어떻게 이해하겠니? 넌 아직 인생을 오래 살지 않았는데. 언젠가는 너에게도 음악이 기교나 멜로디가 아니라 한없이 서글프면서도 저항할 수 없이 아름다운 인생의 의미 그 자체로 들릴 때가 찾아올 게다. 그땐 너도 이해하겠지."

또한 캐리는 색깔에도 무한한 애착을 갖고 있었는데, 이해하기 어려운 모순된 성향이 그 안에 있었다. 그녀는 언제나 엷고 부드러운 파스텔 톤의 은은한 색조를 선택했다. 나는 그 이유가 늘 궁금했다. 왜냐하면 내가 느낀 그녀의 열정적이고 자유분방한 성정은 보다 원시적인 색조와 어울릴 것 같았기 때문이다. 진실 여부를 떠나서 내가 믿는 색깔 이론이 하나 있는데, 본능적으로 선택하는 색깔로 그 사람의 참모습을 엿볼 수 있다는 것이다. 옛 제국주의 중국의 상징인 빨강과 노랑은 그녀에게는 늘 혐오의 대상이었다. 나는 거기에는 그녀를 놀라게 한 방종의 이미지가 있었다고 생각한다. 정염에 대한 방종이랄까. 그것이 그녀를 그토록 불편하게 한 이유는, 그녀 스스로도 자신의 핏속에 지나친 열정이 숨어 있다는 것을 어렴풋이 자각하고 있었기 때문이리라. 그래서 자신의 본능적인 반응에 두려움을 느꼈던 것이다. 캐리는 베란다 계단 옆에서 자라고 있던 미국산 월계화의 엷은 노란빛과 고풍스러운 연어살빛 패랭이꽃의 느낌을 사랑했다. 후에 그녀가 백발이 되고 은빛 가운을 즐겨 입었을 때, 늘 이 두 가지 색 중에 하나를 그녀 주변에서 발견할 수 있었다.

나는 캐리가 자신 안에 지나치게 열정적이고 원기가 넘치는, 이교도적인 면이 있음을 알고 있었다고 생각한다. 하지만 그녀의 핏속에 흐르는 청교도적인 면이 그녀가 살았던 힘든 시대와 맞물려 그녀 안에서 꿈틀대는 자유분방한 면을 엄격히 통제했을 것이다.

만일 그녀가 현재 누워 있는 외로운 묘지에서 깨어난다면, 방금 내가 적었던 글에 반감을 표하리라는 생각이 든다. 그녀는 불편한 기색으로 내게 이렇게 말할 것이다.

"죽은 나에 대해 네가 방금 썼던 그 이교도적 요소들과 평생을 싸워온 내가 아니더냐?"

그녀의 반문에 대답할 수만 있다면 나는 이렇게 대답할 것이다.

"아, 그럼요. 우린 그 투쟁을 봐왔지요. 하지만 아주머니가 그토록 혐오하던 아주머니 안의 바로 그 기질들 때문에 우리가 아주머니를 더 많이 사랑했던 건 아세요?"

왜냐하면 우리가 그녀를 생각하거나 이야기할 때 우리는 언제나 그녀를 뚜렷한 두 가지 특징을 지닌 사람으로 느끼게 된다. 하나는 따스하고 유쾌하며 미적 감각이 풍부한 다소 성질이 급한 사람이다. 그녀는 우스운 순간을 절대 놓치는 법 없이 타고난 배우의 기질을 발휘해 그것을 그대로 따라했다. 캐리는 기분이 좋을 때면 누군가의 목소리나 걸음걸이 혹은 어떤 제스처를 흉내 내서 우리를 배꼽 빠지도록 웃게 만들었다. 또한 경쾌한 노래로 우리를 열광시키거나 어느 여름날 갑자기 모든 집안일을 손에서 내려놓고 정원이나 산으로 소풍을 떠나는 그런 사람이었다.

한편 반대편에는 또 다른 그녀가 숨어 있었다. 신을 열렬히 따르려고 하지만 결코 신을 볼 수 없는, 현실적이면서도 종교적인 사람이었다. 깊은 헌신과 경건함으로 늘 기도 계획을 세우지만 어김없이 계획을 실행에 옮기지 못하며 그로 인한 종교적인 실의감 때문에 자신의 정열적이고 감정적인 면에 대해 유연성이 점점 더 없어지곤 하던 사람이었다. 그리고 캐리는 이러한 기질은 사악한 것이며 신으로부터 멀어지게 만든다고 배웠다. 이 부분이 그녀 안에서 벌어지는 끝없는 전쟁이었다.

캐리를 만들었던 이 시기를 깊이 생각한 결과, 나는 그녀의 모순된 두 가지 면은 당연한 것임을 이해하게 되었다. 캐리는 아버지로부터 그녀의 존재 자체와 분리할 수 없는 아름다움을 향한 동경과 갈망을 물려받았고, 그녀의 네덜란드 할아버지로부터는 정의를 위해서라면 어떤 희생도 감내하는 힘과 본능적으로 잠시도 쉴 수 없는 부지런한 천성을 물려받았다. 캐리는 청교도적인 정신을 이어받고 태어나 오로지 신을 따르기 위해 모든 것을 버리고 신대륙을 향하여 행진하는 조상의 핏줄 속에서 자라온 것이다. 하지만 단순하고 현실적이며 그다지 종교적이지 않은 그녀의 프랑스 어머니는 남편인 헤르마누스와 자식들을 끔찍이 사랑했고, 그다음에야 신께 향할 수 있었다. 캐리의 성품 속에 있는 복합적인 모순은 아마도 이런 배경에서 만들어졌을 것이다.

하지만 내가 조국과 동포들에 대해 더 잘 알게 되면서부터는 캐리를 바라보는 나의 시선도 더 깊어지게 되었다. 그녀의 핏속에 각기 다른 유전인자로부터 파생된 불일치와 넘치는 다양성, 개척자의 정신적 유산, 굴곡 많은 삶의 경험 등 캐리라는 존재 자체가 미국을 대변하는 상징, 그 이상이었다.

캐리는 커다란 집에서 보낸 행복한 삶 속에서 음악을 만들고 학교와 마을 잔치에 참석하면서도 마음이 늘 즐겁지만은 않았다. 아마도 그녀가 살았던 시절은 그 누구도 그다지 행복하지만은 않았을 것이다. 왜냐하면 거기엔 늘 영혼의 문제가 머물러 있었기 때문이다.

아무리 유쾌한 순간이라도 그녀의 가슴속엔 불현듯 영혼의 문제가 파고들곤 했다. 때때로 친구들에게 농담을 던지고 장난치며 깔깔거리고 웃으면서 신나는 시간을 보낼 때조차 그녀는 마치 차가운 손이 가슴 위에 얹힌 것처럼 갑자기 모든 일을 중단하고 깊은 사색에 빠지곤 했다. '내게 불멸의 영혼이란 게 있긴 한 건가?' 캐리는 일하다가도 가끔씩 일손을 멈추고 열린 문 사이로 정원을 내다보며 '천국이 정녕 아름다울까' 하는 생각에 잠기곤 했다. 동시에 '내가 구원받을 수 있을까?, 천국을 볼 수 있을까?' 하는 날카로운 두려움이 엄습해오기도 했다.

이러한 문제를 간과하기는 쉽지 않았다. 주일에 드리는 긴 예배 시간, 집에서 드리는 하루 두 번의 기도, 목사님의 날카로운 질문들, 자식들이 구원받기를 바라는 부모의 소망, 그리고 주일 예배에 꼬박꼬박 참석하는 일 등 이 모든 것들 속에서도 그녀는 그다지 기쁨을 느끼지 못했다.

캐리가 신을 찾고자 했던 것은 결코 지옥이 두려워서가 아니었다. 실제로 나는 그녀가 살아오는 동안 두려워하는 모습을 한 번도 본 적이 없다. 또한 그 누가 아무리 지옥 이야기를 공포스럽게 꺼낸다 해도 그녀는 자신의 의지에 반한 행동을 하지 않았다. 캐리는 진실로 마음에서 우러나오는 선을 추구했으며, 우리에게도 종종 이렇게 말하곤 했다.

"얘들아, 선하다는 건 참으로 아름다운 것이란다. 늘 선한 마음을 품거라. 그것이 이 세상에서 가장 훌륭한 것이란다."

캐리가 신을 찾은 까닭은 그것만이 선하게 살 수 있는 유일한 길이기 때문이었다. 성경에서는 믿음 없는 자가 행하는 자신만의 선행은 냄새나는 누더기와 같다고 하지 않았던가.

캐리는 언젠가 내게 자신의 청소년기는 이러한 신과 영혼의 문제로 끊임없이 고민하고 갈등하는 고통의 시간이었다고 말한 적이 있다. 그녀와 달리 그다지 심각하지 않은 친구들은 하나둘 개종하여 성찬식에 참석했지만 억누를 길 없는 일종의 반항심과 밀려드는 의문들 속에 빠져 있던 캐리는 그들이 주고받는 빵과 포도주를 바라보며 고개를 가로저었다. 캐리는 자신을 기만할 수 없었다. 단지 기도하고 또 기도할 뿐이었다.

나는 그녀의 일기장에서 이 시절에 쓴 글을 읽은 적이 있다.

> 열두 살 때부터 열다섯 살이 될 때까지 나는 헛간 뒤의 숲 속에 들어가 딱총나무 열매 덤불에 움푹 파인 작

은 공간으로 기어들어가 바짝 엎드린 채 신께 그의 존재를 믿게 해줄 수 있는 것이라면 무엇이든 좋으니 신호를 달라고 울부짖곤 했었다. 때때로 나는 야곱처럼 신이 어떤 표식을 줄 때까지 절대로 이곳을 떠나지 않겠노라 맹세했었다. 하지만 그런 일은 결코 일어나지 않았다. 암소 목에 단 방울소리가 울리면 그것은 내게 저녁이 되어 암소 젖을 짤 시간임을 알리는 신호였고 빨리 집에 들어가 저녁 식탁을 차려야 한다는 것을 의미했다.

캐리는 자신의 고민을 주일학교 성경교사이자 사모였던 던롭 부인에게 여러 번 털어놓았지만, 인자하고 조용한 부인은 이 열정에 휩싸인 심장에 대고 '구원을 통해'만을 반복할 뿐이었다.
"애야, 그냥 주님께 네 자신을 드리렴. 그게 우리가 할 수 있는 전부란다."
던롭 부인은 이 어둡고 직선적인 소녀에게 애정을 가득 담아 말을 이었다. 비록 이 소녀에게는 그녀의 답변이 늘 만족스럽지 못했지만 말이다.
"네 마음을 주님께 드리는 건 정말 간단한 일이란다."
하지만 캐리는 그 이상을 원했다. "저는 주님이 저를 받아들였다는 것을 느끼고 싶어요."
캐리는 거의 울부짖듯 말을 이었다. "저는 얼마든지 제 자신을 드릴 수 있어요. 하지만 주님은 왜 저를 받아주시지 않는 거죠? 왜 제게 징표를 보여주시지 않느냐고요?"
던롭 부인은 이 질문에 제대로 답변할 수가 없었기 때문에 꿋꿋하게 같은 말을 되풀이했다. "얘야, 네 자신을 드리면 된단다. 그냥 네 자신을 주님께 드리렴!"

이 시기는 캐리에게 폭풍과도 같은 나날이었다. 신의 존재를 확신할 수 없었던 그녀의 절망은 종종 그녀를 그 반대로 몰아가 즐거움과 재미만을 쫓는 무모함과 흥청거리는 분위기에 빠지게 만들었다. 그녀는 가끔 자신의 젊은 핏속에 흐르는 격정에 놀라 자신이 부도덕하다고 느끼곤 했다. 내면에 숨어 있던 욕망들에 놀라기 시작했던 것이다.

이 시절의 캐리는 다소 어두운 분위기를 풍기는 아름다운 여성이었다. 또래에 비해 성숙했고 익살스럽고 재치가 있으며 늘 웃을 준비가 되어 있는 사람이었지만 진지한 문제에 부딪치면 한없이 심각해졌다. 캐리는 붉은 입술과 복사꽃 같은 뺨, 마치 폭포수를 연상케 하는 밤색의 곱슬머리를 가지고 있었다.

캐리는 이 무렵에 영원히 잊지 못할, 누구에게도 이야기하지 않은 어떤 경험을 하게 되었는데, 나조차도 그 사실에 대해 정확히 아는 바가 없다. 내가 아는 것이라곤 오로지 그녀가 어떤 남자와 사랑에 빠졌다는 사실이다. 그는 어릴 적 교회에서 그녀의 버팀테가 떨어지는 걸 보고 그녀 뒤에 앉아 웃음을 터뜨렸던 바로 그 소년, 닐 카터였다. 아름다운 목소리를 가진 이 유쾌한 남자아이는 이제 훤칠한 키와 금발을 지닌 어엿한 청년이 되어 있었다. 단, 찬양을 하러 교회에 나오긴 했지만 다소 '불신자'와 같은 이미지를 풍겼다. 둘은 어느 날 저녁 음악학교에서 만났다.

"그는 모두의 가슴을 뛰게 할 만큼 노래를 잘 불렀지."

캐리는 별로 내키지 않는 듯 무덤덤한 눈빛으로 말했다. 이 말은 그녀의 머리가 백발이 되었을 때 내게 꺼낸 것이다. 하지만 나는 캐리의 눈동자에서 그녀가 그와의 추억을 생각하면 여전히 마음이 뜨거워진다는 것을 느낄 수 있었다. 그녀는 이 외에는 어떤 말도 하지 않았다. 당시 캐리의 빼어난 몸매가 저항할 수 없이 그녀 안의 뜨거운 피에 말을 걸었을 것이며, 동시에 그녀 안의 엄격한 청교도적 기질은 그에게 모종의 두려움을 품게 만들었을 것이다. 그가 캐리를 얼마나 오래 사랑했는지는 나로서는 알 수가 없다. 단, 그가 캐리를 특별한 눈으로 봤다는 것은 알고 있다. 그가 예사롭지 않게 다가오자, 부담을 느낀 캐리는 그의 태도를 저지해야 했다. 왜냐하면 캐리는 그와 결혼은 할 수 없었기 때문이다.

"왜 결혼은 안 된다고 생각하셨어요?"

그가 더없이 낭만적으로 느껴졌던 우리는 이렇게 물었다.

"그건 말이다. 그건, 그는 신실한 사람이 아니었기 때문이지. 그는 술을 마시는 사람이었단다. 그의 가족들도 술을 마셨고. 술을 마시면서 신실함을 유지하기란 쉽지 않지. 그와 결혼하면 나도 그렇게 될까봐 두려웠단다."

나는 캐리가 이런 상황에 대해 혼자서 결정을 내렸는지는 알 수 없다. 다만 이 당시는 그녀의 어머니가 병상에 누워 있을 때였고, 캐리는 자신의 젊은 한때를 그렇게 죽음의 그림자 곁을 밤낮없이 지키며 보내야 했다. 캐리는 어머니의 몸에서 생명이 조금씩 빠져나가는 것을 지켜보며 악보다는 선을, 자신 안에 있는 자유분방함보다는 엄격함을 선택하리라 맹세했다. 이는 캐리 스스로도 너무나 잘 알고 있는 그녀 핏속의 모든 감각적인 면들을 상대로 평생의 전쟁을 선포하는 것과 다름없었다. 그녀는 다짐하고 또 다짐했다. 선한 인간이 될 것이다. 스스로를 최대한 부정하고 신을 따를 것이다. 그렇다면 어떻게 그녀 자신을 온전히 부정할 수 있을까? 만약 그녀가 자신의 전 인생과 자기 자신을 전적으로 주님께 바친다면 주님도 존재의 표식을 내보이실 것이다. 그러면 캐리는 신을 발견할 것이고, 따를 것이다.

어머니의 갑작스런 병환과 함께 찾아온 새로운 공포 속에서 캐리는 자신의 영혼에 대한 고민을 잊고 지냈다. 어머니는 다른 자식들보다 캐리를 유독 더 사랑했다. 캐리는 어머니와 있을 때는 잘 웃는 딸이었고, 손이 야무져서 요리도 잘하고 검소했으며, 허브 모으기, 정원 가꾸기를 즐겼다. 또한 캐리는 힘이 세서 체구가 작은 어머니를 아이처럼 번쩍 안아 들고서 일손을 놓지 않거나 음식을 더 먹지 않으면 절대로 내려놓지 않겠다고 협박했다. 그러면 그녀의 어머니는 짐짓 화난 척하면서 이렇게 소리 지르곤 했다.

"이 심술꾸러기 처녀야, 어서 내려놓지 못해! 내가 네 애미란 걸 잊었느냐!"

하지만 그녀는 내심 이 순간들을 즐겼으며 그렇게 이 씩씩한 소녀를 의지했다.

캐리가 어머니를 사랑하는 마음은 사랑 이상이었다. 그녀는 어머니를 그 누구보다 존경했으며, 둘은 함께 있을 때 자유를 느꼈다. 단, 신을 향한 갈급함을 제외하고는.

이 프랑스 어머니는 딸의 가슴속에서 벌어지는 갈급함을 이해할 수 없었기 때문에 캐리는 이 문제를 혼자 마음속에 품고 있었다. 교회에 가거나 남편이 기도할 때 옆에서 무릎 꿇고 앉아 있기, 집

안을 청소하거나 맛있는 음식을 만드는 데 온 정성을 다하는 일 등이 이 프랑스 어머니로서는 충분히 자족한 삶이었다. 그래서 캐리는 아무 말도 하지 않았다. 그녀는 마냥 아이 같은 어머니를 지극히 사랑했다.

병상 위의 어머니는 정말로 아이가 되어버린 것처럼 잠시도 딸과 떨어지지 않으려 했다. 병은 갑자기 찾아들었다. 어느 겨울날 그녀는 피클 단지를 꺼내기 위해 싸늘한 한기가 가득한 지하실 창고로 내려갔다. 피클을 꺼내려던 단지가 비어 있는 바람에 다른 단지들을 열기 위해 잠시 더 그곳에 머무르게 되었고, 그렇게 감기에 걸린 것이다. 감기는 심한 기침으로 이어졌고, 빠른 속도로 체력을 갉아먹기 시작했다. 캐리는 임박한 어머니의 죽음을 믿지 않으려고 했지만, 그것은 부인할 수 없는 사실이었다.

하지만 캐리는 죽음이 그녀의 의지를 꺾게 내버려두지 않으려는 듯 더욱 씩씩하게 모든 일에 임했다. 어머니가 누워 있는 방을 꽃으로 장식해 아늑하고 밝고 늘 새로운 기분이 들게 만들었다. 그리고 작은 프릴이 달린 어머니의 모자를 깨끗이 빨아 풀을 먹여 다림질을 하고, 그녀에게 예쁜 잠옷을 만들어주고, 큰 침대 위에 수척한 얼굴과 움푹 들어간 눈으로 누워 있는 어머니를 위해 그녀가 옛 취미로 즐겼던 인형들을 그 주변에 장식했다.

이 시기에 헤르마누스는 다른 방으로 거처를 옮겼고 캐리는 어머니 곁에서 잠을 자며 작고 연약하고 차가운 몸을 자신의 강건한 젊음으로 따뜻하게 덥혀주었다. 그리고 늘 유쾌한 분위기를 만들어서 어머니가 두려움에 빠지지 않게 했다.

그러던 어느 날 밤 그녀의 어머니는 쉴 새 없이 지독한 기침을 뿜어대기 시작했고, 놀란 캐리는 침대로 달려가서 어머니의 고개를 받쳐 들었다. 그러자 캐리의 어머니는 고통에 찬 눈빛으로 캐리를 바라보더니, 신음하듯 말했다.

"얘야, 이게 죽…… 음……이라는 것이냐?"

그녀는 간신히 한 자 한 자 발음했다. 캐리는 어머니의 눈 속에 들어찬 두려움을 견딜 수가 없었다. 오, 오직 신을 알고 있다면…… 어머니에게 '저는 그것을 알고 있어요'라고만 말할 수 있다면.

캐리는 신이 주는 표식을 봐야만 했다. 그러면 그녀는 온전히 자신을 신께 바칠 수 있을 것 같았다.

"제 모든 걸 주님께 드릴게요. 제 전부를요." 캐리는 간절히 읊조렸다. 그녀의 마음은 맹목적으로 신을 찾고 있었다. 반쪽의 마음만 갖고 드리는 기도가 아니었다. 완전하지 못한 희생은 아예 생각도 하지 않았다.

"선교사로 일하겠어요, 주님. 저 자신을 그 이상 드릴 수도 없습니다."

임종의 시간은 갑작스레 다가왔다. 그녀의 어머니는 희미한 소리로 뭔가 외치는 듯했다. 캐리는 어머니의 고개를 높이 안아 들었다. 어머니의 흐린 눈이 광채를 띠고 있었고, 놀랍게도 희미한 미소가 핏기 없는 입술 사이로 번졌다. 그녀는 숨을 몰아쉬며 입을 열었다.

"그래! 모든 건 진리였구나!"

잠시 그녀는 마치 그곳에 또 다른 세계가 펼쳐지기라도 하는 듯 방의 벽을 뚫어져라 바라보았다. 그리고 영원히 눈을 감았다. 캐리는 어머니의 마지막 시선에서 눈을 떼지 못한 채 그 마지막 외침을 들으며 그녀의 심장이 멎는 것을 느꼈다. 이것이 신이 주시는 표식일까? 한없이 밀려오는 경외감 속에서 캐리는 안고 있던 어머니의 상반신을 조용히 내려놓았다.

III
신의 부르심

그렇게 캐리는 신께 자신의 삶을 바치기로 맹세하고 끊임없이 스스로를 단련했다.

한편으로는 어머니가 지독히도 그리웠다. 그 조용하고 자그마한 존재가 떠나버린 후로는 캐리가 저녁마다 부르곤 하던 경쾌한 노래도 이제는 예전처럼 유쾌한 마음으로 부를 수가 없었다. 캐리는 신께 스스로를 헌납하기로 했던 그 시간의 기억을 마음속 깊이 품고 있었다.

하지만 신은 여전히 어떤 신호도 주지 않았다. 그녀는 다음 단계로 무엇을 보게 될 때까지 기다려야 했다. 공부와 일을 병행하면서 시간은 예전처럼 흘러갔다. 캐리는 마을에서 열리는 잔치에 전혀 참석하지 않았고, 닐 카터와 하던 산책도 그만두었다. 캐리는 오로지 공부에 매진하면서 마음으로 맹세했던 목표를 이루는 데 모든 초점을 맞추었다.

선교 사역을 하겠다는 생각은 그녀에게 새로운 것이 아니었다. 이 작은 마을의 교회에는 몇 차례 다른 나라들로 사역을 다니느라 햇볕에 검게 그을린 비쩍 마른 선교사들이 찾아와 열정적으로 복음을 전하고 간증을 하는 때가 있었다. 캐리는 자신의 의지와는 상관없이 신의 소명을 위해 살아가는 이 용감한 모험가들에게 매료당했지만 정작 자신은 보다 적극적으로 '소명'을 찾아 나서려들지 않았다. 선교 사역은 곧 미국을 떠나야 한다는 것을 의미했다. 캐리는 미국을 떠날 수 없었기 때문에 선교사들의 눈을 피해 교회를 몰래 빠져나와 안도의 한숨을 내쉬곤 했다.

하지만 이제 모든 것이 바뀌었다. 그녀는 떠날 준비가 되어 있었다. 스스로 맹세하지 않았던가. 그녀는 더없이 또렷한 정신으로 집 주변을 배회했다. 누군가 이런 그녀의 모습을 보았다면 이렇게 말했을 것이다.

"캐리가 어머니의 죽음 때문에 슬픔에서 헤어나오질 못하는군."

하지만 그 이상의 것이 있었다. 캐리는 이미 그녀의 인생을 속박하고 있는 사슬을 끊어 자유로워지기 시작했으며, 그녀에게 보인 길을 따를 준비가 되어 있었다.

2년이란 시간이 흘러갔다. 경기가 되살아나고 상황 전반이 좋아지자 헤르마누스가 취미 생활로 즐기던 일들이 점차 실제적인 일로 자리 잡기 시작했다. 전후 복구 작업이 한창이던 힘겨운 시간들이 지난 후 사람들은 멀리서도 그에게 시계 수리와 보석 가공을 맡기려고 찾아들었다. 헤르마누스는 시계도 직접 만들었는데, 일감이 끊이지 않았다. 그의 가늘고 민첩한 손가락에는 어떤 마법이 깃들기라도 한 듯 꿈쩍하지 않던 기계들이 그의 손만 닿으면 움직이기 시작했다. 그는 난생처음으로 가계의 수입원에 단단히 한몫하고 있었다. 장남 코넬리우스는 여전히 교사일과 농사일을 병행하고 있었다. 캐리의 두 언니는 야무진 손길로 집안일을 알차게 꾸려갔고, 어린 동생들을 돌봤다.

가족 중에 가장 골칫거리는 성격과 외모 면에서 캐리를 가장 많이 닮은 막내아들 루터였다. 캐리는 자제력과 극기심을 향한 강한 의지, 그리고 선함을 실천하려는 진정한 갈망이 자리한 데 반해, 루터의 강한 기질은 자신의 세속적 욕망을 향해 있었다. 반항적인 청년으로 성장한 그는 핏속에 방랑벽이 있는 청년들을 유혹하는 금광이 있는 서쪽으로 가고 싶어 했다.

가족들은 그를 붙잡아두기 위해 똘똘 뭉쳤지만 어쩔 도리가 없었다. 생전에 그를 누구보다 잘 이해하고, 그도 그렇게 따르며 사랑했던 어머니가 가고 없자 그를 설득할 사람은 아무도 없었다. 헤르마누스는 아버지의 권위를 내세워 그에게 모진 매질을 하려고 했지만, 자신보다 훨씬 키가 크고, 까만 눈동자에 까만 머리를 가진 젊은 아들은 아버지를 굽어보고 있었다. 결국 작고 독선적이며 호전적인 아버지는 매를 들고 싶은 간절한 열망을 실행으로 옮길 수가 없었다. 장남인 코넬리우스가 아버지의 명령을 받들어 그에게 매를 든 적이 있었는데, 마음이 아픈 나머지 중간에 매를 내려놓을 수밖에 없었다. 그러고는 다시는 매를 들지 않았다. 어머니가 돌아가신 후로는 어떤 일도 만족스럽게 굴러가지 않는 듯했다. 하지만 삶은 속절없이 흘러갔고, 캐리 또한 혼자만의 굳은 결심 속에서 때를 기다리고 있었다.

캐리가 열여덟 살쯤 되었을 때, 어렸을 때 다니던 교회의 던롭 목사는 은퇴할 준비를 하고 있었다. 점점 뚱뚱해지고 예배 중에 꾸벅꾸벅 졸기까지 하는 던롭 목사를 대신할 새로운 목사가 절실한 상황이었다. 이 문제에도 동네의 모든 일을 도맡아 하던 헤르마누스가 앞장섰다. 시범 설교를 하러 온 젊은 남자들의 각종 교리들과 견본들을 심사한 결과, 비록 나이는 어려도 참전 경험 등으로 원숙한 내면을 지닌 진지한 분위기의 키가 훤칠한 남자가 낙점되었다.

그는 그린브라이어라는 이웃 동네에서 온 사람이었다. 그의 아버지는 그곳의 유지였고, 전쟁 후 이 청년은 학교에서 아이들을 가르치다가 신학교에 들어왔다. 대학과 신학교를 우등생으로 졸업했고, 산스크리트어, 아랍어, 헤브라이어, 그리스어 등 놀랄 만한 언어 능력을 갖고 있었다. 캐리의 마을 사람들은 교양 학습에 관심이 많았는데, 헤르마누스도 가문 대대로 전해 내려오는 전통적인 관습을 아직까지 지키고 있었다.

게다가 그 훤칠한 젊은 목사는 친절할 뿐만 아니라 금발의 매력적인 외모까지 갖추고 있었다. 그리고 항상 옆에는 다소 새침한 분위기를 풍기는 아담하고 고상한 부인을 마치 앙증맞은 연장주머니처럼 달고 다녔다. 그의 시범 설교는 교리적으로 문제가 없었다. 그는 예정설과 자유의지의 전통적인 면을 만족스럽게 설명했다. 또한 비록 교회의 나이 어린 사람들이 이해하기에는 무리가 있지만 본질적인 내용을 자세하게 풀어서 보여준 설교였다. 하지만 그것으로 충분했다. 그도 어디까지나 완벽할 수 없는 인간 아닌가.

그는 마을에 온 그해 여름에 손수 하얀 교회 옆에 덩굴식물이 따라 올라오는 사택을 지었다. 그 무렵 대학에 다니는 남동생이 그를 방문했는데, 이 남자는 캐리와 관련이 있는 만큼 짚고 넘어가야겠다. 그는 큰 키에 호리호리한 체격과 근시의 푸른 눈동자를 지닌 목사 지망생이었다. 그가 무언가를 바라볼 때 그윽한 시선은 깊이를 알 수 없었고, 부드러운 음성과 따뜻한 미소를 지니고 있었다. 말수가 적고 사교적이지 않았던 그는 성가대나 음악학교에 들어오라는 모든 초청을 끈질기게 거절했다. 그는 웃으면서 형과 성경공부를 하느라 바쁘다고 둘러댔다. 매주 일요일이면 그는 사람들과 다소 떨어진 곳에 앉아서 완전히 예배에 몰입한 얼굴을 하고 있었다.

캐리는 그를 볼 때마다 유머 감각은 부족해도 더없이 신실한 믿음을 가진 좋은 사람일 것이라고 확신했다. 한편 그녀의 유머 감각은 늘 그녀에게 어찌 해볼 도리가 없는 장애물과도 같은 것이었다. 장례식에서조차 그녀는 우스운 장면을 포착하고는 당황한 적이 있었고, 교회에서도 몇 차례 혼자 웃음보가 터질 뻔한 적도 있었다. 그녀는 이 소소한 일들에 대한 자신의 엉뚱한 반응에 늘 마음을 졸였다.

가령, 넬슨 부인의 모자 위에는 얇은 명주로 만든 베일이 늘어져 있었는데 그녀가 오르간을 연주하고 있을 때 그 위로 파리들이 잔뜩 꼬이게 된 것이다. 그런데 갑자기 그 망사 사이에 파리들이

끼어 떼를 지어 미친 듯이 윙윙 소리를 내기 시작했다. 작고 수줍음 많은 이 중년부인은 당황한 나머지 얼굴이 홍당무가 되어 반은 넋이 나간 채 앉아 있었다. 한번은 그녀가 찬송가 부르는 시간을 이용해 파리들을 떼어내고 다시 돌아와 앉았는데, 얼마 지나지 않아 명주 망사의 달콤한 전분 냄새를 맡고 다시 파리들이 몰려들기 시작했다. 파리들은 유리창으로 날아 들어와 곧바로 그녀의 모자를 향해 돌진했다. 교회의 젊은 사람들은 해마다 여름이 되면 넬슨 부인의 망사 모자는 파리 잡는 기구라면서 뒤에서 수군거리곤 했다.

하지만 목사의 젊은 동생은 그러한 재미있는 광경에도 전혀 눈을 돌리지 않았다. 그의 생각은 다른 곳에 있었다. 의심할 여지 없이 그의 머릿속엔 하나의 존재만 있었다. 욕망과 성취 사이의 괴리감으로 늘 자신을 탓하던 캐리는 이 젊은 남자의 다소 창백하지만 위엄 있는 얼굴 위로 주님을 향한 한없는 숭배의 표정을 보고 있노라면, 마음이 차분히 가라앉는 것을 느꼈다. 하지만 캐리가 그에게 말을 걸면, 그것으로 끝이었다. 그는 신을 향한 태도와 더불어 타고난 성품으로 늘 동떨어진 이미지를 풍겼다. 캐리는 그를 존경하긴 했지만, 그를 생각하면서 시간을 보내지는 않았다. 과연 그녀가 애타게 기다리고 있는 소명은 없는 것인가?

캐리가 열아홉 살이 되었을 때, 그녀는 큰오빠인 코넬리우스가 가르쳐줄 수 있는 모든 것을 이미 다 배운 상태였다. 그는 영리하고 두뇌 회전이 빠른 여동생이 공부를 계속하기를 원했다. 가정형편은 완전히 회복되었고, 집에서도 그녀의 일손이 필요치 않았다. 루터도 안정을 되찾아 마침내 학교에 가서 교육을 받는 데 동의했다. 코넬리우스는 캐리가 여자 신학교에 들어가 그녀의 정신뿐만 아니라 아름답고 힘 있는 목소리를 더욱 갈고 닦을 수 있는 모든 기회를 가져야 한다고 생각했다.

그건 평범한 신학교여서는 곤란했다. 헤르마누스는 정규 과목 이외에 장로교에 입각한 교리를 제대로 가르치는지, 도덕 교육과 여성의 품행 교육도 포함되어 있는 학교인지를 꼼꼼히 따졌다. 이 모든 것을 고려해서 꼼꼼히 알아본 후에 가장 이상적인 곳을 찾아냈다. 켄터키 루이빌 근처에 있는 벨우드 신학교였다.

열아홉 살이 되던 해, 캐리는 부푼 가슴을 안고 드디어 신학교를 향하게 되었다. 여행할 동안 입을 갈색 캐시미어 원피스를 새로 구입했는데, 이는 증기선 여행에 맞게 제작된 것이었다. 뒤쪽으로는 허리받이*가 높이 달려 있었고, 치마 밑단에는 둥그렇게 돌아가며 여섯 군데에 주름이 잡혀 있었다. 그리고 가슴팍과 소맷단에는 우윳빛 레이스가 달려 있었다. 같은 레이스로 밑단을 댄 작은 갈색 비버 모자는 그녀의 곱슬머리 위에 살포시 놓였다.

캐리는 자신의 외모에 완벽히 만족했다. 비록 입이 좀 크다는 생각이 들긴 했지만 말이다. 하지만 당시 그녀의 입술은 더없이 진한 붉은빛을 띠었고, 복사꽃처럼 피어나는 분홍빛 뺨을 가지고 있었다. 세월이 흘러 그녀의 어린 딸이 한때 초롱초롱한 눈망울을 빛내며 이렇게 물었었다. "엄마는 소녀였을 때 예뻤었나요?" 그러면 캐리의 황금빛이 감도는 갈색 눈동자는 순간 활기를 띠었지만 그녀는 짐짓 새침한 어조로 이렇게 대답했다.

---

* 예전에 여성의 치마 뒤를 볼록하게 하기 위해 허리에 댄 것

"신학교로 떠나는 나를 배웅했던 닐 카터는 아마 그렇게 생각했을 게다!"

벨우드 신학교에서의 2년은 급우들과 돈독한 우정을 쌓으며 꿈처럼 지나갔다.

캐리 반에는 열일곱 명의 소녀들이 있었는데, 그녀는 학급 대표로 활동하면서 급우들의 사랑을 한 몸에 받았다. 캐리는 천성적으로 어떤 인간이라도 이해하고 포용할 수 있는 넓은 가슴을 지니고 있어서 다양한 친구들과 교분을 쌓을 수 있었다.

그녀의 주된 관심사는 사랑과 도움을 필요로 하는 사람들이었다. 이런 측면에서 볼 때, 닐 카터는 누구보다 캐리의 마음을 얻은 듯했다. 왜냐하면 그는 자신을 좋은 사람으로 만들어줄 수 있는 그녀 같은 사람이 필요했기 때문이다. 그리고 실제로 캐리는 우리에게 그가 거의 그녀의 마음을 얻었었다고 얘기하기도 했다. 하지만 그가 계속 술을 마시면서 교묘한 선에서 죄를 짓고 용서를 구하는 것을 즐기는 모습을 보면서 마음을 접었다고 말했다. 그렇게 그는 그녀를 잃은 것이다.

내 옆에는 지금 그녀가 학창시절에 남긴 흔적이 있다. 아름다운 필체로 가늘고 길게 쓴 에세이 두 편으로, 그 중 하나의 제목은 '에스더 여왕'으로 백성들을 위해서라면 자신의 목숨까지도 내줄 수 있는 유대인 여왕의 희생을 다룬 논문이다. '자기희생'이란 말은 언제 들어도 매혹적이다. 에세이는 주님 안에서 믿음과 정의로 행하는 자들은 언젠가는 반드시 그 보상을 받는다는 기쁨에 찬 확신으로 결론을 맺고 있었다.

또 다른 에세이는 최고 점수를 받은 작품이었는데, 걸쇠가 달려 있었고, 목 부분은 좁은 리본으로 장식되어 있었다. 이 에세이는 어느 한 군데도 지운 흔적 없이 깔끔하게 씌어졌다. 내용을 보니 '도덕철학' 강좌의 과제가 분명했다. 거기엔 열정적인 교조주의로 가득 차 있었다. 나는 이 작품에서 스스로를 세속적 쾌락으로부터 멀리 두며, 분투하는 소녀의 모습을 뒤로하고 주님만을 따르는 고결한 자가 되기로 마음먹은 스무 살 무렵의 캐리를 볼 수 있었다. 이 에세이의 페이지마다 짐짓 고뇌하는 듯한 까다로운 학자의 분위기를 읽을 수 있었다. 물론 캐리의 내면에는 소녀 취향의 변덕스러움과 유머 감각의 정반대편에 자리한 진지한 소양들이 있음을 나는 잘 알고 있었다.

또한 일단 펜을 잡게 되면 엄숙한 분위기가 캐리를 사로잡아 공의로움을 주장하는 훈계조의 말들을 끊임없이 늘어놓았는데, 이는 정작 그녀 자신을 향한 충고였다. 캐리는 일기장까지 스스로를 강화하는 도구로 사용했으며, 자신의 영혼을 채근하는 방법을 끊임없이 고안해내는 것처럼 보였다. 유머를 좋아하는 그녀의 다소 경박한 측면이 삶을 허무하게 만들지 않도록 캐리는 늘 자신을 향해 설교하고 있었던 것이다.

만일 이 우수하고 난해한 에세이, '기독교의 도덕적 증거'에 나타난 모습이 캐리의 전부였다면, 그녀는 결코 그 이후의 긴 세월 동안 한결같이 급우들로부터 그토록 열렬한 애정이 담긴 편지를 받지 못했을 것이다. 졸업 이후 25년 동안 그녀의 친구들은 비단과 벨벳 조각들을 붙여 만든 누비이불의 한 조각에 그녀의 이름을 수놓아 캐리가 사는 중국으로 보내왔다. 캐리는 그것을 가슴에 부둥켜안고 촉촉히 젖은 눈으로 웃으며 말했다.

"아, 보고 싶은 내 친구들!"

비록 그녀의 친구들 역시 반백의 나이 든 여인들이 되었지만 말이다.

캐리는 남다른 색채 감각을 발휘하여 그 누비이불 위에 주홍빛 문양이 들어간 중국 비단으로 길게 선을 만들어 박음질했다. 그것은 아직까지 우리 모두의 머릿속에서 떠나지 않는 찬연한 아름다움으로 남아 있다. 그 이불은 늘 손님방에 보관했는데, 캐리가 죽음을 앞두고 몸져누웠을 때 그녀는 그 이불을 가져오라고 해서 자신의 몸 위에 사랑과 존경이 깃든 이불을 펼쳐 덮었다. 나는 적어도 그녀가 그 시절에 마지막 숨을 거둔 것을 다행스럽게 생각한다.

혁명이 휩쓸고 지나가면서 그 누비이불도 피에 굶주린 약탈자들의 손으로 들어갔다. 가위 바위 보를 해서 이긴 자에게 이불이 돌아갔는데, 이제껏 내가 본 사람 중에 가장 야만인처럼 생긴 검은 피부의 남자가 꼬질꼬질하게 때가 낀 상반신 위로 그 고운 누비이불을 둘러멨다.

스물두 살이 되자 캐리는 학교를 졸업하고 자신이 살던 고향마을로 돌아왔으며, 스스로를 이제 어엿한 성인으로 느끼고 있었다. 신학교에서의 금욕적인 생활과 종교에 대한 집중적인 교육은 선교사가 되겠다는 그녀의 목표를 한층 강화시켰다. 마침내 그녀는 아버지에게 자신의 포부를 밝혔다. 그녀의 아버지는 깜짝 놀라 노발대발하며 그녀의 꿈 자체를 비웃었다. 젊고 아름다운 처녀가 기독교인을 먹잇감처럼 잡아먹으려 드는, 이교도들이 득실대는 나라로 간다니 말도 안 되는 소리였다. 더구나 그의 딸이? 결코 있을 수 없는 일이었다!

캐리는 오히려 아버지의 반응에 놀랐다. 왜냐하면 자신의 계획이 아버지의 깊은 신앙심과 충분히 맞아떨어진다고 생각했기 때문이었다. 캐리는 오랫동안 유지해왔던 침착함을 잃고, 아버지라면 딸이 대의명분을 위해 택한 삶을 축복해줘야 하는 게 당연하지 않냐며 열띤 논쟁을 펼쳤다. 캐리의 이런 완고한 성정을 물려준 당사자인 아버지는 절대 물러서지 않겠다는 엄격함과 권위를 내세우며, 모든 일에는 적정한 선이 있으며, 신을 향한 숭배에도 예외는 있을 수 없다고 응수했다. 결혼도 하지 않은 젊은 여자가 스물두 살의 나이에 선교를 하러 외국에 나간다는 것은 가당치 않다는 주장이었다.

캐리는 아버지가 그런 이교도적인 발언을 한다는 게 믿어지지 않았으며, 분노를 삭이지 못해 끝내 울음을 터뜨렸다. 과거의 굳은 결심은 이제 절대 굴복할 수 없는 결단으로 굳어지고 있었다.

그해의 크리스마스 연휴가 찾아왔다. 마을 목사의 남동생은 다시금 교회를 방문했다. 그는 예전보다 더욱더 훤칠해졌고, 피부는 더욱 창백해졌으며, 사람들과는 더욱 동떨어져 보였다. 한층 더 새로워지고 고양된 캐리의 눈에는 그가 더욱 멋진 청년으로 보였다. 반면, 닐 카터와 그의 패거리들은 상스럽고 비속하기 이를 데 없었다. 이때 마침 캐리는 또래의 여자애들이 목사 동생이 선교를 위해 곧 떠날 것이라고 수군거리는 소리를 들었다. 캐리의 가슴이 고동치기 시작했다. 이게 바로 내게 예비해두신 길이란 말인가?

어느 날 캐리는 그에게 말을 걸 기회를 잡았다. 여느 때 같으면 붙임성 있는 태도로 쉽게 말을 걸었을 텐데 그날은 왠지 수줍음이 느껴졌다. 예배가 끝나고 사람들이 저마다 교회 현관 앞이나 안뜰의 푸른 잔디 위에서 인사를 나누고 있을 때였다. 그때 캐리만큼 낯을 가리는 태도로 그가 정중히 고개를 숙여 그녀에게 인사를 건넸다. 캐리의 황금색 눈동자 속에 그녀의 온 영혼이 빛을 발하는 순간이었다. 캐리는 드디어 입을 열어 이렇게 말했다.

"중국으로 선교 사역을 하러 떠나신다는 게 정말인가요?"

캐리는 그의 대답을 기다렸다.

"예. 그게 저의 소명이라고 생각합니다."

그의 대답은 간단명료했다. 한 손에 모자를 들고 더없이 평온한 푸른 눈을 빛내며 서 있을 때 그의 높고 하얀 이마는 한없이 부드럽고 고결해 보였다.

캐리는 흥분을 감추지 못하고 소리쳤다.

"오, 저도, 저도, 늘 선교 사역을 하러 떠나고 싶었어요."

난생처음 그가 관심 어린 눈빛으로 캐리를 바라보았다. 다소 차갑지만 속을 알 수 없는 그의 푸른 눈동자가 캐리의 반짝거리는 짙은 눈동자와 마주쳤다.

"그렇습니까?"

그가 말했다. 이후 수많은 세월 동안 그가 정말 모를 사람 같다고 느껴질 때마다, "그게 저의 소명이라고 생각합니다"라고 말했던 그의 대답은 그의 본질을 알 수 있는 열쇠, 즉 그의 모든 행동을 해명해주었고, 그의 인생 전반에 대해 반박할 수 없는 해답이 되어주었다.

그는 캐리의 말을 잊지 못했다. 그때부터 캐리의 집을 정식으로 방문했고, 둘은 종교와 각자의 목표에 대해 허심탄회하게 이야기를 나누었다. 캐리는 자신은 도저히 끝까지 읽지 못했던, 예배실에 보관된, 먼지가 수북이 쌓인 책들 속의 각종 교리들을 그가 차분히 설명해줄 때 그의 얼굴을 찬찬히 바라보았다. 신께서 마치 둘을 만나게끔 인도했다는 느낌이 들었다. 함께 있을 때 둘 사이에는 보통의 젊은 남녀들처럼 피가 끓어오르는 듯한 감정은 없었지만 둘의 대화는 매우 자연스러웠고, 정도에서 벗어난 적이 없었다. 그를 만나면서 선교 사역을 하겠다는 캐리의 결심은 더욱 확고해지고 순수해졌다. 세속적인 욕망과 혈기왕성했던 급한 성정은 점차 빛이 바랬다.

그가 마을을 떠났을 때 캐리는 자신이 더욱 차분하고 평온하며 신앙심이 한층 깊어졌음을 느꼈다. 예전에 그녀를 유쾌하게 만들었던 열정과 농담, 웃음들은 이제 찾아볼 수 없었다. 그리고 닐 카터가 그녀에게 구애할 때는 수치스러움마저 느꼈다.

그가 떠난 지 얼마 안 되어 편지 한 통이 그녀에게 날아들었다. 격식을 갖춘 문어체로 조심스럽게 씌어진 청혼 편지였다. 둘 다 삶의 공통된 목적을 갖고 있고 한마음인 이상, 그건 필경 둘이 함께해야 한다는 신의 뜻이 아니겠냐며, 더욱이 그의 어머니는 그가 아내 없이 이교도의 땅에 혼자 가는 걸 원치 않으신다고 하면서, 그의 어머니가 유일하게 내세운 한 가지 조건이 있다면, 그건 아내를 먼저 찾으라는 것이라고 썼다. 그래서 그는 그동안 신의 인도하심을 기다려왔고 드디어 신의 섭리를 따를 때가 되었음을 느꼈다고 했다.

캐리는 한 자 한 자를 존경심에 가득 차 읽어 내려갔다. 이런 남자라면 자신도 좋은 아내가 될 수 있을 것 같았다. 저만치 앞선 그녀의 상상력은 그와 함께할 앞으로의 날들을 생생하게 그리고 있었다. 굳건한 믿음으로 신을 의지하면서 서로를 돕는 이상적인 삶을 말이다. 그는 말주변이 별로 없는 사람이었으므로 달변가인 그녀가 그의 설교를 준비하는 데 도움이 될 수 있을 것이다. 그의 심오한 신앙심과 그녀의 웅변술이 합쳐지면 그야말로 천하무적일 것이다.

캐리는 희고 검은 옷을 입은 이교도들이 세례를 받고, 세속적 쾌락을 좇았던 옛 정염들을 영원히 내려놓고 신을 따르는 모습을 상상했다. 닐 카터와 함께라면 그의 영혼을 구원하는 건 고사하고, 그녀의 영혼도 영영 길을 잃었을지도 모르지만 이 남자와 함께라면 수많은 영혼들을 천국으로 이끌 수 있다는 확신이 있었다. 그러나 순간, 사랑하는 집과 조국을 떠날 생각을 하니 잠시 마음이 흔들렸지만, 캐리는 이내 자신이 무엇을 원하는지 알고 있다고 단호하게 마음을 다잡았다. 캐리는 모든 것을 초월해 거부할 수 없는 공의로움을 원했다. 만일 그녀가 자신의 전부를 희생한다면 언젠가 신께서 그녀에게 표식을 나타내실까? 캐리는 젊은 선교사 청년과 얘기를 나눌 때 이 신호를 매우 가까이 느낄 수 있었다.

캐리는 이 편지에 대해 즉시 답장을 보내지 않았다. 우선 아버지에게 가서 차분하고 의연한 태도로 주님께서 길을 예비하셨다고 말하면서 선교 사역을 하러 떠나는 청년과 결혼해서 이교도의 땅으로 들어가기로 결심했다고 전했다.

당시 헤르마누스는 굉장히 성마르고 깐깐한 백발 노인이었다. 자세는 여전히 꼿꼿했고 호전적인 완강함도 그대로였다. 그는 지팡이를 잡고서 대문으로 성큼성큼 걸어갔고, 그때가 오후 세 시였는데, 공교롭게도 그 젊은 선교사가 으레 찾아와 그의 귀한 딸을 불러내는 시간이었다. 그날도 어김없이 선교사가 망설이는 듯한 걸음걸이로 조용히 걸어오고 있었다. 이 작달만한 성난 노인은 그에게 달려들어 지팡이를 그의 얼굴 앞에서 휘둘러댔다. 그러자 놀란 청년은 뒤로 물러섰다.

"그래, 난 네놈의 의도를 알고 있었지!"

헤르마누스는 노발대발하며 있는 힘껏 악을 써댔다.

"절대 네놈은 내 딸을 가질 수 없어!"

젊은 선교사는 가물에 콩 나듯이 은근한 유머를 구사할 때가 있었는데, 그게 유머인지 아닌지 모를 정도로 얼굴은 정색을 하고 있었다. 그는 성난 노인을 내려다보더니 여전히 차분한 음성으로 말했다.

"아니요. 제 생각에는 제가 댁의 따님을 가질 것 같습니다."

그러고는 가던 길을 유유히 걸어갔다.

캐리는 문에 서서 그를 기다렸지만 설마 하는 기대는 실망으로 끝났다. 헤르마누스의 반대가 그 젊은 남자에게 영향을 미친 듯했다. 캐리는 현실을 받아들이기로 했다.

하지만 이젠 그녀의 큰오빠인 코넬리우스가 팔을 걷어붙이고 나섰다. 그는 여동생의 결정에 전적으로 찬성할 수는 없었지만, 캐리는 이미 성인이었고 그녀가 원하는 삶을 살아야 한다고 생각했다. 게다가 젊은 선교사는 반듯한 청년이었고, 선교 사역을 소명으로 여기고 그것을 실천하고자 하는 열망을 지녔다면, 그것은 두말할 것 없이 고결한 일이었던 것이다. 무엇보다 중요한 것은, 캐리는 원하는 일이라면 무슨 수를 써서라도 꼭 하고야 만다는 사실이었다. 그래서 코넬리우스는 모두의 바람을 뒤로하고 젊은 선교사와 쓸쓸히 떠나는 그녀를 보느니, 힘들더라도 그녀가 가족들의 승낙을 받아내는 과정이 필요하다고 생각했다. 수차례의 가족회의와 화유 끝에 헤르마누스는 마지못해 결혼을 승낙했다.

그 이후로 매일 오후 세 시만 되면 젊은 선교사가 집 앞에서 캐리를 불렀고, 둘은 응접실에서 한 시간가량 이야기를 나누었다. 그는 결혼하는 날까지 그녀를 깍듯하게 '미스 캐리'라고 불렀다. 한 시간이 지나 네 시가 되면 캐리 집안의 관습에 따라 포도주와 작은 케이크가 나왔고, 온 가족이 함께 차를 마시는 시간을 가졌다.

1880년 7월 8일, 드디어 둘은 결혼식을 올렸다. 오렌지색 꽃을 수놓은 흰 웨딩드레스를 입고 치르는 화려한 결혼식은 도저히 선교사와 어울릴 것 같지 않아 캐리는 비둘기색의 여행용 원피스를 입고 결혼식을 올렸다.

기차역에서 그 젊은 신랑이 기차표를 단 한 장만 구입해놓았다는 사실을 알고는 다들 적잖이 당황했다.

"이젠 아내가 있다는 걸 명심해라!"

그의 형인 목사가 나무라듯 말했다. 그러나 이 젊은 신랑에게 결혼식은 단순히 흥분과 기쁨을 넘어선 더 큰 의미를 지닌 사건이었다. 마침내 꿈을 실현할 수 있는 젊은 선교사로서의 사명, 그의 평생 사역을 위해 떠날 수 있게 된 것이다. '신의 사역', 그가 이제껏 기다려왔고, 영원히 함께할 일이었다. 아내를 먼저 구하라는 어머니의 조건이었던 마지막 장애물이 깨끗이 해결된 것이다. 그에게는 이제 아내가 있다. 하지만 그는 늘 이 사실을 잊고 있는 듯했다.

만약, 당신이 긴 여정에 오르는 두 명의 풋내기 남녀를 본 적이 있다면, 그 두 사람은 바로 이들일 것이다. 학교 외에 다른 곳은 전혀 가본 적이 없이 작고 조용한 마을에서 성장하고 살아온 그들은 지금 엄청난 여행길에 올라 지구 반 바퀴를 돌았다. 그들이 아는 건 얼마 전까지 줄기차게 땅 위를 달리더니 이젠 바다 위를 달리고 있다는 사실뿐이다.

앤드류는 선교회에서 받은 수표 1,500달러를 접어서 더블 버튼이 달린 외투 호주머니 속에 넣어두었다. 그들은 꼬박 앉아서 미국 대륙을 횡단했다. 침대칸이 있는지는 아예 알아보지도 않았다. 샌프란시스코에 도착한 후 그들은 며칠 동안 승선권을 구하지 못하고 있었다. 그러다가 마침내 앤드류가 항구의 가장자리로 발길을 돌렸을 때 그곳에 '시티 오브 도쿄'라고 적힌, 기계 소리만 요란하고 항해를 제대로 할 수 있을지 의심스러워 보이는 낡은 배 한 척이 다음날 떠난다는 것을 알게 되었다. 그는 곧바로 선실을 예약하고 두 번째 여정을 준비했다.

캐리는 결혼하고 사흘이 채 지나지 않아 자신이 생계를 책임져야 한다는 사실을 깨닫게 되었다. 앤드류는 기도와 설교를 할 때는 무한한 힘을 발휘하는 남자였지만 생계와 관련된 사안에는 아이처럼 순수하고 무지했다. 그는 인간의 본성이 선하다는 것을 맹목적으로 신뢰하는 사람이었다. 비록 악에 대해 설교를 하긴 했지만 교리적으로 생각이 다른 자들을 제외하고는 어떤 사람도 악하게 보지 않았다. 여행가방과 짐들을 배로 옮기고 항해에 필요한 물품들을 준비하는 일은 모두 캐리의 몫이었다.

반세기를 지난 세월 동안, 어느 누가 그 더운 여름날 미국의 항구를 떠나던 캐리의 마음속 풍경을 알 수 있을까? 물론 나는 캐리의 입을 통해 그녀가 조국을 떠나면서 문득 느꼈던 그 공포를 잘 알고 있다. 캐리는 배가 항구에서 멀어지는 것을 보지 않기 위해, 그리고 자신과 미국의 해안가 사이가 점차 벌어지는 것을 느끼지 않기 위해 선실로 뛰어 내려갔다고 말했다. 캐리는 잠깐이었지만 그녀가 결혼하기로 마음먹었던 이 성인군자에게 미움을 느꼈다고 했다. 아니, 오히려 그녀가 사랑한 나라와의 슬픈 이별의 순간에도 그녀에게 잘하고 있다는 어떤 표식도 내보이지 않는 신에게 모종의 적대감과 불만을 느꼈다고 했다.

꼬박 한 달을 견뎌야 하는 한쪽으로 기운 증기선 위의 바다물살은 캐리에게 죽을 때까지 바다에 대한 공포증을 갖게 했다. 육지를 떠난 지 한 시간도 채 안 되어 캐리는 자신이 항해 체질이 아니라는 것을 절감했다. 지독한 뱃멀미가 계속됐다. 단순한 구토를 넘어서 머리와 등에 참기 힘든 통증이 왔는데, 시간이 지나면서 나아지기는커녕 점점 더 심해졌다. 그녀는 산악지대에서 성장해 산을 사랑하는 사람이었는데, 뱃멀미 때문에 바다의 아름다움은 거의 느끼지 못한 채 오로지 감당할 수 없이 무시무시한 이미지만을 갖게 되었다. 하지만 이것은 그녀가 그토록 사랑하던 조국으로부터 그녀를 갈라놓은 이미지로 기억 속에 너무도 강하게 각인되었기 때문이 아닐까. 바다는 그녀가 저항할 수 없는 강력한 이별의 상징이었다. 말년에 캐리가 항해의 위험을 무릅쓰고 미국으로 돌아가

느니 차라리 이방인의 나라에서 죽음을 맞이하기로 선택한 이유도 다 이 바다 때문이었다.

언젠가 캐리는 배다리*를 건널 때 메스꺼움으로 하얗게 질려 비틀거리며 걷고 있다가 눈을 반짝이며 농담을 했었다.

"어느 때보다 난 지금 천국 생각이 간절하구나. 성경책에서 말하지 않더냐. 그곳에는 바다가 없을지니."

갓 결혼한 신부가 신혼여행 동안 심하게 앓는 통에 모양새가 형편없어진다는 건 참으로 곤혹스러운 일이었을 것이다. 하지만 그 신부의 상대가 앤드류인 이상 망가지는 외모 따위는 걱정할 일이 아니었다. 앤드류는 여자들의 외모에는 전혀 관심이 없는 사람이었고 자신의 신부에게도 예외는 아니었다. 캐리는 그의 이런 면에 미소를 지었지만 한편으로는 섭섭한 마음도 들었다. 오랜 세월이 지나 자신의 젊음과 아름다움이 완전히 빛을 잃은 후 캐리는 이런 말을 했었다.

"앤드류는 내가 어떻게 보이고, 또 내가 무엇을 입는지는 아예 보지 못하는 사람이었단다. 내 외모에 대해 언급했던 단 한 번의 순간이 있긴 했지. 내가 늦은 나이에 아이를 낳고 거의 죽을 지경이 되었을 때, 그는 내가 가망이 없다고 생각했던지 평소와 달리 감정이 북받쳤나 보더구나. 내 침대에 걸터앉아서 쑥스러운 듯 입을 열었지. '난 당신의 눈동자가 이토록 아름다운 갈색인지 미처 몰랐소, 캐리.' 이때가 결혼한 지 17년째 되던 해였고 일곱 번째 아이를 낳았을 때란다! 성인군자와 결혼한다는 게 어떤 건지 이젠

---
* gangplank. 육지와 배 사이에 다리처럼 걸쳐놓은 판자

알겠지."

그러고 나서 캐리는 으레 그렇듯 갑자기 어떤 생각이 났는지 이내 말을 이었다.

"글쎄다. 난 다시 태어나도 모든 여자들의 외모를 흘끔거리는 죄인보다는 내 아름다운 외모도 보지 못하는 성인군자와 결혼할 듯싶구나."

일본에서 그들은 항구에서 잠시 쉬어가는 그 짧은 순간에도 눈앞에 생생하게 펼쳐진 문명화된 풍경에 놀랐다. 특히 자그마한 그 나라 사람들이 만들어낸 섬세한 아름다움을 즐겁게 바라보던 캐리는 이토록 동화같고 완벽한 나라가 사악할 수 있다는 게 믿어지지 않았다. 그러나 앤드류는 눈앞에 펼쳐진 풍경에 쉽게 동요하지 않았다. 그는 사방에 있는 사원들과 그 앞에서 절하는 사람들을 보면서 이곳은 의심할 여지 없이 이교도의 나라라고 생각했다.

그들이 타고온 오래된 선박 '시티 오브 도쿄'는 일본의 실제 모습에 비해 훨씬 노후했다. 중국에 도착하면 그들은 중국 해안가에 정박해 있는 외륜선으로 갈아타야 했다. 이제 그들은 험한 5일간의 여정을 마친 셈이다. 지난 5일 동안 거센 풍랑으로 지독한 항해를 경험했지만 그 중 일본의 내해를 항해한 이틀은 더할 나위 없이 좋은 시간이었다. 일본의 바다는 섬들과 나무를 끼고 돌면서 잔잔한 수면을 만들었고 물결은 아름답게 일렁이며 고요히 흘러다녔다. 캐리는 이곳의 바다를 평화와 사랑이 깃든 곳으로 영원히 기억하게 되었고 이후 바다를 항해할 때마다 생생한 기쁨을 느끼곤 했다.

중국이 가까워오자 캐리는 인상 깊었던 일본에서의 경험처럼 그림 같은 해안선이 펼쳐지리라고 기대하고 있었다. 하지만 해안선 같은 것은 아예 없었다. 양쯔 강이 범람해 진흙같이 탁한 물이 바다로 흘러들었고, 누런 흙탕물은 타협의 여지 없이 맑고 깨끗한 바닷물을 밀어낸 채 유유히 흘러 다니고 있었다. 농도가 다른 두 바닷물이 서로 섞이지 않은 경계선에서 마치 배는 우물쭈물하며 더 나아가길 꺼리는 듯 비틀거리는 것만 같았다. 육지가 보이기 시작하는 배의 저편에는 길고 낮은 진흙 습지가 펼쳐져 있었다. 그녀는 마음이 깊이 가라앉음을 느꼈다. 아름다움이라곤 찾아볼 수 없는 이곳에서 삶을 꾸려가야 한단 말인가? 그렇게 그들은 중국에 도착하여 당시 중국의 주요 항구도시였던 상하이에서 하선했다. 그들은 갑판 위에서 나이가 지긋한 선교회 사람들을 만났다. 캐리는 그들이 어떤 사람들인지 세심하게 살폈다. 캐리는 그들이 보통 사람들과 특별히 다른 점이 없다는 것을 발견하고는 내심 실망했다. 남다른 고결함도, 그렇다고 눈에 띄게 나쁜 점도 없었다. 그들은 캐리의 고향 마을에서 흔히 볼 수 있는, 다소 유행 지난 낡은 옷차림을 한 친절하고 평범한 사람들이었다. 여자들은 캐리가 입고 있던 여행용 의상을 힐끗힐끗 훔쳐보다가 미국에 대해 묻기 시작했다. 캐리는 그들이 좀 가엾게 느껴졌지만 모두가 마음 따뜻하고 상냥한 사람들이었다.

이 나이 든 선교사들에게는 방금 미국에서 건너온 젊고 건강한 두 선교사를 맞이한다는 것 자체가 새로운 힘이었다. 그곳에는 총 열한 명의 선교사들이 있었는데, 지난 7년 동안은 어떤 선교사도 오지 않았다. 신임 선교사 부부의 첫날을 기념하기 위해 상하이에 있는 한 선교사의 집에서 조촐한 환영 파티가 열렸다. 그들은 최근의 미국 소식을 전해 듣고, 궁금한 점을 묻고 또한 유용한 정보들을 주고받기 위해 모두 참석했다.

나는 이날 저녁을 생각하면 캐리가 겪었던 일들을 떠올리지 않을 수가 없다. 저녁 식사 후 앤드류는 좋은 음식들로 포식한데다가 항해로 지칠 대로 지친 나머지 자신이 앉아 있던 의자에서 똑바로 앉은 채 깊은 잠에 빠지고 말았다. 방을 가로질러 가던 캐리는 깜짝 놀라 그를 팔꿈치로 툭툭 쳤으나 깨어날 기미가 보이지 않았다. 나중에는 이런 일이 앤드류에게는 비일비재하다는 것을 알았지만 그 당시의 캐리로서는 처음 경험하는 일이었다. 앤드류는 지치고 피곤하면 때와 장소를 가리지 않고 자신도 모르게 잠이 들어 꿈쩍하지 않았다. 그러고는 언제 그랬냐는 듯 더없이 활기찬 모습으로 깨곤 했다.

이러한 능력은 그가 개척사역의 고단한 세월들을 지날 때 육체적으로 지치지 않게 끊임없이 도와준 원동력이었지만 캐리에게는 끝나지 않는 고민거리였다. 그녀는 앤드류 옆에 앉아 아무도 눈치채지 못하게 그를 깨우는 법을 터득해나갔다. 이것은 매우 조심스러운 일이었다. 만일 그가 깨면서 뭐라고 구시렁거리기라도 한다면 모두가 그에게 시선을 돌리게 될 테니 캐리로서는 생각만 해도 오싹한 일이었다.

한번은 앤드류가 교회 연단에 앉아 졸았을 때다. 그는 그때 여러 학자들과 함께 연단에 앉아 있었는데, 앞서 설교한 사람의 설교가 지루했는지 어느새 잠이 들고 말았다. 맨 앞좌석에 앉아 있던 캐리는 이를 즉시 알아차렸다. 만일 살을 꿰뚫는 눈빛이 있다면 바로 그때 그녀의 눈빛이 그랬을 것이다. 캐리의 눈빛은 당장이라도 그를 꿰어서 뒤의 벽에 매달아놓을 태세였다. 하지만 앤드류는 아랑곳하지 않고 평화로이 잠들어 있었다. 캐리는 앉은 자리에서 안절부절못하며 자리에서 일어나는 것만 빼고는 거의 모든 제스처를 다 취했다. 여전히 앤드류가 고이 잠들어 있을 때, 앤드류의 이름이 호명되고 있었다. 바로 그때 기적처럼 그의 눈이 번쩍 떠졌다. 앤드류는 잠시 앞을 바라보더니 연단이 비어 있자 자리에서 일어나 앞으로 나아가 설교를 하기 시작했다. 그리고 집에 오면 늘 캐리가 쉴 새 없이 퍼붓는 잔소리를 듣기 일쑤였지만, 앤드류는 슬쩍 무안한 미소만 지을 뿐이었다. 하지만 이런 그의 반응에 캐리는 더 약이 오르곤 했다. 사실 결정적인 순간에 앤드류는 거짓말처럼 깨곤 했던 것이다.

몇몇 선교사 그룹은 월동 준비를 하기 위해 상하이에 일주일간 머물렀다. 항구도시인 상하이는 그 당시 외국물품을 살 수 있는 유일한 곳이었다. 그들은 난로용 석탄도 이곳에서 구입해 중국의 정크선에 실어 날랐다. 양쯔 골짜기의 겨울은 매우 습하고 쌀쌀했기 때문에 앤드류는 처음으로 영국산 모직 코트를 구입했다. 그들은 침구류와 가구들도 구입했고, 캐리는 커튼을 만들기 위해 장밋빛 옥양목을 약간 구입했는데, 앤드류는 쓸데없는 물건을 샀다고 생각했다.

그렇게 선교사 그룹은 두 개로 나뉘어 한 그룹은 쑤저우蘇州로, 새로운 선교사들이 파견된 나머지 그룹은 항저우杭州로 향했다. 그들은 목재로 만든 느리고 무거운 옛날 정크선을 타고 항해를 했는데, 상하이에서 항저우까지 꼬박 7일이 걸렸다. 기차만 타면 반나절이면

갈 수 있는 오늘날에는 믿기 힘든 일이었다.

그 당시 항저우에 백인들은 이 선교사들뿐이었다. 한 배에 탄 앤드류와 캐리, 나이 지긋한 랜돌프 부인, 그리고 다른 배에 탄 스튜어트 부부와 어린 세 아들이 항저우에 사는 백인 전부였다. 쑤저우에 정박 중인 정크선에 올라타면 뱃사공은 노를 저으며 중국 시내로 나아갔다. 강둑에는 낯선 이방인들을 보려고 몰려든 사람들이 강둑을 에워싼 채 눈이 휘둥그레져서 뚫어져라 쳐다보고 있었다.

반대로 이 누르스름한 얼굴들의 행렬을 배 위에서 물끄러미 바라보고 있던 캐리는 마음이 찢어지는 것만 같았다. 그래, 여기 이 교도들이 있다. 그녀가 조국을 포기하고 선택한 사람들, 그녀가 자신의 삶을 바치기로 한 사람들이었다. 그랬다. 캐리는 자신의 모든 것을 주려고 했다. 그들을 위해 스스로를 전부 연소하기로 하지 않았던가! 다음 순간, 그녀는 돌연 강한 반감에 사로잡혔다. 저들은 얼마나 혐오스럽게 우리를 바라보고 있는가. 저 작은 눈들은 또 얼마나 냉정해 보이는가. 저들의 호기심들은 또 얼마나 차가운 것인가! 정크선은 마침내 금방이라도 강둑 끝에서 떨어질 것처럼 물속 기둥에 의지해 서 있는 집들이 다닥다닥 붙어 있는 도심지의 어둠 사이로 미끄러져 내려갔다.

시골로 들어서자, 운하는 작고 조용한 들판 사이로 잔잔하게 흘렀다. 드넓게 펼쳐진 푸른 하늘, 나무들이 그려놓은 익숙한 정경들, 고향 땅에서 자라던 버드나무들, 수확을 기다리며 익어가는 곡식들, 이 모든 풍광들은 그녀가 익히 잘 알고 있는 것으로 두려워할 게 없었다.

이 새로운 나라에서 캐리의 첫 번째 경험은 곡식이 익어가는 들판 사이를 유유자적하게 흘러 다닌 7일간의 날들이었다. 아름다움은 늘 캐리를 사로잡았는데, 바로 이곳에 아름다움이 있었다. 비록 낯설었지만 아름다움은 부인할 수 없었다. 때는 9월 말이었고, 하늘에는 구름 한 점 없었다. 무더운 여름이 지나자 양쯔 계곡에 내리쬐는 햇살은 더없이 찬란하게 빛났다.

가을의 첫 번째 손길은 뜨거운 공기와 태양의 위협적인 힘을 앗아가고 상쾌한 온기만 남겨놓았다. 떼 지어 날아다니는 새들, 흔들리는 대나무 숲, 낮고 푸른 언덕, 바람에 일렁이는 금빛 운하의 물결, 고개 숙인 벼들로 수놓은 황금빛 들판, 몇 백 미터 사이로 나타나는 아담한 갈색빛의 초가집 마을들, 탈곡장에서 곡식을 도리깨질하는 경쾌한 리듬, 따뜻하고 달콤한 가을 공기 등이 중국에서의 첫날을 장식해주었다. 캐리는 정크선의 뱃머리에 앉아 이교도 국가가 이렇게 멋질 수 있다는 그녀만의 단순함 속에서 지나치는 풍광들에 마음을 빼앗기고 있었다.

때때로 그들은 뱃사공에게 잠시 해안에 배를 대라고 하여 내려서 거닐곤 했다. 정크선은 바람이 불지 않고, 물살을 거슬러 올라가지 않는 이상 사람의 걸음걸이 정도의 빠르기로 나아갔다. 초가을 날씨는 바람 한 점 없이 눈부실 만큼 청명했다. 정크선은 한쪽에는 돛대에 밧줄을 매달고, 다른 한쪽에는 쇠사슬로 연결해 남자들이 어깨 위로 잡아든 채 해안가로 끌고 갔다.

정크선이 시골 마을을 통과할 때 캐리는 사람들의 얼굴을 유심히 관찰했다. 그들은 도시에서 본 사람들과는 달리 모질거나 냉정해 보이지 않았다. 햇볕에 검게 그을린 그들은 인정 많은 농부들로,

외국인을 보자 눈을 크게 뜬 채 호기심 가득한 시선을 좀처럼 거두지 못했지만 캐리의 미소에 조금씩 반응하는 모습을 보였다. 미소, 캐리는 그 안에서 언제나 자유로웠다. 아버지들과 어머니들, 어린아이들은 땅속의 갈색 귀뚜라미들처럼 즐거워했다. 캐리는 땅에서 생계를 꾸려가는 사람들을 보았고 그들은 캐리에게 인간이 되었다. 이후로도 영원히 그들은 캐리에게 '이교도들'이 아니었다. 이 시간들이 그들을 바라보는 시각을 바꿔놓았고 중국에서의 그녀의 삶에 기초 토양이 되었다.

사실 이전에는 인종에 대한 편견이 캐리 안에 자리했었다. 아마도 캐리가 성장한 사회적 배경 탓이었을 것이다. 하지만 개개인의 고통을 알게 되고 필요와 매력에 빠져들다 보니 그녀도 모르는 사이에 어떤 편견도 가지지 않게 되었고 그들을 하나의 인격체로 보게 되었던 것이다.

나는 캐리의 아버지가 비록 노예를 부리진 않았지만, 자식들이 유색인종과 어울리는 것을 금지했었다는 것을 그녀가 들려준 이야기로 잘 알고 있다. 캐리의 고향집 건너편에는 대가족을 거느린 흑인 소작인이 살고 있었는데, 헤르마누스는 그 사이에 높은 담장을 세워 흑인 아이들이 이쪽으로 넘어오지 못하게 했다. 캐리는 이렇게 말했다.

"마당에서 뛰어놀 때도 즐겁지 않을 때가 종종 있었단다. 맞은편 집에 사는 조그만 흑인 아이들이 담장으로 기어 올라와 우리가 노는 걸 부러운 듯이 쳐다보곤 했으니까. 언젠가는 루터가 그들을 향해 우리는 너희랑은 놀지 않는다고 고함을 질렀지. 그러자 그 가여운 흑인 아이들이 일제히 목놓아 울면서 이렇게 말하는 게 아니겠니. '우리도 알아. 우리도 우리가 검둥이라는 걸 안다고!' 그때 얼마나 마음이 아팠던지 결코 잊을 수가 없단다. 아주 잠깐이었지만 백인 사회에서 흑인으로 산다는 게 어떤 것인지 어렴풋이 느낄 수 있었지. 나는 그들에게 그 사실을 다시금 상기시켜준 루터의 매몰참을 심하게 꾸짖었단다."

이 얘기를 할 때 캐리의 눈빛은 그날의 기억 때문인지 아련한 슬픔이 묻어 있었다.

예수 그리스도께서 예루살렘을 지나면서 그의 삶을 대변하는 '오, 예루살렘. 예루살렘!'이라는 위대하고도 슬픈 외침을 전하기 위해 멈춰 섰던 것처럼, 나는 중국의 작은 마을을 지나면서 종종 멈춰 서곤 하던 캐리를 기억한다. 그때 그녀는 중국 사람들이 겪고 있는 압제를 지켜보면서 가슴 아프게 말하곤 했다.

"많이 달라져야 할 필요는 없지. 이 마을은 그저 작은 변화만 있으면 돼. 집들과 거리, 들판은 이미 충분히 멋지니까. 그것들은 있는 그대로 보존하는 게 좋겠지. 하지만 갓 낳은 딸들을 죽이거나 여성의 발을 꽁꽁 싸매거나 두려움 때문에 아무 생각 없이 우상을 숭배하는 일들은 제발 사라졌으면 한단다. 그리고 제발 거리의 쓰레기들과 비참하게 죽은 개들은 치웠으면 좋겠구나. 가지고 있는 것만 잘 활용한다면 정말 아름다운 나라가 될 텐데!"

그러고는 다시 말을 이었다. "나는 그들에게 우리 것을 주입할 생각은 추호도 없단다. 하지만 그들이 살아가는 이 작은 마을과 도시들을 있는 그대로 깨끗하게 보존할 수만 있다면 얼마나 멋진 곳이 되겠니!"

캐리는 평생 정의로움과 깨끗함이라는 단순한 진리 외에는 그들에게 아무것도 가르치려 들지 않았다. 그녀는 일상생활에서 자신의 탁월한 감각을 발휘하여 중국 물건들을 적절히 사용하는 방법을 가르치면서 기쁨을 느꼈다. 그녀는 어떤 중국 여자에게 이렇게 말했었다.

"당신에겐 외국 물건이 굳이 필요 없어요. 지금 가지고 있는 것을 잘만 활용하면 이미 모든 걸 갖고 있는 셈이니까요."

캐리는 읍내와 시골 거리를 지나면서 계속해서 낮게 읊조렸다.

"여긴 모든 게 다 있지. 청결과 정의만 빼고는."

중국생활을 시작하는 이 시기에 캐리는 멋진 시골길을 따라 걸으며 이들에게 삶의 핵심요소인 이 두 가지를 전하고자 하는 열망으로 가득 찼다. 캐리에게 이 땅은 사랑스럽게만 보였고, 사람들은 친절하게 그녀의 영혼을 따뜻하게 해주었고, 새로운 의욕으로 불타오르게 했다. 이렇게 멋진 나라라면 좋으신 하나님을 그들에게 전달하는 건 어려운 일이 아닐 듯싶었다.

캐리는 삶을 향한 넘치는 열정으로 그 시절의 장을 열었다. 그것은 캐리가 선택하기로 마음먹었던 삶이었다. 눈이 짓무른 아기들, 까막눈 신세를 면하지 못한 여성들 등 그녀가 손대야 할 일은 산적해 있었다. 완수해야 할 일들에 파묻혀 캐리는 어느새 그동안 홀로 고민해오던 문제, 신께서 그녀에게 표식을 보이지 않으신다는 그 문제를 까맣게 잊게 되었다.

토요일 오전 항저우에 도착한 그들은 선교사 사택에 가기 위해 좁고 붐비는 거리를 지나야 했다. 외바퀴 손수레, 의자가마, 바구니가 매달린 긴 장대를 어깨에 걸머진 행상인들, 마술사들과 거리의 탁발승들, 노점상과 우물가에 앉아 **빨래**를 하면서 신나게 이웃 사람들을 험담하는 아낙네들, 탈것들과 사람들로 혼잡한 거리를 요리조리 피해 다니며 잘도 뛰어다니는 벌거벗은 아이들, 너무도 좁은 길과 천태만상의 사람들은 입이 딱 벌어지는 광경이었다.

하지만 혼잡한 거리를 지나 좁다란 입구 통로로 들어가자 거짓말처럼 평화로운 곳이 나타났다. 초록색 잔디 위에 회반죽을 바른 두 채의 선교사 사택이 있었는데, 한눈에도 엉성하게 지어진 건물임을 알 수 있었지만 깨끗했고 창문이 많고 긴 베란다가 있는 집이었다. 거기엔 또한 흰색 도료를 칠한 작은 예배당이 있었는데, 출입문은 거리 쪽으로 열려 있었다. 이곳이 앞으로 그들이 살아갈 터전이었다.

거리에 가까이 붙어 있는 첫 번째 집은 캐리와 앤드류에게 배정되었고, 그날 둘은 짐을 풀고 캐리는 장밋빛 커튼을 달았다. 그 커튼은 그 후로 오랫동안 캐리에게 집의 안락함과 즐거움의 상징이 되어주었다.

다음날 아침, 주일을 맞아 둘은 예배당으로 향했다. 캐리와 앤드류는 신을 알지 못하는 이 땅에서 그들의 주님을 경배하는 첫 예배를 드리게 된 것에 흥분을 감추지 못했다. 둘은 예배당 문 앞에서 헤어져 앤드류는 남자 구역으로, 캐리는 두 명의 미국 여성과 함께 여자 구역으로 갔다. 두 구역 사이에는 매우 높은 칸막이가 가로놓여 있었다. 캐리는 함께 간 두 미국 여성이 피부가 검게 그을린 중국 여성들에게 이런저런 말을 거는 것을 지켜보며 앉아 있었다. 여기저기서 반기는 인사가 오가는 가운데 스튜어트 부인은 그들과 스스럼없이 어울렸다. 중국어를 할 줄 모르는 캐리는 잠시 부러움에 휩싸인 채 자신의 입이 얼어붙고 있다는 것을 느꼈다.

스튜어트 부인은 캐리에게 고개를 돌리며 말했다.

"모두들 당신에 대해 묻고 있어요. 짙은 눈동자와 머리카락이 신기한가 봐요."

캐리도 정겹고 따뜻한 미소를 지어 보이며 대부분 품에 아기를 안고 있는 다양한 연령의 중국 여인들을 관심 있게 지켜보았다. 깔끔한 면 외투와 넓은 소맷단, 그리고 옆으로 퍼진 주름치마와 놀랄 수밖에 없는 작고 뾰족한 발들을 바라보았다. 캐리는 전족이라는 나쁜 관습을 반드시 뜯어고치리라 다짐했다. 여자들은 모두 푸른 면 손수건에 찬송가와 성경책 등을 단정하게 싸서 갖고 다녔다. 예배가 시작되자 스튜어트 부인은 자그마한 오르간으로 향했고, 곧 바스락거리며 찬송가 책장을 넘기는 소리들이 예배당 안을 가득 메웠다.

읽는 법을 배우고 있던 중국 여성들은 찬송가 제목이 주어지면 책장을 넘겨 그것을 찾는 자신의 능력에 의지하면서 뿌듯함을 느꼈다. 목사인 스튜어트 박사는 분주하게 서로의 책을 번갈아보며 '찾았다'라고 소곤거리는 중국인들의 모습이 대견해 눈을 끔뻑거리면서 참을성 있게 기다려주었다. 그러다가 그가 신호를 보내면 스튜어트 부인은 다소 뻑뻑한 옛날 오르간을 두드리기 시작했다.

그 옛날 유년 시절, 작은 흰 교회에서 예배를 드릴 때 캐리에게 가장 경건하고 즐거웠던 시간은 바로 찬송가를 부르는 시간이었다. 캐리는 예전의 익숙했던 화음을 기대하고 있었다. 스튜어트 부인이 찬송가 '샘물과 같은 보혈은' 반주를 시작하자 중국 여성들의 얼굴엔 저마다 긴장과 흥분이 감돌았다. 스튜어트 부인이 먼저 입을 열자 그들이 뒤따라 부르기 시작했다. 모두 가능한 한 경쾌하고 힘차게 노래를 불렀고, 칸막이 너머의 남자 구역에서도 똑같은 노랫소리가 들려오고 있었다.

우레와 같은 노랫소리는 작은 예배당을 가득 메웠고, 예배당 지붕은 그 소리로 들썩거리는 것만 같았다. 어느 누구도 화음을 맞추려 하지 않고 자기 식대로 노래를 불렀다. 캐리는 이 떠들썩한 소음과도 같은 노랫소리 속에서 공황상태에 빠져 있었다. 그녀 옆에 앉은 노부인은 상반신을 앞뒤로 흔들면서 쥐어짜는 듯한 가성으로 무지막지한 속도를 내가며 노래하고 있었다. 손가락으로 연신 찬송가의 글자 하나하나를 짚어가면서 다른 사람들보다 훨씬 빨리 노래를 끝낸 그녀는 찬송가 책을 탁 소리 나게 덮더니 의기양양한 자세로 손수건에 다시 싸놓았다. 그녀를 바라보던 주변 아낙네들의 얼굴에는 한없는 부러움이 가득했고 그들은 더욱더 노래에 박차를 가했다. 그동안 노부인은 더할 수 없는 만족감에 휩싸여 우쭐해하며 앉아 있었다.

캐리는 더는 참을 수가 없었다. 마침내 가지고 있던 손수건으로 입을 틀어막고 예배당 밖으로 뛰쳐나오고 말았다. 계속되는 노랫소리를 들으며 캐리는 눈물이 나올 때까지 혼자 배꼽을 잡고 웃었다. 가장 많이 뒤처진 한두 사람의 길고도 외로운 노랫소리가 기어이 끝까지 부르겠다는 의지를 담은 채 서서히 잦아들면서 예배당은 다시금 고요해졌다. 돌아와서 자리에 앉은 캐리는 스튜어트 부인이 어떻게 이 모든 광경을 견뎠는지 슬쩍 쳐다보았지만 이 모든 게 그녀에게는 이미 옛이야기였다. 그녀는 찬송가를 덮고, 설교를 듣기 위해 자리를 옮겼다.

다음날 아침, 캐리와 앤드류는 처음으로 중국어 수업을 받았다.

둘을 가르치러 온 교사는 아파서 골골대는 듯한 인상을 풍기는 아주 왜소하고 나이 든 남자였다. 그는 발뒤꿈치까지 치렁치렁 내려오는 흙색의 긴 법복 같은 옷을 입고 있었고, 초점 없이 멍해 보이는 오른쪽 눈이 유난히 눈에 띄었다. 그가 할 수 있는 영어는 오로지 '예스' 밖에 없었는데, 그 의미를 모르고 사용했다. 곧 알게 된 사실이지만, 그는 그 말을 습관처럼 사용했을 뿐 그것은 이미 그에게 단어가 아니었다.

그들은 항저우 사투리 발음이 적힌 교재와 중국어 신약성경을 가지고 공부를 하기 시작했다. 이 두 책이 그들의 교과서였다. 수업이 시작되고 정오까지 그들은 단 몇 문장을 배울 수 있었다. 이후 매일 아침 여덟 시부터 정오까지, 오후 두 시부터 다섯 시까지 이 나이 많은 중국인 남자에게 중국어를 배웠다. 밤에는 낮에 배운 내용을 복습했다.

캐리는 말하기에 뛰어난 소질을 보였다. 앤드류에게는 다소 힘든 공부였지만 가부장적인 환경에서 자란 남자답게 오히려 뻣뻣한 태도를 보였다. 하지만 앤드류가 잘하는 분야도 있었는데 그것은 글자를 읽고 쓰는 법이었다. 이것이 그에게 위안이 되었던 까닭은 읽고 쓰는 능력이야말로 학문하는 사람에게는 필수요소라고 생각했기 때문이었다.

말을 빨리 알아듣는 능력과 누가 들어도 자연스러운 발음은 캐리에게는 훌륭한 자산이었다. 앤드류는 혹시 실수라도 해서 사람들의 조롱거리가 될까봐 알고 있는 것을 말할 때에도 소극적이었던 반면, 캐리는 그런 종류의 자존심과 자의식을 갖고 있지 않았다. 그녀는 자신과 이야기를 나누고 싶어 하는 사람이라면 누구라도 상관없이 대화를 나누었다. 언제나 웃을 준비가 되어 있는 나이 든 문지기, 요리사, 그리고 집안일을 돌봐주는 여인 등에게 지금까지 배운 모든 단어들을 사용했다. 캐리는 자신의 실수에도 털털하게 웃을 수 있을 만큼 재미와 유쾌함을 즐기는 사람이었고, 위엄 있게 살기보다는 삶의 소소한 즐거움을 만끽하려는 사람이었다. 갑작스럽게 터지는 웃음과 유쾌하게 반짝이는 짙은 눈동자는 중국 여인들에게 깊은 인상을 심어주었고, 캐리는 그들에게 인기 있는 인물이 되었다. 그녀에게는 누구나 알아챌 수 있는 따뜻한 인간미가 있었던 것이다.

캐리는 중국인들이 자신과 똑같다는 걸 알게 된 후부터 그들을 전혀 이방인이라는 의식 없이 백인들과 똑같이 대했다. 이는 노력에서 비롯된 것이라기보다는 인간에 대한 연민에서 비롯된 그녀의 천성적인 따뜻함 때문이었을 것이다. 청결하지 못하고, 정직하지 못한 면이 캐리를 분노케 한 그들의 두 가지 특징이었는데, 캐리는 잠깐이지만 이 두 가지 허물이 때때로 절망적인 크기로 다가올 때마다 과연 이들이 새롭게 거듭날 수 있을까 하는 의문을 품곤 했다.

하루의 중국어 수업을 마치면, 캐리와 앤드류는 도심지와 시골길을 돌면서 장시간 산책을 했는데, 시골길을 선택하는 데는 그리 오래 걸리지 않았다. 울퉁불퉁하게 구부러진 좁은 길에 거지들로 가득 찬 혼잡한 거리의 불결한 삶은 캐리를 못 견디게 만들었다. 더구나 그들은 앤드류와 캐리가 가는 곳마다 새까맣게 따라붙었는데 이는 참으로 유쾌하지 못한 경험이었다. 하지만 캐리를 가장 힘들게 했던 일은 슬픈 광경을 목격하는 것이었는데,

특히 앞 못 보는 사람들을 볼 때가 가장 슬펐다. 캐리는 소경들이 지나갈 때마다 연민에 가득 차서 그들이 지나갈 때까지 비켜선 채 지켜보곤 했다. 남녀노소를 막론하고 남루한 그들을 볼 때마다 그녀는 호주머니를 뒤적거리며 돈을 찾곤 했다. 그러면서 이렇게 말했다.

"오 얼마나 절망적일까! 하늘도, 땅도, 아무것도 볼 수 없다니!"

하지만 캐리와 앤드루에게도 유쾌한 산책로가 있었는데 거대한 성벽의 꼭대기를 거니는 것이었다. 그곳에서는 시내가 한눈에 내려다보였고, 시내를 끼고 도는 항저우의 시후호西湖를 조망할 수 있었다. 그들은 드넓은 대지와 맑은 공기, 멀리 보이는 풍광 등을 어떤 장애물 없이 온전히 감상했다. 하지만 캐리는 너무 자세히 아래를 내려다보지 말라는 말을 전해 들었었다. 왜냐하면 성벽의 맨 아래에는 종종 어린아이들의 시체라든가, 피살당했거나 그 밖의 이유로 죽은 사람들의 시체가 보이기도 했기 때문이다.

캐리는 중국이라는 땅이, 그때나 지금이나 거대한 모순 덩어리라는 것을 알게 되었다. 그토록 아름다운 자연과 지구상에서 가장 슬픈 것들을 동시에 볼 수 있는 곳이었다. 아름다움과 슬픔의 복합적 요소는 기이하게도 캐리가 이 땅에 강한 유대감을 갖게 해주었지만, 때로는 어쩔 수 없는 반감으로 고향을 사무치게 그리워하며 자신만의 공간에 매몰시키게도 만들었다.

항저우에 온 지 3개월이 되기 전에 캐리는 이미 임신한 상태였다. 아기는 그녀의 계획에 없었거니와, 그녀 세대는 그 부분에는 거의 무지했다. 캐리는 자신의 몸에 무슨 일이 일어나고 있는지 몰랐으며, 단지 몸 상태가 좋지 않다고 느끼며 간장약과 퀴닌*을 복용했다. 그러나 결국 노련한 스튜어트 부인이 캐리의 상태를 눈치채고는 임신 사실을 넌지시 물어왔다. 아이를 가졌다는 사실을 안 캐리는 복잡한 심경과 함께 놀람을 감출 수 없었다. 그녀가 신의 소명을 받고 자신의 삶을 바치기로 결심한 이래, 그녀는 아이가 없음을 당연한 기정사실로 간주했었다. 하지만 놀람의 순간이 지나가자 캐리는 마음 깊이 설레는 자신을 거부할 수 없었다. 그녀도 여자였던 것이다. 아이를 낳아도 삶의 목적에는 큰 변화가 없을 것이라고 스스로를 설득했다. 앤드류가 가는 곳만을 따라다니는 대신 가정과 아이들을 통해 새로운 사역의 장을 열 수 있다고 믿었다.

캐리는 전과 다름없이 꾸준히 중국어 공부를 했다. 간혹 몸 상태가 좋지 않아 온종일 누워 있을 때도 있었지만 말이다. 그녀처럼 원기 왕성한 여자도 임신 중에는 예민해지고 우울해지는 게 당연한 일이었다. 캐리는 이 시기에 자신이 유년시절을 보낸 환경과는 전혀 다른 이곳에서 어떻게 아이들을 낳아 기를 수 있을지 일종의 두려움을 갖게 되었다. 어떻게 하면 자식들을 자신이 커왔던 환경의 기준에 맞춰 키워낼지, 어떻게 그들을 슬픔과 죽음의 광경으로부터 보호할지, 모든 게 막막하기만 했다. 그러자 몸의 불편함과 함께 대책 없는 향수병이 물밀듯이 밀려들었다. 그녀의 작은 고향 마을에서 그녀가 알고 지냈던 사람들은 서로의 눈을 바라보면서 솔직한 교제를 즐겼었다. 캐리는 그것이 얼마나 담백했던 삶

---

* 말라리아 특효약

이었는지 깨달았다.

항저우에는 의사가 없었기 때문에 캐리의 출산이 임박해오자 캐리와 앤드류는 다시 상하이로 갔다. 거기에서 그들의 첫 번째 아이가 태어났다. 갓 낳은 아기를 품에 안자 캐리는 모든 고통이 눈 녹듯이 사라지고, 자신의 귀한 아기가 태어났다는 기쁨만이 가득 찼다. 푸른 눈과 금발을 지닌 건강한 사내아이였다. 그녀의 사랑은 아기를 향해 솟구쳤고 그녀 안의 깊은 모성애도 눈을 뜨기 시작했다. 아이를 낳고 키우는 이 시기에 그녀의 분주하고 부지런한 기질은 자식들에게로 향해 그들을 위한 가정을 가꾸는 데 거의 온 정성을 쏟았다. 신을 향한 소명의식은 이 시기에는 적어도 2순위로 밀려난 채 휴지기 상태가 되었다. 아기가 태어난 지 3개월째 접어들 때 앤드류는 쑤저우 지역에 공백이 생긴 선교사 자리를 메우기 위해 그곳으로 향했다. 이는 항저우를 떠나 거주지를 옮긴다는 단순한 이사의 차원이 아니라 또 다른 사투리를 배워야 한다는 것을 의미했다. 하지만 거기엔 캐리에게 단 하나의 보상이 있었는데, 그곳에서는 방 하나가 아니라 집 전체를 쓸 수 있다는 점이었다.

신학생들 기숙사 위층에 있는 방 세 칸짜리 집이었다. 그곳에 올라가기 위해서는 밖으로 나 있는 좁고 구부러진 계단을 이용해야 했지만 방이 세 개나 생기는 것이다. 창밖으로는 시내가 내다 보이고, 짙은 색 타일을 가능한 모든 각도로 오밀조밀하게 짜 맞춰 놓은 지붕에는 타일을 따라 좁은 관들이 얼키설키 놓여 있었다. 학교 부지의 한쪽에는 아주 큰 탑 하나가 창문 하나를 완전히 자란 채 솟아 있었는데, 몇백 년 되어 보이는 이 탑은 옛 중국의 영광을 대변하듯 위풍당당하게 서 있었다. 비록 그것이 이교도의 나라라는 증거임을 잘 알고 있었지만, 그 곡선미와 청동으로 만든 왕관의 우아함, 처마 끝에 달린 자그마한 종의 경쾌한 딸랑거림은 그녀로 하여금 그 아름다움에 넋을 빼앗기게 만들었다. 이 탑 아래 그림자 진 안뜰에서는 소년들이 왁자지껄한 소리를 내며 놀곤 했는데, 하얀 피부를 가진 그녀의 어린 아들은 혼자 앉아 있다가 집 안으로 기어들어온 후 뒤뚱거리며 일어나 창밖을 내다보곤 했다.

아이가 엄마 품에서 벗어나기 시작하자 캐리는 남편이 정해준 학교에서 일을 시작했다. 그녀는 처음에 청결에 온 신경을 집중했다. 변발로 땋아 내린 어린 남자아이들의 두피를 유심히 살펴서 불결한 징후가 조금이라도 보이면 아무리 아이들이 떼를 쓰고 반항해도 살충제로 문지르고 물로 깨끗이 감긴 후 수건으로 말끔히 닦아주었다. 그러고는 아이들의 침대와 옷을 살핀 후 훈증을 하고 비벼 문질러 빨아서 보송보송하게 만들었다.

구원해야 할 영혼들이 끝이 보이지 않을 정도였기 때문에 앤드류는 이와 반대 따위는 생각할 겨를이 없었다. 청결 문제에 온 정신을 빼앗긴 캐리는 고집 센 소년들을 데리고 기도하는 앤드류를 보고는, 역시 남편은 자신보다 훨씬 훌륭한 사람이라는 생각을 하며 어떻게 자신은 가장 중요한 영혼의 문제를 잊을 수 있었는지 깊이 반성했다. 그러고는 바로 하나님께 기도를 올렸다. "주님, 이 아이들이 육체 이상의 존재임을 잊지 않게 하소서."

그러나 그녀는 곧 쌀과 채소들을 주문하는 일, 얼굴에 핏기 없는 소년에게 동양 아이들이 먹기 싫어하는 우유를 먹이는 일, 손에 가려움증을 느끼는 아이들을 돌보는 일 등 그녀의 관심과 손길이 필요한 곳으로 주의를 집중했다. 유황으로 약품을 만드는 일도 그녀의 몫이었다. 영혼이 더없이 귀중하다 해도 육체 또한 쉼 없이 돌봐야 함은 부인할 수 없는 사실이었다.

이 당시 캐리의 열정은 자연스럽게 의학을 공부하는 방향으로 흘러갔다. 그녀는 상하이에서 사온 책들로 공부를 했고, 매일 작은 진료소를 열어 간단한 질병에 대한 처방을 내리고, 상처를 붕대로 감고, 엄마들이 아픈 아기들을 잘 돌볼 수 있도록 지침을 주었다. 캐리는 악화된 부스럼을 절개하는 법과 썩어들어가고 괴저가 나타난 전족을 치료하는 방법을 공부했다. 그녀는 수많은 사람들을 진료하는 과정에서 감염되어 가려움증을 느낄 때는 아무것도 먹을 수 없었지만, 그런 때에도 유머 감각만은 잃지 않았다. 저렇게 조그만 알약이 어떻게 오한과 발열, 황달과 무기력함을 동반하는 무시무시한 질병을 치료할 수 있는지 퀴닌을 의심 어린 눈초리로 바라보는 중국 여인들에게도 늘 미소를 잃는 법이 없었다.

캐리는 알약을 뜨거운 물이 담긴 큰 그릇에 넣어 녹인 후에 그 쓰디쓴 약을 한 사발씩 나이 든 여인에게 주곤 했다. 사발에 든 그 지독하게 쓴 약을 살짝 맛본 나이 든 여인은 그것을 진짜 약이라고 믿었는지 안심하고 끝까지 쭉 들이켰다.

아무리 가려움증과 부스럼이 심해도, 또는 오래 방치된 상처와 질병에 두려움마저 느낄 때가 있어도, 캐리에게 가장 큰 위안과 보상은 피부가 다시 깨끗하게 아물면서 새 살이 차오르고, 핏기 없는 쇠약한 몸이 활기를 되찾는 것을 보는 즐거움이었다. 이것은 실로 가슴 벅찬 일이었으며, 승리의 징표였다.

이 해에는 캐리의 큰오빠인 코넬리우스가 고향집 거실에 있던 메이슨과 햄린제(製) 오르간을 보내왔다. 그것은 가장 좋은 소리를 찾을 수 있는 귀를 가졌던 코넬리우스가 심혈을 기울여 고른 오르간이었기 때문에 더없이 맑은 소리를 냈다. 이 오르간은 화물칸에 실려 지중해를 건너오기까지 꼬박 6개월이 걸렸다. 토요일 저녁에 도착한 오르간의 상자가 벗겨질 때까지 캐리는 아무것도 먹지 못한 채 안절부절못했다. 캐리와 앤드류는 그 귀한 악기를 함께 들어올렸다. 그녀만의 오르간이 그곳에 서 있었다!

캐리의 마음은 감동으로 물결쳤고, 일종의 외경심을 품은 채 그 앞에 앉아 어릴 적 집에서 가족들과 함께 즐겨 부르던 찬송가, '내 주는 살아 계시고'를 연주했다. 곧 성량이 풍부한 그녀의 아름다운 목소리가 울려 퍼졌고, 이는 안뜰과 거리에도, 그리고 태어나 처음 들어보는 낯선 소리를 듣기 위해 어스름한 저녁 거리를 떠나지 못한 채 서성이는 사람들에게까지 전해졌다. 캐리가 중국어로 찬송가를 부르기 시작하자 당시 집안일을 돌보아주던 중국인 집사가 반쯤 열린 문 사이의 그림자에 서서 그녀의 노래를 듣고 있었다. 그가 찬송가를 귀담아 듣는 모습을 본 캐리는 자신이 가진 재능을 도구로 사용해 이곳에서 선교 사역을 펼칠 수 있을 것이라는 생각이 들자 말할 수 없는 기쁨이 밀려왔다.

이후로 오르간은 그녀의 삶에서 살아있는 인간과도 같았다. 사람들은 그녀가 집안일을 하다가 갑자기 앞치마를 걸친 채로 오르간 앞에 앉아 아름다운 선율을 연주하던 솜씨 있는 손가락과 더불어 당당하게 울려 퍼지던 그 고운 목소리를 오랫동안 기억했다. 수없이 이사를 다니는 중에도 이 오르간은 항상 그녀와 함께했다. 그녀가 진흙으로 지은 초가집에 살 때에도 이 오르간은 질퍽한 바닥 위에 깔아놓은 널빤지 위에 서 있었다. 그녀가 하루에 여섯 번 정도 그 앞에서 연주할 때마다 오르간은 자신의 존재를 알리기라도 하듯 제 목소리를 내며 그곳에 우직하게 서 있었던 것이다.

두 번째 여름을 맞을 때쯤, 캐리는 다시 아기를 가졌음을 알았다. 그녀의 건강이 좋지 않아 그해 여름 내내 상하이의 병원에서 보냈다. 그들이 쑤저우로 막 돌아오려고 할 때쯤엔 앤드류가 심한 일사병에 걸려 그대로 상하이에 남게 되었다. 그의 회복은 얼마나 간병을 잘하느냐에 달려 있다는 의사의 말에 따라 캐리는 극진히 남편을 간호했다. 어린 아들 에드윈을 동료에게 맡기고 캐리는 온 정성을 다해 남편의 생명을 구하는 데에만 전념했다.

6주에 걸쳐 앤드류가 사선을 넘나드는 동안 캐리는 잠을 청하려고 편한 옷으로 갈아입지도 않은 채 단지 아침저녁으로 씻고 단장하며 시종일관 그의 곁을 지켰다. 의사는 캐리의 활력에 감탄했다. 늦여름을 지나는 덥고 습한 날씨에도 캐리는 앞에 리본이 달린 흰옷을 입고 밝은 곱슬머리는 늘 윤나게 관리했다. 그녀의 마음은 흔들림 없이 고요하고 차분했다. 마치 앤드류가 선교 사역의 첫발을 내디딘 지금 이 시점에서 절대로 죽어서는 안 된다고 생각하는 것 같았다. 또한 아직 태어나지 않은 그들의 아이도 생각해야 했다. 아이를 위해서라도 두려워하거나 근심에 차 있을 수만은 없었다. 앤드류는 고열로 정신이 혼미한 상태에서 헛소리를 하기도 했지만, 중국인 집사가 앤드류를 잡고 있으면 그녀가 시원한 물로 목욕을 시켜주곤 했다. 그러면 앤드류도 점점 안정을 되찾아갔다.

앤드류는 캐리의 극진한 보살핌으로 건강을 회복하긴 했지만, 팔다리의 근육은 전과 똑같은 힘을 되찾지 못했다.

서늘한 늦가을이 되어서야 그들은 쑤저우로 돌아왔고, 거기서 첫딸 모드를 낳았다. 흰 피부와 갈색 눈동자, 금발의 곱슬머리를 가진 통통한 예쁜 아기였다. 그들은 두 아이와 함께 행복한 겨울을 보냈다. 에드윈은 말과 노래를 할 수 있을 만큼 무럭무럭 자랐다. 캐리는 모드를 요람에 눕혀놓고, 에드윈을 자신의 옆에 서 있게 한 후 오르간을 연주하며 노래를 불렀다. 아기는 눈을 동그랗게 뜨고서 캐리의 노래에 귀를 기울이는 듯했고, 에드윈은 캐리를 따라 작고 아름다운 음성을 내기 시작했다.

캐리는 누구도 흉내 낼 수 없는 활기가 넘치는 어머니였다. 가지고 있는 몇 권 안 되는 책과 잡지에서 발췌하거나, 자신의 머릿속에서 생각해낸 곡과 노래들로 자식들의 삶을 즐거움으로 가득 채웠다. 장성한 그녀의 자식들은 이때를 돌아보면서 어머니가 만들어내는 이런 유쾌하고 풍성한 시간들이 없었다면 자신들을 둘러싸고 있던 외롭고 척박한 환경 탓에 얼마나 깊은 박탈감을 느끼며 살았을까 하는 사실을 깨닫게 되었다. 그녀의 이러한 유쾌함은 천성적으로 낙천적인 기질 때문이기도 했지만 부분적으로는 그들을 둘러싼 환경으로부터 자식들을 보호하려는 의식적인 노력이기도 했다. 중국은 그 자체로는 정말 아름다운 나라지만 아이들에게는 너무도 열악한 환경이었다. 캐리는 이 나라가 주는 적나라한 인간상 때문에 괴로워하면서도 그 고통과 열정을 고스란히 견뎌냈다. 또한 자식들이 이 모든 것을 너무 어린 나이에 보지 않기를 바라면서 그들이 감당할 수 있는 이 나라의 아름다운 면에 시선을 돌리도록 했다.

캐리는 창가에서 아기를 번쩍 안아 들고 사원에서 들려오는 은방울 굴러가는 듯한 종소리를 듣게 해주었다. 하지만 커튼 아래쪽을 잡아당겨 온종일 집 밖에서 죽치고 있는, 나병으로 코와 볼이 움푹 파인 거지는 보지 못하게 했다.

캐리는 겨우내 자식들에게 모든 정성을 쏟았다. 그녀는 깊은 모성애를 경험하면서 자신의 내면 속으로 더욱 깊이 들어가는 자신을 발견했고, 그동안 잊고 있던 신에 대해 다시 생각하기 시작했다. 지난 여러 해 동안 그녀는 신의 표식을 찾으려 했지만 그 어떤 신호도 감지하지 못했다. 캐리는 부지불식간에 드는 감정들이 자신의 내부가 아닌 다른 곳에서 오는 것인지 확신하지 못했다. 신은 캐리에게 음성이나 모습을 통해 나타나지 않았다.

하지만 시간이 지나면서 캐리는 아이들을 통해 그토록 갈구했던 신에 대해 많은 깨달음을 얻을 수 있었다. 그녀만을 의지한 채 찰싹 달라붙어서 그녀의 기분을 살피려고 두리번거리는 그 순진한 표정들을 보라! 캐리는 평생 동안 자주 이런 말을 하곤 했다. "얼마나 많은 것들을 그들로부터 배웠는지!" 그러고 나서 잠시 생각에 잠겼다가 다시 입을 열곤 했다. "이 작은 아기들이 나에 대해 아는 것처럼, 심지어 그들을 향한 나의 바람을 감지하는 것처럼, 우리도 신의 목적을 이해하고 있다는 생각이 든단다. 아기들은 나의 사랑을 확신하고 내가 누구보다 자기를 잘 알고 있다고 굳게 믿으면서 내게 전적으로 의지하잖니! 이게 바로 우리가 신을 바라보는 방식이어야 하는 거란다. 그분이 거기에 계시고, 또한 우리를 돌봐주신다는 믿음을 가져야 하는 거지!"

이 말은 캐리에게 완전한 말씀이었다.

봄이 가까워오자 캐리는 자신이 홀몸이 아니라는 사실을 인정해야 했다. 캐리가 아이를 가졌다는 것은 모드가 젖을 떼야 함을 의미했다. 곧 지독한 무더위가 들이닥칠 여름날이 코앞에 와 있었다. 캐리는 당시 모든 엄마들이 가지고 있는 지침서나 그 어떤 도움 없이 모드가 자연스럽게 젖을 뗄 수 있도록 여러 방법을 강구했다. 하지만 온갖 노력에도 불구하고 갑작스런 변화로 인해 아이는 시름시름 앓기 시작했다. 놀란 캐리는 아이가 살인적인 여름을 별 탈 없이 날 수 있도록 열기가 덜한 곳으로 가야 한다고 결단을 내렸다.

그리하여 캐리와 앤드류는 자식들과 함께 중국해협을 건너 일본으로 가는 배에 몸을 실었다. 그들은 일본의 작은 섬에서 남은 여름을 보냈다. 오로지 선교 사역에만 골몰해 있는 앤드류는 늘 일본인 선교사와 이곳저곳을 다니느라 분주했지만, 캐리는 아이들에게만 온 신경을 썼다. 그들은 온종일 파도가 소나무 숲 가까이 잔잔히 밀려왔다가 잦아드는 해변에서 시간을 보냈다.

에드윈은 하루에도 몇 번씩 첨벙거리며 물에 들어갔다 나왔다를 반복하며 노느라 피부가 검게 그을렸으나 어느 때보다도 신나 있었다. 모드도 따뜻한 포말이 발끝에 와 닿는 모래 위에 앉아 두 손을 모래 속에 파묻고 있었다. 모드는 차도가 있었지만 썩 좋아진 것은 아니었다. 그곳엔 마실 만한 신선한 우유가 없었고, 그나마 있는 달고 진한 농축 우유는 모드가 소화시키기 어려웠다. 여름이 끝나갈 무렵 모드는 여전히 허약하고 야윈 상태였지만 어쨌든 살아 있었다. 캐리는 이에 감사하며 중국으로 돌아올 준비를 했다.

선교 사역에 목말라 있던 앤드류는 중국으로 돌아가고 싶어 안절부절못하고 있었다. 거친 중국 바다의 풍랑 속에서 작은 증기선은 사나운 태풍의 영향 아래 더욱 심하게 요동쳤다. 배는 새벽이 오기 전에 침몰할 것만 같았다. 캐리는 극심하게 앓았다. 이는 두려운 정도를 넘어선 것이었다. 그러나 이 모든 두려움과 아픔도 불식시킬 만큼 모드의 상태가 심각했다. 항해 첫날 찾아온 위장 장애가 지금까지 경험하지 못한 위급한 상황으로까지 치닫고 있었다. 구토 증세로 기진맥진해진 캐리는 품에 안은 아기의 상태에 놀라 심하게 요동치는 배의 좁은 선실 안에서 비틀거리며 걷고 있었다. 앤드류는 근심에 휩싸여 기도하는 것 외에는 아무것도 할 수 없었다. 아기는 좀처럼 앤드류에게 가려고 하지 않았다. 좁은 선실 안의 열기는 숨이 막힐 듯했다. 마침내 캐리는 숨을 헐떡거리는 아기의 모습을 그냥 보고 있으니 차라리 갑판 위로 나가 바람에 휩쓸리는 편이 낫겠다고 소리치며, 아기를 안고 밖으로 뛰쳐나가 계단 난간을 붙잡고 기어오르다시피 갑판을 향해 올라갔다. 중간에서 마르틴 박사라 불리는 나이 든 선교사와 마주쳤는데, 그는 캐리의 상태를 한눈에 알아보고는 캐리의 품에서 아기를 받아 들고 캐리와 함께 간신히 몸을 가누면서 올라갔다.

아기는 죽어가고 있었다. 마르틴 박사는 서서히 의식을 잃고 무표정해지는 아기의 작은 얼굴을 슬픔에 찬 눈빛으로 지켜보았다. 이 작은 일본 배에는 승선한 의사가 없었다. 캐리는 무슨 일이 벌어질지 예감하고는 공포와 절망감에 사로잡혔다. 캐리는 선실로 달음질쳐 마룻바닥에 엎드린 채 절박한 심정으로 기도하기 시작했다.

하나님이 그의 나라를, 천국을 보여주실 계획이셨다면, 바로 지금이어야 한다고 소리쳤다. 조용히 기도하던 앤드류는 신을 괴롭히는 듯한 끈덕진 캐리의 강요 어린 기도를 견디지 못하고 그녀를 점잖게 나무랐다. 그러자 캐리는 분노에 차서 앤드류를 쳐다보았다.

"아이를 낳아본 적 없는 당신이 뭘 알아요? 내 생명을 주었던 자식이 죽어가는 게 어떤 건지 알기나 해요! 그건 내가 죽는 것과 똑같다고요!"

캐리는 분노로 어찌할 줄 몰랐다. "지금 뱃속의 아기가 조금만 더 늦게 생겼더라면, 젖을 뗄 필요 없이 이 여름을 잘 날 수 있었을 텐데. 오, 모드, 모드!"

캐리는 갑판으로 다시 뛰어 올라갔다. 거기엔 여전히 그 점잖은 노신사가 한 손으로 난간을 붙잡은 채 바람으로 이리저리 흔들리는 배의 요동을 견디며 서 있었다. 그는 이미 아기 얼굴을 담요의 끝자락으로 덮은 상태였다. 그는 아기 엄마가 다가오는 것을 조용히 기다린 후, 캐리에게 이 작은 존재를 건네며 낮은 음성으로 말했다.

"주님의 아기, 이 어린 소녀는 그녀에게 생명을 주신 하나님께로 돌아갔습니다."

캐리는 할 말을 잊은 채 망연히 아기를 받아들었다. 이것이 그녀가 감내해야 할 인생의 첫 번째 불행이었다. 떼를 쓸 수도, 손을 쓸 수도 없는 절체절명의 사건이었다. 그녀는 완전히 무기력해졌다. 캐리는 혼자 있고 싶었다. 어느 누구도, 심지어 남편도 보고 싶지 않았다. 그녀는 좁은 통행로의 끝자락까지 가서 뱃고물로 향하는 작은 문을 열고 들어가서 둘둘 감겨진 밧줄 더미 뒤에 앉았다. 시커먼 파도가 집어삼킬 듯한 바다 저 너머로 납빛의 창백한 여명이 보일 듯 말 듯 다가오고 있었다. 바닷물의 포말이 그녀 위로 쏟아지자 그녀는 치맛자락으로 품에 안은 아기를 한 번 더 감쌌다. 그러고는 담요를 들추고 그 작은 얼굴을 바라보았다. 평안하고 창백한 얼굴은 이미 무한의 고요 속에 빠져 있었다.

"이 가여운 아기는 굶어 죽은 거야. 굶어 죽은 거라고."

캐리는 낮게 흐느꼈다. 바다 물살이 다시 한 번 그들 위로 쏟아지자 캐리는 아기를 급히 감쌌다. 캐리가 얼마나 이 바다를 혐오했던가. 무시무시한 파도, 매정하기 짝이 없는 냉혈한! 적어도 이 자그마한 귀중한 몸은 절대 저 광활함 속으로 던져져서는 안 되었다. 상하이로 돌아가 다른 백인들이 잠들어 있는 땅에 고이 묻어주어야만 했다.

성난 잿빛 바다 위로 회색빛 하늘이 우울하게 매달려 있었다. 대체 어디에 신이 있단 말인가? 기도를 해도 소용없고, 표식을 구해도 소용없었다. 캐리는 마치 운명에 저항하듯 두 팔로 아기를 꼭 감싸 안고 성난 바다를 바라보며 몸을 잔뜩 움츠렸다. 그러고 나서 하염없이 흐느끼기 시작했다. 이 순간조차도 그녀는 속이 메스꺼워 견딜 수가 없었다. 죽은 자식을 품에 안은 그녀에게 심한 구토 증세가 엄습해왔다. 하지만 그녀는 어느 때보다도 뱃속에 든 아기를 위해서라도 정신을 바짝 차려야 했다.

캐리는 현기증을 느끼며 몸을 일으켜 세운 후 안으로 들어가 계단을 따라 조심조심 발걸음을 옮겼다. 한 손은 난간을 잡고, 한 손은 아기를 품에 안은 채, 선실 안으로 쓰러질 듯 걸어 들어갔다. 그녀의 긴 머리카락은 바람으로 인해 사방으로 흩날렸고, 물보라로 온몸이 흠뻑 젖었다. 앤드류는 현창의 두꺼운 유리를 통해 바다를 바라보며 서 있었다. 그러나 마치 배는 바닷속을 달리는 것처럼 순간순간 시커먼 물살이 두꺼운 유리를 세차게 때렸다.

앤드류는 차분한 얼굴로 캐리를 돌아보며 나지막이 말했다.

"모든 게 신의 뜻이오."

하지만 캐리는 젖은 머리를 확 돌리며 그에게 소리쳤다.

"다시는 내 앞에서 신에 대해 입 밖에도 꺼내지 말아요!"

그러고는 가슴을 파고드는 듯한 그녀의 격한 흐느낌이 시작되었다.

IV
그들 속으로

 마침내 고통스러운 위기는 지나갔다. 캐리는 지난 상황을 차분하게 바라볼 수 있었다. 하지만 가슴 한복판이 뻥 뚫린 듯한 가라앉지 않는 아픔은 여전히 자리하고 있었다. 그들은 중국 탑의 그림자가 드리워진 옛집으로 돌아왔다. 캐리는 전과 같이 에드윈에게 읽는 법을 가르치고, 학교 소년들을 일일이 돌봐주면서 노래와 역사, 수학, 지리 등 중국의 낡은 교육방식에서 벗어나 다른 차원에서 꼭 필요한 과목들을 가르치면서 삶의 균형을 되찾기 위해 우직하게 하루하루의 일과에 매달렸다. 캐리는 자신의 작은 집을 깨끗하고 단정하게 꾸미고, 빵을 구웠다. 또한 물소 젖으로 버터를 만들었는데, 이는 처음 해보는 일이었다. 그녀는 이런 식으로 자신의 일상을 쉴 틈 없이 채웠다. 하지만 탑의 종이 땡땡거리며 울리는 것만큼은 견딜 수가 없었다. 바람이 종을 흔들 때마다 그녀는 놀란 사람처럼 일손을 놓고 황급히 창가로 뛰어가 창문을 닫았다.

두 달 후 항저우에서 앤드류를 필요로 한다는 전갈을 받고 캐리 가족은 모두 항저우로 돌아가게 되었는데, 캐리는 이에 감사했다. 모드가 한 번도 살지 않은 곳으로, 아이를 떠올릴 만한 짧은 추억조차 없는 곳으로 떠난다는 게 캐리에게는 위안이 되었다.

캐리는 앤드류의 선교 사역에 다시금 관심을 보이며 동참하기 시작했다. 신은 여전히 그녀에게 가까이 다가서지 않은 듯했지만 캐리는 분노하지 않았다. 그녀에게 분노라는 감정은 너무도 무익한 것이었다. 캐리는 이미 그 과정을 지났으며, 심지어 어떤 반감도 깃들지 않은 어조로 이렇게 말하기까지 했다.

"주님의 뜻을 이루소서."

캐리는 자신의 열정적이고 격한 기질을 다시금 죽이기 시작했다. 이는 그녀가 오랫동안 해온 투쟁이었다. 그녀는 곰곰이 생각한 끝에 모든 슬픔이 자신을 단련시키기 위한 하나님의 계획일지도 모르며, 이 안에는 반드시 어떤 뜻이 숨어 있으리라 느꼈다. 아마도 하나님은 하나님을 등한시하고 망각한 채 아이 안에서만 행복을 느끼는 그녀에게 어떤 깨우침을 주려 했는지도 모른다. 행복할 때는 하나님을 잊었으므로 슬픔을 주어 하나님 품으로 인도하려 했는지도 모른다. 캐리는 이러한 생각에 승복하고 복잡한 거리에서 약간 벗어나 있는 하얀 예배당을 찾아가기 시작했다. 거기서 그녀는 중국 여인들과 이야기를 나누며 그들에게 읽는 법을 가르쳤다. 캐리를 여전히 기억하고 반겨주는 아낙네들의 푸근한 얼굴을 보자 캐리의 마음도 따뜻해졌다. 그들 중 누군가 "올해 자식을 저세상으로 보냈답니다"라고 말하면 캐리의 눈은 금세 눈물로 차올랐다. 그러고는 그 심정을 충분히 이해한다는 듯 그 여인의 구릿빛 손을 꽉 잡아주었다.

캐리의 감정과 육체는 서로 뗄래야 뗄 수 없는 관계였다. 기분이 좀 좋지 않다고 느낄 때는 어김없이 몸의 힘도 덩달아 빠져나갔다. 겨우내 그녀는 그렇게 여위어갔고 지쳐갔다. 봄이 오자 여자 아기가 태어났지만 캐리는 기뻐하는 기색이 없었다. 또 다른 아기를 품에 안기에는 너무도 일렀다. 그녀는 아기를 조용히 사랑스럽게 안았지만, 거기엔 기쁨이 없었다. 에디스라는 이름을 갖게 된 아기는 당시 엄마의 마음을 고스란히 반영한 듯 진지하고 얌전한 아이로 자랐다. 또래에 비해 참을성이 강했으며 유아기 때조차 자기 일은 자기가 알아서 하고 부모의 말에 전적으로 순종했다.

여름이 되자 그들은 모두 산 정상에 있는 사찰로 잠시 거처를 옮겼다. 앤드류가 설교를 하거나 가르치러 다닐 수 있을 만큼 시내에서 그리 멀지 않은 곳에 있었지만 분위기와 기분을 전환하고, 찌는 듯한 태양 아래 가물거리며 논에서 올라오는 습한 열기를 피하기에는 충분히 떨어진 곳이었다. 그들은 이곳에서 방 두 개를 빌렸다.

이곳에서의 생활은 캐리에게 신선한 경험이었다. 어둑한 대나무숲의 깊은 정적과 푸르른 소나무들, 잿빛 승복을 입은 조용한 승려들, 꿈꾸는 듯한 표정의 각종 불상들이 벽을 둘러싸듯이 서 있는 어둡고 서늘한 사당, 이 모든 것이 이 거대하고 복잡한 나라의 또 다른 면모를 보여주는 듯했다. 사찰의 본당에는 가장 큰 불상들이 서 있었는데, 그 방에서 캐리는 어린 자식들과 함께 잠을 잤다. 자그마한 관음보살은 벽감에서 인자하게 그들을 내려다보았다. 에드윈은 관음보살을 '예쁜 금부인'이라 불렀고, 캐리는 잠자리 날개 같은 법복을 입고 있는 이 우아하고 인형 같은 여신 불상에 관해 이야기를 꾸며서 들려주었다. 그러면서 점점 외국에서 온 백인들을 내려다보고 있는 인내심 강한 작은 여신에게 친밀감을 가지게 되었다.

아이들이 잠이 들면 캐리는 부채질을 해주면서 자신의 낯선 삶에 대해 깊은 생각에 잠겼다. 그녀는 한때 물결치는 초원과 빛나는 시골길이 내다보이는 방에서 아스라한 언덕들과 구름 한 점 없는 드넓은 하늘을 바라보았다. 그러나 지금 그녀는 중국 사찰의 어두컴컴한 방에서 잠든 두 아이 옆에 앉아 있었다. 둥근 창문 너머로는 울창한 대나무 숲의 윤곽을 비추는 향초가 든 커다란 단지가 하나 있었는데, 그곳까지 판석을 깐 좁다란 오솔길이 내다보였다.

아침저녁으로 정확한 간격을 두고 사찰의 종소리가 울려 퍼졌는데, 그 적막하고 구슬픈 음조는 산기슭을 타고 메아리쳤다. 그것은 인생의 애환을 고스란히 담은 듯한 신비로운 음악과도 같았다.

그러다가 캐리는 갑자기 두려움에 몸을 떨었다. 자고 있는 에드윈을 품에 안고는 절대로 이 미국 아이가 이 땅의 기이한 분위기에 잠식당하지 않도록 지켜주겠노라고 마음 깊이 외쳤다. 자식들에게 그들의 모국인, 정의롭고 밝게 빛나는 미국을 알려주는 것이 그녀의 인생에서 가장 중요한 일이었다. 사람들이 저마다 자유와 사랑의 신을 믿는 곳, 그곳의 신은 진흙으로 굽고 페인트칠을 한 괴상한 생김새 속에 갇혀 있는 존재가 아니었다.

새벽과 황혼 녘, 승려들이 염불을 욀 때면 어린 아들은 그녀의 품속으로 달려들어 얼굴을 묻었다. 에드윈에게는 염불 외는 소리가 마치 파도처럼 느리면서 음울한 음악으로 들리는 듯했다. 캐리는 지극히 자연스럽고 태연한 어조로 에드윈을 달래곤 했다.

"얘야, 이건 그냥 저 사람들이 찬송가를 부르는 방식이란다! 우리도 찬송가를 어떻게 부르는지 알고 있지?"

캐리는 자신의 뺨을 에드윈의 뺨에 대고 노래를 부르곤 했다.

"자, 이제 예수님과 그의 사랑에 대한 이야기를 해볼까요?"

이때부터 캐리는 다소 장난기 어린 천진난만한 가사를 붙여 노래를 부르기 시작했다. 방은 그녀의 경쾌한 노랫소리로 가득 찼고, 아이들은 금세 안정을 되찾았다. 그들에게 염불 외는 구슬픈 소리는 단지 배경음악처럼 아스라이 들릴 뿐, 그녀의 따뜻하고 기쁨에 찬 음성 속에 묻혀버렸다. 캐리는 항상 마지막 곡으로 '미국은 주님의 나라, 달콤한 자유의 땅'을 불렀다. 에드윈은 이 노래를 기쁨에 차서 큰 소리로 따라 부르곤 했는데, 이 노래는 그가 끝까지 완벽하게 부를 수 있는 첫 번째 곡이 되었다.

하지만 캐리의 몸은 한때 겪은 극도의 슬픔으로 서서히 무너졌고, 그녀의 노력에도 불구하고 예전처럼 날아갈 듯한 경쾌한 걸음걸이를 연출할 수 없었다. 음울한 공기는 심신을 지치게 했고, 모기들은 미지근한 논물 위에서 떼를 지어 윙윙거렸다. 그 당시에는 누구도 모기가 말라리아를 옮긴다는 사실을 알지 못했다. 캐리는 말라리아의 징후인 고열과 오한에 시달렸다. 설상가상으로 에드윈도 이질에 걸려 몇 주에 걸쳐 점점 창백해지고 쇠약해져갔다.

캐리가 세 번째 출산을 했던 그해에는 또 다른 어려움이 찾아들었다. 그들은 쑤저우로 다시 부름을 받아 그곳에서 생활하게 되었는데 새로 부임한 젊은 미국인 선교 의사가 그들과 한 지붕 밑에 살았다. 그런데 이 젊은 의사는 과중한 업무와 더불어 중국인들의 처참한 생활상을 목격하고는 충격을 받고 점차 정신적으로 불안정해지다가 마침내 정신이상의 징후를 보이기 시작했다. 그 사실을 맨 처음 감지한 사람은 날카로운 관찰력을 지닌 캐리였다. 그녀는 언제 어떤 사건이 일어날지 모르는 살얼음판 위에서 생활하고 있었다.

어느 날 아침 식사를 마치고 앤드류가 일찌감치 집을 나서자 피셔 의사는 호주머니에서 약병을 꺼내 캐리 앞에 내밀었다.

"스톤 여사, 오랫동안 몸이 안 좋으셨다고 들었습니다. 이걸 드시면 즉시 모든 게 좋아지실 겁니다."

그는 날카로운 소리를 내며 괴상하게 웃었다. 캐리는 등이 오싹해지는 걸 느꼈다.

"아니에요. 현재 몸 상태는 아주 좋은걸요."

놀란 캐리는 의자에서 반쯤 몸을 일으킨 채 대답했다. 그러자 그는 캐리의 손을 잡고는 단호한 음성으로 낮게 으르렁거렸다.

"이걸 삼키시오. 당장!"

캐리는 즉시 이 정신이상자를 어떻게 상대해야 할지 생각해냈다. 그녀 특유의 재치와 순발력은 결코 그녀를 떠나지 않았다. 캐리는 차분히 말했다.

"잠시만요. 컵에 물을 채워야지요."

그러고는 빈 컵을 들고 조용히 방을 빠져나왔다. 그녀는 밖으로 나오자마자 앤드류가 있는 곳으로 내달렸다. 앤드류는 아래층 방에서 거리에서 몰려든 사람들을 앞에 두고 설교를 하고 있었다. 캐리는 숨을 몰아쉬며 자초지종을 이야기하면서 제정신이 아닌 남자가 그녀가 없어진 걸 알아차리고는 아이들에게 무슨 짓을 할지 몰라 공포에 질려 있었다. 앤드류는 즉시 걸음을 옮겼다. 다행히 앤드류가 그보다 키도 더 크고 힘도 셌으므로, 몇 차례 엎치락뒤치락한 끝에 마침내 젊은 의사를 제압했고, 마지막에 이 가여운 남자는 한 손에 조각칼을 쥔 채 식탁 아래에서 웅크리고 앉아 있었다.

다음날 앤드류는 광기 어린 그를 정크선에 태우고 밤낮으로 지켜보며 상하이까지 데리고 갔다. 거기에서 앤드류는 미국으로 돌아가는 미국인에게 그를 맡겼다. 그 젊은 의사는 어떤 때는 자신에게 무슨 일이 일어났는지 정상적으로 인지하는 순간이 있었다. 그는 자신을 책임지고 있는 미국인이 배 위의 승객들에게 저 젊은 의사가 정신적으로 불안정한 상태여서 때로 이상한 행동을 하더라도 놀라지 말라고 당부했다는 말을 전해 듣고는, 즉시 저 사람이야말로 제정신이 아니기 때문에 내가 집으로 데려가는 것이라는 교활한 거짓말을 퍼뜨렸다. 승객들은 며칠 동안 의심을 품고 있다가 마침내 누가 진짜로 제정신이 아닌지 알게 되었다.

이 사건이 캐리에게 너무 감당하기 힘든 부담을 안겨줬는지 그녀는 돌연 밀려오는 피로감을 느꼈다. 전에는 없었던 증상도 동반했는데, 기침과 함께 열도 오르락내리락했다. 그들은 의사를 찾아

상하이로 갔다. 거기서 그녀는 결핵 판정을 받고 곧바로 미국으로 떠나라는 의사의 지시를 들었다.

캐리는 선교 기숙사의 작고 초라한 방으로 돌아와 어떻게 해야 할지 생각에 잠겼다. 아주 짧은 순간이었지만 기쁨에 들떠 이렇게 외치기도 했다. "아, 드디어 고향에 가는구나!" 그러자 앤드류의 얼굴은 창백하게 굳어졌다. 캐리는 지금 방에서 그 얼굴을 기억하고 있었다. 앤드류는 어깨를 축 늘어뜨린 채 그녀에게 등을 돌리고 앉아 있었다. 캐리는 조용히 말했다.

"앤드류, 전 미국으로 돌아가지 않을 거예요."

그는 잠시 멈칫하다가 입을 열었다.

"그럼, 뭘 어떻게 해야겠소?"

캐리는 간절한 심정을 담아 대답했다.

"당신의 선교 사역을 방해하면서까지 당신을 데려갈 생각은 없어요. 나 때문에 일을 망쳤다는 얘기는 절대로 나오게 하지 않을 거예요. 중국 북쪽 체푸*로 가요. 거기서 집을 얻고 당신은 설교를 하고, 저는 몸을 돌보면 되잖아요."

캐리는 그제야 남편의 어깨가 쭉 펴지는 것을 볼 수 있었다. 그가 캐리를 돌아보았을 때 안도의 한숨이 그의 눈빛과 음성에서 묻어났다.

"당신이 그렇게만 해준다면, 캐리……."

캐리는 감격에 겨워 말을 잇지 못하는 남편을 바라보면서 한편으로는 마음이 미어졌다. 앞으로 그녀가 견뎌내야 할 자신과의 처

---

* 해안도시 옌타이烟台를 지칭하는 말로, 즈푸 섬 때문에 체푸로 서양에 알려짐.

절한 싸움을 그가 상상이나 할 수 있을까? 그녀는 홀로 싸워야만 했다.

그러자 처음으로 캐리는 자신과 남편 사이에 종교와 자식을 빼고는 어떤 유대감도 존재하지 않는다는 사실을 깨닫게 되었다. 아이들조차 육체로 맺어진 인연에 불과하지 않은가. 앤드류는 아이들을 인간적으로 이해하거나 사랑하는 사람이 아니었다. 비록 아이들을 싫어하는 것은 아니었으나 그에게 그들은 현실적으로 존재하는 인물들이 아니었다. 그의 삶은 신과의 신비로운 일치감 속에 싸여 있었으며, 그는 오로지 사람들의 영혼에만 관심을 기울였다. 남녀노소 할 것 없이 사람들은 그에게 영혼의 존재일 뿐이었다. 하지만 캐리에게는 모든 게 현실적인 문제였고, 삶은 인간의 육신과 피에 가까운 것이었다. 신은 대체 어디에 있으며, 또 무엇이란 말인가? 이것은 그녀가 평생 동안 풀어나가야 할 문제였다.

만일 그녀가 남편으로 하여금 선교 사역을 포기하고 자신과 함께 미국으로 향하게 한다면, 그들을 함께 묶어주는 공통의 진리나 가치가 하나도 남아 있지 않게 된다. 캐리는 남편이 자신을 절대로 용서하지 않을 것이며, 또한 신의 소명을 거스르지도 않으리란 사실을 알고 있었다. 이 당시 적어도 믿는 자들의 결혼이라는 것은, 죽을 때까지 절대로 파기해서는 안 되는 약속과도 같았다. 캐리는 그와 삶을 함께할 것을 맹세했으며, 그 약속은 반드시 지켜져야 했다. 그녀는 미국으로 돌아가는 게 좋을 거라는 주변 사람들의 진심 어린 충고에 시종일관 이렇게 답했다.

"아니에요. 우린 중국 북쪽 지역으로 갈 겁니다. 거기서 제 상태가 호전되는지 지켜볼 거예요. 아직은 모든 걸 포기하고 돌아갈 때가 아니라고 생각해요."

캐리는 지나치게 독립적인 여자였다. 몸이 아파서 이제부터는 당분간 일을 할 수 없었으므로 남편에게는 안 그래도 쥐꼬리만 한 월급을 그 중의 반만 취하도록 했다.

그들은 동료들에게 인사를 하고 정크선을 빌려 해안으로 향했다. 캐리는 익숙해진 이 얼굴들을 다시 볼 수 있을지 전혀 기약할 수 없었다. 하지만 담대함을 잃지 않기 위해 그녀 스스로 내린 용단이 아닌가.

나는 캐리로부터 이 정크선이 다른 중국 배들과 마찬가지로 커다란 쥐들로 득실거렸다는 얘기를 들은 바 있다. 밤새도록 쥐들은 나지막한 들보와 그녀의 머리를 오가며 연신 오르락내리락했다. 어느 날 밤에는 드디어 풀어헤친 그녀의 긴 엉킨 머리 사이에 걸려 빠져나오려고 기를 쓰는 거대한 쥐 한 마리 때문에 캐리는 잠이 깨고 말았다. 캐리는 머리카락 사이로 손을 집어넣어 쥐를 잡아채고는 마룻바닥에 집어던졌다. 몸부림치며 괴로워하는 살찐 쥐를 보면서 메스꺼움을 느꼈던 캐리는 쥐가 잠시 머물렀던 자신의 머리카락을 싹둑 잘라냈다.

해안선에 도착하자 그들은 중국 대륙에서 벗어나 북해 쪽의 만에 위치한 항구 마을인 체푸로 향하는 배에 올랐다. 여기서 빠뜨려서는 안 될 에피소드가 하나 있다.

그들이 항해에 오르기 전날, 캐리는 상하이의 중고 가구점에서 타원형의 탁자를 보게 되었다. 그것은 날렵하면서도 굉장히 튼튼했다. 캐리는 즉시 그 탁자를 구입하기로 마음먹고 허리가 굽은 나이 든 주인남자와 흥정을 했다. 앤드류가 보기에는 실로 딱한 광경이었다. 그에게 탁자는 그저 탁자일 뿐 아무런 의미가 없었다. 게다가 이미 그를 성가시게 하기에 충분한 가구들이 집에 넘친다고 생각했다. 특히 여행길에 오를 때는 간단한 수첩과 얇은 지갑, 책 한 권이면 충분하다고 생각하는 그는 그 외의 것들로 부담을 느끼고 싶지 않았다. 하지만 캐리는 그와 생각이 달랐다. 아름다운 가구는 늘 그녀에게 큰 즐거움을 주었다. 심한 뱃멀미가 날 때조차 캐리는 자신이 앉아 있는 바로 아래 화물칸에 놓인 그 섬세한 곡선과 부드러운 광택의 나뭇결을 지닌 우아한 타원형 탁자를 생각하면서 몸을 추슬렀던 것이다.

V
시련

 체푸에 도착한 후 그들은 집을 구하는 일부터 착수했다. 앤드류는 산 아래 있는 중국 시내 근처에 집을 얻으려 했지만 캐리는 생각이 달랐다. 그녀는 허약해질 대로 허약해진 상태였기 때문에 평범한 일상조차 힘겨우리라는 것을 알고 있었다. 이런 상황에서 주변 환경은 절대적으로 중요했다. 더군다나 에드윈은 지난 6개월 동안 이질에 시달렸고, 겨우 목숨만 부지하고 있는 터라 창백하고 야위었으며 제대로 서 있지도 못했다.
 캐리가 이 이야기를 할 때 나는 그녀의 눈빛이 점점 연민과 사랑으로 가득 차오르는 것을 보았다.

"참으로 가엾기 그지없었지. 그 아이를 일부러 굶겨야 했으니까. 그래서 늘 배고파했는데, 어느 날은 주방 마룻바닥에서 흰색 부스러기 같은 걸 발견하고는 침을 묻힌 집게손가락으로 집어 올려 입으로 가져갔지. 그것을 과자 조각으로 생각했던 모양이야. 하지만 흰색 도료를 칠한 벽에서 떨어져 나온 석회 조각이란 걸 알고는 울음을 터뜨리고 말았지. 그때 얼마나 가슴이 아팠는지……."

캐리는 아이는 물론, 자신을 위해서라도 바다를 건너 고향 땅에 있는 자신의 집으로, 유년시절을 보낸 그 넓고 향긋한 방으로 날아가고 싶었다. 하지만 그것은 불가능한 일이었다. 캐리는 바다가 굽어보이는 언덕 위의 집을 발견했다. 악취 나는 중국 거리와 중국인들의 삶에 영향받지 않는, 바닷바람이 상쾌하게 불어오는 곳이었다. 앤드류가 일터로 가기 위해 조금만 더 걸으면 되었다. 캐리의 마음을 사로잡은 집은 돌로 지은 아담하고 낮은 주택으로, 절벽 위에 자리해 아래로 깊고 푸른 바다와 바위에 부딪치는 하얀 포말이 한눈에 내려다보였다. 집 앞에는 소담한 모래 정원과 아이들의 안전을 책임질 높은 돌담도 있었다. 하지만 캐리가 그곳에 기대 멀리 시선을 두고 그토록 그리워하는 수만 마일 떨어진 고향을 향해 꿈을 꾸기에는 충분한 높이의 담장이었다.

캐리는 스러져가는 자신의 생명을 구하는 일에 집중했다. 앤드류는 그녀의 질병이 얼마나 심각한지 알지 못했다. 그러나 그녀는 자신을 괴롭히는 고통을 자각하고 있었다. 쉴 새 없이 마른기침을 하고 발열로 무기력증과 피로가 가시지 않는 하루하루를 보내며 그 증상들의 악의적인 음모와 맞서 싸워야 했다. 캐리는 침대를 현관 구석으로 옮겨 그 밑에 벽돌을 괴어서 담장 너머로 바다와 하늘을 볼 수 있도록 했다.

캐리가 누워 있는 오른쪽으로는 맨 어깨를 드러낸 음울한 산이 불쑥 솟아 있었으나 그 아래 중국 시가지 쪽으로는 아무것도 보이지 않았다. 마치 그녀가 보지 않으려고 의도한 듯했다. 캐리는 자신의 생명을 구하기 위해서라도 아우성치는 중국 거리, 눈먼 거지들과 그 고달픈 광경들을 잊어야만 했다. 그녀의 마음을 참담하게 만드는 이러한 광경을 변화시키기 위해 그녀가 할 수 있는 일은 거의 없었다. 하지만 이 벼랑 끝 침대 위에 누워 있을 때만큼은 차분하게 상황을 바라볼 수 있었다.

앤드류는 불행한 사람들을 보면 그들을 위해 기도하고 나서 안식을 얻는 듯했다. 그는 신께서 그들의 영혼을 구원해주실 것이므로 그들은 천국에서 행복할 수 있을 것이라고 믿었다. 하지만 캐리는 기도를 할 때면 여전히 어느 정도 분노가 섞인 스스로를 발견했다. 이러한 불행들이 꼭 필요한 것인지 궁금했고, 천국에서조차 살아생전 겪었던 모든 기억들을 씻어낼 수 없다는 것이 무조건 옳지 않다고 느꼈다.

비록 앤드류는 늘 주님은 합당한 목적에 따라 모든 일을 계획하고 이루신다고 말했지만 기왕에 신이 이 모든 고통을 허락하셨다면 왜 상처를 좀 더 가볍게 하지 않으시고, 눈먼 자들의 시야를 좀 더 밝게 하지 않으시고, 또한 절망하고 감금된 인생들을 해방시켜주지 않으신단 말인가. 그녀는 이렇게 많은 의문을 갖고 있었지만 신을 떠나지 못했다. 왜냐하면 다른 곳에서도 답을 찾을 수 없었기 때문이었다. 마을의 교회에서 수년간 단련의 시간을 거치면서 캐리는 스스로를 복종시키기 위해 부단히 자신을 채근했었다.

"단지 믿고 따르는 거야!"

캐리는 스스로를 책망하듯 말했다. 하지만 그녀는 앤드류처럼 자신의 방에 들어가 기도를 올린 후 만족스러운 표정으로 나오는 게 불가능했다. 그녀는 신을 보지 못하고 오로지 인간만 바라보았기 때문이다. 몸이 이렇게 아프게 된 것도 다 그녀의 고통과 비탄 때문이었을 것이다. 그녀가 필요한 곳이라면 어디든지 가서 씻어주고, 붕대를 감아주고, 병자에게 약을 주는 등, 치료책이 없고 통증을 완화시킬 아무런 방도가 없는 상황에서 캐리는 사람들의 죽음을 목도하고 자신의 살과 피가 마르는 것처럼 슬피 울었다.

나는 캐리가 죽어가는 어린 자식을 둔 중국 여자 곁에서 함께 밤을 지새우는 모습을 본 적이 있다. 그녀는 계속 통성기도를 하고 있었는데 새벽녘에 아이가 죽자 그 조그만 아이의 몸을 부여잡고 슬픔과 절망의 분노 속에서 하염없이 흐느꼈다. 놀란 앤드류가 잠에서 깨어 조용히 말했다.

"모든 게 다 신의 뜻이란 걸 믿어요. 지금 그 아이는 천국에서 안전하게 있을 거요."

캐리는 그를 휙 돌아다보았다.

"오, 그 말이 지금 아이 엄마의 마음과 품속을 채워줄 거라고 생각해요?"

하지만 캐리는 곧 누그러진 음성으로 슬프게 말했다.

"이렇게 말해선 안 된다는 걸 알아요. 신의 뜻이 이루어졌다고 말해야만 한다는 것을 잘 알고 있다고요. 하지만 그것이 공허한 마음과 품속을 채워줄 수는 없잖아요."

언젠가 어떤 사람이 누군가의 죽은 아이에 대해 "영혼이 떠났으니 육체는 이제 아무것도 아닌 껍데기일 뿐이죠"라고 말하자, 캐리는 간단명료한 대답을 들려주었다.

"몸이 아무것도 아니라고요? 난 내 자식들의 몸을 사랑했어요. 그들의 몸이 땅에 묻히는 건 정말 견딜 수 없었어요. 그들의 몸을 내 뱃속에서 만들고, 그 몸을 돌봐주고, 씻어주고, 입혀주고, 사랑해주었습니다. 그 몸들은 아주 귀한 생명이었습니다."

죽음과 슬픔은 한없이 여린 감성을 지닌 캐리에게는 영원히 풀 수 없는 숙제였다. 그녀가 살았던 시대의 신을 이해하기는 그녀로서는 힘에 부친 일이었다. 그녀는 결코 이해하지 못했다.

이 당시 깊은 인생의 경험을 하면서 캐리는 한 여인을 만나게 되었는데, 그 중국 여인은 캐리가 나이 들어 거동이 불편해질 때까지 그녀 곁을 떠나지 않았다. 그 중국 여인은 원래 한 남자와 동거를 하고 있었는데, 그는 그녀가 딸을 출산하자마자 그 갓난아이의 두개골을 내리쳐서 죽게 했다. 바로 그날 캐리는 그 쓰러져 가는 초가집 앞을 지나고 있었는데 집 안에서 억장이 무너지는 듯한 흐느낌이 들려왔다. 울음소리가 예사롭지 않다는 것을 직감한 캐리는 무엇이 잘못되었는지 알아보기 위해 집 안으로 들어갔다.

거기에는 엄마의 무릎 위에 놓인 갓난 여자아이가 머리에서 피를 흘린 채 죽어 있었다. 침구 위에 누워 있는 남자는 심드렁한 표정으로 욕을 퍼붓고 있었고, 여자는 반쯤 넋이 나가 있었다. 죽은 아이는 차마 눈 뜨고 못 볼 정도로 비쩍 말라 있어 목숨을 부지했어도 얼마 살지 못했을 것만 같았다. 남자는 갑작스런 캐리의 등장에 놀란 나머지 멍하게 바라보고만 있었다. 캐리가 눈을 크게 뜨고 쏘아보자 그는 더는 아무 말도 못했다.

캐리는 중국 여인 쪽으로 가서 자세를 낮추고 무슨 일이 있었는지 물었다. 두 엄마는 그렇게 이야기를 나누었다. 사건의 전모를 듣고 난 캐리는 분노를 감추지 못했다.

"오, 이런 비참한 일이!"

캐리는 감정에 북받쳐서 소리쳤다. 죽은 아기 위로 멀거니 캐리를 응시하던 중국 여인은 다시금 흐느끼기 시작했다.

"오, 저 남자는 죽어야 마땅해!"

캐리가 사납게 쏘아붙였다.

"어느 누가 감히 남자를 상대한답니까?"

중국 여인은 숨죽여 울면서 말을 이었다.

"남자들은 원하기만 하면 여자를 죽일 수 있어요. 오, 나도 죽일 거예요."

"그를 떠나요."

캐리가 진심 어린 어조로 말하자 그 여인이 대답했다.

"그럼, 어디로 가나요? 남자들은 모두 똑같아요. 이제껏 이곳저곳을 떠돌아다녔지만 남자들은 하나같이 똑같았어요."

캐리는 여자의 담백한 진실성을 느끼고 그 자리에서 말했다.

"나와 함께 가서 우리 가족과 살아요. 그렇잖아도 내 어린 아이들을 돌봐줄 사람이 필요하던 참이었소."

중국 여인은 천천히 몸을 일으켰고, 캐리는 말했다.

"이 가여운 아이를 덮어줄 거적을 좀 찾아봐요."

캐리는 더는 그 여인에게 아무것도 묻지 않고 자신의 집으로 데려가 집안일에 대해 이것저것 알려주었다. 또한 읽는 법도 가르쳐

시련 143

주려 했으나 너무도 무지했던 이 중국 여인은 전혀 글을 이해하지 못했다. 하지만 그녀는 캐리를 진심으로 좋아하고 따랐으므로 에드윈과 낳은 지 얼마 안 된 어린 딸아이를 극진히 돌봐주었다. 캐리가 모드에 대해 이야기했을 때 그녀는 잠시 눈시울을 훔치며 울더니 갑자기 어떤 기억이 났는지 이렇게 말했다.

"오로지 한때 모셨던 주인님만이 애기 젖을 먹일 때 돌로 내리쳐 죽게 하지 않으셨죠."

"그런 일이 있어선 안 되죠." 캐리는 연민 어린 음성으로 나지막이 말했다. 그리고 이때가 절호의 기회라고 생각하고 말을 이었다.

"우리나라에서는 그런 일은 일어날 수가 없어요. 왜냐하면 우리가 믿는 신은 우리에게 서로를 사랑하라고 가르치거든요."

아, 얼마나 공명정대한 땅인가. 캐리는 새삼스레 가슴이 벅차올랐다. 그들은 신을 믿음으로써 선한 마음을 배울 수 있었다.

"저도 그런 신에 대해 알고 싶어요."

그러자 캐리는 잠시 뜸을 들이다가 이야기하기 시작했다. 결국 그녀가 이 무지한 중국 여인에게 가르치는 것보다 이 여인을 통해 더 많은 것을 깨닫게 되는 것은 아닐까? 하나님이 없으면 남자들은 짐승처럼 자랄 수도 있었던 것이다. 이러한 인식을 바탕으로 캐리가 애초에 품었던 열망은 점점 더 강렬해져갔다. 이후로 캐리가 가는 곳에는 늘 이 여인이 함께했다. '왕 아마'라는 이름의 이 여인은 점점 한 가족이 되었고, 아이들을 정성스럽게 돌봐주었다. 오랜 세월 아이들은 왕 아마의 품에 안기거나 놀리기도 하면서 그녀를 '유모'라고 부르며 따랐다. 나는 캐리가 점점 야위어가고 주름지고 흰머리가 늘어가는 이 나이 든 여인을 사랑스럽게 바라보던 모습을 기억한다. 캐리는 언젠가 이런 말을 했었다.

"왕 아마에 대해 사람들은 좋은 여자가 아니라고 말하지만, 또한 그녀가 복음을 전혀 이해하지 못하는 게 나로서도 유감이긴 하지만, 나는 그녀가 한 번도 아이들에게 상냥하지 않았던 모습을 본 적이 없었고, 또 그녀 입에서 험한 말이 나오는 것도 본 적이 없었단다. 만일 천국에 그녀의 자리가 없다면 그녀를 위해 내 자리의 반쪽을 내줄 생각이란다!"

그들이 체푸에 있을 때 왕 아마도 그들과 함께했다. 왕 아마는 캐리와 아이들을 돌봤는데, 캐리가 아이들한테 신경 쓰지 않고 침대에 누워 편안히 쉴 수 있게 해주었다. 앤드류는 어느 때보다도 혼신을 다해 설교를 하고 성 바울처럼 그 외의 것들은 모두 잊었다. 캐리는 깨끗하고 상쾌한 공기 속에서 잠자고, 책을 읽고, 먹고, 쉬면서 건강을 되찾는 데에만 신경 썼다.

그곳에 온 지 6개월이 지날 무렵, 기침은 완전히 잦아들었고, 캐리는 매일 몇 시간 동안 가벼운 집안일을 하고 정원을 가꿀 수 있었다. 그 무렵부터는 열도 오르지 않았다. 근 몇 년 중에 가장 행복한 시간이었다. 바다가 내려다보이는 이 작은 집에서 몸을 추스르는 몇 달 동안 캐리와 그녀의 고향 땅 사이에는 드넓게 펼쳐진 바다 말고는 아무것도 없었다. 그녀는 앤드류가 선교 사역으로 분주한 모습을 보는 게 행복했다. 다시금 활력이 그녀의 몸에서 용솟음쳤고, 하늘과 산, 바다의 무한한 아름다움에 흠뻑 빠져 하루하루를 보냈다.

캐리가 다시 노래를 부르기 시작했을 때, 그건 우리에게 큰 기쁨이었다. 물론 처음엔 가냘픈 목소리가 부드럽게 울려 퍼졌지만 시간이 지나면서 그녀 특유의 풍부한 성량이 청아하게 울려 퍼졌다.

아이들에게는 캐리의 질병이 나름대로 좋은 결과를 가져온 셈이었다. 캐리는 아이들이 노는 모습을 애정을 갖고 지켜보거나, 그들에 대해 생각에 잠기거나, 자부심을 느꼈다. 그들에게 여러 가지 이야기를 들려주면서 그들을 둘러싸고 있는 것들을 모방하지 말라고 가르쳤다. 캐리는 종종 이렇게 말하곤 했다.

"우리는 미국인이란다! 그런 식으로 행동할 수는 없지."

7월 4일은 늘 찾아오는 축제의 날이었다. 그녀가 손수 만든 성조기와 폭죽이 있었고, 아이들은 오르간 주변에 둘러서서 입을 모아 미국의 국가 '별이 빛나는 깃발'을 불렀다. 아이들은 직접 자신의 눈으로 미국을 경험하기 훨씬 이전에 휴가를 '귀향'으로 부른다는 것도 배웠다.

황혼 녘에 그들은 종종 해변에 앉아 바다를 바라보곤 했는데, 캐리는 아이들에게 저 바다 건너 그들이 속해 있는 그들의 땅을 이야기해주었다. 하얀 큰 집, 초원, 과수원, 적당한 일조량과 강수량으로 깨끗하고 달콤해서 바로 따서 먹을 수 있는 과일들에 대해 이야기해주었다. 어린 자식들에게 그곳은 천국처럼 들렸다. 이곳에서는 시종일관 눈을 떼지 않고 아이들을 지켜봐야 엉뚱한 것을 입으로 가져가는 불상사를 막을 수 있었다. 그렇게 주의를 기울여도 에드윈은 멸균되지 않은 것을 먹고 탈이 나서 몇 개월이 지나서야 정상적인 상태로 돌아올 수 있었다. 당시 아이들에게 미국은 물을 끓이지 않아도 마실 수 있고, 여러 가지 과일들을 나무에서 딴 후 씻지 않고 바로 먹을 수 있는 마법의 나라와도 같았다.

태풍 소식이 있거나 파도가 높이 일지 않는 한, 그들은 매일 바다로 나가 해수욕을 즐겼는데 어느 날에는 두고두고 회자될 신기한 일을 겪게 되었다. 병을 앓으면서 수척해진 캐리는 손도 많이 여위어 있었는데, 어느 날 오전 바닷물 속에 손을 넣었을 때 쥐도 새도 모르게 결혼반지가 빠져나갔던 것이다. 나중에야 이 사실을 알게 된 캐리는 즉시 해변으로 나가 이곳저곳을 찾아보았다. 다른 사람들도 모두 팔을 걷어붙이고 나섰으나 결국 찾지 못했다. 헤엄을 잘 치는 어린 중국 소년은 그녀가 반지를 잃어버린 곳으로 잠수해 들어가 바닥을 샅샅이 살폈으나, 헛수고만 했다. 늦은 오후에 캐리는 거의 자포자기 상태로 마지막 희망을 걸고 해변을 천천히 산책했다. 그런데 갑자기 기울어가는 태양의 마지막 광선이 잔잔히 빛나는 물결을 어루만졌다. 광선은 물이 얕은 곳의 바닥까지 관통해 들어갔고, 그 아래에 바로 그녀의 결혼반지가 반짝이며 놓여 있었다. 중국 소년이 다시 잠수해 들어가 그것을 집어왔고, 그녀는 의기양양하여 다시 그것을 손가락에 끼웠다. 이 이야기를 전해 들은 앤드류는 태연스레 말했다.

"난 당신이 꼭 찾을 거라 믿었소. 왜냐하면 내가 기도를 드렸으니까."

캐리는 이 일화를 두고두고 이야기했는데 그때마다 아이들은 흥분이 채 가시지 않은 큰 소리로 묻곤 했다.

"그게 진짜 아버지의 기도 때문이었어요?"

그러면 캐리는 맑은 눈망울을 더욱 초롱초롱 빛내면서 이렇게 말하곤 했다.

"아마 그럴 수도 있겠지. 하지만 내가 그곳을 한 번 더 찾아가지 않았다면 그런 일은 일어나지 않았겠지. 물론 기도를 드리는 건 당연한 일이지만, 언제나 한 번 더 노력하는 것을 잊지 마라. 그것은 늘 보답을 한단다!"

 어느 정도 건강을 되찾자 캐리는 완전히 회복되어 해변을 떠나 남편이 선교를 하기에 적당한 곳으로 떠날 때까지 돈을 좀 모아두어야 한다는 사실을 깨달았다. 여름철에 접어들어 해변을 찾는 백인들이 늘어나자, 캐리는 가족들을 모두 다락방에서 생활하게 하고, 집 전체를 투숙객으로 채웠다. 그래서 그동안 질병으로 일을 못해 받지 못한 월급을 모두 충당할 수 있었다.
 하지만 그녀에게 돈보다 더 중요한 것은 자신의 힘과 건강을 시험하는 일이었다. 중국인 남자 집사와 왕 아마는 아이들을 돌봤다. 캐리의 체력은 이 모든 일을 감당할 수 있을 만큼 회복되었고, 더구나 임신했다는 사실도 알게 되었다. 열과 기침도 자취를 감춘 상태라 캐리는 스스로 완전히 나았다는 느낌을 받았다.
 여름의 끝자락에 접어들어 투숙객들이 모두 떠나자, 캐리는 모래 정원이 있던 바닷가의 작고 조용한 집을 뒤로하고 중국 남부로 돌아왔다. 그녀는 자신의 건강이 나아지긴 했으나 아직까지는 충분히 강해지지 않았다고 느꼈기 때문에 앤드류에게 예전에 살았던 양쯔 강 입구로는 돌아가지 말자고 애걸했다. 그래서 그들은 장쑤 성江蘇省 남부에 있는 전장鎭江이라는 항구도시로 갔다. 이곳은 마르코 폴로 시대부터 거대한 사원들과 탑으로 유명했으며 양쯔 강과 대운하의 교차지점인 만큼 상업도 활발한 곳이었다.
 캐리는 강에서 우뚝 솟은 산들을 보자마자 이곳에 마음을 빼앗겼다. 하지만 앤드류의 피에 흐르는 개척자 정신으로 보면 너무도 세련되고 문명이 발달된 곳이었다. 더구나 그곳에는 이미 다른 선교사들과 백인들이 있었다. 앤드류는 서민들을 상대로 설교를 한 적이 없는 보다 넓은 지역으로 가고 싶어 했다.

그는 만족스럽게 일하지 못했으며 캐리도 이런 그를 앞에 두고 정원을 꾸밀 생각을 하지 못했다. 캐리는 그가 개척 사역에 남다른 능력이 있다는 사실을 깨닫고는 그에게 가고 싶은 곳으로 가라고 말했다. 그는 강가에 있는 방 세 칸짜리 집을 빌렸다. 아래층에는 중국 가게가 있는 건물이었다. 그는 거기에 가족을 남겨두고 정크선을 타고 장쑤 성 북부와 닿아 있는 대운하 상류를 향해 출발했다.

캐리는 다시 한 번 아이들을 위한 집 단장에 착수했다. 세 방에서는 모두 양쯔 강이 내려다보였는데, 광대하고 물살 빠른 황톳빛 강물은 진원지로부터 강둑을 파먹으면서 수천 마일의 넓이로 확장되어 흘러온 물줄기를 형성했다. 캐리는 이곳에서 지낸 몇 개월 동안 협곡에서의 가공할 만한 물살과 평지에서의 정체된 듯한 둔한 움직임 등, 이 무지막지한 강물을 바라보며 혐오감과 두려움이 점점 커져만 갔다. 이때부터 그녀의 상상 속에서 이 강은 동양의 위압적이고 무감각한 삶을 대변하는 상징적 존재로 남게 되었다. 그녀가 자식들에게 들려준 그녀의 미국 집에 대한 그리움과 갈망을 위협하듯 앞을 가로막는 것은 무엇이든지 다 삼켜버릴 것만 같은 무시무시한 괴물처럼 보였다.

캐리는 창가에 앉아 바느질을 하다가 종종 눈을 들어 천천히 소용돌이치며 자신의 영역을 넓혀나가는 강물을 물끄러미 바라보면서 육중한 연락선들이 나가고 들어오는 것도 지켜보았다. 마치 나뭇잎이 떠다니는 것처럼 가벼운 소형 보트 같은 삼판*이 가끔씩 물살이 역류되는 지점에 갇혀서 뱃사공들은 거기서 빠져나오기 위해 안간힘을 써야 했다.

봄이 되면 강물은 산과 계곡의 눈이 녹아 더욱더 수면이 높아졌다. 그것은 한마디로 가공할 만한 성난 물줄기여서 캐리는 차마 똑바로 쳐다볼 수가 없었다. 그녀는 사람이 가득 찬 배가 전복되어 물속에서 살려고 발버둥치는 사람들을 몇 차례 본 적이 있었다. 하지만 끝내 아무도 살아 나오지 못했다. 그녀가 목격한 두 번째 사건은 역시 사람들로 꽉 찬 배가 강의 가장자리에서 요동치다가 거대한 짐승처럼 솟아오르더니 바로 뒤집혀버린 일이었다. 까만 머리들이 황톳빛 성난 물 위에서 보이다가 사라졌고, 위로 쳐든 팔들은 처절하게 움직였다. 강물은 곧 그들 모두를 삼켰고, 아무 일도 없었다는 듯 유유히 흘러갔다. 다만 홀로 남겨진 배만이 이리저리 물살에 휩쓸리며 미친 듯이 요동쳤다.

이 강에 빠진 사람은 절대로 살아 나오지 못한다는 말이 있었다. 잔잔히 흘러가는 수면 아래에 너무도 깊고 급격한 소용돌이가 있기 때문이라고 했다. 며칠에 한 번꼴로 삼판이 소용돌이에 갇혀서 전복되곤 했지만 동양 특유의 운명론 때문인지는 몰라도 사람들은 그 위험천만한 강물 위를 떠다니는 배들을 계속해서 타고 다녔다.

강에 대한 캐리의 혐오감은 점점 더해갔다. 그녀는 모든 사람들

---

* 중국, 동남아시아 지방의 연안·항내·하천 등에서 사용되는 작은 배

이 생계를 이어나가기 위해 의존하고 있는 강이 얼마나 사람들을 압제하고 있는지 두 눈으로 똑똑히 보았던 것이다. 그녀는 에드윈과 에디스가 혹시라도 창가에서 물에 빠진 사람들이 살기 위해 발버둥치는 모습을 보게 될까봐 늘 노심초사하며 지켜보았다.

이 즈음에 캐리는 집 단장에 능숙해져 있었다. 그녀가 그토록 혐오하는 이 무시무시한 강 옆에 자리한 집이긴 했지만, 그녀는 세 방에 흰색 도료를 칠하고, 중국 페인트공을 불러 마룻바닥과 목공예품을 칠하게 했다. 그러고 나서 중국 포목점에서 흰색 옥양목을 사서 모기장을 만들고, 너무 오래 써서 해지고 낡은 장미 문양의 커튼 대신 창문에 달 러플 달린 우아한 커튼도 만들었다. 충분한 천으로 넓게 만들었으므로 가끔 잔인한 강을 가리기 위해 커튼을 치곤 했다. 그녀가 창밖으로 시선을 고정시키곤 했던 곳에는 정원을 만들 만한 공간이 없었고 보이는 것은 빈 우유 상자뿐이었다.

어느 날 캐리는 왕 아마와 함께 아이들을 데리고 시내 경계선에 있는 산으로 나들이를 가서 우유 상자를 가득 채울 만큼의 비옥한 흙을 가지고 돌아왔다. 그녀는 흙을 채운 상자에 체푸의 작은 모래 정원에서 가져온 제라늄과 그녀와 늘 함께하는 장미도 심었다. 얼마 지나지 않아 창문 너머 강 쪽을 바라볼 때마다 아름다운 색의 너울이 그녀의 시선을 붙잡았다.

집 아래 가게에서는 매판*이 외국에서 들여온 통조림들과 중국

---

* 옛날 중국에서 외국 상사 따위에 고용되어 외국과의 상거래를 한 중국인

음식들을 팔았는데, 특히 외국산 위스키와 브랜디가 눈에 띄었다. 항구의 몇몇 백인들과 소수의 중국인들이 그곳에서 거래를 했다. 단골손님은 대부분 선원들과 가끔씩 정박하는 미국과 유럽 선박의 군인들이었다. 강은 하도 광활하고 깊어서 이 커다란 선박들이 다니는 데에는 문제가 없었다.

캐리는 어둡고 위험한 강물 위에서 힘차게 펄럭이는 성조기를 바라볼 때마다 마음이 훈훈해졌다. 그러나 한편 그녀의 나라에서 온 몇몇 미국 사내들을 보며 캐리는 안타까움을 감추지 못했다. 미국의 여러 주에서 온 거칠고 젊은 사내들은 왁자지껄한 웃음, 억센 근육, 한바탕 유쾌하게 놀아보려는 근성을 지니고 있었다. 하지만 그곳에서 어떤 오락거리도 찾을 수 없었던 그들은 그 불결하고 작은 가게로 몰려들어 곰팡내 나는 초콜릿과 영국산 비스킷, 그리고 스코틀랜드산 위스키를 끊임없이 사들였다.

밤 늦도록, 때로는 새벽이 올 때까지 사내들이 술에 취해 노래하고 소리 지르고 꺽꺽 울기까지 하는 아우성을 위층 캐리의 방에서도 선명하게 들을 수 있었다. 병이 벽에 부딪쳐 깨지는 소리와 중국의 사창가에서 여자들이 손님을 부르는 모깃소리 같은 높은 가성들이 뒤섞인 채 들려왔다. 가끔은 비명과 같은 고함과 괴상한 울음소리까지 들려왔지만 그녀는 무슨 일인지 알아보지 않았다. 고향 땅을 떠난 젊은 미국 남자들이 불쌍하게만 느껴졌다. 또한 이런 조야한 행동으로 이미 중국인들의 비웃음까지 사는 이들이 같은 동포로서 창피하기도 했다.

그렇게 시끄러운 밤이 지난 아침에 물건을 사러 아래층으로 내려가면 부서진 도자기 파편들과 여기저기 흩어진 물건들이 너저분하게 굴러다니고 있었다. 중국인 주인은 얼굴을 찌푸린 채로 엉망이 된 가게 안을 뚱하게 내려다보고 있었다. 언젠가 캐리가 "그들이 그렇게 난동을 부리는데 왜 그들에게 물건을 파는 거죠?"라고 묻자, 그는 씩 웃으며 대답했다. "물건이 망가지면, 그 값을 받아내거든요!"

캐리는 자기 나라 사람들에 대한 연민과 창피함을 동시에 느끼며 여러 해 동안 그들을 위해 자신이 할 수 있는 작은 친절을 베풀기 시작했다. 외국배가 항구에 정박할 시간이 되면, 그녀는 눈처럼 흰 큼지막한 코코넛 케이크와 고향집의 차가운 타일이 깔린 주방에서 배웠던 맛이 진하고 풍부한 초콜릿 케이크와 파이, 쿠키를 만들어놓고, 그 젊은 선원들에게 차를 마시러 오라고 불렀다. 작은 방으로 들어서며 수줍은 듯 이를 드러내고 웃는 거친 사내들과 교양미가 넘치고 우아한 여인 사이에는 어떤 공통점도 찾아볼 수 없었다. 하지만 그녀는 같은 민족이라는 사실만으로도 깊은 유대감을 느꼈으며, 맛난 케이크와 파이로 배를 채우고 레모네이드를 마시는 그들을 보며 마음이 푸근해졌다. 그들이 음식을 배불리 먹고 나면 캐리는 그들에게 노래를 불러주거나 가끔은 앉아서 그들의 얘기를 들어주었다. 그들이 돌아간 후에 캐리는 그들을 따뜻이 감싸주고, 그들에게 작은 미국을 맛보게 해주었다는 생각에 마음이 뿌듯해졌다.

그해 겨울에 사내아이가 태어났다. 아더라는 이름의 이 아기는 파란 눈에 금발을 지녔는데, 캐리는 다시금 이 새로운 삶에서 새로운 기쁨을 맛보고 있었다. 임신에서 분만까지 얼마나 힘든 과정을 보냈는지는 깡그리 잊고 캐리는 늘 넘치는 감격으로 아기들을 품에 안았다. 왕 아마는 아들이 태어났기에 더욱 기뻐했다. 앤드류는 아이가 태어난 지 두 달이 지나서야 잘생겼으나 그다지 건강하게 태어나지 못한 그의 아들을 볼 수 있었다.

이 당시 캐리의 일기장에는 가끔씩 이런 감탄문이 적혀 있었다.
"이렇게 사랑스러운 아이들이 있으니 나는 얼마나 부자인가!"

본래 친구들이 많았던 캐리는 주변에 친구라고 할 만한 사람도 없고, 남편도 늘 선교하느라 멀리 떠나 있는 상태라, 아이들과 함께 있는 것만으로도 늘 자족하고 행복해했다. 언젠가 어떤 여자가 자신의 인생에서 가장 낭만적인 사랑에 빠졌던 경험을 이야기할 때 캐리의 눈에는 한 가닥 아쉬운 빛이 지나갔다. 하지만 그건 순간적인 것일 뿐, 캐리는 조용히 말했다. "내게는 내 아이들이 최고의 로맨스랍니다."

에드윈과 에디스는 머리가 비상했다. 캐리는 그들이 읽고 노래 부르는 데 남다른 관심이 있음을 알고는 늘 큰 즐거움을 갖고 충족시켜주었다. 이 낯선 삶 속에서 앞으로 무슨 일이 일어날지 전혀 예상할 수 없었으나 기다림의 겨울 동안 그녀는 기꺼이 전적으로 아이들에게 헌신했다. 집에는 아이들이 뛰어놀 정원도 없었고, 혼잡한 거리는 온갖 불의가 난무했기 때문에 캐리와 왕 아마는 하루의 계획을 세우고 난 후 아침마다 아이들을 데리고 인적이 드문 뒷길을 산책했다.

산책길은 그다지 멀지 않았다. 조금만 가면 가로수 길과 대나무 숲이 나왔는데, 이 길의 끝에는 수풀로 우거진 묘지가 자리하고 있었다. 캐리는 이곳에 올 때마다 늘 수심에 젖어들었다. 봄여름이면 신록이 우거지고, 겨울에는 황량한 고목만 남아 땔감으로 잘려 나가는 묘지 터를 바라보면서 그녀는 이곳에 묻혀 잊혀진 자들을 떠올리며 깊은 생각에 잠기곤 했다. 다닥다닥 붙어 있는 작은 묘지들은 주로 전쟁터에서 목숨을 잃은 군인들이었고, 흙으로 만든 울타리로 둘러막은 큰 묘지들은 부자들과 그들의 가족묘가 대부분이었다. 묘지마다 각기 다른 사연을 지니고 있었다.

하지만 캐리는 이 슬픔의 현장에서도 아이들을 굳건히 보호해주었다. 아이들은 꽃을 꺾고 경사진 언덕길을 뛰어다니면서 무덤 위에서 신나게 놀았다. 훗날 미국에 갔을 때 그들은 무덤 없는 산들을 보고 놀랐었다. 그들은 그제야 자신들이 신나게 놀았던 곳이 죽은 사람들이 묻힌 무덤 위였다는 사실을 깨달았다. 그 정도로 이 미국인 어머니는 자식들이 늘 유쾌한 기분으로 살 수 있도록 최선을 다해 보호해주었던 것이다.

그들이 자주 나들이를 갔던 곳은 산꼭대기 요새 부근으로, 그곳에서는 군인들이 행군하는 모습을 흔히 볼 수 있었다. 아이들은 창과 검을 짊어진 채 붉고 푸른 군복을 입고 행군하는 군인들의 모습과 케케묵은 옛날 대포가 쏘는 포탄이 요새의 진흙 벽 깊이 박히는 모습을 흥미진진하게 지켜보곤 했다.

산 밑자락에는 강물이 휘감고 있었다. 이 강은 점점 물이 빠져 나중에는 비옥한 평지가 되었는데, 오늘날 '골든 아일랜드'라고 불리는 섬이 불쑥 튀어나와 있다. 그 섬에는 마르코 폴로가 그 시절에 본 것처럼 정교한 솜씨로 건축된 탑이 아름다운 곡선의 사원 지붕 위에 뾰족하게 솟아 있었다.

아이들이 군인들의 행군과 우스꽝스럽게 생긴 작은 대포의 갑작스런 발포에 열광했다면 캐리는 강가에 우뚝 솟은 먼 산들을 사랑했다. 한낮에는 선명한 푸르름을 뽐내다가 아침저녁에는 뿌연 연무가 낀 듯 흐릿한 풍광을 그려내는 산들을 캐리는 마음 깊이 만끽했다. 더구나 고향집을 둘러싸고 있는 수만 마일 떨어진 미국 하늘 아래의 산들을 떠올릴 수 있어서 더욱 위안이 되었다.

여름이 다가오고 있었다. 캐리는 매년 무덥고 습한 기후가 더디게 지나가는 중국의 여름을 두려움에 가깝게 느끼고 있었다. 쓰레기 더미가 잔뜩 쌓여 있는 거리의 역한 냄새는 그녀의 가족들이 머무는 2층까지 올라왔다. 제라늄은 시들시들하더니 곧 열기에 말라죽었고 장미도 빛을 잃은 지 오래였다. 파리 떼는 뜨거운 태양 아래 김이 모락모락 나는 썩어가는 오물 더미 위에서 윙윙거렸다. 후텁지근한 공기는 오염된 안개처럼 대기에 매달려 있었다.

캐리는 어떻게든 아이들을 데리고 산으로 떠나야겠다고 마음먹었다. 요새에서 그리 멀지 않은 산에는 옛 선교사 사택 부지가 있었는데, 백방으로 수소문한 결과 여름을 나기에 적당한 빈 집이 있다는 것을 알게 되었다. 단층집 내부는 복도를 따라 양쪽으로 세 개씩 모두 여섯 개의 방이 있었고, 바깥쪽으로는 베란다가 있었다. 시끄럽고 혼잡한 거리 위의 방 세 개짜리 집에 비하면 이곳은 천국이었다. 그들은 이곳에서 여름을 났다. 때때로 캐리는 매일 밤 지네를 잡느라 밤잠을 설쳤지만 그 독 있는 곤충이 침대로 기어올라가 아이들을 물기라도 할까봐 멈출 수가 없었다. 골짜기의 연못과 논에서는 모기들이 극성을 부렸고, 농부들이 비료로 쓰기 위해 분뇨를 담아둔 큰 단지에는 파리 떼가 들끓었다.

하지만 기름진 계곡의 땅과 대나무 숲으로 덮인 완만한 산들이 내다보였기 때문에 위안이 되었다. 무시무시한 강물도 저 멀리 지평선 끝에서 황톳빛의 희미한 선으로만 안전하게 꿈틀거렸다. 이른 아침에는 잿빛 안개가 계곡을 자욱하게 메웠고, 그 위로 산의 정상이 마치 초록빛 섬처럼 불쑥 솟아 있었다. 그건 실로 아름다운 광경이었다. 캐리로서는 고향을 떠올릴 수 있어 더욱 그랬다. 단 새벽녘 웨스트버지니아의 산기슭에서 피어오르는 안개는 서늘하면서 상쾌한 반면, 이곳의 안개는 뜨거웠고 무겁게 가라앉아 있었다.

하지만 무엇보다도 아이들이 뛰어놀 수 있는 작은 풀밭과 정원으로 사용할 수 있는 땅도 조금 있다는 것이 캐리의 마음을 사로잡았다. 캐리는 각종 꽃들을 심고 아침 일찍 일어나 잡초를 뽑아주는 등 그곳을 떠나기 전에 꽃을 피울 수 있도록 온갖 정성을 기울였다. 이 정원은 캐리가 중국에서 처음으로 꾸민 정원이었다.

여름이 끝나자 칭장푸淸江浦*의 대운하 상류지점에 집을 마련해놓았다는 소식과 함께 앤드류가 돌아왔다. 가족과 떨어져 지낸 몇 달 동안 그가 본거지로 삼고 선교 사역을 하던 곳이었다. 그는 이곳을 중심으로 주변에 있는 여러 촌락과 읍내, 시내를 노새나 인력거를 타거나 걸어다니면서 설교를 하고 가르침을 전했다. 그는 선교를 하면서 어느 정도 그곳에 익숙해진 후에 집을 구하고, 그 중국식 가옥을 수리했다.

하지만 캐리는 이 네모진 단층집을 떠나기가 싫었다. 더구나 그녀가 가꾼 꽃들이 이제 막 봉오리를 틔우려던 참이었다. 캐리는

---

* 중국 장쑤 성江蘇省 북부에 있는 도시

시련 157

아쉬움을 남긴 채 가방과 가구들을 챙겨서 아이들을 데리고 왕 아마와 함께 정크선에 올랐다. 잔잔한 운하를 타고 오르는 10일간의 여유로운 항해 끝에 백인이라곤 그들 외에는 찾아볼 수 없는 중국의 옛 도시에 도착했다. 뜻밖에도 앤드류는 넓은 정원이 딸린 큰 집을 구해놓았다. 이 집은 여자 유령이 출몰한다고 소문난 집으로, 전 주인 남자가 학대한 아내가 족제비의 형상을 띠고 나타난다고 했다. 그래서 어느 누구도 그곳에서 살 엄두를 못 냈는데, 그러던 터에 앤드류가 집을 빌리겠다고 나서자 주인 남자는 외국인도 마다하지 않았다.

이유야 어떻든, 캐리는 이 집을 감사히 받아들였고, 다시 한 번 안락한 분위기로 만들기 위해 집 단장을 시작했다. 벽에는 흰색 도료를 칠했는데, 이제 캐리는 배합까지 능수능란하게 해낼 수 있었다. 넓은 창문에는 러플이 달린 상큼한 커튼을 달고, 안뜰에는 노점에서 사 온 국화와 빨강, 분홍, 노랑 장미 등 여러 종류의 화초와 꽃들을 심었다. 그리고 애지중지하는 오르간과 우아한 원형 탁자가 제자리를 찾아가고, 침대와 갈대로 만든 의자들을 들여놓고, 주방도 모습을 갖추자 다시 집다운 집이 완성되었다.

바깥에는 떠들썩한 거리가 시내의 동서로 뻗어 있고, 상권이 활발하게 형성되어 있었다. 행상인들의 물건 파는 소리, 인력거꾼이 붐비는 거리를 뚫고 지나가면서 비키라고 외치는 소리, 인력거가 삐거덕거리는 소리 등 거리는 온갖 소음으로 가득했다. 그러나 울타리와 대문 안으로 들어서면 언제 그랬냐는 듯 고요함과 정갈한 분위기가 가득한 장소가 나타났다. 한 미국 여성이 조국의 향기를 가미해서 꾸민 집, 그곳은 그녀의 아이들이 자라나고, 초대받은 중국 여성들이 하나같이 그 완벽함에 탄복하며 한숨을 돌리던 곳이었다.

앤드류는 그동안 시내의 여러 예배당과 인근지역을 돌아다니며 열정적으로 말씀을 전파했다. 이즈음에 그는 중국어를 제법 잘 구사했으며, 전도를 위해 중국어 책자를 만드는 데에도 시간을 할애하고 있었다.

한편 캐리는 집에 남아 아이들을 돌보면서 예배당에서 작은 오르간을 연주하며 청아한 음색으로 찬송을 인도했다. 앤드류의 설교가 끝나면, 그녀는 이 낯선 교리를 듣기 위해 예배당을 찾아온 중국 아낙네들에게 성경 말씀을 전했다. 이 여인들은 대부분 힘겨운 삶에 지치고 희망을 잃은 가엾고 힘없는 피조물들이었다. 그리고 자신이 믿어왔던 종교의 폭력성과 강제 징수 등에 넌더리를 내고 있었다.

그들 중에는 이 새로운 종교를 전혀 이해하지 못하는 사람도 있었다. 솔직히 캐리가 그들에게 전하는 성경 말씀이 제대로 전달되고 있는지도 의문이었다. 그러나 캐리가 전하려는 말씀보다 더 설득력 있게 다가갔던 것은 그들의 슬픈 사연을 들을 때마다 캐리가 보여주는 진심 어린 연민과 인간미였다. 캐리는 늘 그들에게 즉각 '무엇인가를 해주고' 싶어 했으며, 그들은 그런 캐리를 '좋은 미국인'이라 즐겨 불렀다. 캐리에 대해 좋은 소문을 들은 많은 여자들이 그녀의 집을 방문하기 시작했고 대화의 끝에는 늘 이런 말을 하곤 했다.

"사람들이 그러는데 당신은 늘 문제를 해결해준다고 그럽디다.

언제든지 방법을 생각해낸다고요."

이것이 캐리가 봉사하는 방식이었다. 그녀는 언제나 일손을 멈추고 그들의 얘기에 귀를 기울일 준비가 되어 있었다. 나는 캐리가 작은 거실의 창가에 앉아서 억울한 사연이 끝도 없이 이어지는 중국 여인들의 갈라진 음성에 귀를 기울이며 얼굴을 찡그리던 모습을 아직도 기억한다. 아이들은 정원에서 즐겁게 소리 지르며 놀고 있었고, 이따금씩 캐리는 창밖을 내다보며 미소를 지었다. 그러나 여전히 이야기를 경청하면서 눈빛은 슬픔에 젖어 있었다. 이 여인들은 처참히 짓밟히고 무시당하며 살아왔기 때문에 지금까지 누군가 진지하게 그들의 가슴 아픈 사연을 들어주는 위안을 한 번도 경험하지 못했다. 그래서인지 한 번 했던 얘기를 계속해서 반복하곤 했다.

언젠가는 한 여인이 캐리에게 이런 말을 했었다.

"내가 뭘 해야 할지 알려주시면 그렇게 하겠어요. 내가 뭘 믿어야 할지 알려주시면 그대로 믿겠어요. 내 평생에 내 눈에서 떨어지는 눈물 한 방울, 내 입에서 나오는 말 한마디에 관심을 가져준 사람은 당신뿐이었어요. 아버지는 딸이라는 이유로 나를 괄시했고, 남편은 시종일관 나를 무시했죠. 내 아들조차 나를 업신여겼어요. 무지하고 못생긴 여자라는 이유만으로 평생을 학대받으며 살아왔죠. 하지만 낯선 미국인인 당신은 내게 관심을 가지고 대했어요. 그러니 당신이 믿는 신을 나도 믿겠어요. 그 신이 바로 당신을 나 같은 사람한테조차 친절을 베풀도록 한 게 분명하니까요!"

캐리는 최근 몇 년을 통틀어 가장 행복한 겨울을 나고 있었다.

작은 중국식 가옥은 철물점에서 알려준 대로 만든 양철 난로와 창가에 만발한 꽃들이 있어 더욱 아늑하고 따뜻했다. 그녀는 꽃에 관한 한 남다른 재주를 지니고 있었다. 그녀가 가꾸는 꽃은 늘 쉽사리 만개하는 듯했다. 몇 점의 가구밖에 없는 그녀의 휑한 방도 늘 자라고 있는 꽃과 식물들로 더없이 풍요롭고 쾌적하게 느껴졌다.

하지만 봄이 지나고 여름이 다가오고 있었다. 캐리는 늘 제발 여름만 없다면 좋겠다고 생각했는데 이번 여름은 작년보다 더 심각한 기후를 몰고 왔다. 유례를 찾아볼 수 없는 극심한 가뭄이 들었다. 봄 내내 비가 내리지 않았던 터라 논을 시원하게 적셔줄 우기를 기다리던 농부들은 눈앞에서 곡식이 말라죽는 것을 맥없이 지켜봐야만 했다. 여름이 깊어갈수록 열기는 상상을 초월했다. 올해 벼를 수확할 가능성이 희박하다는 사실을 직감한 시골 사람들은 소량의 옥수수를 심어 절박한 기근은 피하고자 했다.

사람들의 분위기와 변화에 탁월한 육감을 지니고 있던 캐리는 마을 사람들의 심상치 않은 움직임을 느꼈다. 앤드류의 작은 예배당에도 사람들의 발길이 거의 끊겼다. 일요일마다 예배당을 찾던 사람들의 수가 현저히 줄더니, 그다음엔 한 명도 나오지 않았다. 다음날 왕 아마는 외출 후 귀가해서는 캐리에게 이렇게 말했다.

"지금은 거리에 나가지 않는 게 좋겠어요."

캐리가 다그치자 그녀는 어쩔 수 없이 입을 열었다.

"사람들이 입을 모아 마을에 외국인이 들어왔기 때문에 신이 분노했다고 말하고 있어요. 이런 가뭄은 일찍이 없었다면서 그게 다 처음으로 외국인이 이곳에 들어와 살기 때문이라는군요. 그래서 신들이 화가 났다고요."

 선교 사역 외에는 어떤 일에도 무심한 앤드류조차 거리에서 설교하거나 작은 책자를 나눠줄 때 그를 쏘아보는 중국인들의 예사롭지 않은 적대감을 느낄 수 있었다. 어떤 남자는 책자를 받아들고는 앤드류 앞에서 보란 듯이 찢어버리기도 했다. 인쇄된 문자를 신성시하는 중국에서 이런 행동은 심상치 않은 전조였다. 하지만 앤드류는 역경에 놓이면 오히려 더 꿋꿋해지는 사람이었다. 그는 선교 사역이 방해를 받자 몇 주간 이곳을 떠나 중국 전역을 돌면서 말씀을 전하기로 마음먹었다. 캐리는 아이들과 왕 아마와 함께 남겨졌다.

 그러던 어느 8월의 뜨거운 한낮, 캐리는 창가에 앉아 바느질을 하고 있었다. 공기는 무겁게 가라앉아 있었고, 거리에서 들려오는 소리는 습한 공기 탓에 더욱 증폭되어 들려오는 듯했다. 그때 열린 창문 아래에서 소곤거리는 소리가 들려왔다. 캐리는 귀를 쫑긋 세운 채 어떤 모의를 하고 있는 두 남자의 대화를 엿들었다.

 "오늘 밤 자정, 이 대문을 열고 들어가 여기 사는 외국인들을 전부 죽이는 거야. 그리고 나서 시체를 불상 앞에 가져다 던져버리면 비가 오겠지."

 캐리는 자리에서 벌떡 일어나 왕 아마에게 달려갔다.

 "지금 바깥에 나가 거리에서 무슨 얘기들이 오가는지 들어봐요. 그래서 저들이 오늘 밤 무슨 일을 계획하고 있는지 알아가지고 와야 해요."

 그리고 나서 캐리는 방금 들은 얘기를 왕 아마에게 귓속말로 알려주었다. 그러자 왕 아마는 아무 대꾸 없이 낡고 해진 외투를 걸치고 밖으로 나갔다. 잠시 후, 그녀는 뭔가 알아낸 듯한 눈빛으로 돌아와 모든 문을 조심스럽게 닫아걸고 캐리에게 다가가 귀에 대고 속삭였다.

"오, 이걸 어째요."

그녀는 숨을 헐떡거리며 말을 이었다.

"오늘 밤 저자들이 마님과 아이들을 죽이러 온다네요. 백인들은 죽어야 마땅하다면서요."

캐리는 그녀를 바라보며 물었다.

"저들이 정말 그럴 거라고 생각하세요?"

"왜 아니겠어요?"

왕 아마는 확신하듯 반문했다. 그녀는 앞치마로 눈가를 조용히 훔치며 한탄조로 말을 이었다.

"마님이 이제까지 그토록 친절을 베풀어주었던 자들인데…… 어느 누구도 감히 마님을 도우려들지 못할 거예요. 만일 그렇게 되면 그들도 죽임을 당할 테니까요!"

캐리는 아무 말도 하지 못한 채 죽은 듯이 서 있었다. 하지만 머릿속에서는 수만 가지 생각이 오갔다. 왕 아마는 이 백인 여성의 눈을 바라보며 단호하게 말했다.

"하지만 저는 마님과 아이들 곁을 지키겠어요."

캐리는 그녀의 투박한 손을 잡고 조용히 말했다.

"난 괜찮아요. 이제 내 방으로 가서 주님께 기도를 드려야겠어요."

캐리는 방으로 가서 문을 닫고 침대 옆에 무릎을 꿇고 엎드렸다. 잠시 그녀는 가쁜 숨을 몰아쉬며 현기증을 느꼈다. 이제 정녕 끝이란 말인가? 아이들도 그렇게 짧은 생을 마감해야 한단 말인가? 캐리는 신이 계시다는 미지의 상공을 향해 간절히 기도를 올렸다.

"당신의 뜻이라면, 우릴 구원하소서. 하지만 어떤 경우에도 두려움에 떨지 않게 하소서."

그리고 한참 지나서 캐리는 다시 기도를 이어갔다.

"죽음의 시간이 찾아왔을 때, 아이들을 먼저 보낼 수 있게 저를 도와주소서."

캐리는 자신이 무엇을 해야 할지 생각하면서 오랫동안 무릎을 꿇고 앉아 있었다. 침묵이 흘렀다. 여느 때와 같이 어떤 계시도 들려오지 않았다. 캐리는 마침내 자리에서 몸을 일으켰다. 그녀의 내면에서 비분과 용기가 동시에 솟구쳤다.

"절대로 이 무지한 이교도들의 손에 죽을 순 없어. 또한 아이들도 죽게 내버려두지 않을 것이다."

캐리는 자신의 침착함에 다소 놀랐지만, 의지는 더없이 결연했다. 신처럼 침묵하면서, 사람들이 자신에게 어떤 일을 저지르더라도 두려워하지 않으면서 단지 신만을 의지하면 되는 것이다.

그날 밤 캐리는 아이들을 일찍 잠자리에 들게 하고 바느질을 하며 앉아 있었다. 온종일 분노가 그녀를 떠나지 않았다. "나는 죽을 생각이 없어." 캐리는 확고한 결심을 담아 스스로에게 큰 소리로 말했다. 그러자 점차 어떻게 해야 할지 그녀의 머릿속에 떠오르기 시작했다. 캐리는 창가로 자리를 옮겨 밖에서 들려오는 소리에 귀를 기울이며 바느질을 계속했다. 시내의 소음은 질식할 것 같은 탁한 공기를 타고 시끄럽게 울려왔다. 그녀는 언제 있을지 모를 분위기의 격한 변화를 감지하기 위해 바짝 긴장한 채 귀를 기울이고 있었다.

자정이 다가오자 바깥 분위기는 더욱 험악해졌다. 사람들의 아우성은 더욱 격앙되었고 집의 울타리 주변은 사람들로 둘러싸인 듯했다. 결전의 순간이 다가오고 있었다. 캐리는 자리에서 일어나 안뜰의 어두운 곳에 숨어 사람들의 동태를 살피던 왕 아마를 부드러운 목소리로 불렀다.

"왕 아마, 차를 준비해줘요."

그리고 나서는 아래층으로 내려가 마치 파티라도 하려는 듯 타원형 탁자 위에 컵과 접시들을 올려놓았다. 그리고 거실을 말끔하게 치우고 손님용 의자까지 갖다 놓고는, 안뜰로 나가 대문을 활짝 열었다. 대문 앞에는 선발대로 보이는 남자들이 서 있었는데, 그들의 얼굴은 찌는 듯한 밤의 둔탁한 공기와 어둠 속에서 선명히 드러나지 않았다. 그들은 얼떨결에 뒤로 물러났으나, 캐리는 그들을 보려 하지도 않았고 뒤로 물러서지도 않았다. 대문을 활짝 열어둔 채 기름 램프를 높이 달아 바깥을 훤히 밝힌 후 집 안으로 들어왔다. 그리고 위층으로 올라가 세 아이를 깨워서 옷을 입힌 후 아래층으로 데리고 내려왔다. 아이들은 처음 있는 일에 놀라 아무 말도 못하고 있었지만 캐리는 노래까지 흥얼거리면서 아이들이 자연스러운 느낌을 갖게 했다. 그리고 아이들을 바닥의 매트 위에 앉히고 장난감을 주면서 갖고 놀게 했다. 아이들은 곧 장난감에 정신이 팔려 신나게 놀았다. 캐리는 다시 자리에 앉아 바느질을 하기 시작했다. 왕 아마는 찻주전자를 가지고 들어와 무표정한 얼굴로 아이들 뒤에 가서 미동 없이 서 있었다.

그 사이 집 주변을 둘러싼 소음들은 점점 높아지더니 마침내 여기 저기에서 목청을 높여 외치는 소리들이 들려왔다. 그 소리가 명료하게 들릴 정도로 가까워졌을 때, 캐리는 자리에서 일어나 문으로 가서 밖을 향해 소리쳤다.

"이리로 들어오시겠어요?"

그들은 이미 안뜰까지 들어와 있었고, 그녀의 목소리가 들리자 막대기와 곤봉, 칼을 손에 쥔 성난 노동자들은 더욱더 앞으로 몰려들었다. 캐리는 의도적으로 밝은 음색을 연출하며 다시 한 번 친절하게 그들을 불렀다.

"친구들, 이웃들, 모두 들어오세요! 차를 준비해놓았답니다!"

남자들은 무슨 영문인지 몰라 잠시 멈춰 섰고 그 중 몇몇은 계속 앞으로 나아갔다. 캐리는 분주하게 차를 따른 후에 중국식 예법에 따라 두 손으로 컵을 받쳐서 건네주었다. 캐리는 그들 중 대장으로 보이는 키가 크고 험악하게 생긴, 상체를 훤히 드러낸 남자에게 먼저 차를 건넸다. 그는 놀라 입이 쩍 벌어졌지만 어쩔 수 없이 컵을 받아들었다. 캐리는 얼굴에 가장 빛나는 미소를 머금고 있었는데, 열린 문으로 새어 들어오는 빛 속에서 그 미소는 더욱 환해 보였다.

"여러분들도 이리 와서 차 드세요."

캐리는 집 안에 들어온 남자들을 향해 말했다.

"자, 다들 앉으세요. 집에 의자가 많지 않아 죄송해요. 하지만 이곳에 오신 걸 환영합니다."

캐리는 탁자 쪽으로 뒷걸음치며 다시 분주한 척했다. 아이들은 낯선 사람들을 보고는 노는 걸 멈추었고, 에드윈은 그녀에게 달려갔다. 그러나 그녀는 아이들을 안심시키며 말했다.

"얘들아, 무서워하지 마렴. 우리가 어떻게 생겼나 보러온 것뿐이야. 미국 사람이 어떻게 생겼는지 보려고 이렇게 찾아왔으니 얼마나 재미있는 사람들이니! 한 번도 미국인을 본 적이 없다는구나."

거실을 채우기 시작한 남자들은 뜻밖의 분위기에 어리둥절해하며 입을 벌리고 서 있었다. 그 중 누군가 낮은 소리로 중얼거렸다.

"이상하네. 저 여자는 하나도 무서워하질 않잖아!"

캐리는 이 말을 놓치지 않고 짐짓 놀란 듯이 물었다.

"제가 왜 이웃을 무서워해야 하죠?"

남자들은 집 안의 가구, 커튼, 오르간 등을 유심히 둘러보기 시작했다. 그 중 한 남자가 오르간 건반 하나를 건드리자 캐리는 기다렸다는 듯이 어떻게 소리가 나는지 보여주었다. 그녀는 오르간 의자에 사뿐히 걸터앉아 부드럽게 연주하며 중국어로 찬송가 '예수의 이름은'을 불렀다.

캐리가 노래를 끝마칠 때까지 거실에는 쥐 죽은 듯한 침묵이 흘렀다. 마침내 남자들은 우물쭈물하며 서로의 얼굴을 바라보았다. 누군가 작은 소리로 중얼거렸다.

"여기엔 볼 일이 없다. 여자와 아이들뿐이니."

"난 집에 가야겠어."

또 다른 남자가 퉁명스럽게 내뱉더니 곧 나가버렸다. 나머지 남자들은 여전히 자리를 뜨지 못하고 있었다. 대장으로 보이는 남자는 아이들 앞에서 멈칫하더니 아더에게 자신의 집게손가락을 내밀었다. 자신을 둘러싸고 있는 이 구릿빛 얼굴들을 난생처음 본 이 예쁘게 생긴 남자아기는 그 여위고 시커먼 손가락을 덥석 잡고는 그 남자를 보고 웃었다. 남자는 기쁨에 들떠 미소 지으며 큰 소리로 외쳤다.

"여기 함께 놀 좋은 친구가 있다!"

남자들은 아이들 주변으로 몰려들어 그들을 바라보면서 제각기 한 마디씩 하더니 미제 장난감들을 집어 들고 요리조리 살펴보면서 가지고 놀았다. 캐리는 이 광경을 조심스럽게 지켜보면서 혹시라도 저 험한 남자들의 행동이 아이들을 놀래키기라도 하면, 금세 분위기가 험악해질까봐 조마조마하고 있었다. 왕 아마는 시종일관 문 쪽을 예의주시하고 있었다. 마침내 대장은 자리에서 일어나 큰 소리로 선언하듯 외쳤다.

"여기는 이제 볼 일이 없다. 집으로 돌아가자."

그러자 남자들은 한 명씩 뒤를 돌아보면서 안뜰을 거쳐 거리로 모두 빠져나갔다. 캐리는 갑자기 자리에 털썩 주저앉고는 아기를 그녀 무릎 위에 앉힌 후 가볍게 흔들어주었다. 대문간을 빠져나가던 남자들은 고개를 돌려 이런 캐리의 모습을 마지막으로 한 번 더 보았다.

그들이 모두 가고 없자 왕 아마는 그제야 다가와 아기를 힘껏 껴안으며 혼잣말로 중얼거렸다.

"누구라도 이 아이를 어떻게 했다면, 그 악마 같은 놈은 내 손에 죽었을 게야."

캐리는 그녀의 외투 앞섶에 조각칼 손잡이가 불쑥 튀어나와 있는 걸 볼 수 있었다. 이제야 아무렇지 않은 듯 웃을 수 있었다. 캐리는 에디스를 한쪽 품에 안고, 한 손으로는 에드윈의 손을 잡고 위층으로 올라갔다. 그녀는 아이들을 다시 시원한 물로 목욕시킨 후에 잠자리에 눕혔다. 그리고 나서 아래층으로 내려가 대문을 닫았다. 새벽이 오기 전 아무도 지나다니지 않는 거리에는 적막만이 흘렀다. 현관 앞에서 캐리는 잠시 걸음을 멈추었다. 남동쪽에서 바람이 불어오고 있었다. 태풍의 전조를 알리는 듯한 바람이었다. 그녀가 바람 소리에 귀를 기울이는 순간 갑자기 열린 창으로 바람이 불어닥쳐 커튼을 바깥으로 빨아들였다. 먼 바다에서 불어오는 서늘하고도 상쾌한 바람이었다.

캐리는 위층에 있는 자신의 침실로 가서 바람 소리에 귀를 기울인 채 조용히 누워 있었다. 이 바람이 과연 비를 몰아올까? 캐리는 꽤 오랜 시간 잠을 이루지 못하고 누워 있다가 마침내 얕은 잠에 빠진 후 이내 잠에서 깼다. 타일로 된 지붕 위로 비가 퍼붓고 있는 소리가 들렸다. 빗물은 집의 벽면을 따라 흘러내렸고 안뜰의 돌 위에도 물방울을 튀기며 떨어졌다. 그녀는 기쁨에 몸을 떨며 누워 있었다. 그녀의 몸은 마침내 습기 어린 시원한 공기를 마시며 쉴 수 있었다. 그렇게 소름 끼치는 밤이 지나갔다!

캐리는 몸을 일으켜 창가로 걸어갔다. 잿빛 여명이 잠에 빠진 지붕들 위로 서서히 밝아오고 있었다. 하지만 어떤 영혼도 깨어나지 않았다. 지난밤의 열기에 지칠 대로 지친 도시는 여전히 고요히 잠들어 있고, 빗줄기만이 텅 빈 거리를 아름답게 수놓고 있었다. 마침내 그들은 구원받았다. 이것이 바로 신의 표식일까?

여름이 끝나갈 때까지 캐리는 구원받았다는 기쁨을 누리며 하루하루를 보냈다. 그러나 늘 그렇듯 그녀의 기쁨은 오래가지 않았다. 9월 초 어느 날 갑자기 아더의 몸이 불덩이처럼 뜨거워졌다. 그날 안뜰에서 놀다가 타일로 된 배수구에 빠진 게 화근인 것 같았다.

그 후로 아이는 몇 시간 동안 힘이 없어 보였다. 캐리는 계속 주의 깊게 지켜보았고, 저녁이 되자 아이는 다시 활기를 되찾은 듯 보였다.

그러나 다음날 아침, 다시 무력증이 찾아왔고 정오쯤엔 고열로 몸이 온통 붉은색을 띠었다. 캐리는 가지고 있던 간단한 비상약을 아이에게 먹이고 시원한 물로 목욕을 시켰다. 왕 아마는 쉴 새 없이 부채질을 했다. 그러나 열은 내릴 기미가 보이지 않았다. 밤이 되자 아이는 혼수상태가 되었다. 아이는 오후 내내 고통으로 앓는 소리를 내는 게 전부였고, 너무 어려서 어디가 어떻게 아픈지 제대로 말도 못하는 상황이었다. 캐리는 불덩이인 그 작은 몸에서 눈을 떼지 못하고 있었다. 그러다가 마침내 아이는 입술이 하얗게 변한 채 죽은 사람처럼 미동도 없었다. 왕 아마는 아이의 작은 발을 만지며 말했다.

"아이가 죽어가고 있어요."

시내에는 백인 의사가 없었다. 하지만 아이를 그대로 죽게 내버려둘 순 없었다. 캐리는 미친 듯이 왕 아마를 돌아보고 말했다.

"빨리, 빨리 가서 중국인 의사를 찾아서 데려와요. 내 아들이 죽어가고 있다고 말해요!"

왕 아마는 황급히 밖으로 나가더니 잠시 후 왜소하고 비쩍 마른 늙은 의사와 함께 돌아왔다. 그 남자는 더러운 검정 외투 차림에, 알이 커다란 놋쇠 테 안경을 콧등에 걸치고 있었다. 그는 말없이 방에 들어와 주변을 둘러보지도 않고 담담한 태도로 곧장 아이가 누워 있는 침대로 갔다. 그는 짐승의 발톱 같은 때 낀 기다란 손가락을 뻗어서 엄지와 검지로 펄펄 열이 끓는 아이의 가녀린 손목을 잡았다. 그리고 눈을 감은 채 오랫동안 앉아 있었다. 그러고 나서 자리에서 일어나더니 앞섶 주머니에서 접힌 종이를 꺼낸 후에 허리띠에서 먹과 붓을 꺼내들고 상형문자를 빠르게 적어 내려갔다. 그는 이 종이를 왕 아마에게 건네며 말했다.

"이걸 갖고 약국에 가시오. 약은 뜨거운 물에 끓여서 아이에게 두 시간마다 한 사발씩 마시게 해요."

그는 돈을 달라는 표시로 손을 내밀고는 이내 가버렸다.

왕 아마는 처방전을 갖고 나가 잠시 후 약초 한 꾸러미를 들고 나타났다. 약초를 막 끓이려고 할 때 캐리의 날카로운 목소리가 들려왔다.

"아마! 아마!"

거의 비명에 가까운 소리를 듣고, 왕 아마는 방으로 달려갔다.

"내 아기가 …… 내 아기가 ……."

캐리는 아이를 품에 안고 있었는데, 아이는 경련을 일으키며 죽어가고 있었다. 사태를 파악한 왕 아마는 탄식의 소리를 내뱉더니 침대 위에 놓인, 아이가 전에 입고 있던 옷을 움켜쥐고 뛰어나가면서 불 켜진 램프를 들고 거리로 내달렸다. 잠시 후 캐리는 거리에서 들려오는 왕 아마의 목소리를 들을 수 있었다.

"아가야, 집으로 돌아오렴. 아가야, 집으로 돌아오렴."

그 소리는 점점 멀어지고 있었다.

캐리가 수년 동안 들어왔던 이 울부짖음, 그 비통함 속에서 얼마나 자주 몸을 떨었던가. 캐리는 지난 몇 년간 거리에서 불 켜진 등과 아기 옷을 양손에 들고 오열하는 여인들을 수도 없이 봐왔다. 그때마다 캐리의 가슴도 무겁게 내려앉았다. 왜냐하면 어디에

선가 어린 아기가 죽어가고 있으며 그 아기의 엄마는 마지막 지푸라기라도 붙잡는 심정으로 거리에 나와 방황하는 어린 영혼에게 집으로 돌아오라고 목 놓아 부르고 있는 것을 잘 알고 있었기 때문이다.

이제 방황하는 그 어린 영혼은 그녀 자신의 아이였다. 캐리는 금세라도 부서질 것 같은 가냘픈 아이를 품에 꼭 끌어안았다. 아이는 몸을 파르르 떨더니 곧 고요해졌다.

당시엔 우편제도가 없었으므로 다음날 캐리는 사람을 보내 앤드류에게 비보를 전했다. 왕 아마는 작은 관을 샀고, 캐리는 가지고 있던 푸른색 비단으로 가장자리를 둘렀다. 두 여인은 함께 이 작은 아이의 몸을 정성스럽게 씻겨서 관 안에 눕혔다. 둘 다 너무도 서럽게 울어서 누가 아이의 어머니인지 알 수 없을 정도였다. 모든 장례 준비가 끝나자 캐리는 앉아서 남편이 오기만을 기다렸다.

앤드류는 다음날 밤에 그동안의 강행군으로 피곤에 지쳐 돌아왔다. 캐리의 눈가는 말라 있었으나, 마음은 여전히 절망 속을 헤매고 있었다.

"난 떠나야겠어요."

그녀가 마침내 남편을 바라보며 입을 열었다.

"나와 같은 백인이 있는 곳으로 가야겠다고요. 이 아이를 상하이로 데리고 가서 다른 아이 옆에 묻겠어요. 도저히 이방인들이 설치는 이곳에는 절대로, 절대로 묻을 수 없어요."

앤드류는 캐리의 음성에서 묻어나는 절박함을 감지하고 곧 그녀의 말에 동의했다. 바로 다음날 그들은 정크선을 빌려 해안을 향해 출발했다. 운하와 강을 타고 항해하는 14일간의 여정이었다.

하지만 누구도 그들에게 상하이에 콜레라가 창궐하고 있다는 사실을 알려주지 않았다. 신문도 없었고, 서신을 신속히 주고받는 우편제도 없었기 때문에 그들은 아무것도 모른 채 죽음의 그림자가 드리워진 어두운 거리를 지나 우중충한 선교사 사택에 도착했다. 첫째 날에 캐리는 무려 쉰 개가 넘는 관이 유리창 너머로 지나가는 것을 볼 수 있었다. 그녀는 공포에 떨었다. 그들은 장례식이 끝난 후 다시 그곳을 서둘러 떠났다. 하지만 새벽녘에 그들은 다시 돌아와야만 했다. 캐리가 심한 구토와 설사 증세를 보였기 때문이었다. 한 시간쯤 후엔 고작 네 살밖에 안 된 에디스가 같은 증세를 보였다. 앤드류는 의사를 찾기 위해 동분서주했지만, 허사였다. 백인들은 시내의 외곽에 위치한 외국인 구역에 모여 살고 있었기 때문이었다. 그러는 사이 두 시간이 지체됐다. 캐리는 죽어가고 있었다. 의사는 캐리에게 재빠르게 손을 쓰며, 앤드류와 왕 아마에게 아픈 아기에게도 자신이 치료하는 방식을 따르라고 지시했다. 당시 캐리는 혼수상태였으나 점차 몸이 반응을 보였고 마침내 의식을 되찾았다. 밤 10시쯤 되었을 때는 작은 소리로 에디스를 찾을 만큼 회복이 되었다.

"에디스 …… 에디스?"

아내에게 어떤 것도 숨길 수 없었던 앤드류는 머뭇거리며 입을 열었다.

"믿기 힘들겠지만, 아이는 하나님이 거두어 가셨소."

앤드류는 자포자기하듯 말했다.

다음날 두 번째로 작은 관이 들어왔고, 앤드류만 장지까지 따라갔다. 모드가 누워 있는 새롭게 만들어진 묘지에 그들의 세 번째 아이도 묻혔다. 그 시간 캐리는 쓰디쓴 비통함을 참으며 침대에 누워 눈물을 삼키고 있었다. 그리고 그녀에게서 소중한 존재들을 앗아가는 무시무시한 힘 앞에 순종하기 위해 무던히 애쓰고 있었다.

"시간이 지나면, 시간이 지나면 괜찮아질 거야. 그래, 난 믿어."

하지만 그녀의 마음속에는 도저히 이 상황을 받아들일 수 없다는 성난 마음이 자리하고 있었다. 캐리는 숨죽여 흐느끼면서 소리쳤다.

"대체 뭘 믿는단 말인가?"

길고 힘든 회복기를 거쳐 캐리는 가족과 또다시 시내 안쪽으로 들어가기 위해 정크선에 올랐다. 집은 너무 크고 휑했다. 이제 자식이라고는 아홉 살이 된 에드윈뿐이었지만, 그 아이에게 관심을 주고 행복한 환경을 만들어주는 게 힘든 상황이었다. 캐리는 아들이 남자답고 활달하게 성장해주기를 원했지만 당시 답답하고 무기력한 집안 분위기 속에서 그 아이를 도울 사람은 캐리밖에 없었다. 하지만 그녀조차도 그를 돌보기에는 너무도 큰 슬픔 속에 매몰되어 있었다. 캐리는 자신에게 남은 유일한 자식이라는 생각을 하면서 두려움과 연민에 뒤섞인 채 에드윈을 한없이 감싸기만 했다. 물론 이런 행동이 에드윈의 교육에 좋지 않다는 것을 잘 알고 있었다.

캐리는 밤낮없이 죽은 자식들을 생각하며 피눈물을 흘렸다. 앤드류는 다시 선교 사역을 위해 돌아가야 했고, 그녀는 홀로 남겨졌다. 왕 아마가 곁에서 친구가 되어주고, 집안일을 거들어주었지만,

캐리는 그녀의 성실함 이상의 뭔가가 더 필요했다.

캐리는 다시 예전처럼 자신의 일거리를 찾아 작은 예배당에 나가기 시작했으나 정작 말씀을 선포해야 할 때 그녀의 마음은 침묵하고 있었다. 도대체 그녀가 신에 대해 무엇을 안단 말인가? 그녀가 이제껏 배운 모든 게 공허한 말처럼 느껴질 뿐이었다. 그녀는 끝내 사람들에게 전달할 메시지를 찾을 수 없었다. 그녀의 순종하는 손만이 계속 일손을 멈추지 않았다. 옛 노래들을 부를 때에도 눈물이 솟구쳐 흐느낌은 계속되었다. 마침내 그녀의 몸은 고통 속에서 기력을 소진해갔다. 상실감에 더해 신을 향한 그녀의 내적인 고통은 점점 커져만 갔다.

캐리는 희망을 달라고 수시로 기도했다. 천성적으로 선을 갈구하는 그녀가 믿고 의지할 대상은 하나님밖에 없었다. 하지만 그녀의 기도는 황야에 흩어지는 메아리가 되어 되돌아오는 듯했다. 심상치 않은 그녀의 상태를 감지한 왕 아마는 앤드류가 집에 온 어느 날, 그에게 가서 빨리 어떤 조치를 취하지 않으면 캐리가 죽을지도 모른다고 알렸다. 그제야 앤드류는 아내를 살펴보았다. 슬픔으로 창백해지고 몹시 야윈 모습이었다. 무엇보다 그는 초점 잃은 그녀의 눈을 보고 놀랐다.

"캐리." 앤드류는 주저하듯 말을 꺼냈다. "우리 말이오. 당신, 당분간 고향에 다녀오는 게 어떻겠소?"

캐리는 할 말을 잃은 채 남편을 바라보았다. 그녀의 공허했던 눈빛은 순간 생기로 차오르는 듯했다. 집, 고향, 그것만이 그녀를 살릴 수 있는 유일한 치료책이었다.

그들이 미국을 떠난 지 어언 10년이 지났고, 선교회의 관례에 따라 앤드류는 1년 동안 안식년을 맞이해 쉴 수 있었다. 그로부터 한 달이 채 지나지 않아 그들은 다시 한 번 미국행 배를 타기 위해 해안으로 향했다.

VI
10년 만의 귀향

 하지만 상하이에 도착하자 캐리는 왠지 마음이 가볍지 않았다. 갑자기 고향 땅에 돌아가고 싶은 마음이 없어졌다. 고통으로 신음하는 가슴을 안고 고향집을 찾으면 사별의 아픔이 감당할 수 없을 정도로 더욱 사무쳐올 것만 같았다. 캐리의 급작스런 심경 변화에 당황한 앤드류는 의사를 찾아가 상담을 했고, 의사는 '그녀가 한 번도 가보지 않은 곳'으로 가서 생활환경을 완전히 바꾸어야 할 것이라고 조언했다. 한 번도 가보지 않은 곳이라면 그곳은 필경 지중해 쪽이나 유럽이 될 것이었다.

그들은 약 3개월간 유럽을 떠돌았다. 캐리는 전에는 찾아볼 수 없을 정도로 수동적이고 소극적인 상태에 머물러 있었다. 그들은 처음에 이탈리아에 도착한 후 곧바로 스위스로 떠났다. 그곳에서 그들은 한 달간 아름다운 루체른에서 머무르면서 꿀을 먹고 눈부시게 파란 호수 너머로 태양 아래 반짝이는 설산을 감상하며 하루하루를 보냈다. 이건 특효약이었다. 아름다운 자연은 그 무엇으로도 회복할 수 없었던 캐리의 원기를 되돌려주었다. 청명한 공간과 깨끗하고 조용한 사람들, 첨탑이 있는 작은 교회들과 웅장하고 오래된 성당들에 스며든 아름다운 풍광들이 그녀의 영혼에 다시금 생명력을 불어넣었다. 하지만 '과연 삶이 가치가 있는 것인가'라는 의문은 여전히 그녀를 따라다녔다. 만일 그렇다면 신은 마땅히 그곳에 있어야 했고, 먼 훗날 언젠가는 그녀의 비통함도 그 진리와 화해해야만 했다. 하지만 지금 이 순간만큼은 어떤 투쟁도 견뎌내기 힘들 정도로 연약해졌고 지쳐 있는 상태였다. 전에는 그녀가 화를 냈을 만한 일도 지금은 비탄과 슬픔이 그 자리를 대신했다. 예쁘고 사랑스러운 네 살짜리 딸 에디스마저 저세상으로 가버리자 그녀의 마음은 산산조각이 났고, 마침내 말을 잃게 된 것이다. 주변 사람들이 겪는 고통 또한 삶 전반에 대한 슬픔의 감정을 심화시켰다. 캐리에게는 고생스럽고 슬프게 살아가는 모습 대신 평화롭게 잘 살아가는 사람들의 나라를 보는 게 필요했다.

그들은 마침내 북으로 향해 네덜란드에 도착했다. 캐리는 거기서 할아버지가 살았던 도시 위트레흐트와 그의 옛 가구 공장을 방문했다. 공장은 예전에 비해 훨씬 더 현대화되었고 여전히 큰 규모의 사업체였다. 캐리는 기쁨에 겨워 에드윈을 데리고 다니며 공장과 도시를 보여주었고, 선하고 강직한 조상의 긍지가 어린 에드윈의 핏속에도 흐르고 있을 것이라 믿었다. 비로소 지난 10년간의 고독했던 삶에서 벗어나는 순간이었다. 캐리는 자신의 뿌리로 다시 돌아간 것 같았다.

늦여름의 2주 동안을 영국에서 보내고 난 후 캐리의 마음은 아름다움으로 풍성해졌고, 이는 그녀가 육체적으로도 다시 자기 자신으로 돌아온 느낌을 주었다. 마음의 병이 완전히 치유되지는 않았지만 그래도 많이 호전되었다. 적어도 옛 슬픔과는 적당한 거리를 둘 수 있었다. 그리고 미래를 대면할 준비는 아직 미흡했지만, 그녀를 흥분과 기쁨으로 채워줄 그녀의 조국과 고향집이 기다리고 있었다.

지난 10년 동안 이 고요한 평원이 이토록 아름답게 펼쳐져 있었다는 게 가능한 일일까? 캐리는 소녀시절을 보낸 방의 창가에 앉아 옛 풍경을 다시 한 번 바라보았다. 아무리 오래 앉아서 이 풍경을 하염없이 바라본다 해도 결코 질리지 않을 것 같았다. 평온하고 비옥한 대지 위에 나무들로 울창한 언덕들과 커다란 느릅나무와 단풍나무 아래에 오밀조밀 모여 사는 작은 마을 길을 바라보는 일과 앤드류의 형이 여전히 목회를 맡고 있는 작고 하얀 예배당을 찾아가는 일은 캐리에게 음악 이상의 감동과 선율을 느끼게 해주었다.

비록 그의 설교는 다소 애매모호했고, 그의 아담한 부인은 몸집이 더욱 풍만해져 있었지만, 10년 사이 낯익은 얼굴들이 더욱 생기 있어진 것 말고는 모든 게 그대로였다.

집에도 여전히 그녀가 사랑하는 가족들이 살고 있었다. 백발의 아버지는 예전 같지 않게 성격이 다소 누그러졌지만, 사위인 앤드류에게는 여전히 완고한 태도를 보였다. 큰오빠인 코넬리우스는 자신보다 훨씬 어린 흑발의 예쁜 여인과 결혼했는데, 완전히 그녀한테 잡혀 사는 듯했다. 자매들도 큰언니와 막내를 빼고는 모두 결혼한 상태였다. 그리고 야생마 같았던 청년 루터는 능력 있는 사업가이자 아내와 두 아이를 거느린 가장이 되어 있었다.

이곳에서 그들은 모두 고향집으로 돌아온 캐리를 더없이 따뜻하게 맞이했다. 그녀의 지난 삶은 이곳과는 얼마나 큰 간극이 있었던가! 이러한 괴리감은 낯선 땅과 낯선 사람들의 기억들과 함께 수시로 캐리에게 찾아들었다. 캐리는 가족들의 집을 일일이 방문하며 이야기를 나누었다. 음악과 함께하는 즐거운 옛 저녁의 풍경이었다. 캐리는 자매들의 집을 방문해 요리, 빨래, 청소 등 그들의 소소한 일상생활에 대한 이야기를 나누었고, 두 필의 늙은 말이 끄는 마차를 타고 아름다운 가을의 전원을 오랫동안 만끽했다. 그녀가 고향을 떠나 있던 지난 시간들은 그녀와 자매들의 경험을 전혀 다른 것으로 만들었고, 그로 인해 삶을 바라보는 관점도 매우 달랐다. 그들은 이곳에서 안정된 삶을 누리며 비옥한 땅 위에서 둥지를 틀고 살아왔다. 하지만 캐리는 이제 전혀 다른 장소의 전혀 다른 삶을 알게 되었다. 고통받는 사람들이 도처에 깔려 있고 삶과 죽음이 순식간에 교차되는, 너무도 숨 가쁜 삶의 악취로 진동하는, 어둡고 뜨거운 오래된 나라를 알게 되었다.

점차 캐리는 비록 자신의 뿌리가 이곳에서 시작됐고, 그녀의 모국인 미국을 더없이 사랑하지만, 여전히 중국과의 강한 유대감을 느끼고 있는 자신을 발견했다. 중국에 대한 지식, 왕 아마라는 영혼, 그리고 그 옛 땅에 잠들어 있는 세 어린 육신들, 그들의 창백한 유골이 어둠과 함께 섞여 있는 풍경들, 캐리는 이 모든 것 안에서 숨 쉬고 있었다.

아, 그 나라는 이제 그녀에게 낯선 곳이 아니었다. 언젠가는 그곳으로 다시 돌아갈 것이다. 왜냐하면 그녀의 육신과 정신의 일부는 이미 그곳에 있기 때문이다.

그렇게 몇 달이 흘렀다. 눈부시게 청명했던 가을이 작별 인사를 하고 있었다. 가을이 전에도 이토록 찬란했었던가? 지난 10년 동안 해마다 단풍은 이렇게 붉게 타올랐었던가? 겨울이 왔고 크리스마스가 다가왔다. 모든 형제자매들이 자식들과 함께 그 하얀 저택, 한 지붕 아래 모였다. 에드윈은 그들 사이에서 정신을 차릴 수 없을 정도로 신이 나 있었다. 하는 말마다 앞뒤가 안 맞을 만큼 흥분에 뒤섞인 행복한 나날을 보냈다. 시간 가는 줄 모를 정도로 재미있는 놀이와 집 안에 흐르는 자유로운 분위기, 눈 쌓인 나무와 초원, 그 위를 스케이트와 썰매로 신나게 달리는 진풍경 등은 에드윈으로서는 꿈만 같은 현실이었다.

"오, 어머니. 저는 미국을 사랑해요!"

에드윈은 거듭 외쳤다. 에드윈의 이 말이 캐리의 마음을 아프게 파고들었다. 만일 그녀가 중국으로 돌아가야 한다면 이 아이를 이 아름다운 나라와 생이별을 시켜야 한단 말인가? 여전히 그녀와 중국 사이에는 암묵적인 슬픈 유대관계가 자리하고 있었다. 그렇다. 아직은 결정할 때가 아니었다.

크리스마스가 지나자 그들은 그린브라이어 강가에 큰 농장을 갖고 있는 앤드류의 집을 찾았다. 이곳 사람들은 캐리 집안의 사람들과는 많이 달랐다. 그들은 음식이 남아돌 정도로 많이 해 먹어서 검소한 네덜란드인의 피가 흐르는 캐리의 집안사람들이 봤다면 실로 놀랄 정도의 음식물 쓰레기가 나왔다. 하지만 큰 농장에서 나오는 과일과 농산물은 넘치는 반면 현금은 늘 부족했다.

 앤드류의 아버지는 키가 크고 깡마른 체격에 다소 엄숙한 분위기를 풍겼는데, 깊은 종교적인 눈빛을 지니고 있는, 속을 알 수 없는 무뚝뚝한 성격의 노인이었다. 그의 음성은 마치 무덤에서 들려오는 장엄한 울림처럼 들렸다.

 반면 앤드류의 어머니는 유머가 넘치고 비꼬는 듯한 말투를 가진 노부인이었다. 그녀는 나이 육십이 되어서도 여전히 건강했지만 활동적인 삶에서 물러나기로 결심하고 대부분 시간을 흔들의자와 침대에서 보냈다. 이 두 장소에서 그녀는 자신의 세계를 바라보았다. 그녀가 즐기는 유일한 놀이는 남편과 벌이는 끊임없는 말다툼이었는데, 그녀의 남편은 말다툼에 전혀 소질이 없었다. 그저 우레와 같은 고함을 질러 그녀의 말문을 막을 뿐이었다.

 앤드류의 아버지는 매일 밤 돌로 만든 큰 벽난로에 통나무 땔감으로 불을 붙이고 러그 위에 누워 타오르는 불꽃을 조용히 바라보곤 했다. 그가 어떤 꿈을 꾸고 있었는지는 아무도 알 수 없었다. 하지만 그 당시는 집 안에 감도는 외풍에 사악한 마법이 있다고 생각했던 때라 그렇게 불 앞에 누워 있는 것은 밤에 할 수 있는 가장 위험한 짓이라고 여겼다. 그의 늙은 아내는 툴툴거리며 그를 향해 이렇게 소리치곤 했다.

"그렇게 누워 있다가는 명을 재촉하게 될 거예요!"

하지만 이게 그의 반응을 끌어내기에는 너무 약하다고 느꼈는지 이내 다시 말을 이었다.

"거기 그렇게 누워 있다니, 아주 어리석기 그지없는 양반이네!"

그녀는 듣다못한 그가 털이 덥수룩한 잿빛 눈썹을 찡그린 채 그녀 쪽을 돌아보며 "조용히 못하겠소!"라는 벼락 같은 고함을 지를 때까지 끊임없는 잔소리를 늘어놓았다. 그 이후에도 저녁 내내 누워 있는 그에게 시선이 갈 때마다 간간이 코웃음만 칠 뿐 더는 아무 말도 하지 않고 혼자 흥에 겨워했다.

화기애애한 가정과는 거리가 멀어 보이는 이 딱딱한 분위기 속에서 7남 2녀가 태어났고, 한 명만 빼고 여섯 명의 아들은 모두 목사가 되었다.

캐리에게 앤드류의 가정은 참 낯설게 다가왔다. 가족들은 모두 품위와 교양과는 담을 쌓은 듯했다. 이것은 그녀가 쾌적한 환경을 생각할 때 절대 빼놓을 수 없는 요소였다. 하지만 비록 짧은 방문이긴 했어도 캐리는 앤드류의 금욕적인 기질과 부끄러움을 잘 타는 성향, 그리고 깊이를 가늠할 수 없는 열정, 그의 삶을 이끈 강력하고도 신비로운 동기 등 앤드류의 모든 면을 더 잘 이해할 수 있게 되었다.

늦가을이 되자 캐리는 또다시 아이를 가졌다는 걸 알게 되었고, 이어서 이 생명이 태어날 때까지는 자신의 옛집을 떠나지 말아야겠다고 생각했다. 그래서 그녀는 자신의 방으로 돌아가서 기다렸다.

지난 과거나 앞으로 올 일은 모두 잊은 채 에드윈과 함께 씨를 뿌리고, 맏물* 과일을 수확하고, 6월에는 나무에서 사과를 따 먹고, 이른 아침 차가운 은빛 이슬이 맺힌 딸기와 체리를 따 먹는 꿈 같은 즐거움을 만끽할, 그녀가 예전에 경험했던 아름다운 미국의 봄을 기다렸다.

캐리는 이제 아이가 태어날 때까지는 아무것도 생각하지 않으리라는 스스로의 결심에 자족하며 이 단순하고 완벽한 삶에 전적으로 자신을 맡겼다. 이 삶의 과제는 오로지 기쁨이 되어야 했다. 오래된 큰 느릅나무가 있는 뒷마당에서 그늘에 큰 물통을 놓고 빨래를 하는 일, 십자형의 철제 다리에 매달려 있는 주전자, 가까이 있는 깊은 샘물에서 퍼 올린 청량한 물, 초록빛 정원을 향해 문이 열려 있는 서늘한 식품 보관소에서 티 한 점 없이 깨끗한 옷을 다림질하는 일, 일하는 사람 둘레를 윙윙거리며 노니는 한 마리의 벌 등, 이 속에서 맘껏 평화와 자유를 만끽했다. 또한 버터를 만드는 일도 빼놓을 수 없는 즐거움이었다. 금빛의 곡식 알갱이들을 휘저으면 처음엔 우유가 크림으로 변해가는 모습을 보이다가, 서서히 단단한 금빛 덩어리로 뭉쳐진다. 이것은 다시 지방기 있는 버터, 소금기가 있거나 없는 버터 등 세 종류로 나뉘어 각각의 틀 속에 들어간 후 각각 딸기 문양이 찍혀서 나왔다.

에드윈은 모든 일에 끼어들며 일을 시켜달라고 떼를 썼지만, 대부분의 시간을 사촌들과 함께 과수원과 초원을 맨발로 뛰어다니며 정신없이 놀았다. 그간 중국에서의 삶이 그의 얼굴 위에 드리웠던 창백한 분위기는 온데간데없이 사라졌고 점점 건강해지고 눈빛도

---

* 과일, 푸성귀, 해산물 따위에서 그해의 맨 처음에 나는 것

생기 있어지면서 항상 시끄럽고 신이 나 있었다. 이런 아들의 모습을 보는 것은 캐리에게 그 무엇보다 행복감을 안겨주었다.

이 시절에 캐리가 가장 즐겼던 순간은 조용한 주일 아침 시간과 헤르마누스도 함께했던 크고 시원한 주방 한쪽에서 맞이하는 늦은 시간의 한가로운 아침 식사 시간이었다. 토요일의 싱그럽고 깨끗한 아침 분위기는 고요함과 성스러움으로 더욱 무르익었고 가족들은 모두 각자 가장 좋은 옷을 차려입고 천천히 걸어서 예배당에 갔다. 캐리는 아버지의 사랑스런 백발이 선두에 서서 그늘진 마을길을 헤치고 행진하는 것을 흐뭇한 마음으로 바라보았다. 이웃들의 반가운 인사가 이어지고 예배당 종소리가 감미로운 음악처럼 울려퍼졌다. 조용한 예배당에는 성스러운 아름다움이 여전히 건재했다. 거의 눈에 보일 것처럼 그곳에는 분명히 신이 존재했다.

평화와 아름다움이 삶의 구석구석에 배어 있는 이 나라는 캐리를 치유했다. 그러자 어떤 표식도 비전도 없는 상태에서 그녀의 옛 목표에 대한 의식이 다시금 그녀의 가슴속에서 떠오르기 시작했다. 이곳은 이토록 아름다움과 깨끗함, 정의가 넘치는데, 바다 건너 저편에는 구걸하는 시커먼 손들과 상한 육신들로 가득했다. 너무도 여린 가슴을 가진 그녀는 이 연민 어린 장면들을 거부할 수 없었다. 신으로부터 그 어떤 계시나 비전도 듣지 못했지만, 불행한 자들과 구원받지 못한 자들의 오랜 침묵의 외침만으로도 캐리는 자신이 다시 그곳으로 돌아가야만 한다는 것을 알고 있었다.

캐리는 구름 한 점 없이 맑은 여름날에 예쁜 딸을 낳았다. 분만의 고통이 끝나자 캐리는 창문 너머 언덕을 바라보기 위해 돌아누웠다. 어딘가로부터 삶의 좋은 것들이 찾아들어와 그녀의 마음을 풍요롭게 했다. 그녀 곁에 누워 있는 이 작은 생명과 함께 삶은 다시 시작되었다. 그녀는 아기에게 어떤 이름이 가장 좋을까를 고민한 끝에 '위안'이 된다는 뜻에서 컴포트Comfort라고 지었다.

그들은 아기가 태어나 이 세상의 공기에 적응할 수 있을 때까지 4개월을 더 미국에 머물렀다. 아기는 단연 집의 중심인물이 되었다. 매일 그녀의 사촌 언니가 자부심에 넘쳐 그녀의 옷가지들을 빨았고, 세탁한 옷은 위층으로 가져가 말끔하게 다려놓았다. 옷에서는 늘 상쾌한 태양과 바람 냄새가 났다. 그들은 모두 그 집안의 유전인자인 짙은 눈동자를 가진 아기의 어여쁜 모습에 흐뭇해했다. 엄마에게 컴포트는 희망이기도 했다.

"이 어린 컴포트와 함께 조국을 다시 떠날 수 있으리라." 캐리는 스스로에게 다짐하듯 말했다. 그녀는 자신의 조국에서 태어난 어린 미국인 딸과 함께 다시 그 먼 땅으로 돌아가 새 삶을 시작할 수 있을 것이다. 지난 시간 그 어린 생명들이 그토록 빨리 세상을 떠난 것을 생각하면 때때로 두려움이 엄습하기도 했지만, 그래도 캐리는 떠나야 한다는 것을 알고 있었다. 앤드류는 선교 사역에 목말라 안절부절못하고 있는 상태였다.

그렇다. 그녀는 떠나야만 한다. 만일 세 아이의 생명을 거둬간 것이 그녀의 마음을 무너뜨려 신께 돌아오게 하려는 신의 뜻이었다면? 당시 상처투성이였던 그녀는 신의 뜻대로 되어갔다. 신으로부터 어떤 표식도 구하지도 않았고, 이제는 오로지 믿고 복종할 뿐이었다. 신이 어떤 음성도 들려주지 않으므로, 이것이 비록 신을 위한 게 아니라 할지라도 적어도 저 먼 땅에 있는 덜 행복하고

운이 덜 따르고 억압받으며 살고 있는 사람들을 위해서 그녀는 떠나야 했다. 어쩌면 그것이 신이 말하고자 했던 것일지도 모른다. 하지만 신께서 계시를 주지 않는다고 해도 그녀는 복종해야 했고 세계를 향해 나아가야 했다.

그들은 대륙을 지나 다시 바다로 향했다. 캐리의 마음속에는 여전히 바다에 대한 공포가 자리하고 있었다. 뱃멀미 때문에 젖이 나오지 않아 아기에게 가공식품을 먹여야만 했던 공포스런 옛 기억이 밀려들었다. 아기는 본래 몸은 작디작지만 누구도 대적할 수 없는 고집을 가지고 있지 않던가. 이 여행에서 캐리가 기억하는 가장 웃겼던 장면은, 앤드류가 크고 서투른 손길로 고집 센 말괄량이 아기를 안고는 아슬아슬한 자세로 컵에 든 음식을 떠서 먹이는 모습이었다. 태평양을 건너는 내내 앤드류와 승무원은 서로 힘을 모아 아기를 돌보았다. 승무원은 다행히 생글생글 웃는 심통맞은 아기를 귀여워해주었다.

고된 항해에도 불구하고 아기는 생기를 잃지 않았고, 상하이의 해안가에 도착했을 때는 여섯 달이 채 지나지 않은 어린 아기가 만 마일의 긴 여정에도 아무렇지도 않은 듯 신이 나 있었다. 계속해서 칭얼대기는 했지만, 생기가 넘치면서 쾌활하고 통통하고 익살맞은 이 아이는 캐리에게 꼭 필요한 아이였다.

캐리 가족이 도착할 것이라는 연락을 받았던 왕 아마는 해안가로 이들을 맞이하러 나왔다. 설렘이 가득한 그녀의 환한 얼굴과 밑으로 처진 두꺼운 아랫입술은, 그녀가 부두 위로 걸어 올라갈 때 캐리의 첫눈에 들어온 인상적인 모습이었다. 갈색 피부의 이 선하고 나이 든 여인은 에드윈에게 달려가 그를 오랫동안 품 안에 안고 있었다. 이는 에드윈이 치를 떠는 것이었다. 그러고 나서 그녀는 앙증맞고 통통한 금발의 여자아기를 다시 품 안에 안았다. 마치 죽었던 아이가 다시 살아 돌아온 것만 같았다. 그녀는 아기를 꼭 껴안은 채 울었다 웃었다를 반복했다. 캐리가 호텔로 가기 위해 인력거를 타려고 아이를 받아들려고 했지만 왕 아마는 아이를 놔주지 않았다. 컴포트는 왕 아마의 까무잡잡한 얼굴을 신기한 듯 바라보면서 자신을 향한 이 새로운 사랑을 받아들였다.

그들은 해안가 호텔에서 하루를 머물렀다. 때는 늦가을로 접어들어 날씨는 선선했다. 앤드류는 다시 중국 전역을 누비며 선교 사역을 펼칠 생각에 마음이 급한 듯했다. 그러나 캐리는 세 아이가 잠들어 있는 곳을 찾아가 고향집에서 가져온 백장미 뿌리를 심었다. 미국을 떠날 때 그녀는 땅을 파서 그것을 흙이끼와 함께 거친 삼베에 싸서 가져왔는데 항해 내내 정성스럽게 물을 주었다.

"이 세 아이는 자신의 땅인 미국을 한 번도 보지 못했단다."

캐리는 에드윈이 옆에서 거들 때 슬픔에 잠긴 음성으로 말했다.

"이 아이들 모두가 이방인의 땅인 이곳에서 태어나 이곳에서 눈을 감았지. 이렇게나마 미국의 것으로 그들을 아름다움과 함께 머물게 할 수 있다고 생각하니 한결 마음이 놓이는구나."

큰 야자수가 무덤 위를 덮고 있었고 그 그늘에는 미국산 백장미가 어여쁘게 자라났다.

그들은 다시 항해 길에 올랐다. 양쯔 강 상류로 올라가는 증기선을 탄 후 대운하로 올라가는 정크선으로 갈아타고, 마침내 칭장푸에 자리한 그들의 옛집에 도착했다. 집과 정원에는 옛 기억의 진

통이 고스란히 남아 있었다. 특히 아더가 넘어져 다쳤던, 생각하기도 싫은 배수구를 바라보는 건 그녀로선 감당하기 힘든 일이었다. 그곳은 화단으로 덮어놓아야 했다. 하지만 이제 캐리는 지나간 일은 접어두기로 했다. 집에는 작고 고집 센 말괄량이 아기가 새롭게 존재하고 있었다. 또한 공부를 가르쳐야 할 에드윈도 있었다. 다행히 그곳에는 새로운 미국인 가족이 둥지를 틀어 에드윈과 친구가 될 만한 남자아이가 있었고, 캐리의 친구가 될 만한 상냥하고 교양 있는 미국인 여자도 있었다. 그리고 무엇보다도 그녀를 다시 이곳으로 부른 사람들, 침묵으로 더 절실히 갈급함을 토로하면서 이곳에 살고 있는 그늘진 사람들이 있었다. 처음에는 신의 부름을 받고 왔지만, 이제 그녀는 이들의 부름을 받고 온 것이다.

VII
행복

 지금부터는 이 이야기를 내 기억을 되살려 쓸 수 있을 것 같다. 이즈음에 나는 이 미국인 여성에 대해 어슴푸레 기억하기 시작하고 있었다. 그녀에 관한 내 첫 번째 기억은 칭장푸에 있는 집과 관련된 것이었는데, 마치 섬광처럼 지나가는 영상들처럼 매우 단편적인 기억들로 채워져 있다. 그 기억들의 진위 여부는 장담할 수 없지만 그 영상들은 내 마음 깊은 곳에서 변함없이 재생되어왔다.
 어느 이른 봄날 아침, 잿빛 벽돌 담장을 따라 활짝 핀 장미꽃은 작은 정원 둘레에서 빛을 발했다. 나는 에드윈의 손을 붙잡고 판석을 깐 오솔길을 비틀거리며 걷곤 했다. 우리 앞에는 으레 커다란 대문이 나타났는데, 바깥세상으로 통하는 문은 늘 굳게 닫혀 있었다. 대문은 바닥에서 6인치 정도 떨어진 지점에서 시작됐는데, 그 사이로 맨발, 짚신을 신은 발, 비단신을 신은 발 등, 끊임없는 발들의 행진이 이어졌다. 나에게는 이 모든 게 미지의 영역에 속하는 바깥세상이었다. 통통한 편이었던 나는 대문 앞에 멈춰 서서 아주 조심스럽게 땅바닥에 엎드려 바깥 거리를 엿보곤 했지만 보이는 것은 무릎 높이에서 펄럭이는 긴 옷자락과 발, 또는 힘줄이 밧줄처럼 튀어나온 구릿빛 정강이가 전부였다. 이런 반쪽짜리 풍경으로는 도무지 바깥세상을 짐작할 수 없었으므로 나는 흙 묻은 몸을 일으킬 수밖에 없었다.

바로 그때 우리의 내부세계가 돌아가도록 만드는 중심인물인 캐리가 나타난다. 러플이 달린 새하얀 원피스를 입고 정원의 잔디를 헤치면서 걸어오는 캐리의 갈색 곱슬머리에는 빨간 리본이 달린 큰 밀짚모자가 씌어 있다. 그녀는 정원사용 전지가위를 들고 이슬을 머금어 촉촉해진 장미꽃을 잘라 한 아름을 만든다. 그녀는 내 눈엔 마치 접시처럼 보였던 완벽한 한 아름의 백장미를 품에 한가득 안은 채 바라본다. 꽃 위로 물방울이 맺혀 있다. 마침내 그녀가 꽃을 코에 조심스레 갖다 대자 이내 그녀의 얼굴에는 황홀한 표정이 가득해진다. 나 또한 이러한 특권에 요란하게 반응한다. 그녀가 장미 꽃다발을 건넬 때마다 나는 닥치는 대로 그 속에 얼굴을 묻곤 했다. 꽃은 내가 생각했던 것보다 훨씬 풍성하고 촉촉했다. 나는 마치 차가운 연못에 들어갔다가 나온 것처럼 흥분에 휩싸여 꽃 속에 묻었던 얼굴을 들면서 물기에 흠뻑 젖은 채 재채기를 하고 숨을 몰아쉬었다.

　어느 해에는 여름철 내내 캐리를 거의 보지 못했다. 그녀는 온종일 침대에 누워 있었는데, 몸은 왜소하고 야위었고 눈만 퀭하게 도드라졌다. 왕 아마는 아침저녁으로 한 번씩 컴포트를 그녀의 방으로 데려갔다. 컴포트는 항상 깨끗한 흰색 옷을 입었고, 금발은 머리 꼭대기에 있는 긴 템즈 강 터널 속에서 곱슬거렸다. 이 머리 모양은 왕 아마가 갈색 손과 혀를 이용해 만든 완벽한 작품이었다. 그녀의 혀가 다시 입속으로 들어가면 컴포트는 그제야 머리 단장이 끝났다는 것을 알고 움직일 수 있었다.

　그해 여름 동안 왕 아마는 컴포트에게 그 누구보다 중요한 사람이었다. 그녀는 컴포트를 목욕시키고 먹이고, 특유의 강한 중국어 억양으로 살살 달래는 듯이 이야기하고, 중국 속담을 인용해가며 마음의 싹을 틔우게 했으며, 지나친 독립심을 꾸짖기도 했다. 그리고 하루에 두 번씩 캐리의 방으로 데려가는 의식을 치르기 위해 컴포트를 단장시켰다. 훗날 캐리는 이 시절의 이야기를 거듭해서 들려주곤 했는데, 나는 그녀의 장이 지독한 세균에 감염되어 이질에 걸렸었다는 사실을 알고 있었다. 그렇게 그녀는 뜨거운 여름철의 3개월을 꼬박 침대에 누워 있었다.

　캐리는 왕 아마에게 아이들을 맡길 수밖에 없었다고 말했다. 에드윈은 제법 성장한 소년이었지만, 컴포트는 고작 두 살에 불과했다. 캐리는 매일 그 아이한테 무슨 일이라도 일어날까봐 노심초사했지만 왕 아마는 아이를 티 없이 맑고 깨끗한 모습으로 단장시켜 하루에 두 번씩 캐리의 방으로 데리고 왔다. 머리는 항상 깨끗이 빗어서 곱슬곱슬하게 만들었고 아이의 작은 얼굴은 온순하고 행복해 보였다.

당시에는 의사를 찾을 수 없었는데, 예전에 캐리가 친절을 베풀었던 사람 중의 한 명인 영국 여성이 캐리가 아프다는 소식을 듣고는 일도, 휴가도 내팽개치고 직접 집으로 찾아와 여름 내내 캐리를 극진히 간호했다. 만약 그녀가 아니었다면 캐리는 목숨을 잃었을지도 모른다. 더구나 이때 캐리는 임신 중이었다.

9월에 접어들어 대지의 지독한 열기가 한풀 누그러지고, 시원한 산들바람이 부는 어느 날 아침, 남자아이가 태어났다. 캐리는 이 아이에게 클라이드라는 이름을 붙여주었다. 까만 머리에 푸른 눈을 가진 토실토실한 아기였다. 캐리는 통통하고 건강한 아이를 보면서 연약해진 자신이 어떻게 이런 건강한 아이를 낳을 수 있었는지 기쁨 반, 놀람 반으로 경탄했다. 서늘한 날씨는 그녀에게 새로운 치료제가 되었지만, 그녀의 생기발랄했던 몸은 여전히 원기를 회복하지 못하고 있었다.

대체로 이 시기는 캐리에게 행복한 시절이었다. 그녀는 사람들 사이에서 다시 일을 시작했다. 엄마와 아이들을 위한 그녀만의 작은 진료소와 읽는 법을 가르치기 위한 교실을 다시 열었고, 이런저런 일로 그녀에게 도움을 청하러 오는 사람들을 맞이했다. 이렇게 바쁜 와중에도 캐리는 아이들을 방치하지 않았다.

진료소는 대문 앞 문지기 집에 만들어놓아 그곳에서 사람들을 가르치고 이야기를 나누면서 창문 너머 정원에서 아이들이 노는 모습을 지켜볼 수 있었다. 오전에는 에드윈을 가르쳐야 했기 때문에 이 일들은 오후 시간에 이루어졌다. 에드윈은 이제 어엿한 청년처럼 보였다. 나이에 비해 성장이 빠른 편이었다. 컴포트 또한 읽는 법을 배우고 싶어 했다. 삼남매는 모두 조숙하고 강하고 총명했으며, 음악과 색깔에 흥미를 느꼈다. 캐리는 그들을 위해 많은 준비를 하고 계획을 세워야 했다. 미국인 어머니로서 그녀가 물려받은 미국의 전반적인 문화와 양식들을 그들에게 정신적 유산으로 다시 전해줘야만 했다.

특히 이 시기에 캐리는 키가 쑥쑥 자라면서 남다르게 성장하는 에드윈이 그날그날 해야 할 공부와 과제들을 항상 너무 쉽게 끝마치는 것을 보면서 그가 할 일 없이 거리를 돌아다니거나 빈둥거리면서 시간을 낭비하지 않기를 바랐다. 주변에 살던 미국인 가족은 그들 곁에 오래 머물지 않았기 때문에 캐리는 다시 에드윈의 유일한 친구가 되었다. 캐리가 끊임없이 추구했던 것은 아이들을 그들의 나라인 미국의 정신 속에서 그녀가 원하는 삶의 수준에 맞게 살아가도록 하는 일이었다. 아무리 노력해도 침체된 동양의 무기력함이 아이들의 영혼 속으로 잠식해 들어가 그들의 원기를 흐려놓을까 봐 걱정했다.

캐리가 왕 아마와 다투는 유일한 사안은 바로 이 문제와 관련된 것이었다. 에드윈이 몸을 움직여가며 활동하는 것을 싫어하는 모습을 지켜본 캐리는 그에게 매일 난로에 쓸 불쏘시개 나무를 갖다놓으라고 시켰다. 또한 방도 항상 깨끗하고 말끔하게 청소하라고 얘기해두었다. 그러나 왕 아마에게 이것은 신성모독과도 같은 행위였다. 한 집안의 장남에게 하인들이나 하는 일을 시키는 것은 생각할 수도 없는 일이었다. 가족들이 아침 식사를 하고 있는 동안에, 왕 아마는 에드윈의 방으로 몰래 들어가서 재빠르게 청소를 끝마쳤다. 에드윈이 방에 들어왔을 때는 이미 먼지 한 점 없이 모든 게 반짝반짝 윤이 났다. 그는 침묵을 지켰지만 결국 캐리는 왕 아마가 에드윈을 너무 아낀 나머지 죄책감을 느끼면서도 그를 위해 기꺼이 봉사를 자처했다는 사실을 알게 되었다.

캐리는 과거에는 다소 성질이 급하고 남에게 싫은 소리도 잘하는 성격이었지만, 이제는 중국의 고유한 전통은 물론, 사투리까지 완벽히 이해하고 있었다. 그러나 자식들과 관련되어 있는 사안인 이상, 어떤 방해공작도 허용할 수 없었다. 더구나 자식들에게 자기 훈련과 공의로움을 가르쳐야 할 때는 더더욱 타협의 여지가 없었다. 캐리가 이러한 자신의 소신을 왕 아마에게 말하자 그녀는 인자한 얼굴로 미안한 기색을 내보이며 대답했다.

"우리 중국인이 볼 때는 장남이 집안일을 하는 건 수치스러운 일이죠. 딸이라면 당연히 그 일을 해야 하지만, 아들한테는 있을 수 없는 일이랍니다."

그러자 캐리는 화가 나서 소리쳤다.

"그렇겠죠! 그래서 중국 남자들이 하나같이 게으르고 악마 같은 거라고요. 당신이 이곳에 오기 전 함께 살았던 어떤 남자처럼 말이에요!"

아무도 반론할 수 없는 완벽한 답변이었다. 왕 아마는 괴로움에 휩싸여 아무 말도 못한 채 물러났다. 늘 그렇듯, 캐리는 자신의 행동이 심했음을 뉘우치며, 사내아이들이 뭔가를 이루려면 어릴 때부터 훈련을 받아야 하며, 미국에서는 남녀를 가리지 않고 똑같이 교육하고 똑같이 대우한다고 설명해주었다. 그러나 이것은 왕 아마가 도저히 이해할 수 없는 사회적 관습의 영역이었다. 비록 다시는 캐리의 뜻을 거스르지 않았지만 말이다.

  이 당시 캐리가 가장 골몰해 있던 삶의 과제는 장남을 올바른 틀 안에서 길들이는 일이었다. 어디를 가나 남자라는 이유만으로 스스로에 대해 거짓되고 확대된 이미지를 갖게 되는 환경에서, 에드윈에게 어머니와 누이들, 그리고 집을 방문하는 중국 여인들에 대한 적절한 예의를 가르치는 것은 쉬운 일이 아니었다. 집안일을 돌봐주던 중국인들마저 에드윈을 지나치게 극진히 대하는 데다가, 심지어 에드윈은 집과 재산이 모두 장남에게 돌아간다는 이야기까지 듣게 되었다. 이렇게 세세한 부분들까지 캐리 혼자 관리하기에는 역부족이었다. 앤드류는 늘 집을 떠나 있었고, 그가 잠깐 쉬러 집에 들를 때는 너무 지친 나머지 아이의 생활까지 살펴볼 여력이 없었던 것이다.

  나는 이 시절을 기억할 만한 기념품을 갖고 있는데, 그것은 바로 캐리의 권유로 에드윈이 매주 만든 작은 신문들과 펜과 잉크로 정크선을 스케치한 종이들이다. 그림 속의 정크선은 거친 바람을 가르며 전속력으로 항해 중이었다. 누가 봐도 실물처럼 느껴지는 생생한 그림이었다. 신문 제작은 처음엔 캐리의 생각이었지만 천성적으로 글쓰기와 그림 그리기를 좋아했던 에드윈은 열정을 갖고 이 일에 매달렸다. 그는 방방곡곡을 돌아다니며 기삿거리들을 모았고, 이렇게 만든 신문은 여러 곳에 흩어져 있는 선교사 구역과 항구에 뿌렸다. 그러자 적지 않은 사람들이 정기 구독을 자처해왔고, 그들 중 몇몇은 이 소년에게 매달 용돈이 될 만한 돈도 기꺼이 부쳐주었다. 에드윈은 이렇게 챙긴 쌈짓돈을 캐리의 눈을 피해가며 중국 볶음 국수나 엿가락, 또는 작은 꼬치와 같은 군것질을 하는

데 썼다.

에드윈은 캐리에게 끊임없는 문젯거리였지만, 한편으로는 기쁨이기도 했다. 에드윈 또한 어머니와 함께한 좋은 추억만 가지고 있었다. 나는 캐리가 에드윈의 삶에서 크나큰 부분을 차지하고 있다는 것을 그에게 직접 들은 적이 있다. 그가 기억하는 어머니는 늘 무엇을 해야 할지 정확하게 알고 있는, 아이디어로 가득 찬 유쾌하고 즐겁고 흥미로운 친구였다. 어떤 상황에서도 그녀의 금빛 눈동자는 빛을 잃지 않은 채 이렇게 소리치곤 했다.

"자, 이제 우리가 뭘 해야 할지 얘기해줄 테니 잘 들어보렴!"

그녀의 제안에는 늘 삶의 즐거운 면이 깃들어 있었다. 캐리는 에드윈에게 노래와 바이올린 켜는 법을 가르쳐주었고, 비록 그가 쓴 소설과 서사시의 잘못된 점을 날카롭게 지적하긴 했어도 공감대를 표시하는 것만큼은 잊지 않았다. 하지만 그녀는 에드윈이 계속 소설을 쓰도록 격려하지는 않았다.

그러나 진실을 얘기하자면 좋은 소설만큼 캐리가 남몰래 즐기는 것도 없었다. 마음 깊은 곳에서는 캐리도 평범한 사람이었으며, 소설 속 여러 군상들의 이야기는 그 무엇보다 그녀의 흥미를 끌었다. 하지만 캐리가 살던 시대에는 종교적인 관점에서 소설을 악마적인 것으로 치부해 춤을 추거나 카드 놀이를 하는 것과 다르지 않다고 생각했다. 그러나 캐리의 천성에는 디킨스의 희극 연재물인 《피크위크 페이퍼스》를 보면서 배꼽을 잡는 면이 있었고, 그녀는 이 때문에 죄책감을 느껴야 했다. 그래서 캐리는 집 안에 고전을 빼고는 어떤 소설책도 들여놓지 않는 것으로 스스로 합의를 보았고 아이들은 고전만 읽은 덕분에 어릴 때 이미 가장 좋은 것을 선택하는 능력을 발전시킬 수 있었다.

에드윈은 불과 일곱 살 때 디킨스와 새커리, 스콧을 탐독했고, 그 밑에 형제들도 마찬가지였다. 마치 가장 진한 고기 맛을 본 후에는 다른 고기 맛이 느껴지지 않듯이 이후로도 계속 다른 작가들의 작품은 뭔가 깊은 맛이 없고 평이하게 느껴졌다.

여태까지 일곱 아이들을 가졌지만 앤드류는 아기를 안는 법이나 옷 입히는 법을 제대로 알지 못했다. 그는 일상생활과는 거리가 먼 선지자로 태어난 사람이었다. 집에서조차 그에게는 근접할 수 없는 분위기가 풍겼다. 어떤 자식도 그에게 달려가 구두끈을 묶어달라고 하거나 단추를 잠가달라고 하지 못했다. 나는 캐리가 웃으면서 이렇게 말했던 것을 기억한다.

"내가 아파 누워 있을 때 앤드류가 왕 아마를 거들어 아이들을 잠깐씩 돌봐주곤 했는데 그때마다 어김없이 웃긴 상황이 연출되곤 했단다. 그 작은 옷들도 제대로 입힐 줄 몰라 거꾸로 입히기 일쑤였지. 어찌나 우스웠던지. 도무지 아이들이 앞으로 걷고 있는 건지, 뒤로 걷고 있는 건지 알 수가 없었으니까!"

앤드류를 따르는 많은 사람들에게 그는 성 바울과도 같은 사람이었다. 천성적으로 종교적인 사람, 어떤 일에도 두려움이 없는 개척자였던 그는 마음먹은 대로 자신의 일에 헌신했고, 그 외의 것은 아예 쳐다보지도 않았다. 자식들에게 그는 그들의 세계 밖에 존재하는, 늘 흐릿한 곳에 머무는 인물이었다. 앤드류는 자식들이 무엇보다 진정으로 참된 인간으로 자라길 바라는 매우 엄격한 아버지였다. 하지만 아이들에 대한 이해가 부족해 참된 삶이 그들에게 어떤 아름다움을 가져다주는지는 제대로 전달되지 않았다. 아이들은 아버지의 침착하고 선한 성격보다는 어머니의 열정적이고 급한 성격과 품에 쏙 들어오게 안아주는 포옹, 사소한 농담을 더 좋아했다.

하지만 캐리는 결코 앤드류가 하는 선교 사역의 중요성과 우선권에 대해 한 번도 의심을 품어본 적이 없었다. 때로 그녀 앞에 던져지는 시련에 안절부절못할 때도 있었지만, 내가 생각할 때, 가늠하기 힘든 앤드류의 마음속에는 캐리와 우리 모두가 이해할 수 없는 어떤 부분이 자리하고 있어 그저 따를 수밖에 없었던 것으로 보인다.

날카롭고 예민한 문학적 소양을 지닌 앤드류는 오랫동안 기존에 있던 중국어로 번역된 성경책을 마음에 들어하지 않았다. 해가 거듭될수록 적어도 신약성경만큼은 그리스어에서 중국어로 바로 번역을 해야겠다는 신념이 점차 그의 마음속에 확고히 자리잡아갔다. 앤드류는 뛰어난 그리스어 학자였기 때문에 성경책도 히브리어나 그리스어로 쓰인 원본을 읽는 데 몰두했다.

어떤 옷을 입든지 그가 가슴팍에 달린 호주머니에 늘 넣어 다니던 작은 그리스어 성경책의 도금한 가장자리가 너덜너덜하게 닳아 있던 것을 나는 아직도 기억하고 있다. 앤드류가 세상을 떴을 때 우리는 그 포켓용 성경책 없이는 그가 결코 안식을 얻지 못하리라는 것을 알고, 그것도 함께 묻어주었다.

그렇게 그는 저녁마다 번역을 하기 시작했다. 여름에는 며칠간의 휴가 기간에도 꼬박 그 일에 매달렸다. 해가 거듭될수록 각진 중국어 문자로 가득 찬 원고뭉치들이 그의 책상 위에 점점 높이 쌓여갔다. 문장 구성과 문법 등을 감수하러 자주 들렀던 구부정한 중국인 학자도 한 가족이 되어 그 세월을 함께 보냈다.

드디어 번역이 끝나고 출판할 일만 남은 순간이 왔다. 그러나 매달 생활비로도 빠듯한 봉급으로는 출판 비용을 충당할 수가 없었다. 캐리와 앤드류는 이 문제에 관해 계속 얘기를 나누었지만, 캐리는 아이들을 우선으로 생각했고 앤드류는 책에 무게를 실었다.

캐리는 이렇게 말했다.

"하지만 앤드류, 아이들의 옷을 지금보다 더 줄일 순 없어요. 내가 계속해서 기우고 고쳐 입히고 있지만 말이에요. 더구나 먹는 것을 줄이는 일은 더더욱 불가능해요."

"나도 알고 있소."

앤드류는 낙담한 채 풀 죽은 음성으로 말했다. 그의 얼굴을 본 캐리는 그의 마음을 읽을 수 있었다. 이것이 얼마나 오랫동안 염원해온 그의 꿈이었던가. 마침내 그녀가 입을 열었다.

"어쨌든 함께 힘을 모아 해보기로 해요. 매달 생활비에서 5달러씩 떼어놓고 나머지로 생활하는 거예요. 할 수 있는 한, 1~2센트라도 더 아껴보겠어요."

앤드류의 표정이 이내 밝아졌다. 비록 이후 아이들에게는 '아버지의 신약성경' 프로젝트가 그들이 갖고 싶어 하던 장난감과 어린 소녀들이 꿈꾸는 새 원피스, 또는 그들이 목말라하던 많은 책들을 포기해야 함을 의미한다는 걸 깨달았지만 말이다. 그들은 애타는 말투로 이렇게 묻곤 했다.

"어머니, 아버지가 신약성경을 끝내면 우리가 원하는 걸 살 수 있는 거죠?"

그들은 이 질문을 할 때 보았던 캐리의 얼굴을 결코 잊지 못할 것이다. 그녀는 뭔가에 화난 듯한 표정을 짓고 있었다. 그러나 그대상이 아이들은 아니었다. 그녀는 매우 단호하게 대답했다.

"그럼! 각자 가장 갖고 싶은 것을 사야지!"

하지만 그들은 그러지 못했다. 캐리는 앤드류가 계속되는 수정을 끝마치기 전에 세상을 떠났기 때문이다. 앤드류는 거듭 개정판을 인쇄했다. 인쇄하고 나면 부족한 부분이 눈에 띄어 다시 고치기를 반복해 새로운 개정판을 냈다. 신약성경 때문에 캐리의 삶은 점점 더 곤궁해졌다. 이 세월은 그녀에게서 쓰디쓴 가난과 최소한의 안락한 생활 사이의 간격마저도 앗아가버렸다. 그래도 여전히 아이들의 기대를 불평이나 실망으로 만들지 않기 위해 최선을 다했다. 캐리는 이미 결단을 내렸고 그것에 맞춰 자신의 삶을 만들어갔다. 그리고 가끔은 드러내놓고 그것에 저항하기도 했지만 스스로를 끊임없이 채근하여 앤드류의 꿈을 존중하고 따라줬다.

하지만 둘은 다른 점이 많다는 사실을 아이들이라고 모를 리가 없었다. 어린 소녀인 컴포트가 오랫동안 품어왔던 궁금증 중의 하나는 이것이었다. 그녀의 아버지가 아침 식사를 하러 식탁에 나타나면 늘 그의 넓은 이마에 세 개의 빨간 자국이 나 있었다. 그 자국은 아침 식사를 하는 동안 점점 엷어졌지만 식사하기 전 감사 기도를 드리자고 말하며 고개를 숙일 때는 더욱 진해 보였다. 어느날 컴포트는 용기를 내어 캐리에게 물어보았다.

"아버지의 이마에 빨간 자국은 왜 생기는 거죠?"

"그건 아버지가 기도를 드릴 때 깍지 낀 손 위로 머리를 수그려서 생긴 손가락 자국이란다."

캐리는 진지하게 말을 이었다.

"너희 아버지는 매일같이 아침에 일어나면 한 시간 동안 기도를 한단다."

그토록 신성한 의식은 경외심을 불러일으켰다. 아이들은 어머니의 이마에서도 비슷한 자국을 찾으며 물었다.

"왜 어머니는 기도를 안 하세요?"

캐리는 다음과 같이 대답했는데, 그 어조엔 약간의 예민함이 깃들어 있던 것 같기도 하다.

"나마저 그러면 누가 너희들을 입히고, 아침 식사를 준비하고, 집 안을 청소하고, 또 너희들에게 공부를 가르치겠니? 누군가 기도하는 동안에 누군가는 일을 해야만 하지 않겠니?"

앤드류는 언제나처럼 오랫동안 딴 생각에 잠겨 있다가 이 소리를 듣고는 점잖게 말했다.

"당신이 기도하는 데 시간을 조금이라도 쓴다면 아마 일도 더 수월해질 거요."

하지만 캐리는 이에 굴복하지 않고 맞섰다.

"그럴만한 시간이 없다고요. 어린아이들을 건사해야 하는 엄마는 기도도 짧게 줄여서 해야 한다는 걸 하나님도 아셔야 해요."

문제의 진실은, 캐리는 오랫동안 기도를 하지 못한다는 데 있었다. 가끔씩 열렬하고 즉흥적인 기도를 하긴 했지만 그것도 일을 하다가 잠시 짬이 나면 드리는 기도였다. 그리고 아마도 그녀는 자신의 기도가 위로 올라갔다가, 아무 응답 없이 되돌아오는 것 같은 느낌을 다소 의식하고 있었는지도 모른다. 하지만 캐리가 중년에 접어든 이 시절, 그녀는 신의 표식을 갈구했던 옛 열망을 하루하루의 분주한 일상 속에서 의식적으로 잊으려고 했다. 그렇다고 해서 그녀가 수동적으로 변한 것은 아니었다. 캐리는 결코 그럴 수가 없는 사람이었다. 그녀는 단지 한 가지만을 확신했던 것이다. 즉, 누군가의 도움이 필요해서 그녀를 찾아오는 사람이라면, 그녀의 아이들이건, 이웃이건, 하인이건, 행인이건 누구를 막론하고 도와주어야 한다는 것이었다.

캐리는 마침내 자신의 종교를 세 단어로 압축할 수 있었다.

"믿어라, 그리고 순종하라."

신이 있다면 신이 있는 것처럼 행동하면 되는 것이다. 캐리는 그 신앙 속에서 세상 사람들에게 가치 있고 실제적인 일을 하면서 신을 단순히 받아들였다.

의문을 품는 마음, 교리적 신앙에 대해 혼자 은밀히 품고 있던 불확실성, 천성적으로 즉각 반응하는 특유의 너그러운 마음 등은 가장 전형적인 미국인의 모습을 반영하는 캐리의 천품이었다.

에드윈이 아버지와 함께했던 유일한 시간은 그가 집에서 좀이 쑤셔 가만히 있지 못할 때, 캐리가 앤드류에게 사역 여행을 떠날 때 에드윈도 데려가달라고 부탁해 둘이 여정을 함께했을 때였다. 둘은 함께 정크선을 타고 떠나 그다음엔 노새를 타고 중국 전역을 돌아다녔다. 타의에 의한 것이긴 했지만, 둘은 함께 음식을 먹고 저녁이 되면 한 공간에 단둘이 남겨졌다. 이 과정에서 에드윈은 처음으로 자신의 아버지가 어떤 사람이라는 것을 알게 되었고, 또한 처음으로 인간의 영혼을 구제한다는 것이 그에게 희미하게나마 아름다운 일로 다가왔다. 인간의 영혼을 사랑하는 마음을 간직한 아버지와, 인간의 평온한 삶에 지대한 관심을 가지고 있는 어머니에게서 영향을 받은 에드윈은 이후 단순히 돈을 버는 일로 끝나는 어떤 일에도 결코 만족감을 느끼지 못했다. 캐리의 천성적인 회의

주의―그녀가 평생 동안 불굴의 의지와 노력으로 자신을 굴복시켰던―는 그의 안에 꽃을 피워서, 에드윈이 비록 종교적인 사역에 자신을 헌납하지는 않았지만 그의 인격을 형성하는 데 미묘한 영향을 끼쳤다. 그 결과 에드윈은 무엇보다 인류애를 중요하게 여겼고 도움을 필요로 하는 사람들의 요구에 즉각 반응했다.

한편 앤드류는 아무도 복음을 전하는 사람이 없는 내륙 쪽으로 더 깊이 들어가야 한다는, 주기적으로 찾아오는 결정의 시기를 맞이했다. 그는 캐리에게 다시금 '신의 부르심'을 느꼈다고 전했다. 이 말을 들은 캐리는 말로 표현하기 힘든 혼란에 휩싸였다. 그녀의 집과 정원은 이제야 비로소 가정다운 분위기가 되어가던 참이었다. 그녀가 심은 꽃들과 그녀의 아이들이 성장하는 삶의 공간이 모두 여기에 있었다. 처음에 이 집을 둘러싸고 있는 것은 음침한 도시가 전부였지만, 그녀는 그것을 담담히 받아들이는 법을 배웠으며 그 가운데 이 오아시스 같은 미국식 집을 만들었던 것이다. 캐리의 소유물들은 모두 그녀의 감각적인 면과 밀접하게 결부되어 있었다. 그녀의 정원, 방, 반짇고리, 의자 등 모든 것이 그녀를 닮아 있는 동시에 그녀의 일부였다.

그러나 무엇보다 이러한 요소 외에도 깊이 자리한 것이 또 있었다. 캐리의 진심 어린 도움에 이끌린 사람들, 그들 마음대로 그녀의 집을 돌아보며 미제 난로, 재봉틀, 오르간, 외국에서 들여온 진기한 물건들을 실컷 보게 해준 그녀의 친절함에 이끌린 사람들, 그리고 그녀의 친구들을 떠나는 일이었다. 캐리는 인종과 살아온 배경의 차이를 염두에 두지 않고 이 여인들을 사랑하는 법을 배웠다.

더구나 머지않아 두 백인 가정이 그곳에 정착할 계획이어서 그녀는 곧 생길 두 백인 여성 친구를 학수고대하고 있었다. 그러나 똑같은 장소에서 똑같은 사람들과 뿌리를 내리고 둥지를 트는 것은 앤드류를 견딜 수 없게 만드는 일이었다. 그는 한곳에 너무 많은 사역자들이 모여 있다고 느꼈기 때문에 두말할 것도 없이 새로운 곳으로 향해야 했다.

캐리는 처음엔 설득도 해보고, 매달려도 보다가, 화를 내고 심지어 눈물까지 보였지만, 결국엔 항복하고 말았다. 신의 사람이 신의 명령을 들었다고 믿을 때는 무엇으로도 그 의지를 꺾을 수 없다는 것을 캐리는 잘 알고 있었다. 돌 같은 침묵 속에서 그녀는 짐을 꾸렸고, 직접 심은 장미꽃 뿌리들을 삽으로 파서 담았다. 왕 아마는 그녀의 물건들을 이불보와 큰 푸른색 보자기에 쌌다. 그렇게 떠날 준비는 끝났다.

VIII
언덕 위의 집

 앤드류는 북쪽에 위치한 작은 도시를 사역기지로 선택했다. 하지만 그곳에 사는 사람들은 외국인들에게 적대적이어서 아무도 방을 세놓으려 들지 않았다. 하는 수 없이 그들은 여인숙에 머물게 되었는데, 사방의 벽이 진흙으로 칠해진 방과 마룻바닥 위로 짚으로 이은 지붕이 덮고 있었다. 낮은 진흙 벽 너머 주변은 온통 불결한 오물 더미 속에서 생활하는 사람들로 넘쳐났다.
 캐리는 화분에 장미를 심고 다시 한 번 미국식 집으로 단장하려고 애썼다. 그러나 그러한 능력은 이미 그녀로부터 달아난 듯했다. 새롭고 낯선 환경은 앤드류에게는 삶의 호흡이자 그의 영혼에는 하나의 도전이었지만, 주변의 음침하고 적대적인 분위기와 사람들로 미어터지는 방들, 어디를 가나 만연해 있는 질병과 불결함, 정원의 부재 등, 이렇게 열악한 환경에서의 새로운 시작은 캐리에게는 소름 끼치는 일이었다.

변화무쌍한 그들의 삶은 앤드류와 앤드류의 신을 위해 그녀의 희생을 요구하는 것이 되어갔다. 캐리는 죽은 세 아이를 떠올리며 남은 세 아이를 측은한 눈빛으로 바라보았다. 더는 희생할 수 없다고 생각했다.

하지만 앤드류에게 이 해는 혹독한 해이기도 했지만, 동시에 어느 때보다도 왕성하게 활동했던 해이기도 했다. 당시는 일본과 전쟁이 한창인 때였고 이 외딴 지방에서 외국인들은 모두 일본인으로 간주되었다.

어느 날 아침, 캐리와 아이들이 아침 식사를 하며 앉아 있을 때 몇 주 동안 모습을 보이지 않던 앤드류가 집으로 걸어 들어왔다. 놀랍게도 그는 속옷차림에다 맨발이었다. 게다가 어깨와 등에 난 상처에서 피까지 흐르고 있었다. 그는 강도를 만나 타고 다니던 노새는 물론, 입고 있던 옷과 여행 용품을 모두 빼앗기고 떠돌아다니는 군인 패거리들에게 폭력까지 당했다. 앤드류의 키가 180센티미터가 넘고, 푸른 눈동자에 불그스레한 턱수염까지 기르고 있었지만, 그들은 앤드류의 항변에도 불구하고 그를 일본인이라고 생각했던 것이다.

겨우내 짚과 진흙으로 된 집은 심하게 습기가 찼다. 아기 클라이드는 감기가 심해져 결국 폐렴에 걸리고 말았다. 앤드류는 여느 때와 마찬가지로 집을 떠난 상태였고, 수백 마일 이내로는 어떤 의사도 찾아볼 수 없었다. 캐리는 죽음에 대한 옛 공포가 되살아났다. 그녀는 방 한쪽 구석에 담요를 매달아 외풍이 들어올 수 없게 막은 후에 이 피난처 뒤에서 왕 아마와 번갈아가며 열흘 밤낮을 꼬박 불침번을 섰다. 마침내 회복할 수 없을 것 같던 작은 사내아이는 서서히 생기를 되찾기 시작했다.

캐리는 아이를 안고 마음속으로 충분하다고, 이미 충분하다고 절규했었다. 외지의 이 작은 마을에서 그녀의 어린 아들이 앤드류의 대의명분을 위해서 살든, 죽든, 아무도 개의치 않을 일이었다. 과연 신은 슬퍼하실까? 캐리는 이제 자식들의 희생을 두고 볼 수만은 없었다.

캐리는 하나둘 짐을 싸면서 헛간 같은 집을 떠날 준비를 하기 시작했다. 며칠 동안 내린 빗물이 진흙 바닥에 스며들어 그들은 판자를 깔고 그 위를 걸어 다녀야 했다. 탁자와 의자들은 몇 인치 정도 물속에 잠겨 있었지만 귀한 오르간은 판자 위로 끌어 올려졌다. 캐리는 짐을 모두 싸고, 앤드류가 돌아오기만을 기다렸다. 그가 어느 이른 봄날 아침 돌아왔을 때, 캐리는 그가 걸어오는 것을 보자마자 황급히 모자를 쓰고 외투를 입은 채로 그를 맞았다. 앤드류는 놀라 완전히 넋이 나간 듯했다. 가구들은 거적으로 단단히 싸매져 있었고 장미 뿌리도 퍼 담겨 있었다. 캐리는 앤드류의 말이라면 한마디도 참지 않을 태세였다. 분노로 무섭게 이글거리는 그녀의 금빛 눈동자는 앤드류의 말문을 막았다.

"베이징北京에서 광저우廣州까지 설교하러 다니세요."

캐리는 오싹할 만큼 침착한 음성으로 말했다.

"북극에서 남극까지 돌아다니셔도 돼요. 하지만 나와 아이들은 다시는 절대로 당신과 함께할 수 없어요. 나는 아이들과 전장에 있는 언덕 위의 그 집으로 떠나겠어요. 집이 비어 있다면, 평화와 언덕과 청량한 공기가 있는 그곳에 머물게 되겠죠. 그렇지 않다면, 우리 땅으로 돌아가겠어요. 난 이미 세 아이를 하늘에 바쳤어요. 이제는 신께 양보할 자식들이 남아 있지 않다고요."

앤드류는 충격에 빠졌으나 캐리를 말릴 방법은 없었다. 그녀는 이미 에드윈의 손을 잡고 대문으로 성큼성큼 걸어가고 있었고, 왕아마는 한 손으로는 클라이드를 안고, 다른 한 손은 컴포트의 손을 잡고 있었다. 처음으로 앤드류는 캐리의 뜻을 따를 수밖에 없었다. 그들은 운하의 제방으로 가서 정크선을 타고 남쪽으로 향했다. 전장에 닿기까지 3주에 걸친 항해 동안 캐리는 핏기 없는 입술을 거의 열지 않은 채, 단호한 태도로 일관했다. 운 좋게도 그 집은 비어 있었고, 어떤 말도 필요 없이 그녀는 그곳에 둥지를 틀었다.

이 도시에서 캐리는 27년 동안 그녀만의 가정을 꾸려나갔고, 어느 누구도 다시는 그녀를 이 도시에서 한 발짝도 내쫓을 수 없었다.

산이 보이는 곳으로 삶의 터전을 옮겼지만, 캐리의 가장 큰 고민은 여전히 해결되지 않았다. 그것은 에드윈에 관한 문제였다. 다시 한 번 평화로운 삶을 누리며 서서히 안정을 되찾았지만 에드윈은 친구가 될 만한 같은 인종의 또래가 없는 상황에서 점점 더 안정을 못 찾고 외로움을 탔다. 열다섯 살이 된 에드윈은 대학에 들어갈 준비가 된 데다가, 나이에 비해 다소 조숙했다. 캐리는 그를 혼자서라도 미국으로 보내야겠다고 마음먹었다. 이 결정은 비교적 빨리 내려졌는데, 이유는 에드윈이 완전한 성인이 되기 전에 미국의 참모습을 그의 마음에 심어주고 싶어서였다. 캐리의 마음속에 죽음—완전히 확신할 수 없는 대의명분을 위한 새로운 희생양—이란 명제가 다시금 파고들었지만, 캐리는 이제 삶의 목적을 견지하고 전체적인 그림을 보는 법을 배웠다. 그해 돌아오는 여름, 캐리는 에드윈을 아는 사람들에게 부탁해 미국으로 보냈다.

캐리는 큰오빠 코넬리우스에게 장문의 편지를 썼다. 에드윈을 부디 잘 돌봐달라고, 그래서 그녀가 어린 자식을 생각할 때면 그 조용하고 쾌적한 분위기의 큰 집에서 잘 지내고 있는 모습을 그릴 수 있게 해달라고 썼다. 그녀는 에드윈을 미국에 보내고 나서야 안심이 되었지만, 한편으로는 아직 어린 자식을 멀리 보낸 자신을 책망하며 뜬눈으로 밤을 지새기도 했다. 곁에 있을 때는 어엿한 청년처럼 느껴지던 자식이 막상 멀리 떠나자 마냥 어린아이처럼만 생각되었다.

캐리는 에드윈이 어떤 생각을 하고, 무엇을 하며 지내는지 추측하면서 사랑과 열정으로 가득 찬 장문의 편지를 그에게 보냈다. 에드윈이 담배를 피우기 시작했다는 소식을 들었을 때는 에드윈이 세상의 나쁜 것들을 배울까봐 전전긍긍하며 몇 날 며칠을 고민에 휩싸여 있었다. 하지만 코넬리우스는 이 훤칠한 청년에 대해 칭찬할 만한 내용들을 적어서 보냈고, 캐리는 흐뭇한 마음으로 편지를 읽어 내려갔다. 편지 끝에 그는 조심스럽게 다음과 같이 덧붙였다.

"내가 보기에 에드윈은 좀 게으른 것 같구나."

캐리는 아들이 동양의 늘어지고 졸린 듯한 분위기에서 벗어나 자기 나라에서 생기 넘치게 살게 된 것을 다행스럽게 여겼다. 그에게는 정말 잘된 일이었다. 하지만 에드윈이 없는 중국집은 텅 빈 것만 같았다.

언덕 위의 집은 캐리가 오래 차지하고 있을 수가 없었다. 집주인 가족들이 휴가를 맞아 자신들의 집에 찾아들었기 때문에 캐리는 어쩔 수 없이 떠나야 했다. 하는 수 없이 앤드류는 시가지에 작은 집을 마련했고, 다행히 산과 인접해 있는 곳이어서 조금은 힘이 들어도 캐리는 매일 두 아이를 데리고 깨끗한 공기를 마시기 위해 산을 오르곤 했다.

하지만 집은 아편전쟁이 끝난 후 조약에 의해 영국으로 넘어간 상하이의 와이탄外灘 지역에 인접해 있어서 꼴사나운 사람들로 득실거렸다. 거의 발가벗은 차림의 여자들이 축 늘어져서 남자를 기다리고 있는 열린 문 앞을 지날 때마다 캐리는 아이들의 손을 잡고 가장 빠른 걸음으로 걷곤 했다. 사춘기 특유의 예민한 감수성을 지닌 에드윈이 이곳에 없다는 것이 천만다행이었다. 백인 선원들도 이 사창가를 기웃거렸는데, 캐리에게 이 풍경은 소름 끼치는 것이었다. 중국 남자들만 그곳을 이용한다면 마음이 덜 아팠을 것이다. 캐리가 그토록 긍지를 가졌던 그녀의 멋진 나라에서 의로움에 불타는 앤드류라는 남자와 술에 취해 욕설을 하고 몸도 제대로 못 가누는 남자들, 이 두 부류의 남자가 온 것이다. 캐리는 이 남자들을 볼 때마다 수치스러움과 실망을 느꼈다. 더구나 에드윈 또래의 어린 청년들을 볼 때면 집을 멀리 떠나 있는 그들을 향한 연민 어린 안타까움도 밀려들었다. 나이 든 사람은 나이 든 사람대로 너무 오랜 세월을 유배된 것과 다름없는 생활을 하고 있었다. 이 땅 위의 어느 곳에도 그들의 집이 없다는 것은 더욱 슬픈 일이었다.

캐리는 다시 한 번 예전에 하던 대로 외지에서 들어오는 배들을 유심히 지켜본 후 음식을 준비하고 빵을 구웠다. 그녀의 집은 이내 선원들과 해병들로 가득 찼다. 그녀는 어머니와 누이, 때로는 친구가 되어 그들의 굶주린 자존감이 뒤섞인 하소연들을 인내심 있게 들어주었다.

캐리는 이 시절에 클라이드를 보면서 특별한 즐거움에 빠져 있었다. 자식들 중에 가장 그녀를 닮은 데다, 정신적으로도 그녀와 밀접하게 연결되어 있었다. 그는 여간해서 찾아볼 수 없는 대담하고 잘생긴 아이로 자라났다. 풍해 있다가도 금세 활기를 되찾곤 하는 그는 캐리처럼 지나치게 풍부한 애정의 소유자였다. 마치 꽃이 태양을 향하는 것처럼 그는 본능적으로 어머니에게 이끌렸다. 둘은 함께 있을 때면 행복감에 푹 젖어 있는 듯했다.

그는 캐리의 담대한 마음까지 그대로 물려받았다. 그가 다섯 살 때 사소한 실수를 저질러서 앤드류에게 매를 맞은 적이 있었다. 클라이드는 한바탕 울더니 눈가는 눈물에 젖어 있고, 작은 허벅지에는 매 맞은 자국이 선명하게 나 있는 상태로 이내 씩씩하게 찬송가 '믿는 사람들은 군병 같으니'를 부르기 시작했다.

오랜 시간이 흐른 후 클라이드가 기억 속의 자식으로만 남게 되었을 때, 캐리는 눈물에 젖은 그 작은 얼굴과 푸른 눈동자, 씩씩했던 표정, 떨리던 음성을 떠올리며 눈물을 흘리곤 했다.

클라이드는 캐리처럼 아름다운 것들을 보고 마음 깊이 감동하는 면을 지니고 있었다. 봄에 첫 민들레가 필 때마다 함성을 지르며 꽃밭으로 달려가곤 하던 모습을 나는 아직도 기억한다. 그가 죽은 후에 해마다 봄이 찾아오면 캐리는 민들레를 한 아름 꺾어서 그의 무덤을 환하게 만들었다.

다섯 살이 막 넘었을 때 이 사랑스럽던 아이는 어느 날 갑자기 고열에 시달리기 시작하더니 이내 심각한 상태에 빠져들었다. 시내에는 별 의료기술이 없는 점잖고 친절한, 인도인의 피가 섞인 혼혈인 의사를 빼고는 의사를 찾아볼 수 없었다. 영국인 의사가 있긴 했지만 늘 고주망태로 취해 있어서 진짜 의사인지 의심스러울 지경이었다. 그 인도인 의사는 기관지염이라고 진단을 내렸지만 캐리는 처음부터 디프테리아를 의심했다. 그녀를 찾아오는 중국인들을 돕다보니 독학과 경험을 통해 실제적인 의학 지식이 방대하게 쌓였던 것이다. 캐리는 클라이드 곁을 잠시도 떠나지 않고 정성껏 간호했지만 증상은 빠르게 악화되어갔다. 결국 사람을 시켜 사흘째 출타 중인 앤드류에게 급히 전갈을 보냈다.

급기야 이 어린 아이의 목은 완전히 잠겼고, 이제 어떤 방법으로도 아이를 살릴 수 없다는 게 분명해졌다. 앤드류가 집에 도착했을 때, 그는 잘생긴 아들이 관에 누워 있는 것을 봐야만 했다. 다음날 장례식이 치러졌다. 강풍이 몰아치면서 끊임없이 비가 쏟아졌다. 캐리는 너무나 지치고 쇠약해진 나머지 백인들이 누워 있는 그 작은 공동묘지로 향하는 행렬에 합류할 수도 없었다. 더구나 이때 그녀는 그녀 안에 또 다른 생명을 잉태하고 있었다.

아, 중국 시가지 곳곳에 흩어져 있는 작은 묘지들, 이 얼마나 끊이지 않는 삶의 비애인가! 백인들과 외국인들이 자신들을 위해 준비한 이 작은 부지에 고이 잠들어 있었다. 이곳은 언제나 높은 담으로 둘러싸여 있었고, 높은 대문에는 쇠못으로 박은 커다란 철제 빗장이 달려 있었다.

그 낯설고 적막한 공간에는 나무 몇 그루와 질서정연하게 닦아 놓은 모래로 덮인 오솔길이 몇 갈래로 나 있었다. 무덤들은 서로 가까이 붙어 있었는데, 대부분이 여자들과 어린아이들의 무덤이었고 선원들의 무덤도 더러 있었다. 비문을 보면, 거기엔 항상 성난 폭도들의 손에 살해당했다는 내용이 새겨져 있었다. 살아있을 때는 중국 땅 위의 이방인이었던 그들이 이곳에 묻혀 있는 한 이제는 덜 이방인일 수 있었다. 아니, 어쩌면 살아있을 때보다 더 철저하게 이방인이 되었는지도 모른다. 죽은 후에조차 그들을 둘러싸고 있는 무자비한 침략자들이 침입하지 못하도록 그들은 지금도 스스로를 보호하고 있는 것이다.

클라이드를 묻던 그날, 나는 캐리가 창가에 서서 안뜰을 가로질러 걸어가는 짧은 장례 행렬을 바라보며 하염없이 흐느끼던 것을 기억한다. 그녀의 눈물은 당시 어린 내 가슴에도 떨어졌다. 나는 어렴풋이 상황을 이해하며 캐리의 옆에 가서 창밖을 내다보았다. 긴 사선을 그리며 내리는 빗줄기는 대문을 막 빠져나가는 작은 관 위로 물방울을 튀기며 떨어졌다. 행렬이 멀어져 아무것도 볼 수 없게 되었을 때도 그녀는 여전히 흐느끼고 있었다. 분노에 차거나 억장이 무너지는 듯한 흐느낌이 아니었다. 그것은 더는 희망이 자랄 수 없는 가슴에서 나오는 흐느낌에 가까웠다.

그날 이후로 캐리에게서는 어떤 덕목이 영원히 사라졌다. 그녀의 삶에서 어떤 부분이 없어진 것이다. 다른 자식은 상하이의 외국인 묘지에 묻히길 원했던 그녀였지만, 클라이드만큼은 죽은 후에도 헤어질 수가 없었다. 그녀의 삶이 이 먼 땅에서 계속되는 한, 그 어린 아들도 여전히 그녀와 함께해야만 했다.

클라이드를 묻고 돌아온 다음날, 컴포트가 앓기 시작했다. 캐리는 새로운 공포에 휩싸여 똑같은 증상이 진행되는 것을 목격했다. 그녀에게서 자식들을 전부 앗아가려는 것일까? 캐리는 인도인 의사의 무심하고 성의 없는 눈빛과 느려터진 행동을 더는 참고 볼 수가 없었다. 마침내 그녀는 비바람이 몰아치는 거리로 나갔다. 그리고 가마를 불러 세운 후 술에 취한 영국인 의사를 찾아 나섰다. 그를 발견한 곳은 사창가였는데, 한 중국 여자가 술에 절어 있는 그의 무릎 위에서 낄낄거리며 앉아 있었다. 캐리는 어떻게 해서든지 그를 깨우기 위해 그의 어깨를 사정없이 흔들었다.

"우리 아이가 죽어가고 있어요. 디프테리아에 걸린 것 같아요. 지금 당장 저와 함께 가주셔야 해요."

자신의 본분을 오랫동안 잊고 있던 백인 의사는 그제야 정신이 돌아온 듯 붉게 충혈된 눈을 애써 치켜뜨고 있었다. 그는 중국 여자를 물리치더니 비틀거리며 일어났다. 그러고는 캐리의 뒤를 쫓으면서 술 취한 음성으로 이렇게 중얼거렸다.

"나한테 새로운 물건이 있는데…… 그게 디프테리아 약이지…… 상하이에서 구입했는데…… 그 새 약을 써봐야겠군."

나중에 알게 된 사실이지만 그가 술에 취하지 않았을 때는 제법 질서정연하게 일하는 제대로 된 의사의 모습을 볼 수 있었다. 바로 전날 그는 우연히 새로운 항독소 약제를 상하이에서 구입했던 것이다. 캐리는 그가 다시 정신을 못 차릴까봐 한시도 그를 혼자 두지 않았고 인력거꾼을 시켜 그의 집까지 쫓아가게 했다. 집에 들어가자 그는 자신의 연구실에서 작은 약병을 찾느라 이곳저곳을 덤벙거리며 뒤적거렸다. 그리고 주사기를 챙겨 집을 나섰다. 마침내 캐리는 그를 그녀의 집, 아픈 아이의 침대까지 데려오는 데 성공했다.

그곳에서 의사의 모습을 완전히 되찾은 그는 뜻밖에도 이성적인 판단과 숙련된 손놀림을 연출했다. 그는 익숙하게 약을 처방했고, 그로부터 하루가 채 지나지 않아 아이의 상태는 호전되기 시작했다. 약을 두 번 더 복용하자 아이는 완전히 위험에서 벗어났다. 위기의 순간이 지나자 캐리는 갑자기 탈진하고 말았다. 그러나 집에는 아이가 완전히 회복될 때까지 간호할 사람이 없었다. 이 위기가 끝날 때까지 집에 머물러 있던 앤드류는 이제 다시 자신의 일을 하기 위해 길을 떠나야 했다. 더구나 그가 집에 있는다고 해서 딱히 도움이 되는 것도 아니었다.

바로 이런 때 캐리가 친절함을 베풀었던 사람들 중에서 누군가가 늘 나타나곤 했던 것처럼 어디에선가 그녀의 친구들 중 한 명이 나타났다. 이번엔 교육을 제대로 받지 못해 무지하고 어린 영국인 여자가 찾아들었다. 그녀는 세관 관리의 집에 보모 겸 가정교사로 들어갔었는데, 항구도시 특유의 추잡한 불륜에 빠져 얼마 전에 집주인에게 쫓겨나 캐리에게 피신해 있었다. 캐리는 그녀를 따뜻이 감싸 안았다. 그리고 그녀가 자신이 저지른 과오를 똑똑히 보고, 자신을 유린하고 다시 가정으로 돌아간 그 남자를 제대로 판단할 수 있도록 도움을 주었다. 그 영국 여자는 캐리의 집에 머물면서 컴포트를 돌봐주었지만 결코 만만한 일이 아니었다. 회복기에 접어든 아이는 엄마를 찾아 울어댔고, 다시 예전처럼 고집불통이 되고 말았다. 캐리는 함께 아이를 돌봐주는 그녀에게 고마움을 느꼈으며, 이렇게 두 여인의 우정은 더욱 돈독해졌고, 컴포트가 건강을 되찾고 어엿한 숙녀로 성장한 이후까지 이 우정은 오랫동안 지속되었다.

캐리는 다시는 예전처럼 건강하고 생기가 넘치는 느낌을 가질 수 없을 것 같았다. 그녀는 초겨울부터 계속 무기력한 모습을 보이다가 초봄의 습기 찬 강의 한기에 몸을 떨었다. 집에는 하나밖에 남지 않은 자식으로 음울하고 적막한 분위기가 흘렀다. 당시 멀리 떠나 있던 에드윈은 그만의 새로운 삶에 빠져 있었고, 앞으로 태어날 아기도 그녀에게 설렘을 가져다주지 않았다. 아이를 갖고, 다시 잃는 이 모든 과정이 덧없고 무익하게만 느껴졌다. 그녀에게는 억장이 무너지는 상실감만 안겨주는 소모전에 지나지 않았다.

캐리는 자신의 죄악 때문에 자식들을 잃게 되었다는 병적인 옛 공포심을 다시금 품게 되었다. 죄책감과 반항심이 동시에 자리했다. 만일 그녀가 신을 향한 갈급한 질문을 그만두고 사람들에게 봉사하는 그녀의 의무에만 충실했다면 어떻게 되었을까? 캐리는 스스로 아무리 간절한 마음으로 신을 찾고 갈구해도 결코 만족할 수 없었다. 신은 그녀가 단순히 신께 복종하고 다시는 시험에 들어

무너지는 일이 없도록, 자신을 온전히 복종시킬 때까지 거듭 그녀를 깨뜨리려고 작정한 것만 같았다. 아직 한 아이가 더 남아 있으니 신은 언제라도 그녀를 또 한 번 무너뜨릴 수 있었다.

캐리는 기도하는 데 전보다 많은 시간을 보내기 시작했으며, 표식을 보여달라는 오랜 열망을 잠재우려고 노력했다. 캐리는 또한 실천 교리를 다룬 책들을 통해 기도를 하고 성경책을 읽을 때 일정한 법칙을 따르려고 했다. 그러나 현실적인 기질을 타고난 그녀의 성급한 마음은 글을 앞서 읽기 일쑤였고, 심지어는 읽으면서 다른 생각을 하기도 했다.

절망감에 빠져 있던 캐리는 마침내 아름다움만이 자신을 치유할 수 있다고 생각했다. 골짜기를 덮고 있던 안개의 고요한 아름다움, 산 정상에서 느끼는 청량함, 그녀가 머물던 모든 집에서 가꾸고 일군 다양한 꽃과 화단들, 또 다른 평화를 가져다주는 음악과 시의 아름다움 등. 하지만 이러한 평화에 대해서 한편으로는 두려움을 느꼈다. 그것이 신으로부터 오는 것인지 확신할 수가 없었기 때문이다. 나아가 그녀 스스로 억눌러야 하는 그녀 안의 즐거움을 찾는 욕망을 만족시키기 위한 것은 아닌가 하는 의심마저 들었다. 그녀가 평생을 배워온 신은 금욕적인 존재였지만 그녀 안에는 이런 요소가 없었기에 캐리는 그것으로 치유될 수 없었다.

그해 5월, 푸른 눈에 흑발을 지닌 어여쁜 딸이 태어났지만 캐리는 미소조차 지을 수 없었다. 하루하루가 흘러갔지만 그녀는 출산 이후 몸 상태가 나아질 기미가 보이지 않았다. 마침내 고열 증세를 보임으로써 혈액 속에 어떤 독소가 있는 것이 분명해졌다. 젖은 말랐고, 적막이 감도는 집에는 배고픈 갓난아이의 울음소리만이 가득했다. 앤드류와 왕 아마는 아기에게 우유를 섞어서 주었으나, 좀처럼 먹으려 들지 않았다. 이때 캐리는 아이가 어떤 상태인지는 아예 뒷전인 채 무력함의 나락에 빠져 있었다.

왕 아마는 이 마지막 불길한 전조를 두려움에 휩싸여 바라보고 있었다. 그녀는 의사가 캐리에게 먹이라고 지시한 묽은 수프와 물 탄 우유에 극도의 반감을 가졌다. 어느 날 밤, 캐리는 내게 그 후의 이야기를 들려주었다. 그녀가 밤에 먹었던 묽은 수프에서 어느 날 갑자기 강한 비린내가 났다고 했다. 구역질이 났지만 그녀는 아마도 수프 그릇이 생선 옆에 놓여 있었을 것이라고 추측하면서 먹어도 별 탈은 없으리라 믿었다. 게다가 영양분 섭취가 시급했던 캐리는 아무 생각 없이 꿀꺽꿀꺽 마셨다. 그런데 이상하게 이 수프를 마시고 난 후 원기가 솟는 것을 느끼며 바로 곤히 잠이 들었다. 근 며칠 동안 찾아볼 수 없었던 단잠이었다. 아침이 되자 상쾌한 기분으로 잠에서 깼고, 그때부터 캐리의 몸은 회복되기 시작했다.

몇 주 후 캐리가 가벼운 몸으로 잠자리에서 일어났을 때, 왕 아마는 그제야 캐리에게 그 수프에 대해 고백을 했다. 왕 아마는 캐리가 병들어 시름시름 앓는 모습을 더는 지켜볼 수 없었으며, 만일 그 백인 의사가 시키는 대로만 따랐다면, 캐리는 분명히 죽었을 것이라고 말했다. 그래서 중국인들이 산욕열에 사용하는 약초와 어떤 생선을 넣은 특별한 수프를 만들어 평소 캐리가 먹던 묽은 수프 대신 몰래 갖다 놓았고, 캐리가 이 수프를 마셨던 것이라고 털어놓았다.

캐리는 그때를 떠올리며 이렇게 말하곤 했다.

"그 수프가 정말 나를 살린 건지, 아니면 열이 내릴 때가 되어서 내린 건지 정확히 알 수는 없지만, 적어도 왕 아마의 수프가 내 상태를 더 나쁘게 만들진 않았던 것 같구나. 그녀는 그 질곡 많은 삶에서 많은 지혜를 얻었지."

이유야 어떻든 캐리는 건강을 되찾았고, 우리는 그것으로 충분했다.

돌아오는 여름, 언덕 위의 집은 다시 비워졌다. 거기 살던 집주인 가족이 미국으로 돌아가 이제는 앤드류와 캐리의 집이나 다름없었다. 다른 사람들에게 이 집은 마룻바닥은 꺼지고 지네와 전갈이 우글거리는 작고 오래된 벽돌집에 불과했을 것이다.

여름 날, 매일 자정 무렵이면 정규행사처럼 앤드류와 캐리가 낡은 가죽 슬리퍼로 독충들을 잽싸게 후려치던 모습이 기억나곤 한다. 지네는 아주 가까이에서 발견되곤 했는데, 한번은 캐리가 베개 밑에서 지네 서식처를 발견했고, 앤드류도 아침에 목욕하는 동안 목욕해면 속에 있던 굉장히 큰 지네를 눌러 죽인 적도 있었다.

하지만 여전히 이 집은 캐리에게는 천국이나 다름없는 곳이었다. 이곳엔 옛 정원과 오래된 나무들과 베란다 위로 탐스럽게 늘어져 있는 백장미 덩굴이 있었다. 5월, 이 집에 다시 돌아왔을 때, 장미 덩굴은 단추처럼 앙증맞은 백장미가 만발해 있었고, 진하고 달콤한 사향 냄새가 진동했었다. 멧비둘기는 그곳에 둥지를 틀었다.

이곳에서 캐리는 다시 삶을 구축하기 시작했다. 어엿한 숙녀로 성장해가는 컴포트는 미국인 여성으로서 갖춰야 할 소양들을 배워야만 했다. 그리고 사랑스런 아기 페이스도 함께 있지 않은가. 캐리는 가슴 벅차게 살 수 있었다. 주변을 둘러싼 산들 사이에는 정원 같은 작은 골짜기가 있었는데, 그곳에서는 구릿빛 피부의 키 작은 남정네와 아낙네들이 밭을 일구고 있었다. 어디를 둘러봐도 자족한 아름다움으로 가득 찼다. 캐리에게 아름다움은 생기와 에너지를 가져다주는 산소와도 같았다.

새벽녘에는 강에서 물안개가 피어나고, 거품처럼 솟아오른 대나무 숲이 펼쳐져 있고, 언덕의 묘지 위에는 키 큰 풀들이 은빛으로 반짝거렸다. 골짜기의 밭 사이에는 버드나무와 복숭아나무로 둘러싸인 둥근 호수가 있었는데, 봄철이면 펼쳐지는 눈부시게 아름다운 풍경은 그녀가 보아왔던 것들 중 단연 으뜸이었다.

에드윈의 편지도 캐리의 행복에 힘을 보태주었다. 그는 예전보다 훨씬 즐겁게 생활하고 있었다. 처음엔 말도 못하게 외롭고, 캐리가 조국이라고 했던 그곳이 오히려 이국땅처럼 느껴진다던 에드윈을 떠올리며 캐리는 근심에 휩싸여 이런 생각을 했었다.

'그래, 다시 불러들이는 게 낫겠다. 그렇지 않으면 오히려 자신의 나라에서 성장이 지체되고 말 거야.'

이제 그녀의 선택이 옳았다는 것이 에드윈의 편지를 통해 입증되었고, 캐리는 마음을 놓을 수 있었다. 더구나 에드윈이 정체성을 찾기 시작하고 미국을 그의 눈을 통해 발견한다고 생각하니 그녀 또한 새로운 조국애가 샘솟는 것 같았다.

세상을 떠난 그녀의 네 자식도 그녀와 결코 멀리 있지 않았다. 상하이에 묻힌 세 아이는 그녀가 할 수 있는 한 자주 방문했고, 클라이드가 누워 있는 작은 묘지는 걸어서 닿을 수 있는 곳에 있어 캐리는 그 작고 고요한 무덤 옆에 잠시 앉아 있다가 오곤 했다.

그렇게 캐리는 중년을 보내고 있었다. 생각해보면 참으로 굴곡 많은 삶이었다. 그녀는 다시 자신의 삶을 세웠고, 이제는 자신의 집이라 부를 수 있는 이곳이 다시는 떠나지 않아도 되는 영원한 안식처가 되리란 느낌이 들었다. 널찍한 여섯 개의 방에는 정원이 내다보이는 여닫이창이 활짝 열려 있었다. 그리고 산과 계곡이 있었다. 그녀는 그곳에 집이 있다는 사실이 무엇보다 마음에 들었다.

나는 아직도 우리 모두에게 기쁨의 장소였던 그 집을 생생히 기억한다. 항상 가지런히 정돈되어 있는 깨끗한 집에서 꽃들은 늘 우아함을 한껏 뽐내고 있었고 풀로 만든 돗자리에서는 달콤한 냄새가 났다. 내 코에 아직도 그 향기가 감도는 듯하다. 컴포트는 이제 여성다움을 물씬 풍기기 시작했고, 페이스는 말하고 걷는 법을 배우며 소녀가 될 준비를 하고 있었다. 이 집에서 앤드류는 편안하게 쉴 수 있었고 힘을 얻어 다시 기나긴 사역의 길에 올랐다.

이곳에는 또한 캐리의 넘치는 환대가 늘 환하게 빛나고 있었다. 동양에 첫발을 내디딘 젊은 미국인 부부가 전혀 다른 문화 속에서 애를 먹다가, 캐리가 손님을 위해 마련한 방에서 새로운 삶을 시작하기도 했다. 그들 외에 지친 선교사들이 이곳에 묵었고, 떠도는 부랑자들도 이곳을 거쳐 갔다. 부랑자들은 대부분 자신이 어떻게 그 거친 바다를 건너 이곳에 오게 됐는지, 그리고 어디로 갈 것인지 아무 생각이 없는 사람들이었다. 그들 모두가 오갈 데 없는 고달픈 노숙자들로, 우여곡절 끝에 그녀의 집 앞까지 오게 되었다. 그녀는 그들을 따뜻하게 받아주었고, 그들이 다시 말쑥해지고 살이 오르고 기운을 얻은 후 새 출발하는 것을 지켜보았다.

캐리가 이들과 얘기할 때는 거의 일상생활에서 겪는 실제적이고 유쾌한 이야기들을 화제로 삼았다. 그녀는 설교조의 가르침과는 거리가 먼 사람이었다. 만일 그녀가 누군가에게 정신적인 조언을 하고 싶을 때에는 대부분 노래를 통해서 그것을 실현했다. 그녀가 부르는 노래는 찬송가나 오라토리오였다. 집이 사색과 꿈의 분위기로 가득한, 더는 집안일을 하지 않아도 되는 조용한 저녁 시간이 되면, 캐리는 풍부한 성량으로 애정을 듬뿍 담아 노래를 불렀다.

한번은 신원을 알 수 없는 떠돌이가 와서 일주일간 묵은 적이 있었다. 그는 자신이 미국인이라 말했고, 미국 북부 상인의 것과 같은 그의 발음으로 미루어보아 그의 말은 진실 같았다. 하지만 주변에 그를 아는 사람이 한 명도 없었고, 거의 인간이기를 포기한 듯 행동하는 것을 볼 때마다 세상은 그를 인간 이하로 대접해왔음이 분명했다. 그는 캐리의 집에 묵는 동안 게걸스럽게 음식을 먹었고, 거의 말이 없었다. 그나마 입을 열 때는 욕설을 지껄일 때뿐이었는데, 그는 어렴풋이 그 집에서는 그런 말을 해서는 안 된다는 것을 느꼈던 것 같다. 그는 떠날 때, 잘 먹고 잘 쉰 덕분인지 말끔해져서 앤드류의 양복과 구두를 신은 채 문 앞에서 주춤거리다가 마침내 우물쭈물하며 말했다.

"미국을 다시 보게 되리라고는 상상도 못했는데, 아주머니 덕분에 이곳에서 보게 되었네요!"

캐리에게는 그녀가 소위 중국인 딸이라 불렀던 여자가 있었다. 예전에 캐리가 도움을 주었던 중국인 과부가 '소중한 구름'이라는 뜻의 귀운貴雲이라 불리는 열 살 먹은 딸아이를 남기고 죽었는데,

그녀는 눈을 감기 전에 곁에 있던 캐리에게 이런 말을 했다.

"당신만큼 저를 보살펴준 사람은 이제껏 한 명도 없었어요. 아버지는 여러 딸 중 하나에 불과한 나를 결코 사랑한 적이 없었죠. 내 남편도 첫 번째 부인이 죽고 난 후 들어와 살림해줄 여자가 필요했을 뿐이고요. 내 아들도 나를 무시했죠. 그런데 피 한 방울 섞이지 않은 당신이 대체 왜 저를 사랑해준 거죠?"

캐리는 그 상처 많은 가슴을 어루만지듯 미소 지으며 조용히 대답해주었다.

"당신의 마음이 내 마음을 잡아끌었다는 것 외에는 나는 아무것도 아는 게 없어요. 우리는 단지 한 아버지 아래 태어난 자식들인 걸요."

그러자 그 여인이 말했다.

"당신에게 남기고 가는 내 유일한 혈육이 있어요. 지금 걱정되는 건 그 아이 하나뿐이에요. 제 어린 딸을 당신의 딸로 받아주세요. 그리고 그 아이를 당신 같은 여성으로 자라게 해주세요."

그녀가 죽고, 캐리는 이 아이를 데리고 집으로 왔다. 몇 년 동안 귀운이라 불리는 여자아이는 캐리와 한 가족이 되어 성장했다. 그러던 중 캐리는 귀운을 같은 중국 사람들로부터 떼어놓는 것이 바람직하지 않다고 생각했고, 귀운에게도 그보다 더한 외로움은 없었기 때문에, 모국어로 교육받을 수 있는 중국의 기숙학교에 보냈다. 캐리는 귀운에게 계속해서 중국옷을 마련해 입혔으나, 전족만은 하지 않았다. 귀운은 처음에는 자신의 발이 전족을 한 또래 여자아이들의 발보다 큰 것에 수치심을 느꼈다. 그래서 캐리는 예쁜 신발을 만들어주느라 갖은 공을 들였다. 아름답게 장식된 신발은 보통 신발보다 훨씬 멋져 보였고, 캐리는 그렇게 귀운에게 전족을 하지 않은 자연스런 발이 얼마나 예쁜지를 보여주었다.

 귀운이 열일곱 살에 학교를 마쳤을 때, 캐리는 중국 관습에 따라 그녀를 믿음직하고 똑똑한 청년과 약혼시켰다. 사전에 귀운의 의사를 물어본 후, 두 청춘 남녀가 그녀의 거실에서 첫 만남을 갖도록 해주었다. 당시에 이런 식의 만남은 찾아볼 수 없었다. 귀운은 아주 어여쁘고 상냥한 아가씨였고, 청년도 신중하고 멋진 외모의 소유자였다. 둘은 첫눈에 서로를 마음에 들어했다. 둘이 잘 맞을지 둘의 성격을 세심하게 살폈던 캐리는 중매쟁이로서의 자신의 역할에 만족해했다. 그녀는 둘이 결혼 후에도 충분히 행복할 거라는 느낌이 들었다. 결혼식 때는 아주 세세한 부분까지 신경을 써서 중국식으로 예식을 치르는 데 정성을 다했다. 귀운은 캐리를 어머니라고 불렀고, 이후 그녀가 낳은 아이들은 캐리를 할머니라고 불렀다. 캐리는 넓고 깊은 가슴으로 이 아이들을 품어주었다.

 만일 캐리가 받아들이기만 했다면, 중국 아이들을 그녀의 자식으로 삼을 기회가 많았다. 때때로 이건 실로 비극적인 경험이기도 했다. 언젠가 예배당에서 캐리가 중국 아낙네들과 이야기를 나누고 있었는데 어떤 남자가 양팔에 축 늘어진 키 큰 남자아이를 안은 채 성큼성큼 걸어 들어와 캐리의 발치에 내려놓았다.

 "얘가 내 아들이오."

 그는 거친 어조로 말했다.

 "당신도 보다시피, 죽는 거 말고는 아무 쓸모가 없는 놈이오. 당신이 이 아이를 거두어준다면, 우린 일손을 덜게 될 거요. 그래도 얘는 아들이오. 어떻소?"

 캐리는 불쌍한 아이를 바라보았다. 어느 모로 보나 회복될 수가 없는 저능아였다. 캐리는 슬픈 표정으로 고개를 가로저으며, 비록 아이 상태가 저렇다 해도 아버지 된 책임을 다해야 한다고 말했으나, 남자는 그 야위고 긴 몸을 다시 안아 들고 한마디 말도 없이 예배당을 빠져나갔다. 캐리는 그 후로도 두고두고 이 일을 괴로운 듯 되새기곤 했다.

 "그 가여운 아이를 맡지 않았던 것이 과연 옳았는지 모르겠구나. 그 아이를 받아들였다면, 어떻게든 잘 해나갔을지도 모르지."

 캐리의 중년은 바쁘고도 행복하게 지나갔다. 비록 예전의 젊은 기운과 넘치는 쾌활함은 그녀의 모습에서 사라지고 조용하고 평온한 분위기가 그 자리를 대신했지만 말이다. 그녀는 그동안 감당하기 힘든 삶의 모습들을 너무 많이 보아왔다. 그로 인해 자아를 죽이고 신에 대한 그녀의 갈급한 물음도 접어야 했다. 그래도 가끔씩 유쾌한 기분이 그녀를 찾아오기도 했다. 그럴 때면 그녀의 두 어린 딸은 덩달아 신이 났다. 그들에게는 그 순간이 최고의 날이었다. 캐리의 유머는 뭔가 은밀한 것을 얘기하듯 금빛 눈동자가 반짝반짝 빛을 내며, 살랑거리는 바람처럼 시작되었다. 그때는 마치 캐리에게서 빛이 뿜어져 나오는 것 같았다. 아이들은 웃음의 전조가 보이거나, 모호한 대목이나, 갑작스럽게 반전이 일어나는 대목 뒤에 어김없이 찾아오는 '배꼽 빠지는 폭소'를 노리며, 숨을 죽인 채 그녀의 이야기에 귀를 기울였다. 캐리는 어떤 이야기도 힘들이지 않고 술술 말하는 재주가 있었다. 어떤 때는 완전히 장난기가 발동해 그녀의 머리에서 나온 웃긴 말들을 연달아 뱉어냈다. 아이들은 깔깔대며 웃었지만, 그녀의 어처구니없는 우스갯소리는 앤드류에게는 늘 고문이었다. 그는 그만하라는 뜻으로 처음엔 조용히 손을 들어 올리곤 했지만, 나중엔 정말 참지 못하겠다는 듯 이렇게 외치곤 했다.

"캐리, 캐리, 제발 그만하구려!"

앤드류가 애원하듯 말했지만 캐리는 그럴수록 더 악동 같은 심술기가 발동해 전보다 더 흥에 겨워 말장난을 했고, 이게 정말 앤드류의 비위에 거슬린다 싶으면 그럴듯한 마무리로 끝을 내곤 했다. 캐리는 또한 외출 후에 집에 돌아와 어떤 사람이 말하는 것을 흉내 내곤 했는데, 그 과장된 몸짓과 말투는 앤드류에게는 공포였고, 아이들에겐 최고의 즐거움이었다. 캐리의 아이들은 그녀의 번뜩이는 재치와 유머를 즐기는 기질을 물려받았다. 캐리는 사람들을 흉내 내는 데 타고난 재주가 있었다. 그녀가 누군가를 흉내 내는 모습을 보면 실제 그 사람과 똑같았다. 하지만 캐리는 이런 즐거운 순간조차 무의미하게 보내는 사람이 아니었다. 그녀는 아이들이 손뼉을 치며 즐거워하며 소리를 지를 때마다 갑자기 흉내 내는 것을 멈추고 다소 죄책감 어린 표정으로 이렇게 말하곤 했다.

"브러더 존스 같이 선한 사람들을 웃음거리로 만들다니, 이건 내 잘못이야. 얘들아, 너희는 이 못된 엄마를 닮지 말아야 한다."

캐리의 건강하고 활달한 기질과 젊은 시절 금욕주의적 종교관에 입각한 그녀의 양심 사이에는 오래된 갈등이 자리하고 있었다. 그녀는 소위 '선'이라 불리는 것이 되고 싶었다. 앤드류가 맺고 있는 신과의 신비로운 관계를 그녀도 체득하고 싶었다. 이것 또한 이기적인 욕망인가? 캐리는 끊임없이 이 문제를 두고 그녀 자신과 투쟁을 벌였다.

 이 미국 여성은 그녀의 삶에서 평화라는 것을 결코 오랫동안 누릴 수가 없었다. 의화단 혁명이라 불리는 대격변이 1900년 중국을 강타했다. 황후가 중국 전역에 있는 외국인들을 죽이고 자국에 외국인들이 절대로 들어오지 못하게 함으로써 옛 제국을 유지하려는 마지막 안간힘이었다.
 황실에서 내려온 칙령이 은밀하게 나라 전역에 퍼졌고, 그해 여름에는 여기저기에서 백인들이 살해당하고 있다는 끔찍한 소문이 들려왔다. 캐리는 자신에게 남겨진 두 아이를 어떻게든 보호하겠다는 생각밖에 없었다. 그녀가 살고 있는 지역의 태수가 과연 어떤 태도를 취할지 극도의 불안감을 품고 기다렸다.
 지력이 뛰어난 장쑤 성의 태수는 황실 칙령의 오류를 간파했다. 황후는 무식하고 편협하며 거칠고 천한 여자였다. 캐리의 바람대로 그 지역의 태수는 칙령을 따르지 않았고, 그의 영토 내에 있는 백인들을 죽이려 들지 않았다. 대신 외국인 영사와 협정을 맺어 그들이 앞으로 그의 영토에 선교사들을 보내지 않는다면 백인들을 보호해주겠다고 했다.
 하지만 이것으로 마음을 놓기에는 너무도 불안한 형국이었다. 얼마나 오랫동안 그가 약속을 지킬지, 혹 이것이 일단 백인들을 안심시킨 후에 무방비 상태에서 수월하게 처리하려는 계략은 아닌지 누구도 알 수 없었다. 앤드류와 캐리는 중국인 친구들과 오랫동안 머리를 맞대고 고민했다. 앤드류는 그들의 믿음을 전적으로 주님 안에 맡기고 그곳에 머무르기를 원했다. 하지만 캐리는 믿음만으로는 아이들을 살릴 수 없었던 네 번의 뼈아픈 기억이 있었다.

앤드류는 정크선을 소유한 믿음 좋고 나이 지긋한 중국 남자에게 강과 연결되는 거리의 끝 지점에서 대기하고 있으라고 말했다. 캐리는 이 지점까지 가장 빨리 갈 수 있는 비밀 통로를 알아두고 언제라도 아이들과 함께 빠져나갈 수 있도록 계획했다. 그리고 왕아마는 집 뒤편의 대나무 숲과 호숫가의 갈대밭 계곡을 지나 시내에 닿기로 했다.

뜨거운 여름 내내 그들은 밤낮으로 일이 터질지도 모르는 순간에 대비하여 아기를 위한 작은 음식 바구니와 여분의 신발, 속옷을 돌돌 말아 싸놓았다. 캐리는 작은 상자에 할아버지가 갖고 계시던 은제품과 아버지로부터 받은 은으로 세팅된 자수정, 어머니의 물건이었던 몇 권의 책 등 그녀가 아끼는 물건들을 싸서 중국인 집사의 도움을 받아 지하실 흙바닥에 묻어놓았다.

한편 캐리는 아이들이 사방에 드리운 공포의 그림자를 느끼지 못하게 해야겠다고 결심했다. 그녀는 자식들이 선택의 여지 없이 살아야만 했던 이 땅의 어두운 분위기로 인해 그들의 정신에까지 음울한 그림자가 드리우지 않도록, 그들의 삶이 망가지지 않도록 최선을 다할 생각이었다. 캐리는 항상 아이들에게 그들의 나라인 미국에서 사는 것과 똑같은, 지극히 정상적이고 밝은 유년기를 만들어주려고 노력했다. 그래서 아이들은 여느 때와 다름없이 이 여름을 즐겁게 보냈다. 아이들의 아침은 캐리가 그들을 위해 준비해 놓은 장난감과 놀이로 가득했다. 이것은 그녀가 아침 식사를 준비하느라 분주한 가운데에도 신경을 쓴 부분이었다. 캐리는 늘 아이들과 함께 놀아주곤 했는데, 그녀의 아이들은 오랫동안 이 시간을 기억했다.

이 당시에는 캐리의 집을 찾는 사람들이 눈에 띄게 줄었다. 불안한 시국에 무슨 일이 벌어질지 몰라 공포에 떨고 있던 사람들은 황후가 외국인들을 제거하려고 한다면, 미국인들과 교제하는 모습을 보이면 안 된다고 생각했던 것이다. 하지만 여전히 캐리의 집을 방문하는 사람들이 있었고, 천성적으로 담대함과 용맹스러움을 높이 평가했던 캐리는 이를 매우 고맙게 여겼다. 캐리는 그들에게 박해의 순간이 오더라도 굳건한 믿음을 갖고 견디라고 말했다. 캐리는 그럴 수 있었다. 그녀의 피에 흐르는 개척자 정신이 그녀를 침착하고 강하며 두려움 없이 만들었다. 시련과 참아야 할 일들이 엄습해올 때 캐리는 늘 이런 평정심을 보였다.

마침내 상하이 와이탄 지역에 사는 미국인 영사가 어떤 공포의 불씨를 포착했는지, 그들에게 그들 집의 베란다에서 보이는 영사관의 깃발을 유심히 보라는 전갈을 보내왔다. 위험이 임박하면 대포를 쏘아 올리고, 영사관 위에 걸려 있는 성조기를 세 번 내렸다 올릴 것이라고 했다. 이것이 신호였다. 그러면 그들은 한시도 지체하지 말고 집을 떠나 즉시 강가로 가서 그들을 기다리고 있을 증기선을 타는 것이다. 이미 다른 백인들은 그 지역을 떠나고 없었다.

캐리는 이제 마음이 두 개로 갈라지는 아픔을 겪어야 했다. 아이들과 함께 안전한 곳으로 도망가고픈 충동이 마음 한편에 자리하고 있는 반면, 두려움으로 공황 상태에 빠진 중국인 친구들과 기독교인들에 대한 걱정이 가시지 않았다. 그들은 다른 중국인들과 어느 정도 거리를 두고 생활했기 때문에 그들에게 어떤 일이 닥칠지 아무도 알 수 없었다. 이것 또한 캐리로서는 떨쳐내기 힘든 연민이었다.

어쨌든 신호가 떨어지면 캐리는 왕 아마와 함께 아이들을 데리고 떠나기로 하고, 앤드류는 뒤에 남아서 사람들의 믿음을 더욱 강화시키기로 했다. 내가 생각하기에 캐리는 결국 앤드류가, 가끔 참을성을 잃고 흥분하는 자신보다는 더 선한 사람이라고 여겼던 것 같았다.

몇 주가 그렇게 죽음의 공포 속에서 지나는 동안 캐리는 다시 깨달았다. 그 숱한 모진 경험 이후에도 여전히 그녀의 천성은 강하게 자리했고 아직 끝나지 않은 신에 대한 해묵은 물음도 새롭게 다가왔다. 이는 캐리를 스스로 낮추게 만들었고 침묵하게 했다. 마지막 순간이 오면 캐리 자신도 완전히 찾지 못한 신을 도대체 사람들에게 어떻게 전할 수 있단 말인가?

8월의 습한 토요일 오후, 신호가 떨어지자마자 캐리는 두 아이를 데리고 왕 아마, 앤드류와 함께 뒷길로 나가 증기선에 닿았다. 배에 올라 그녀는 멀어져가는 해안에 그대로 서 있는 앤드류를 돌아보았다. 이 순간만큼 그에게 강한 외경심을 품어본 적이 없었다. 흰 옷에 햇빛 가리개 모자를 쓴 외로운 미국인, 부두 위에 그를 둘러싼 구릿빛 피부의 땅딸막한 사람들 사이에서 불쑥 솟은 키와 흰 얼굴로 서 있는 사람이 바로 그였다. 캐리가 다시 그를 보게 될지, 그녀는 아무것도 확신할 수 없었다.

여덟 달이 지났다. 그동안 앤드류는 그의 자리에서, 캐리는 상하이 기숙학교의 작은 방에서 두 아이와 시간을 보냈다. 캐리는 매일 정해진 시간에 아이들을 가르쳤고, 휴식 시간에는 황푸 강黃浦江

의 좁은 물줄기를 경계 짓는 작은 공원으로 향했다. 아이들은 그곳에서 시내가 인접해 있다는 장점을 살린, 당시로서는 최선의 환경에서 즐거운 시간을 보냈다. 그 시절, 아이들이 흥미를 느꼈던 것은 강 위를 정기적으로 오가는 큰 배와 정크선, 삼판이었다. 때때로 거대한 원양 여객선이 부두를 지나면서 당당하게 증기를 내뿜었는데, 이 풍경을 본 아이들은 흥분과 놀라움을 감추지 못했다.

캐리는 아이들을 불러 모아 미국에서 바로 들어오는 배를 손가락으로 가리키곤 했다. 그들의 고향 땅에서 들어오는 배가 아닌가! 왕 아마는 그 배를 뚫어져라 쳐다봤고, 두 아이는 꿈꾸는 듯한 눈빛으로 배를 바라보았다. 그들 중 누구도 실제 미국을 아는 사람은 없었다. 그들에게 미국은 꿈에서나 볼 수 있는 무한한 아름다움을 지닌 곳이었다. 푸른 하늘 아래 분홍빛으로 발그레하게 익어가는 사과와 쾌청한 가을날에 탐스럽게 열린 포도송이들을 그 자리에서 씻지 않고 먹을 수 있는 곳, 땅에 떨어진 과실들을 바로 주워 먹어도 괜찮은 곳, 말을 타고 끝없는 목초지를 달릴 수 있는 곳, 가을이면 금빛으로 변하는 커다란 나무에서 단풍당을 만들어 먹는 곳, 이 모든 것들로도 미국을 묘사하기에는 부족함이 많았다.

이 배들이 지나갈 때마다 아이들은 노는 걸 멈추고 캐리에게 자신들의 나라에 대해 끊임없는 질문 공세를 퍼부었다. 기숙학교에 있는 작은 방에 돌아오면, 그들은 자신들이 속한 그 넓고 넓은 나라에 대한 한없는 이야기와 공상에 빠져들었다.

그로부터 열 달이 지나자 서구 국가에서 파견된 원정대의 활동으로 다시 언덕 위의 집으로 돌아갈 수 있을 만큼 중국은 안전해졌다. 그들이 다시 함께 만나 지난 열 달간의 회포를 풀던 날은 정말 행복했다. 집과 정원은 그대로였지만, 캐리가 땅 속에 묻어두었던 귀중품 상자는 약탈당하고 없었다. 캐리는 땅을 팔 때 도와준 중국인 집사를 의심했다. 처음엔 잠시 분을 삭이지 못하다가 늘 그렇듯 그러한 순간은 금세 지나가고 안타까운 어조로 말했다.

"가여운 사람 같으니. 아마도 다른 사람이 가져갈 거라고 생각했던 게지. 다른 사람이 가져갈 바에야 그가 가져가는 게 낫지 않겠니?"

캐리가 치를 떠는 잘못이나 실수에 취하는 태도는 남다른 특징이 있었다. 시간이 지날수록 그녀는 비양심적인 잘못을 더더욱 혐오했지만 그녀 내면에 깃든 너그러운 성향은 그토록 혐오하는 잘못도 어느 정도 이해할 수 있게 해주었다. 또한 누군가에게 속고 있다는 느낌이 들 때마다 그것을 감지하고 발견하는 감각이 점점 더 예리해져갔다.

한 예로, 캐리가 언덕 위의 집으로 돌아온 그해 겨울, 앤드류를 도와 심부름을 하던 중국 남자의 월급날이 다가왔다. 마침 앤드류가 집에 없어서, 캐리가 대신 그에게 월급을 주기 위해 개인 금고가 있는 위층으로 올라가 은색 미화 지폐를 가지고 내려와 그 남자에게 건넸다. 그때 아이들 중 한 명이 그녀를 불렀고, 그녀는 잠시 자리를 비웠다. 그녀가 다시 돌아왔을 때, 그는 이렇게 말했다.

"부인, 제게 주신 지폐 중 한 장이 불량입니다요. 다른 지폐로 바꿔주시겠어요?"

그는 납빛으로 흐릿해진 지폐 한 장을 손 안에서 펼쳐 보였다. 캐리는 생각할 틈도 없이 그것을 재빨리 받아들고 손으로 가만히 느껴보았다. 그 지폐는 따뜻했다. 그녀가 가지고 내려온 지폐는 추운 방에 놔둔 금고 안에 있어서 얼음처럼 차가웠었다. 이 지폐는 남자의 체온으로 따뜻해져 있던 것이었다. 캐리는 조용히 말했다.

"난 그렇게 생각하지 않아요. 이것은 당신이 원래 가지고 있던 지폐니까요."

캐리는 그를 똑바로 쳐다보았고 그녀의 눈빛은 연민으로 가득 찼다.

"이봐요, 친구." 캐리는 슬픈 어조로 말을 이었다. "고작 1달러에 당신의 양심을 팔아야겠소?"

남자는 눈을 내리깔고는 말없이 자리를 떠났다. 하지만 캐리는 그동안 그가 진실된 사람이라고 믿었었기 때문에 서글픈 마음을 더더욱 지울 수 없었다.

내가 너무 빨리 겨울로 건너뛴 듯하다. 겨울이 오기 전, 그해 가을에는 또 한 차례의 시련이 지나갔었다. 매년 여름이 끝나면 콜레라가 대륙을 강타했고, 캐리는 이때마다 공포 속에서 이 시기를 견뎌야 했다. 음식을 불에 익히고, 물을 끓여 먹는 일에 최선을 다했다. 지금이야 처방법이 있지만, 당시에는 급작스럽고 치명적인 콜레라에 일단 걸리기만 하면 손을 써볼 틈도 없이 바로 죽음으로 이어지곤 했다.

이번 가을에는 콜레라가 왕 아마를 덮쳤다. 어느 날 밤 왕 아마는 잠든 캐리를 깨우지 않으려고 혼자 앓으며 누워 있었다. 그러나 그녀가 구역질하고 앓는 소리는 늘 얕은 잠을 자던 캐리를 깨우기에 충분했다. 앞날을 예측할 수 없는 이 땅에서는 으레 캐리가 말했던 '반은 깨어 있는' 상태로 잠드는 법을 터득했던 것이다.

캐리는 침대에서 벌떡 일어나 맨발로 급히 걸어갔다. 캐리는 밤에는 늘 맨발로 돌아다니곤 했는데, 슬리퍼를 찾아 신기에는 성질이 너무도 급했기 때문이다. 지네가 어디에 숨어 있을지 모르는 이런 곳에서 그녀의 급한 성정은 늘 위험을 동반하고 있었다. 왕 아마의 방으로 들어간 캐리는 바로 공포에 휩싸였다. 왕 아마는 급속도로 의식을 잃어가고 있었다. 그러자, 늘 그랬듯 마음속에서 이는 분노가 캐리의 충복이 되어주기 시작했다. 캐리는 어떤 일이 있어도 왕 아마를 죽게 할 수 없었다. 그녀는 주방으로 내달려 불을 피워 욕조로 사용되는 커다란 물통의 물을 데우기 시작했다. 그리고 뜨거운 물과 위스키를 왕 아마의 목에 쏟아 붓고, 그녀의 손을 열이 날 정도로 비비고, 가지고 있던 약을 먹였다. 그러는 동안 욕조의 물이 뜨거워졌고, 그녀는 왕 아마를 일으켜 머리만 빼고 온몸을 뜨거운 물에 푹 담갔다. 그리고 나서 우유와 물을 왕 아마의 입안에 쏟아 부었다. 이것은 그녀의 목젖을 자극해서 그녀가 삼킬 수 있도록 하기 위해서였다. 이 단호한 응급조치로 새벽녘에 왕 아마는 아직 기운이 돌아오지는 않았지만 어쨌든 위험한 순간은 넘겼다.

캐리는 그제야 앤드류를 불러 전염의 위험이 있으니 자신과 일정한 거리를 유지하라고 말한 후, 지금만큼은 그가 최선을 다해 아이들을 돌봐야 한다고 절절한 마음을 담아 말했다.

"오늘 아침만큼은 기도하는 데 시간을 쓰지 말아요, 앤드류."

캐리는 애원했다.

"아침을 먹기도 전에 아이들은 엉망진창이 될 수 있어요."

앤드류는 못마땅한 듯 캐리를 바라보았지만, 묵묵히 일주일간을 그녀가 시킨 대로 따랐다. 캐리는 정원용 도구들을 보관하던 작은 창고에 왕 아마를 옮기고, 그곳에서 앤드류를 향해 지시사항들을 소리쳐 알려주었다.

그렇게 일주일이 흐르자, 왕 아마는 전염을 걱정하지 않아도 될 만큼 회복되어 그녀의 방으로 다시 돌아올 수 있었고, 캐리도 아이들 곁으로 돌아올 수 있었다. 그 뒤로, 두 여인의 유대감은 어느 때보다도 두터워졌다. 왕 아마는 자신을 돌보기 위해 아이들 곁을 떠나 감염의 위험까지 감수한 캐리에 대한 고마움을 결코 잊을 수 없었다.

그녀는 의아한 듯 물었다.

"도대체 마님은 어떤 분이시랍니까? 누구도 두 번은 돌아보기를 꺼려한 이 미천한 구릿빛 피부의 여인네를 목숨까지 걸고 돌보는 그 마음은 대체 어떤 마음이랍니까?"

캐리는 이런 말을 들으면 몸 둘 바를 몰랐다. 그녀는 겸손한 어조로 앤드류에게 고백했다. 만일 머리로 따지고 계산했다면, 결코 그렇게는 못했을 것이라고 털어놓았다. 그러나 그 불결한 질병 때문에 왕 아마가 목숨을 잃는다고 생각하니 분노가 치밀었고 그래서 이것저것 따질 여유가 없었던 것이라고 말했다. 그녀의 분노는 그녀에게 전투를 시작하라는 명령과도 같은 것이었다.

"주님을 위해 그 일을 한 게 아니라는 게 마음에 걸려요."

캐리는 고민스런 눈빛으로 앤드류에게 말했다. 어쨌든 캐리는 그 사실을 까맣게 잊고 있었던 것이다.

"앞으로는 주님의 이름으로 모든 일에 임할 것이라는 사실을 명심하기만 하면 되오."

앤드류가 다소 걱정스러운 듯 말하자, 캐리는 이에 적극적으로 맞섰다.

"하지만, 앤드류. 제겐 그럴 시간이 없어요. 당신이라면 옆에서 사람이 죽어가는데, 그들을 왜 구원해야 하는지 생각할 틈이 있겠어요? 바로 행동으로 옮기는 수밖에 없다고요!"

두 사람 사이에는 넘을 수 없는 간극이 있어, 둘은 서로를 이해하지 못하겠다는 듯 바라보았다. 앤드류는 무슨 일을 하든지 신을 먼저 생각했지만, 캐리에게 삶은 그 자체의 풍성함으로 이미 충분했던 것이다.

이 시점에서 구링牯嶺*에 대해 얘기를 시작해야 할 듯싶다. 왕아마가 앓고 난 후였을 것이다. 캐리는 한 번 더 이런 말을 꺼냈다.

"해마다 여름이면 이런 일을 한 번씩 치르잖아요. 여름만이라도 잠시 양쯔 강 계곡의 이 지독한 열기를 피할 수 있다면 내 삶에서 아이들에 대한 거대한 공포는 사라질 거예요!"

계곡에 흩어져 살고 있는 다른 백인들도 똑같은 두려움을 갖고 있었다. 그러던 중, 루산廬山에서 사냥을 하던 영국 남자가 여름철 피난처로 적합한 곳을 발견했다. 높은 산 정상에 위치한 야트막한 계곡 부지로, 한여름에도 새벽녘이나 해질 녘엔 공기가 차갑고, 심

---

* 중국 장시 성江西省, 루산廬山에 위치한 서구 열강의 휴양지였던 산상 도시

지어 정오에도 산의 물줄기와 안개의 서늘함으로 기분이 상쾌해지는 곳이었다. 그는 이 소식을 사람들에게 알렸고, 사람들은 계곡에 지천으로 널려 있는 돌을 이용해 작은 집을 지을 땅을 빌리기 위해 한두 명씩 모여들기 시작했다.

캐리의 계속되는 성화에 못 이겨 마지못해 그곳을 다녀온 앤드류는 이렇게 말했다.

"이제껏 봐왔던 데에 비해서는 제법 그럴듯한 곳이더군."

그것으로 끝이었다. 무슨 돈으로 그 작은 땅뙈기를 산단 말인가. 내가 생각하기에는 처음으로 캐리가 앤드류의 '아버지의 신약성경' 프로젝트에 들어갈 돈을 한시적으로 빼돌렸었던 것 같다. 그들은 결국 부지의 일부를 샀고, 돌아오는 여름 캐리와 아이들은 증기선을 타고 시내 북쪽의 산 가까운 곳에서 내려 가마를 타고 하루 동안의 여정을 시작했다. 수십 마일의 논밭과 대나무 숲으로 덮인 언덕들을 지나 마침내 본격적으로 산을 오르기 시작했다.

산기슭의 공기는 여름의 열기로 매우 습하고 불쾌했지만, 가마를 끄는 사람들이 믿음직스럽고 박자를 맞춘 듯한 발자국 소리를 내면서 산기슭을 타고 점점 높이 올라갈수록 야릇하고 달콤한 한기가 대기에 스며들기 시작했다. 캐리는 말 못할 흥분에 휩싸였다. 이 공기는 웨스트버지니아의 언덕에 감도는 바로 그 숨결이었다. 캐리는 고향 땅을 떠난 이후로 한 번도 그런 냄새를 맡아본 적이 없었다. 쉬지 않고 꼬박 두 시간을 올라왔다. 길은 산허리를 따라 구불구불 나 있었고, 아래로는 바위 협곡이 있어 산 정상에서 내려오는 물줄기가 포말을 일으키며 은빛 폭포수로 떨어지거나 깊은 녹색의 연못들을 만들었다.

산에 피어 있는 꽃들도 캐리가 미국에서조차 보지 못한 꽃들이었다. 산꽃들은 작고 향기가 없으며 매우 섬세했다. 그곳에는 흑자색의 반점으로 가득한 붉은 참나리와 키 큰 흰 나팔나리가 그녀가 타고 가는 가마를 부드럽게 쓸어 만지듯, 꽃잎 뒤의 보랏빛을 발산하며 여기저기 흩어져 있었다. 하늘하늘하고 섬세한 양치류 식물들이 사방에 뿌려놓은 듯했고, 소나무와 대나무가 자라는 땅 위에는 풀처럼 성긴 이끼들이 뒤덮고, 나무 위로는 별처럼 반짝이는 꽃들이 진한 향기를 발산하며 폭포수처럼 덩굴로 늘어져 있었다. 그러다가 갑자기 깊은 정적을 깨고, 어딘가에서 들려오는 새의 청아한 지저귐이 감미로우면서 우렁차게 울려 퍼졌다.

이 풍경들은 캐리가 늘 입에 달고 살던 '너무 많은 삶과 죽음이 있는' 이 콩나물 시루 같은 나라에서는 도저히 꿈도 꿀 수 없었던 아름다움이었다. 캐리는 가마에 편히 기대 앉아 푸른 하늘과 산 정상에서 하얗게 피어오르는 연무를 황홀하게 바라보았다. 위로 올라갈수록 마치 하늘을 향해 달리는 기분이었다. 그러다가 모퉁이를 돌자, 좁은 산등성이가 나타났고, 시원한 바람이 가마꾼들의 발길을 잡았다. 그곳은 폭포수가 뿜어내는 서늘한 공기와 신선한 생명력으로 가득했다.

가마꾼들은 가마를 내려놓고 잠시 바람이 그들의 발가벗은 등줄기에 흐르는 땀을 씻어가게끔 했다. 그리고 나서는 인사라도 전하려는 듯 그들은 갑자기 요상한 소리를 냈는데, 이 소리는 산자락을 타고 청아하게 울려 퍼졌다가 거듭 메아리로 되돌아왔다.

"다 라라라라 후우!"

캐리는 이 소리를 들으며 자신도 산을 향한 색다르고도 원시적인 소통 방식인 이 기쁨의 외침에 동참하고 싶었다.

이제 마지막 구간의 짧고 빠른 등정 후에 산 정상 부근의 하늘과 잇닿아 있는 곳에 사발을 엎어놓은 것 같은 동네가 나타났다. 그 사발의 한쪽에는 앤드류가 지어놓은 방 세 개짜리 아담한 돌집이 있었다.

어느 누구도 이 집과 계곡, 그리고 그곳에 깃든 아름다움과 시원한 공기가 그 시절, 또는 그 이후로도 캐리에게 얼마나 큰 의미로 다가왔는지 알지 못했다. 밤의 서늘함 속에 깃드는 안락함, 달콤한 잠, 상쾌한 산 공기를 마시는 깊은 호흡, 바위를 타고 흐르는 깨끗하고 차가운 물, 오염되지 않은 물을 마음 놓고 마실 수 있다는 안도감, 여름철 두 달 동안 질병의 공포에서 벗어난 자유로움, 다른 때 같으면 찌는 듯한 폭염으로 으레 불면과 질병에 시달려 창백해지고 무기력했었는데 오히려 여름이 끝날 무렵이면 발그스레하고 통통해진 아이들을 바라보는 즐거움, 이 모든 것은 말로 다 형언할 수 없는 기쁨이자 축복이었다. 감사함이 캐리의 내면에 차올랐고, 그녀는 입술에서 나온다기보다는 가슴에서 우러나오는 그녀 특유의 열렬한 기도를 아이들과 함께 큰 소리로 드리곤 했다. 마치 신 앞에 힘차게 던지는 듯한 기도였다. 그분이 그것을 붙잡건 말건 캐리는 단지 주체할 수 없이 넘쳐흐르는 순수한 감정을 흘려보냈던 것이다.

캐리는 아이들과 함께 종종 소풍을 나가곤 했다. 아이들만큼이나 야외에서 식사하는 것을 좋아했던 캐리는 앤드류가 없을 때는 밥을 먹다가 갑자기 이렇게 유쾌하게 외치곤 했다.

"각자 그릇들을 들고 나가 밖에서 먹자꾸나!"

집 앞 계단이나 언덕을 조금 올라가서나, 그들의 마음을 붙잡는 곳이라면 어디든지 앉아 남은 음식을 먹으며 산에서는 늘 그렇듯 눈 깜짝할 사이에 지는 해를 바라보곤 했다. 그러나 이런 예기치 않은 야외에서의 식사는 앤드류가 없을 때만 가능했다. 앤드류는 그때그때 기분에 따라 즉흥적인 행동을 즐기는 사람이 아니었고, 더더구나 식탁도 없이 그릇을 들고 식사를 해야 하는 등, 일상적인 것에서 벗어나는 행동을 매우 싫어했다. 그가 집에 있을 때는, 세 끼 식사 때마다 모든 것이 정갈하게 제자리에 놓여 있어야 했다. 캐리는 문을 활짝 열어놓아 밖을 내다볼 수 있는 곳에 자신의 의자를 놓는 것으로 만족해야 했다.

 앤드류는 잠깐씩 산에 있는 집에 들르곤 했지만, 캐리나 아이들만큼 중국 여름의 지독한 열기에 그다지 민감하지 않은 듯했다. 몸은 점점 더 여위어갔으나, 믿음은 더욱더 흔들림 없이 강건해져 가는 듯했다. 그는 캐리와 달리 다른 사람들의 고통을 피부와 마음으로 절절히 느끼지는 않는 듯했다. 음악도 그에게는 별다른 감흥거리가 아니었고, 시도 마찬가지였으며, 자연의 아름다움에도 무덤덤했다. 사람들이 고통으로 신음하는 소리조차 앤드류에게는 그들 스스로 저지른 죄악에 대해 공의로우신 주님께서 내린 정당한 징벌에 저항하며 울부짖는 소리로 들릴 때가 더 많았던 것이다.

 그랬다. 이 부부의 차이점은 점점 더 커져만 갔고, 시간이 지날수록 그것은 더욱 뚜렷해졌다. 캐리는 앤드류와의 불협화음을 인정하지 않으려 했지만 의식하지 못하는 가운데 마음에 들지 않는다는 감정을 무수히 많이 드러내곤 했다. 반면 앤드류는 이런 부분을 신의 시험으로 여기고 묵묵히 참아냈는데, 이런 흔들림 없는 모습, 심지어 말없이 견디는 극도의 인내심조차 캐리를 결코 만족시키지 못했다. 왜냐하면 그녀는 앤드류의 그런 모습을 보면서 스스로를 부족하다고 느낄 수밖에 없었으며, 결국 또 그가 자신보다 더 선하며 온전한 인간이라는 생각이 들었던 것이다.

하지만 둘 사이의 긴장감은 캐리가 전적으로 그녀만을 의지하는 아이들을 돌보느라 정신이 없던 이 당시엔 그다지 겉으로 드러나지 않았다. 그녀만큼 모성애로 가득 찬 여인은 찾아보기 힘들었다. 수많은 멜로디와 재밌는 이야기로 울고 있는 아이들을 금세 웃게 만들었던 그녀는 비록 즉흥적이고 성질이 급하긴 했지만, 어디든 도움이 필요한 곳이라면 한시도 지체하지 않고 더없이 자애롭고 부드러운 손길로 그들을 조용히 품어주었다. 지금 이곳, 그녀가 더욱 자유롭고 자연스럽게 아이들에게 헌신할 수 있는, 산 정상에서의 여름날은 그녀를 완벽한 어머니로 만들었다. 캐리는 아름다움을 쫓아 아이들을 이곳저곳 데리고 다녔고, 깎아지른 듯한 절벽과 험준한 바위들, 연못 주변에 무성하게 자란 각종 식물들과 이끼 등의 아름다움에 눈뜨게 해주었다. 그녀는 이 아름다움을 집 안으로까지 끌어들여, 모든 방에는 꽃들과 식물들로 가득했다.

캐리가 결코 포기할 수 없는, 신을 향한 갈망은 이 시절 그녀에게는 보다 수월한 방식으로 찾아왔다. 인간들의 고통을 좀처럼 느낄 수 없는 이곳에서는 신이 더욱 가깝게 느껴졌기 때문이다. 캐리는 거의 매일 자연이 주는 안락함과 눈을 만족시키는 아름다운 풍광으로 보다 더 선한 마음과 인내심을 유지할 수 있었다. 그녀는 이런 환경에서 마침내 신을 보게 될지도 모른다고 믿었다. 일요일 아침마다 캐리는 산 위에 모여 사는 백인 마을이 점점 커져감에 따라 짓게 된 작은 석조 교회를 찾았다. 청아한 교회 종소리가 빨리 오라는 듯 산골짜기에 울려 퍼지는 것도 그 시절에 누린 즐거움 중 하나였다. 캐리는 교회 종소리를 들을 때마다 고향 땅을 생각했다. 그리고 그 종소리에 답하듯 교회를 향해 걸어갈 때면 마음의 반은 이미 저 바다 건너 고향 땅 위를 걷고 있었다.

어떤 면에서 보면, 캐리는 스스로도 아직 잘 이해하지 못한다고 생각하는 신을 향해 예배를 드리고 찬송가를 불렀던 것이다. 이 미국 여성은 삶의 기쁨과 환희가 찾아올 때 자신도 모르는 사이에 더 높은 존재를 향하게 되는 혈통과 훈육 속에서 자라났다. 그래서 삶이 그녀에게 좋은 것들을 선사할 때 그녀는 감사하고 찬미할 존재를 찾아야 했다. 그녀는 행복과 평화가 함께할 때면 자신 안의 가장 좋은 것들을 가장 많이 이끌어낼 수 있었던 반면 고통과 괴로움은 그녀를 반항적이고 이성을 잃게 만들었다.

IX
낯선 크리스마스

 이곳에서의 화살 같은 시간들, 저곳에서의 멈춘 듯한 세월이 그렇게 9년간 흘러갔다. 그리고 다시 안식년을 맞아 그들은 고향 땅으로 향했다. 산 위의 집은 필요한 친구들에게 세를 내준 후, 그들은 6월 어느 날 배 위에 올라 태평양을 가로지르는 긴 항해를 시작했다.

 이 즈음 에드윈은 어엿한 남자로 자라 있었는데, 캐리는 지난 몇 년간 에드윈에 대한 끊임없는 근심으로 잠 못 이루는 날들을 보냈었다. 에드윈은 이제 단과대학을 졸업하고 종합대학교에 들어갈 준비를 하고 있었다. 그래서 캐리 가족들은 그 크고 하얀 집이 아닌, 에드윈이 머물 곳인, 앤드류의 모교이기도 한 대학교 근처에 머물 곳을 마련할 예정이었다. 역사적 의미와 분위기로 가득 찬 대학은 렉싱턴에 있는 옛 버지니아 타운의 아담한 동네에 있었다. 캐리는 이곳에서 어린 자식들이 마음속으로 그토록 동경해온, 그러나 아직 눈으로 보지 못한 조국을 발견하고 느끼며 그 안에 흠뻑 빠지게 될 날을 설렘을 갖고 기다렸다.

그러나 우선 건너야 할 바다가 있었다. 캐리는 다시 배 위에서 워낙 심하게 앓았던 터라 샌프란시스코에 도착했는데도 그 사랑스런 땅 위에 쉽사리 발을 올려놓을 수 없었다. 그녀는 빠르게 흘러가는 배 아래의 거친 물살과 높은 현대식 건물들의 웅장함과 반짝이는 불빛들을 두 눈이 휘둥그레진 채 자부심에 넘쳐 바라보는 어린 두 딸에게 그들의 땅을 가리켰다.

이곳이 다 미국은 아닌가? 미국이 그들의 땅이 아닌가? 오로지 한 장면이 어린 두 소녀를 놀라게 했다. 그것은 짐을 운반해서 트럭에 올리는 백인을 보는 일이었다.

"어머니." 컴포트가 충격에 빠진 표정으로 물었다. "여기에서는 백인도 하인이에요?"

캐리는 웃으며 대답했다. "이곳에 하인이란 건 없단다. 그래서 모든 사람들이 행복한 거지. 모두가 일을 하며 살아갈 뿐이란다. 자신의 손으로 일을 한다는 건 하나도 수치스러운 게 아니야."

하지만 이러한 질문들은 언제나 캐리의 정신을 번쩍 들게 만들었다. 그녀도 모르는 사이에 이 아이들의 머릿속에는 동양의 삶이 깊이 각인되어 있었던 것이다. 캐리는 이제야 그 심각성을 깨닫고,

미국에 머무르는 1년 동안 컴포트가 요리, 바느질, 설거지 등 여성으로서 해야 할 일들을 배워야 하리라 생각했다. 캐리는 집안일이야말로 여성들의 욕구불만을 해소할 수 있는 치료책이라고 확신하는 사람이었다. 그녀는 늘 이렇게 말하곤 했다.

"여성이라면 빵을 만들고, 요리하고, 바느질하고, 집 단장하는 법을 알아야 하지. 얼마나 많은 하인을 두고 살건, 너희들이 여성인 이상 이런 일을 하는 법을 알아야 한단다."

후에 이런 그녀의 철학에 때때로 부루퉁한 태도를 보이곤 했던 컴포트에게 캐리는 이렇게 말했다.

"살다보면 이런 일을 너 혼자 처리해야 할 날들이 올 거야. 그리고 무엇보다 우리 미국인들은 일을 하는 국민이다!"

이것이 캐리의 마지막 단호한 표현이었다. 스스로의 손으로 이루는, 그녀의 민족이 신봉하는 전통. 실제로 담대하고 지침 없는 이 미국 여성의 몸속에는 게으름의 피가 단 한 방울도 흐르지 않았다.

미국 대륙을 횡단하는 기차 여행은 캐리의 머리에서 늘 떠나지 않는 큰 즐거움이었다. 그녀의 나라가 그녀의 눈앞에서 한 겹씩 허물을 벗고, 산과 들, 평야가 아름다움을 드러내며, 밤에는 작은 집집마다 하나둘씩 램프가 켜지는 풍경들을 바라보면서 거리와 동네로, 도시의 삶으로 들어가는 느낌은 그녀에게는 음악과도 같았다. 캐리는 창가 자리에 앉아 가장행렬이 지나가는 것을 지켜보며 눈을 반짝였다. 그녀는 모든 미세한 변화와 발전을 고스란히 감지하고 있었다. 그녀는 고국의 번영을 보여주는 모든 신호 속에서 기뺨을 느끼며 아이들에게 하나하나 가리키며 설명해주었다.

그러나 무엇보다도 이번 고향 방문이 그녀에게 더욱 특별한 까닭은 바로 이곳에 에드윈이 있기 때문이었다. 이젠 성인이 되어버린 그녀의 큰아들, 에드윈이 있었다.

드디어 그녀의 고향집에 도착했다. 흰 대문, 커다란 단풍나무, 그녀에게는 영원한 마음의 고향집인 이 웅장한 집이 그녀 앞에 모습을 드러냈다. 백발의 아버지 헤르마누스는 젊었을 때처럼 여전히 자세가 곧고, 티 한 점 없는 흰 셔츠와 검정 양복을 입고 있었다. 그에게서 이 모든 허식이 도무지 떠나지 않을 만큼, 그는 영원히 늙지 않는 것인가?

헤르마누스 옆에 있는 늙고 구부정해진 또 한 명의 백발의 인물은 그의 장남 코넬리우스란 말인가? 그리고 젊은 세 여인은 코넬리우스 딸들이고, 떡 벌어진 어깨와 혈색 좋은 뺨을 가진 청년은 그의 아들이며, 나이 든 여성이 그의 젊은 아내였단 말인가? 9년이란 세월이 흐른 것이다. 위층에 있는 캐리의 옛 방에 올라 거울을 들여다보니, 관자놀이 옆으로 늘어진 두 가닥의 흰머리가 보였고, 찬란히 빛나던 홍조는 뺨에서 사라지고 없었다.

자매들은 모두 결혼해서 각자의 집에서 살고 있어, 이제 문 앞에서 그녀를 반겨줄 사람은 오로지 그의 아버지와 큰오빠 가족 외에는 없다는 사실이 다소 낯설게 느껴졌다.

하지만 그곳엔 키 크고 호리호리하며 사색적인 분위기를 지닌 청년이 수줍은 표정으로 서 있었다. 에드윈이었다. 캐리가 팔을 뻗어 아들의 목을 얼싸안았을 때, 키가 훌쩍 자라버린 에드윈은 몸을 수그려 어머니가 목 뒤로 깍지를 낄 수 있도록 배려해줘야만 했다. 에드윈은 코안경을 걸치고, 하이칼라 옷을 입고 있어 실제 나이인 스물한 살보다 훨씬 더 나이 들어 보였다. 캐리는 에드윈을 팔 길이만큼 떨어뜨려 놓고 찬찬히 바라보기 시작했다. 그녀의 눈빛은 다소 꿈꾸는 듯한 분위기를 자아내면서도 자애로움과 진실, 깊은 이해로 넘치고 있었다. 그녀는 진지한 청년이 된 아들의 안경 너머 눈빛 속에 있는 것을 새롭게 발견할 수밖에 없었다. 그녀의 어린 아들은 이제 없었다.

어린 두 딸을 이끌고 농장과 마을을 보여주며 모든 기억 속의 장소들을 가리키고 옛 친구들을 만나는 일은 캐리에게 큰 즐거움이었다. 이 고향 땅의 한적한 장소는 그녀에게는 미국의 심장이나 다름없었다. 일요일에는 감미로운 종소리를 따라 교회로 가는 즐거움을 다시 누릴 수 있었다. 이제 매우 연로한 헤르마누스는 여전히 앞장서서 마을 아랫길로 행진했고, 온 가족이 그의 뒤를 따랐다. 지금은 캐리와 앤드류, 그리고 그들의 세 아이도 그 사랑스런 행렬의 일부가 되어 있었다. 교회에서는 앤드류의 형이 여전히 목회를 하고 있었는데, 이제는 백발의 노인이 되어 몸이 매우 노쇠해져 있었다. 그는 남북전쟁의 여파로부터 결코 완전히 회복되지를 못했다. 그때 입은 허리의 상처가 계속 재발했다. 그러나 여전히 인자한 음성으로 세속을 초월한 말씀을 전했고, 그의 음성을 다시 듣는 것은 캐리에게는 마음의 양식과도 같았다.

아, 미국, 미국, 어떻게 그녀가 다시 이곳을 떠날 수 있단 말인가!

행복한 여름이 그렇게 지나가고, 캐리는 결혼한 형제들을 연이어

방문했다. 그 어린 그레타가 아이들을 거느린 이 짙은 눈망울의 어머니가 되었단 말인가. 그녀의 장난기는 예전에 비해 줄어들긴 했지만 완전히 사라진 것은 아니었다. 그리고 잘나가던 부유한 사업가 루터는 네 아이의 아버지가 되어 있었다.

캐리는 다시 예전의 일상으로 돌아가 크림을 휘저어 버터를 만들고, 나무 아래에서 빨래를 하고 시원한 식품보관실에서 다림질을 하고, 직접 수확한 풍성한 과일들로 통조림을 만들었다.

그들은 에드윈의 학기가 시작되는 때에 렉싱턴으로 가서 읍내 외곽에 버려져 있는 낡은 집을 발견하고는 필요한 가구들을 갖춰놓고 새로운 분위기로 꾸몄다. 캐리가 미국에서 갖게 된 첫 번째 집이었다. 이 집은 남북전쟁이 일어나기 전에 지어진 옛날 집이었기 때문에 주방은 집에서 멀리 떨어진, 노예들이 머물던 곳에 위치해 있었다. 캐리는 마당을 사이에 두고 집과 주방을 연신 왔다 갔다해야 했다. 다른 사람에게는 이것이 고단하고 성가신 일이 될 수도 있었겠지만, 캐리에게는 이 또한 정원 너머로 언덕들과 숲들을 내다볼 수 있는 특혜의 시간이었다. 그녀는 빠른 걸음과 늘 입에서 흥얼거릴 준비가 되어 있는 멜로디들로 일거리들을 가볍게 해냈다. 더구나 그녀가 헤쳐온 험난한 질곡의 세월 이후에 이 일들은 아무것도 아닌 것처럼 느껴졌다. 지금은 가족들만 돌보면 되었고, 그들을 먹이고 보살피며 즐겁게 해주면 되었다. 이곳에는 중국에서처럼 그녀를 향해 손 내미는 병들고 슬프고 인간적인 고통으로 가득 찬 사람들의 애원이 없었다.

이 간소한 공간에서 연민과 동정의 부담에서 벗어난 삶은 그 자체가 그녀에게는 휴식이었다.

또한 아이들을 직접 가르칠 필요도 없었다. 컴포트는 1년간 학교를 다닐 수 있었고, 대학생이 된 에드윈은 뛰어난 성적으로 캐리를 즐겁게 해주었다. 오직 페이스만이 놀아달라고 그녀의 치맛자락을 붙들고 늘어졌다. 그야말로 행복한 재회의 시간이었다. 저녁에는 돌로 만든 옛 벽난로 곁에 둘러 앉아 앤드류는 통나무로 불을 지피고, 저녁 식사로 페이스가 진지한 어조로 말하곤 하던 '소에서 직접 짜낸' 우유를 마시고 중국에서는 결코 구경도 할 수 없었던 커다란 생강빵 과자와 과일들을 먹었다.

이 시절, 캐리는 장성한 아들을 주의 깊게 지켜보며, 이 아이가 어떤 생각을 품고 있는지 알아내려고 애쓰는 한편, 그가 중국을 떠나기 전 둘 사이에 끈끈하게 맺고 있던 옛 유대관계를 회복하려고 노력했다. 캐리는 그동안 해주지 못한 것들을 보상해주려는 열정으로 가득 찼으나, 에드윈의 점잖은 매너는 교묘히 그녀를 밀어내는 듯했다. 그는 순종적이고 솔직하며 매우 친절한 태도를 보였지만, 캐리는 여전히 에드윈이 멀게만 느껴졌다. 결국 캐리는 마음을 접고 에드윈을 있는 그대로 받아들이기로 한 후, 혼자서만 의식적으로 거리를 두면서 여전히 어린 소년다운 모습을 발견할 것이란 기대를 버리지 않았다. 하지만 미국에 온 후 혼자 힘으로 자신의 자리를 구축해야 했던 에드윈은 자아가 강해질 수밖에 없었고, 다시는 어머니에게 의존할 수가 없었다.

캐리는 지난 22년간 모국인 미국을 떠나 있었고 그동안 신이 축복한 가장 아름답고 훌륭한 이 땅을 늘 그녀의 품속에 꼭 껴안고 있었다. 그러나 그녀가 서 있던 자리는 서서히 없어지고 있었다. 20년 동안 그녀의 형제들 모두 캐리 없이도 잘 살아오지 않았던가. 지나간 세월이 무려 20년인 것이다.

이제는 코넬리우스의 딸들이 캐리가 젊었을 때 썼던 방에서 지내고 있었다. 그들의 드레스, 긴 치마, 삼각형 모양의 소맷단이 달린 옷들이 한때 치마를 부풀리기 위해 입었던 페티코트가 걸려 있던 옷장을 가득 메우고 있었고, 한때 어두운 톤의 작은 성모 마리아상이 걸려 있던 벽에는 그들의 기숙학교 시절의 사진들이 당시 유행이었던 낚시 그물에 매달려 있었다. 그녀의 어머니가 눈을 감았던 방에서는 코넬리우스가 아내와 함께 오랜 세월을 해로해왔고, 헤르마누스는 아내가 자신을 열렬히 숭배해왔던 그 공간을 모두 잊은 듯했다. 이웃집의 던롭 부부는 이미 오래전에 세상을 떠났고, 캐리의 학교 친구들은 결혼한 후 모두 다른 곳으로 떠나버렸다. 오로지 닐 카터만 아직도 미혼인 채로 흑인 하인들을 곁에 두고 맥빠진 나날을 보내고 있었다. 무기력한 삶을 이어가는 그의 거구와 붉은 얼굴, 호통 치는 모습을 본 이후로는 그나마 마음 한구석에 남아 있던 로맨스마저 영원히 사라져버렸다. 그는 음식과 줄렙* 외에는 모든 것을 잊은 듯했다.

그랬다. 캐리는 미국을 떠났던 것이다. 그리고 미국은 그녀를 잊었다. 캐리가 만일 이곳으로 영구 귀국한다면 그녀는 자신이 설 땅을 새롭게 구축해야만 했다.

하지만 그녀에게는 선택의 여지가 없었다. 이미 오래전부터 앤드류는 자신의 일을 하고 싶어 안달이 난 상태였다. 그의 옛집은 팔린 상태였고, 부모님은 이미 오래전에 돌아가셨다. 이제 그는

---

* 위스키나 브랜디에 설탕이나 박하 따위를 넣은 청량음료

온 마음이 구릿빛 피부의 사람들에게 가 있었다. 게다가 미국은 그가 있을 필요가 없어 보였다. 어디를 가도 교회와 목회자들을 쉽게 만날 수 있었고 설교를 듣고 구원받을 수 있는 사람들로 넘쳐났다.

들으려 해도 들을 수 없는 저 먼 땅에 있는 사람들이 앤드류를 불렀다. 그곳에는 그들에게 말씀을 전해줄 사람이 없었다. 앤드류는 그들의 부름 외에는 아무것도 듣지 않았다. 다음 해 여름 에드원은 대학을 우수한 성적으로 졸업하고 한 학교의 교장이 되었다. 이젠 완전한 성인이자 어엿한 사회인으로 완전히 독립하게 된 것이다. 가족들은 이제 중국으로 돌아갈 채비를 해야 했다.

하지만 캐리는 에드원과 작별 인사를 하는 게 쉽지 않았다. 한없는 슬픔으로 가슴이 무너져 내렸다. 어쨌든 미국이 그를 품고 있고, 캐리 또한 조국이 자신의 아들을 품도록 허락했다면, 자연히 그녀는 그를 잃게 되는 것이다. 에드원은 이제 스스로의 삶을 선택할 수 있는 성인이었다. 어릴 때부터 조국을 사랑하라고 가르쳐 놓고, 이제 와서 조국을 선택한 그를 나무랄 수는 없었다. 하지만 그의 선택은 결국 캐리가 먼 망명 생활과 다름없는 자신의 남은 삶에서 아들을 한두 번밖에는 볼 수 없다는 걸 뜻했다. 그녀는 예전과는 달리 가슴에 밀려오는 외로움과 두 눈에는 눈물을 한가득 머금고 미국을 떠났다. 이 이별은 단순히 몸이 떨어지는 것에 그치지 않고 마음과 영혼이 분리되는 것만 같았다. 어쨌든 그녀는 다시 유랑자가 되어 미국을 떠나야 했다.

캐리는 다시 강가를 따라 찌꺼기처럼 펼쳐진 음산한 중국 시가지를 돌아 산 위의 집으로 돌아왔다. 그녀의 마음은 이제 그 어느 때보다 고요해졌다. 생기발랄한 본성은 의기소침하고 어두운 분위기 속에 빠지는 대신, 늘 그곳과 가까운 침묵과 평온을 선택했다. 그렇게 다시 그녀의 집과 정원은 그녀의 손길에 의해 가꾸어지고 만들어졌다.

캐리는 숨길 수 없이 나이 들어가고 있었다. 그녀의 굵고 부드러운 곱슬머리는 여전히 아름다움의 상징처럼 남아 있었지만 점점 늘어나는 흰머리는 감출 도리가 없었고 중년의 아름다운 곡선미는 점점 그 빛을 잃어갔다.

캐리는 이 당시 자신의 삶에서 소녀 시절을 그리워하는 마지막 향수를 영원히 떠나보낸 것 같았다. 물론 언제까지나 기억의 한 모퉁이를 아련히 차지할 테지만, 미국은 이미 그녀의 키를 넘어서 있었고, 그녀를 잊었고, 그녀의 자리를 앗아갔다. 사람은 누구나 어딘가에 온전히 속하기 위해서는 그 안에서 성장하고 그것과 더불어 성장해야 한다. 그래서 캐리는 아들을 미국에 남겨둔 것을 기쁘게 생각했다.

캐리는 살면서 처음으로 스스로를 현재 자신의 삶에 철저히 옭아맸다. 자신이 미국인이라는 것도 잊은 채, 그녀가 가는 곳은 어디든지, 누구를 만나든지, 미국은 늘 그녀를 통해 그 존재를 내보인다는 사실조차 의식하지 못한 채, 그렇게 캐리는 자신의 삶에 철저히 귀속했다.

캐리는 다시 주변 사람들과의 깊은 유대감 속에서 일을 시작했고, 아이들을 위해 가장 좋은 환경을 만들기 위해 최선을 다했다. 컴포트는 이제 키가 훌쩍 큰 소녀가 되어 있었다. 고집이 세고,

정열적이고, 모든 면에서 다루기 어려운 아이였다. 캐리가 보려고만 든다면, 컴포트는 그녀와 닮은 점이 아주 많았다. 캐리는 자신이 지나치게 예민하고 감정이 풍부하기 때문에 겪은 삶의 모든 고통을 이 아이가 똑같이 겪게 될까봐 두려움과 연민을 품고 컴포트를 바라보았다. 그래서 캐리는 더욱더 컴포트에게 자제심을 가르치려고 들었다. 그것은 캐리 자신도 완전히 승리하지 못한 전투였다. 하지만 그녀는 컴포트의 하루 일과를 짜놓고, 그녀에게 음악과 그림 그리는 법을 익히게 했다. 캐리는 두 아이에게 자신이 할 수 있는 모든 것을 가르쳤는데, 지금 엄마들과는 달리 어떤 도움도 받지 않고 잘 해냈다. 아이들의 몸은 자세 교정과 온갖 육체적 훈련을 감당할 수 있도록 운동을 통해 유연해지고 단련되어 있었다.

나는 캐리가 까마귀 둥지마다 은화 한 닢을 올려놓고, 컴포트로 하여금 그 은화들을 가지고 내려오게 한 일을 기억한다. 까마귀들은 으레 나무 꼭대기에 둥지를 틀었기 때문에, 지금은 중년 여인이 된 이 소녀는 바람 부는 3월의 어느 날 나무 줄기를 타고 한없이 올라가 마침내 둥지에 닿곤 하던 기억을 결코 잊지 못한다. 나무에는 가능한 한 일찍 올라야 했다. 일단 둥지가 완성되면, 캐리의 여린 마음은 만에 하나라도 둥지가 망가지는 걸 결코 용납하지 않았기 때문이다. 어쨌든 캐리가 컴포트에게 원했던 것은 육체적 훈련을 통해 위험에 맞서는 법을 터득하는 것이었다.

그러나 컴포트로 하여금 날마다 정해진 일과를 따르도록 하는 건 늘 수월치 않았다. 컴포트는 마음에서 우러나오는 반감을 가지고 맞섰고, 마침내 캐리는 컴포트가 진정 스스로 원해서, 혹은 마음에서 우러나서 하지 않는 한, 아무 의미가 없다고 생각했다. 캐리는 그녀 특유의 민감한 감수성으로 자신의 마음을 돌아보고, 무엇으로 아이들의 마음을 살 수 있을지 곰곰이 생각했다. 그렇게 해서 다소 불안정한 사춘기를 컴포트와 자신이 보다 수월하게 보낼 수 있도록 했다. 정열적인 어머니에 정열적인 딸이긴 했지만, 캐리는 컴포트를 둘러싸고 있는 주변환경에 늘 세심한 관심을 기울였다. 무엇이 미국의 문화를 가장 잘 컴포트의 삶에 구현시킬 수 있는지 생각하면서, 그러한 요소들로 일상을 채워주고, 그녀의 두 발이 아름다움과 선을 향한 열망의 길 위에 설 수 있도록 굳건한 기반을 만들어주었다.

캐리의 이러한 자녀교육은 책과 자연의 아름다움 외에 어떤 외부의 도움이나 원조 없이 이룩한 성과치고는 결코 가벼운 것이 아니었다.

아이들을 돌보는 삶 외에도 캐리의 하루하루는 전에는 찾아볼 수 없을 정도로 많은 사람들로 붐볐다. 이 시기는 극심한 기근에 시달렸던 시절을 넘긴 직후였다. 그야말로 공포의 해였던 1905년에는 그토록 비옥했던 양쯔 강 유역의 골짜기에서조차 수확물이 없었다. 음식은 동이 나고 피난민은 북쪽에서 남쪽으로 쏟아져 내려왔다.

겨울이 시작되자 도시와 시골 가릴 것 없이 곳곳에서 목숨을 부지하기 위해 음식을 구걸하거나 길 위에서 굶어죽는 사람들이 넘쳐나기 시작했다. 날씨는 본격적으로 추워졌고 사람들은 여전히 험악하고 앙상한 몰골로 길가에 쓰러져 죽음을 맞이했다. 고통으로 얼룩진 인간의 삶을 익히 봐왔던 캐리는 다시 새로운 고뇌로 가득 찼다. 그녀는 견디기 힘든 연민을 느끼며 할 수 있는 모든 힘을 끌어 모아 여기저기서 돈을 모금하고 자신이 가진 것을 전부 내어주기 시작했다. 그 당시 식탁 위에는 디저트가 올라오지 않았고, 음식 찌꺼기 하나까지 무섭게 그러모았다. 심지어 앤드류의 '아버지의 신약성경' 프로젝트도 그해에는 다음을 기약해야만 했다.

캐리는 낮 동안에 미약한 위로라도 돼줄 양으로 바깥에 나가는 것도 마음대로 할 수 없었다. 떼거지처럼 몰려드는 굶주린 사람들에게 캐리가 줄 수 있는 건 아무것도 아니었다. 캐리의 삶은 주는 일 때문에 위험에 처해 있었다. 그들이 캐리의 발밑에 엎드려 그녀가 가진 것을 차지하려고 아귀다툼을 벌이지 않도록 해야 했다. 낮 동안에 그녀는 빈손으로 나가 사람들이 사는 오두막집 사이를 거닐면서 가장 상황이 좋지 않은 곳을 알아가지고 온 후, 밤이 되면 왕 아마의 낡은 외투를 입고, 그녀를 옆에 대동하고 사람들 사이를 몰래 걸어서 가장 도움이 절실한 곳에 미화 1달러나 음식 한 보따리를 놓아두고 돌아오곤 했다.

앤드류는 그해 겨울 내내 집을 떠나 있었다. 그는 기근이 가장 심한 북쪽 지방에서 미국으로부터 온 돈을 가지고 사람들을 조금이나마 안심시키고 있었다. 이 돈의 일부는 캐리에게 부쳐지곤 했는데, 캐리에게 이 돈은 같은 나라 사람들의 너그럽고 기꺼운 마음으로부터 온 것인 만큼 그 이상 귀할 수 없었다. 나는 캐리가 사람들을 향해 이렇게 외치는 걸 들었다.

"이건 미국에서 보내주었어요. 여러분들을 위해서 미국에서 왔어요."

캐리는 희망 없는 사람들에게 '살아있는 미국'과도 같은 존재였다.

때때로 미국에서 부쳐온 건 돈이 아닌 음식이었는데, 음식은 언제나 적절한 것이 아니었다. 언젠가는 배 한가득 수백 개의 찌그러진 치즈가 실려왔던 걸 기억한다. 중국 사람들이 유일하게 먹지 않는 것이 치즈일 정도로 이것은 그들에게 역겨운 음식이었다. 캐리는 강둑에 무참히 버려진 치즈들을 비참한 눈으로 바라보았다. 그러고는 곧 치즈 상인으로 돌변했다. 캐리는 백인들이 있는 곳이라면 어디든지 찾아가 유창한 말솜씨와 정감 어린 태도로 그들의 마음을 움직여 무지막지하게 넘쳐나는 치즈들을 사도록 설득했다. 그녀 또한 팔리지 않은 치즈를 모두 사들여 지하 저장실에 쟁여두었고, 우리는 그 후로도 수년간 이 '기근 치즈'를 먹어야 했다.

캐리는 치즈를 판 돈으로 쌀과 밀가루를 사서 중국 피난민들에게 나눠주었다. 하지만 매일 눈만 뜨면 보이는 처참한 광경들은 결국 그녀의 정신 깊숙이 스며들어 그녀를 슬픔과 무기력 속에서 꼼짝 못하게 만들었다. 그녀가 할 수 있는 한 갖은 노력을 다 해보았지만, 여전히 그들에게 나눠줄 수 있는 건 빙산의 일각일 뿐이었다. 캐리는 이런 비극적 상황이 인간들이 서로를 향해 으르렁거리게 만들 줄은 몰랐다. 부풀어 오르는 죽음의 그림자는 서서히 윤곽을 드러내는 고문으로, 희망을 잃은 삭막한 아이들의 눈동자로, 음식이라면 물불 가리지 않고 맹렬히 달려드는 지독한 이기주의로 발전해 때로는 모자지건이건, 부부지간이건 상관없이 음식을 차지하기 위해서라면 서로를 물어뜯어가며 싸웠다.

결국 캐리는 중국인들의 오두막집을 몰래 찾아다니는 일을 할 수 없게 되었다. 사람들은 캐리가 사는 집을 알아내 거의 배고픔으로 미칠 지경이 된 모습으로 언덕을 비틀거리며 올라와 대문을 두드리고, 벽 앞에 차마 눈 뜨고 볼 수 없는 광경으로 떼 지어 쓰러져 있었다. 이 광경을 지켜보며 캐리만큼 고통을 느끼는 사람은 없었다. 그녀는 음식을 먹을 때마다 입속의 재처럼 느껴졌다. 굶주리는 사람들 때문에 음식이 목구멍으로 넘어가지 않았다. 그러나 그들을 집 안으로 들일 수는 없었다. 보이는 모든 걸 먹어치울까봐 두려웠고, 또한 그렇게 많은 사람들의 배를 전부 채워줄 수도 없었다.

밤낮으로 그녀의 이름을 애타게 부르는 쉰 목소리들과 신음하고 울부짖는 소리들이 들려왔고, 벽 앞에 축 늘어져 있던 사람들은 하나둘씩 시체가 되어 치워졌다. 캐리는 이 모든 광경을 지켜보면서 무기력한 연민과 분노 어린 슬픔으로 거의 미칠 지경이었다. 이 비참함을 그대로 방치하는 신을 향한 오래전의 분노가 또다시 그녀의 마음에 차오르기 시작했다. 하지만 캐리는 신께 감히 의문을 품지 말아야 한다고 배웠었다. 신은 가장 잘 아는 분이며, 모든 건 신의 뜻 안에 있는 것이었다. '믿고 따르라'는 옛 결심을 지키려는 그녀 자신과의 투쟁과 동시에 마음 아파하는 모습은 곁에서 지켜보기에도 딱할 정도였다. 캐리는 자신이 할 수 있는 모든 것을 하리란 필사적인 결단를 내린 후 부잣집에 가서 음식을 구걸하는 등 밤낮으로 음식을 찾아다녔다. 다른 때 같으면 결코 하지 않았을 일들을 가리지 않고 기꺼이 하면서 헌신하고 헌납했다.

캐리는 자신의 아이들을 더는 보호하려 들지 않았다. 사실 그렇게 하는 것 자체가 불가능했다. 어떤 벽이 절망 속의 단말마 같은 사람들의 울부짖음과 가장 참기 힘든 어린 아이들의 희미해져가는 신음까지 차단할 수 있단 말인가? 그렇다. 아이들도 삶이 이토록 잔인할 수 있다는 걸 봐야 한다고 생각한 캐리는 아이들이 자신을 도울 수 있도록 했다. 그러나 가장 고통스런 죽음의 현장만큼은 보지 못하도록 주의를 기울였다.

그해에는 크리스마스도 없었다. 캐리는 매년 돌아오는 크리스마스를 아이들을 위해 가장 행복하고 즐거운 날로 만들었었다. 붉은 열매가 달린 호랑가시나무와 상록수로 집 둘레를 장식하고, 건포도 푸딩을 휘젓는 일은 크리스마스에 늘 치르는 집안 행사나 다름없었다. 장난감 가게도 없고, 크리스마스 장식도 찾아볼 수 없는 이곳에서는 모든 것을 자급자족해야만 했다. 캐리는 남자, 여자 모양의 생강 쿠키와 장난감도 직접 만들고, 크리스마스이브엔 벽난로에 양말을 걸어두었다. 또한 그녀가 1년 동안 모아둔 밝은 색상의 종이들과 리본으로 크리스마스 트리를 만들어 한껏 크리스마스 분위기를 내곤 했다.

1년에 한 번뿐인 시간이었다. 캐리가 온 마음을 다해 즐거움을 만끽하고, 어떤 것도 그 즐거움을 앗아가지 못하게 했던 시간, 크리스마스이브의 달콤했던 신비의 시간, 구유에서 나신 아기 예수 이야기가 벽난로 주변에 조용히 퍼지고, 잠자기 전 오르간 연주와 함께 캐롤을 부르던 행복한 시간이었다. 그리고 아침이면 그녀의 맑은 음성이 집 안에 청아하게 울려 퍼지곤 했다. "기쁘다, 구주 오셨네!"

그렇게 캐리는 아이들을 위해 이 외진 땅에서 크리스마스를 창조했다. 아이들에게 크리스마스의 전통과 참된 의미를 깨닫게 해주었고 그들은 이날 이때까지 세 나라에 흩어져 살아왔지만 한 번도 그것을 잊은 적이 없었다. 캐리는 언제나 아이들에게 크리스마스는 사람들과 나누는 때라는 것을 알리는 데 최선을 다했다. 그녀의 아이들은 가족들을 위한 선물뿐만 아니라 집에서 일을 거드는 하인들이나 중국 아이들, 그리고 아는 사람들 중에 특별한 도움이 필요한 사람들을 위해서도 선물을 준비하도록 가르침을 받았다. 캐리는 나누는 즐거움과 그 후에 오는 행복감을 잘 알고 있었다.

하지만 올해 크리스마스는 심지어 그녀의 아이들을 위해서조차 유쾌한 기분이 되어줄 정신이 없었다. 울타리 바깥에서는 사람들이 고통에 신음하고 있는데 어떻게 즐거워하며, 어떻게 건포도 푸딩을 만들며, 어떻게 과일 케이크를 휘저을 수 있는가 말이다.

"애들아, 올해에는 크리스마스를 즐길 수가 없단다."

그녀는 자못 엄숙하게 말했다.

"우리가 가진 모든 걸 모아서 굶주린 사람들을 위해 음식을 사야 한단다."

낯선 크리스마스였다. 큰 통에 쌀밥을 지어 문 앞에 사람들이 한 명도 남지 않을 때까지 문틈을 통해 한 그릇, 두 그릇 전달해 주었다. 우리는 그렇게 할 수 있는 모든 것을 했다. 침묵 속의 길고도 긴 크리스마스였다. 캐리는 심지어 저녁 시간에도 노래를 부르지 않았다. 다행히 그날 밤에는 캐리의 흐느끼는 소리가 덜했고, 그녀는 다른 때보다 조금은 더 잘 수 있었다.

이 시절 페이스는 너무 어려 사태의 심각성을 파악하지 못했지만, 컴포트에게는 이 시절의 기억이 너무나 깊게 마음속에 각인되어버렸다. 그렇게 봄은 왔다. 겨울 동안 살아남은 사람들은 다시 희망을 품고 땅을 일구기 위해 자신들의 집이 있는 북쪽으로 올라갔다. 하지만 컴포트는 신경이 점점 예민해지고 불안정했다. 캐리는 컴포트가 당분간 집을 떠나 있는 게 좋겠다고 느꼈다. 상하이에는 뉴잉글랜드에서 온 여자들이 운영하는 기숙학교가 있었고, 캐리는 컴포트가 미국에 있는 대학교에 들어가기 전 2년 동안을 그곳에서 지내게 하기로 결정했다. 컴포트는 어울릴 또래 친구 하나 없이 너무도 외롭게 지내왔고, 혼자서 몽상에 빠져 있는 시간을 너무 많이 가졌다. 외국 땅에서 성장하면서 겪은 유년시절의 외로움은 너무도 무겁게 그녀를 휘감았다.

캐리는 컴포트를 멀리 보낼 채비를 했다. 마치 캐리는 자식들 안에서 결코 위안을 얻을 수 없는 운명을 타고난 것만 같았다. 이 나라와 신을 위한 사역은 죽음 아니면 이별의 형태로 그들의 희생을 요구했다. 그러나 이 슬픔은 어디까지나 캐리의 마음속에서만 존재했다. 컴포트에게는 또래의 친구들을 만날 수 있는 행복한 이별이었다. 캐리는 단조로운 옷감으로 컴포트가 입을 섬세한 원피스를 만들기 위해 엄청난 공을 들였다. 그리고 직접 재단해서 만든 옷들을 오랜 세월 육지와 바다를 수없이 건넜던 둥근 트렁크 안에 조심스럽게 접어 넣었고, 앤드류는 컴포트를 학교까지 데리고 갔다. 이제 집에 남은 아이는 늘 심각하고 조용한 어린 페이스뿐이었다.

겨울의 무거웠던 기운은 산 위의 작은 집에 찾아든 행복한 여름날로 인해 어느 정도 많이 가신 듯했다. 그곳에 거주하는 백인들은 점점 늘어나, 캐리는 청량한 공기와 하늘, 산 기운으로부터 육체적 원기를 되찾았을 뿐만 아니라, 그녀와 같은 문화를 가진 이웃들과의 교분을 통해 마음까지 산뜻해지는 듯했다. 캐리는 이 안에서 한껏 기쁨을 느꼈다. 중국 여인들 사이에 있었다면 결코 피해갈 수 없었을 마음의 고통으로부터 단 몇 주간이라도 벗어날 수 있었다. 때때로 계곡에서 머무르며 평화와 아름다움 속에 자신을 푹 담글 수 있는 곳으로 한 발자국 물러나 쉬는 것은, 그녀에게는 꼭 필요한 일이었다. 이번 여름에는 정원 이곳저곳에 양치식물과 야생화를 심고 무성해진 나무와 관목들을 가지치기하면서 대부분 시간을 보냈다. 이것이 그녀가 스스로의 영혼을 회복시킬 수 있는 최선의 방법이었다.

최근 몇 년 동안 앤드류는 걷거나 작은 회색 나귀를 타고 끊임없이 시골을 돌아다녔다. 이제 그는 이 마을 저 마을에 교회를 가지고 있었고, 교인들은 자신들이 존경하는 목사가 나귀를 타고 다닌다는 사실을 부끄럽게 생각할 만큼 긍지가 강했다. 앤드류는 어느 날 교인들이 선물한 통통한 흰 조랑말을 타고 돌아왔다. 그 모습을 보고 놀란 캐리의 질문에 다소 당황한 앤드류는 여전히 밝은 음성으로 말했다.

"아마 받지 않는 게 옳았을 거요. 우리 주님은 나귀를 타고 다니셨잖소."

하지만 캐리는 이 조랑말에 반해버렸다. 그녀는 그 까만 콧등을 쓰다듬으며 재빨리 말했다.

"만일 누군가 예수님께 말을 선물했다면, 그분도 분명히 말을 타고 다니셨을 거예요."

이 시기에는 집에 페이스뿐이었기 때문에 시간적으로 여유가 있었던 캐리는 앤드류와 함께 교회에 가서 자신이 할 일을 하면서 그들이 사둔 작은 정크선을 타고 구불구불한 운하를 따라 읍내와 동네를 돌아다녔다. 그때마다 페이스도 함께했다. 캐리는 페이스를 가르치거나 집 안을 정리정돈하는 사이 틈틈이 짬을 내어 정크선 위에서 중국 아낙네들과 어린 소녀들을 가르쳤다.

캐리와 앤드류는 때때로 기독교 교리의 적용 수위를 놓고 심각한 언쟁을 벌이기도 했다. 예를 들어 두 명의 아내를 거느리고 살던 링씨가 예배를 드리고자 할 때였다. 앤드류가 내놓은 유일한 해결책은 링씨가 첩을 멀리 보내버리는 것이었다. 그러나 캐리는 두 번째 부인의 딱한 사연을 듣고 그녀의 절망적인 상황을 이해하고는 앤드류와 맞섰다.

"그렇게 되면 저 가여운 여인은 오갈 데가 없다고요. 그리고 이건 결단코 그녀의 잘못이 아니에요!"

그러자 앤드류는 목사로서의 권한을 더욱더 강하게 행사했다. 그는 교리를 지키려는 자신의 신념이 약화되는 걸 원하지 않았다.

"그렇다면 링씨는 교회에서 멀리 떨어져 있어야 할 거요."

그는 단호하게 말했다.

"그건 너무 잔인해요!"

캐리는 불의에 맞서는 그녀의 옛 정열을 담아 소리쳤다.

"그게 만일 신의 뜻이라면, 신도 잔인해요!"

이 말에 앤드류는 아무 말도 하지 않았다. 그들 사이에는 또 다른 갈등이 있었는데, 앤드류가 신뢰하는 어느 목사가 아편을 피운다는 것이었다. 사람에 관한 한 비범한 관찰력을 지닌 캐리는 그 목사가 아편을 피운다는 사실을 오랫동안 의심해왔지만, 앤드류는 그 목사를 나쁘게 얘기하는 거라면, 어떤 말도 들으려 하지 않았다. 그러던 어느 날, 캐리는 그 목사의 성경책에서 한 장의 종이가 떨어지는 것을 보았다. 그가 그것을 줍기 전에 캐리가 먼저 집어 들었는데, 그것은 바로 아편을 구매한 계산서였다.

또 언젠가는 앤드류 곁에서 일을 돕는 사람이 한 명 있었는데, 당시 마을에는 앤드류가 신임하는 이 사람에 관한 나쁜 소문이 떠돌고 있었다. 캐리는 그가 교회에 들어오는 사람들에게 돈을 받는 장면을 목격했다.

교인이 되기 위해서는 돈을 지불해야 하는 시기가 있긴 했다. 당시 외국인들은 누구도 함부로 할 수 없는 힘이 있었기 때문에 그렇게 기독교인이 된 중국인들과 안전과 보호를 공유할 수 있었다. 그래서 교회는 늘 대만원이었다.

어쨌든 앤드류는 캐리의 판단이 결국 옳았다는 것을 나중에 알게 될 때마다 기분이 그다지 좋지 않았다. 하지만 캐리에게는 별다른 방법이 없었다. 그녀는 진실을 알아야 했다. 첩으로 사는 자신의 기구한 사연을 전부 다 쏟아놓은 중국 여인을 향해 캐리는 지체하지 않고 말했다.

"그게 어떤 건지 충분히 알겠어요. 그렇다면 이제 우리가 할 일은 뭘까요?"

그리고 캐리는 그녀 특유의 기도법인 반은 대화체 형태의 빠른 기도를 올렸다.

"오, 주님. 지금 이 여인을 보고 계시죠. 그녀가 처한 어려움을 이해하시리라 믿습니다. 그녀로서도 어쩔 수가 없습니다. 우리가 돌파구를 찾지 못한다면, 우리는 그녀를 있는 그대로 받아들여야만 할 줄로 믿습니다."

후에 캐리는 자신이 잘못을 저질렀다는 두려움에 사로잡혀 자신의 마음에 대고 이렇게 답변했다.

'그래, 적어도 내가 이해할 수 있는 거라면, 신께서도 충분히 이해할 수 있다고 생각해.'

그러나 캐리는 결코 확신할 수 없었다. 그녀의 반대편에 앤드류가 있었고, 아마 신의 뜻은 앤드류와 더 비슷하리라 생각했다.

 이 시절 캐리의 집은 문제가 있는 다양한 사람들의 집합 장소가 되어갔다. 그곳엔 그녀 특유의 활기차고 편안한 분위기가 있었다. 그녀의 밝은 음성, 햇살과 꽃을 향한 사랑, 행복하고 안락해 보이는 방, 그녀의 반짝이는 눈망울, 그녀의 명철함과 그들에 대한 관심 속에는 그들의 삶을 바로잡아주는 무언가가 있었던 것이다.
 이 당시 그녀의 거실에는 검정 머리에 검은 눈을 가진 키가 크고 이목구비가 뚜렷한 여자가 자주 방문하곤 했다. 그녀는 올리브 빛깔의 고운 피부를 가지고 있었고, 늘 파리에서 만든 외투를 걸친 아름다운 모습이었다. 그녀는 항구에서 사업을 하는 영국인의 딸이었다. 그는 배운 사람이었고, 회사 중역이었다. 다른 사람들처럼 그도 한창때 중국 여인을 집 안으로 들여, 무식하지만 예쁘고 어린 여자가 꾸미는 단순한 집에 매료돼 그녀를 통해 1남1녀를 낳게 되었다. 그의 아들은 늘 술에 절어 있는 방탕한 깡패였다. 그에게 유죄 선고가 내려질 위기에 처해 그의 아버지가 또다시 그 끊임없는 싸움질로부터 그를 구출해주었을 때, 캐리는 그 딱한 청년을 두고 이렇게 말했다.
 "아, 가여운 해리 에번스, 얼마나 외로울까. 백인도 아니고 중국인도 아니니…… 게다가 조국도 없으니, 그건 지구상에서 가장 외로운 일이지."
 하지만 아들이 외롭다면 아름답고 자신감 넘치는 딸인 엘라는 그보다 훨씬 더 외로웠다. 그녀의 엄마인 그 중국 여인은 나이 들면서 원래의 신분으로 퇴락해갔고, 이후로는 결코 모습을 보이지 않았다. 그래서 엘라가 집의 안주인 노릇을 했고, 백인 아버지는 딸의 눈부신 미모와 차분한 품위를 자랑스럽게 여겼다. 그녀는 화려한 만찬 파티 때 아버지 곁에 앉아 안주인 역할을 훌륭히 해냈다. 중국 남자들은 하인으로서의 자격 외에는 그 집에 얼씬도 하지 못했으므로, 그녀는 당연히 그녀를 업신여겼을 중국 남자를 만날 기회조차 없었다. 그러나 섬세한 손 생김새와 거무스름한 피부를 제외하면 중국인이라고 할 만한 데가 없는 영국인이었다. 하지만 이러한 미미한 부분조차도 이 당시엔 영국 남자가 그녀를 아내로 맞아들이는 것을 어렵게 만들었다. 그래서 그녀는 영국인이면서 영국인이 아닌 사람으로, 백인이면서 영영 이방인으로 그 집에 남아 있었다.

이 여인은 절망감이 극에 달할 때에도 아버지에게만큼은 절대로 감정을 드러내지 않았다. 이 노인은 딸을 진심으로 사랑했으며, 동시에 딸을 혼혈인으로 만들었다는 죄책감을 느끼며 스스로를 용서하지 않았다. 딸이 우울해하는 모습을 볼 때면, 그는 안절부절못했고, 그 옛날 중국 여인의 예쁜 얼굴과 스스로의 욕정으로 빚어진 과오를 씁쓸한 심정으로 후회했다.

이 즈음 엘라 에번스는 캐리를 알게 된 것이다. 나는 그녀가 해질 무렵 어스름이 깔리는 저녁에 예쁜 가마를 타고 캐리의 집 문 앞에 도착하곤 했던 것을 기억한다. 그녀는 캐리가 시간이 날 때까지 어슴푸레한 거실에 앉아 기다리곤 했다. 캐리는 언제나 문을 닫고 이야기했으므로 나는 그들의 소곤거리는 소리 외에는 어떤 말도 듣지 못했다. 언젠가 둘이 방에서 나왔을 때, 나는 미스 에번스가 캐리 쪽으로 몸을 굽혀 캐리의 맑고 똑바로 응시하는 눈빛을 진지하게 바라보던 것을 기억한다. 그날 저녁 식탁에서 캐리는 평소보다 말이 없었고, 전에 없이 슬픈 기색마저 내보였다.

캐리를 기다리는 사람들 중에는 기모노 차림의 아담한 일본 여인도 있었다. 그녀는 멀리 떨어진 언덕의 골짜기에 일본식으로 목조 가옥을 짓고 살아가는 다소 엉뚱한 나이 든 영국 남자, 로널드 스턴스의 부인이었다. 이 항구 지역에는 이 백발 노인에 대한 이야기가 떠돌았다. 말수가 적고, 자존심 강한 영국 신사였던 그는 여전히 자세가 꼿꼿하고 공손했다. 사람들 말로는 그도 한때는 이 항구의 세관에서 관리로 일했었다고 한다. 그는 영국 준남작의 아들로 성공할 길을 찾기 위해 당시 많은 사람들이 그랬던 것처럼 동양의 나라로 보내졌다. 영국에는 그가 사랑한 여자가 있었는데, 그가 첫 승진을 하면 바로 그녀가 오기로 되어 있었다. 그는 3년간 쉬지 않고 일한 결과 그녀를 위한 집을 장만할 정도의 돈을 모을 수 있었다. 그가 그녀를 위해 마련한 집을 둘러싸고 말들이 많았다. 그는 상하이에서 화려한 오뷔송 융단 카펫과 공단으로 덮인 가구들과 자단목으로 만든 피아노 등, 세련되고 고급스런 물건들을 사기 위해 허리띠를 졸라매며 살았고, 일부는 빚까지 냈었다. 그러고는 그녀를 만나기 위해 차가운 외모 속에 숨겨진 뜨거운 가슴을 안고 해안가로 갔다. 그러나 그가 도착했을 때, 그곳에는 간단한 메모가 적힌 종이 한 장만이 그를 기다리고 있을 뿐이었다.

"정말 미안해요, 로널드. 하지만 모든 건 실수였어요. 전 당신을 사랑하지 않아요. 아니, 당신을 사랑할 수 없어요."

그녀는 여객선의 사무장과 도망쳤다. 로널드 스턴스는 쪽지를 꾸겨서 갈기갈기 찢어버린 후 황포 강의 소용돌이치는 흙탕물 위로 떨어뜨렸다. 그날 밤 그는 일본 사창가에 가서 나이가 좀 들어 보이고 예쁜 구석이라고는 없지만 고분고분하고 단정해 보이는 작은 일본 여자를 샀다.

그는 이 일본 여인에게 거창하게 청혼을 한 후, 그녀를 영국 영사관에 데리고 갔다. 자신에게 찾아온 예기치 않은 행운에 적잖이 당황한 일본인 창녀는 게다를 신고 조심스럽게 그의 뒤를 따라 복도를 걸어갔다. 로널드 스턴스는 영국인 영사의 다소 꺼림칙해하는 태도에 아랑곳하지 않고 이 작은 일본 여자와 결혼한 후 그녀를 항구로 데리고 갔다. 그는 누구도 찾아오기 쉽지 않은 언덕배기에 그녀를 위한 일본식 가옥을 짓고, 가지고 있던 자단목 피아노와 오뷔송 카펫, 공단으로 덮인 가구들, 자질구레한 장신구들을 전부 팔아버렸다. 내가 그를 처음 알았을 때 그는 위엄과 존경을 받으며 살아가는 사람이었다. 그러나 그는 항구도시에 모여 사는 다른 백인들과 사업 때문에 만나는 일 외에는 전혀 사적인 교류가 없었다. 그의 아버지가 죽고 난 후 얼마간의 유산을 상속받았으나 결코 영국으로 돌아가지 않은 채, 그가 늘 신사적으로 대하는 일본인 아내와 쭉 그곳에서 살았다.

이 스턴스 부인이 캐리를 찾아온 이유를 나는 모른다. 아마도 여자들끼리 나누는 정감 어린 대화가 그리웠었는지도 모른다. 아무리 꽃무늬 비단 기모노에 화려한 허리띠를 둘렀다 해도 그녀는 가장 외로운 여자였을 것이다. 그녀는 영어를 거의 못했는데 이는 영국인 남편과의 관계에서 걸림돌이었다. 모든 부분에서 그녀의 삶은 남편의 삶과 동떨어져 있었다. 그는 거의 책만 읽었고, 일이 끝난 후에는 대개 책상 앞에서 시간을 보냈다. 비록 그녀를 위해 만든 멋진 일본식 정원에서 저녁마다 형식적으로 그녀와 거닐곤 했지만 말이다. 두 사람은 거의 말이 없었기 때문에 항상 침묵 속의 산책이었다. 그가 경험한 모든 세계를 그녀는 전혀 가늠할 수 없었다. 작고 단순한 그녀의 삶은 그에게는 단조로울 뿐이었다. 그러나 캐리는 이 일본 여자가 필요로 하는 우정을 기꺼이 내어주었다.

항구도시의 백인들 중에도 캐리를 찾는 사람들이 많았다. 가마를 타고 밤에 방문하곤 하던 영국인 여자가 있었는데, 질투심 강하고 뜨거운 피가 흐르는 이 여자에게는 차갑고 매정한 남편이 있었다. 그녀는 캐리의 귀에 대고 자신의 비극적인 삶을 주저 없이 늘어놓곤 했는데, 그녀가 가고 나면 캐리의 눈에서는 사람들에 대해 너무 많이 알고 있다는 두려운 감정이 묻어나오기도 했다. 캐리로서는 차라리 몰랐으면 하는 그런 이야기들이 많았던 것이다.

그리고 또 한때 선교사로 일했었던 스코틀랜드 여자가 있었는데, 그녀는 후에 위스키만 마셔대는 술고래와 결혼하게 되었다. 그 또한 스코틀랜드 사람으로 증기선 선장이었고, 그녀는 그를 새사람으로 만들려는 생각에 결혼을 했지만, 남편은 신혼여행에서 돌아온 직후부터 다시 술을 퍼마시기 시작했다. 그의 마음을 사서 의지력이 강한 사람으로 만들려고 했던 그녀의 처절한 노력은 모두 허사로 돌아갔다. 결국 그녀는 남자의 마음을 사기 어려울 정도로 예쁘지도, 매력적이지도 않은 자신에 대해 더욱더 절망감을 느낀 나머지 캐리에게 하소연하면서 흐느끼고 매달렸다.

"아이만 낳을 수 있어도 …… 그 사람이 어린 딸을 원하거든요."

그러나 앙상하고 굽은 그녀의 몸으로는 어떤 열매도 맺을 수 없었다. 마침내 그녀는 호주의 한 고아원에서 아이를 입양했고, 그들은 그렇게 새 삶을 시작하는 듯 보였다. 그러나 채 1년도 지나지 않아 아이는 중국 하인에게서 천연두가 옮아 세상을 떠났다. 어린 아이를 사랑하는 법을 배우기 시작했던 스코틀랜드 남자는 아이가 죽자, 다시 지독한 술주정뱅이가 되었고, 가여운 그녀는 오랫동안 병마에 시달리다 허무하게 세상을 떠나고 말았다.

이 동양의 항구도시에서 부유하게 살던 많은 사람들이 캐리의 집을 방문하고 그녀에게서 아낌없는 도움을 받고 돌아가곤 했다. 인도인의 피가 섞인 영국인 의사와 까무잡잡하고 뚱뚱한 그의 부인조차도 캐리를 특별한 친구로 여겼다. 비록 캐리는 그들을 볼 때마다 세상을 떠난 그녀의 사랑스런 아들이 다시 사무치게 생각났지만 말이다.

X
또 다른 미국

캐리는 이 시절 매력적인 원숙함과 중후함이 절정에 이르렀다. 젊을 때의 격렬한 성정은 모두 자취를 감추고, 가끔씩 평안함을 구하는 간절한 욕망이 빠르게 지나갈 뿐이었다. 캐리는 연민의 세월을 보내면서 인격적으로 더욱 무르익었다. 그러나 여전히 활기가 넘쳐서 그녀가 가는 곳마다 따뜻하고 생기 넘치는 미풍을 몰고 다녔다. 그녀와 함께 있으면 누구나 삶의 좋고 단순한 면을 볼 수 있었다. 캐리는 나무랄 데 없이 반듯하며 유머 감각이 넘치고 중심을 잃지 않아서 다른 백인들도 그녀의 영향을 받아 스스로 변하는 것을 느꼈고, 또한 슬퍼지거나 묘하게 자신이 타락했음을 깨닫게 만들었다. 캐리는 늘 담대하며 강건했다.

집에서는 자신의 성향에 맞춰 분위기를 만들어나갔다. 그녀는 늘 정원에 텃밭을 일구었는데, 이 미국식 텃밭은 각양각색의 채소들로 무성했다. 식탁 위에는 늘 리마콩과 토마토, 아스파라거스, 감자, 양상추 등이 있어 우리는 그 시절 어디에서도 찾아볼 수 없는 양질의 미국식 식사를 즐길 수 있었다. 캐리는 병아리들을 늘 마음껏 돌아다니게 하고, 신선한 달걀을 낳게 하고, 살찐 암탉은 가장 맛있는 남부식으로 통닭구이를 해먹었다. 또 조각구름 모양으로 구운 비스킷과 코코넛 케이크, 블랙 초콜릿 케이크, 과일 케이크, 막대 모양의 케이크는 아무리 멀리 사는 사람일지라도 한걸음에 달려오게 만들 정도로 맛있었다. 나는 캐리가 늘 바쁘게 살면서도 종종 눈처럼 새하얀 빵가루를 큰 덩어리로 반죽해 달콤한 빵을 만들고 집 안은 온통 향긋한 빵 냄새로 가득 찼던 걸 기억한다. 캐리는 그렇게 완전하고 단순한 방식으로 자신을 찾는 사람들을 어루만져주었고, 그녀만의 방식과 그녀의 존재 자체만으로 이방인의 땅을 자신의 조국과 고향집처럼 만들었던 것이다.

그녀의 인생에서 마지막 3분의 1에 해당하는 시절은 그야말로 행복한 시기였다. 캐리는 집과 조국은 마음속에 존재한다는 것을 배웠다. 세계 어디를 가도 마음이 원하는 대로 창조하면 되는 것이었다. 웨스트버지니아의 초원들을 향한 오래된 향수와 달콤했던 어린 시절은 모두 가버린 것이다. 이 시절은 영원히 그녀의 기억 속에 남아 있을 것이며, 무엇도 그것을 앗아갈 순 없을 것이다.

아버지 헤르마누스는 장수를 했는데, 눈을 감는 순간까지 흐트러짐 없는 깔끔한 모습을 유지했다고 한다. 그의 죽음은 캐리에게 생전의 이별과 별다른 차이가 없었다. 그에 관한 기억은 다른 기억들 옆에 한자리를 차지했다. 그 기억들은 캐리가 살아있는 한 영원히 그녀와 함께할 것이었기에 캐리는 슬퍼하지 않았다.

캐리는 결심한 대로 더는 집을 옮기지 않았다. 앤드류는 홀로 방방곡곡을 돌아다니며 말씀을 전파했고, 가끔씩 집에 들러 편안한 분위기 속에서 힘을 얻곤 했다. 이런 생활방식이 앤드류에게는 최선이었다. 그는 본래 가정을 돌보는 일에 맞지 않는 사람이었다. 떠도는 영혼들의 고통과 근심을 덜어주기 위해 가진 것을 기꺼이 나누어주며, 마음에서 강한 부름이 느껴질 때면, 신이 주는 계시로 받아들이며 개척자처럼 오지를 누볐던 것이다.

캐리는 나무를 심어 열매를 맺을 수 있도록 가꾸며, 직접 심은 장미가 집의 지붕까지 타고 올라오는 것을 볼 수 있고, 더는 아이들을 이끌고 창고 같은 곳을 찾아 이사를 다니지 않아도 되는 현재의 삶에 자족할 뿐이었다. 산 위의 집에서 캐리는 자신만의 삶의 터전을 만든 것이다. 집 근처에는 언제라도 나들이를 갈 수 있는 산과 대나무로 둘러싸인 사원들이 있었는데, 이 불교 사원에서 그녀는 영원한 이방인으로 보였다. 작은 불상들 앞에서 정면으로 응시하듯 흔들림 없이 꼿꼿하게 서 있는 그녀의 모습은 내 기억 속에 가장 아이러니한 이미지로 남아 있다. 천년을 잿빛으로 방치해둔 집 안뜰을 손수 가꿔 그곳에서 난 재료로 샌드위치도 만들어 먹고, 코코아도 재배하고, 닭들에게 먹이도 주곤 하던 그 모습이, 말없는 작은 불상들 앞에만 서면 엄격한 현대식 정신으로 무장한

또 다른 미국 273

사람이 되어 죽은 자들의 그릇된 신화를 바라보는 듯한 표정이 되곤 했던 것이다.

캐리는 자식들에게서 어떤 재능이나 소질이 엿보이면 그것을 주의 깊게 관찰하고 재능의 씨앗이 자라도록 최선을 다해 뒷받침해 주었다. 소풍을 가거나 장시간 산책을 하면서 직접 눈으로 보며 식물들을 공부하는 방식뿐만 아니라, 중국이라는 제한된 환경이 아이들의 교육에 걸림돌이 되지 않도록 스스로 품위 있게 행동하는 법을 배울 수 있게 작은 사교 행사들을 다양하게 계획하기도 했다. 그 중 가장 특별한 행사는 매년 네 차례에 걸쳐 열었던 작은 음악회로, 캐리는 직접 아름다운 음색으로 노래를 불렀을 뿐만 아니라 이 행사를 아이들이 봉사할 수 있는 기회로 삼았다. 캐리는 아이들에게 간단한 프로그램이 적힌 문서를 만들도록 시킨 다음, 더 예쁘게 꾸미고 색까지 칠하도록 했다. 이 모든 것은 그녀가 아이들을 위해 계획한 훈련이었다. 세계 어디를 가도 삶에 적응하기 위해 필요한 소양들을 가르친 것이다.

이 무렵의 중국은 전에 없이 평화로운 시절이었다. 의화단 사건으로 외국인을 쫓아내려는 시도는 그들 스스로의 허점만 드러내며 끝이 났고, 그 후 중국에는 그에 따른 응징이 가해졌다. 외국인들은 그 후 몇 년 동안 전무후무한 위세를 떨치며 지낼 수 있었다. 백인들은 이제 어디를 가도 안전했고, 중국인들은 백인들을 호위하는 전함과 무시무시한 권총으로 무장한 민첩하고 무자비한 군인들을 볼 수 있었다. 이것으로 적어도 일시적인 평화가 만들어졌다.

캐리로서는 더는 집에서 죽음을 맞는 일이 없어진 게 가장 큰 위안이었다. 그녀는 이제 아이들이 성장해서 각자의 삶을 꾸려가는 것을 보면서 안도했다. 에드윈은 결혼해서 아이까지 낳았다. 비록 캐리는 며느리와 손자를 직접 보지 못했지만, 자기를 대신해서 아들을 돌봐주고, 아들이 편하고 행복할 수 있도록 자질구레한 일들을 옆에서 챙겨줄 사람이 생겼다는 것에 기쁨을 느꼈다.

캐리는 한창 사춘기를 지나고 있는 컴포트와 원만한 모녀 관계를 유지하기 위해 많은 노력을 해야 했지만, 그녀는 여전히 이 아이를 자랑스럽게 여겼다. 컴포트도 미국으로 떠날 날이 가까워오고 있었다.

어린 페이스는 캐리의 자식들 중에 클라이드 다음으로 그녀에게 사랑받는 자식이었던 듯싶다. 페이스는 곱슬머리와 크고 깊은 푸른 눈, 실제로 보랏빛에 가까운 눈동자 등, 많은 면에서 클라이드와 닮아 있었다. 성격 면에서는 컴포트보다 캐리와 더 잘 맞는 편이었다. 페이스는 성정이 온화하고, 상대방의 기분을 맞출 줄 아는 유순한 아이였으며, 침착하면서도 친화력이 있었다. 반면에 컴포트는 캐리의 단점인 성급하고 고집스러운 면과 아름다움과 음악을 향한 감각적인 열망을 고스란히 물려받았다. 캐리는 스스로 그토록 극복하려고 노력했던 면들이 키가 훌쩍 커버린 고집 센 딸에게서 다시 나타나는 것을 불안감 속에서 지켜보았다. 그러나 페이스는 앤드류와 비슷했다. 늘 차분했고, 자제심이 강했고, 말수가 별로 없는 조용한 아이였다. 이 아이의 조숙하고 민감한 성정은 캐리의 믿을 만한 대화 상대가 되기에 충분했다. 이러한 친구 역할은 그 당시 캐리가 느꼈던 이상으로 페이스에게 좋은 영향을 끼쳤다.

게다가 캐리는 이 시기에 가장 활력 있게 살았다. 이때는 임신과 분만의 나이를 훌쩍 지나버린 시기로, 그녀는 아이들을 돌봐야 하는 끊임없는 부담과 중압감에서 벗어날 수 있었다. 강 위에 있는 산의 기후는 캐리와 더없이 잘 맞았다. 대운하 상류의 평지에 있는 집에 살았을 때보다 훨씬 더 몸과 마음이 건강해진 것을 느꼈다.

이 시기의 삶도 지난날처럼 분주하게 흘러갔다. 숨 가쁜 중국인들의 삶과 간간이 백인들과 어울리는 삶이 조화를 이룬, 혼합된 공동체의 삶 속에서 캐리는 자신의 자리를 굳히고 있었다.

그러나 충만한 삶을 누리면서도 캐리는 마음 깊은 곳에서 여전히 신과의 관계에 모호함을 느꼈다. 캐리는 때때로 모든 일에서 물러나 자신이 진정 필요로 하는 것을 찾기 위해 자신만의 시간을 가지려고 했다. 성경책을 읽고 기도를 하면서 진정 하나님이 원하는 '선한' 사람이 될 시간들을 계획했다. 그러나 그녀가 도움이 필요한 주변 사람들을 무시한 채 자신만의 시간을 갖는다는 건 죽어서나 가능한 일이란 걸 깨닫지 못할 정도로 그녀는 스스로의 천성을 잘 모르고 있었다. 삶은 강력한 도전이었다. 그녀는 결코 그 도전으로부터 눈을 돌릴 수 없었다. 캐리는 자신의 두뇌와 풍부한 기지를 시험하는 걸 좋아했다. 가령 너무 많은 신경을 써야 하는 게임은 그다지 즐기지 않았지만, 그녀의 두뇌만 시험하는 체스 같은 게임은 무척 즐겨했다.

나는 캐리가 종종 애처롭게 자신의 손을 바라보곤 하던 모습을 기억한다. 이제는 많이 거칠어졌지만 아름답고 야무진 손, 손바닥의 여린 살은 온데간데없어졌지만 여전히 섬세하고 가느다란 손가락, 그렇게 작은 손은 아니지만 균형 잡힌 윤곽을 지닌 손이었다. 캐리는 언제나 손을 혹사시키는 일들을 그만두고, 정원을 가꿀 때는 꼭 장갑을 끼고, 콜드크림을 발라서 정말 '멋진' 손을 만들리라는 생각을 품고 살았다. 여자의 희고 고운 손, 살결은 부드럽고 손톱은 분홍빛으로 끝이 뾰족하게 다듬어진 모양을 늘 꿈꿨다. 그러나 실상은 장갑을 낄 일이 있을 때 간혹 생각이 났는지 장갑을 꼈다가는 이내 벗어던지고 맨손으로 땅을 파면서 우리를 향해 겸연쩍게 말하곤 했다.

"뿌리가 제대로 박혔는지 직접 내 손으로 느껴야 할 것 같구나. 그렇지 않으면 제대로 자랄 수 없을 게야. 더구나 이 흙을 만지는 게 어찌나 좋은지!"

그녀를 잘 알고 있는 우리는 그녀가 꿈꾸는 허영을 비웃으며 놀리곤 했다. 그녀의 손은 정원 일을 비롯해서 아이들의 몸을 씻기는 일에 이르기까지 거치지 않는 곳이 없다는 것을 우리는 너무나 잘 알고 있었다.

"글쎄다. 내가 더 늙어서 아무 일도 할 수 없게 되면 또 모르지."

캐리는 스스로를 향해 웃으며 말하곤 했다.

아! 하지만 손을 곱게 가꾸고 품위 있는 노부인으로 늙어가는 노년은 그녀에게는 결코 찾아오지 않았다. 캐리는 언제, 어디서나 떠들썩한 유쾌함을 즐기는 사람이었다. 성경책을 더 많이 읽고 신에 대해 더 많이 알아가는 그런 고상한 노력은 아무리 나이를 먹어도 팔팔하고 젊게 사는 그녀와 어울리지 않았다.

어떻게 하면 캐리의 삶을 보다 생생히 그려낼 수 있을까. 허리띠를 졸라매야만 하는 생활에서도 캐리는 활력을 잃지 않고 신문지 한 장까지도 알뜰히 모은 후에 쓸 데가 없는지 궁리하는 사람이었다. 이렇게 궁핍하게 살면서 정신이 그녀만큼 강건하지 않은 사람이라면 금방 무너지고 절망했을 것이다.

내 기억 속의 캐리는 언제나 깔끔하고 어여쁜 사람이었다. 그녀는 매해 같은 옷을 입고 있었지만, 자세히 살펴보면 그 위에 리본을 달거나 꽃을 꽂아 늘 새 옷을 입은 것처럼 보였다. 그녀는 그렇게 늘 새로운 분위기를 연출했다. 다락방에는 오래된, 큰 양철 상자가 하나 있었는데, 그 안에는 유행 지난 모자들이 비단으로 만든 꽃이며 리본들과 함께 한가득 담겨 있었다. 1년에 두 번씩 캐리는 들뜬 목소리로 이렇게 외쳤다.

"이제 다가올 계절을 맞이해 모자를 사러 파리로 떠나자꾸나!"

그러면 우리는 법석을 떨며 다락방으로 올라가 양철 상자를 열고 캐리의 야무진 손으로 각종 모자들이 그녀 자신의 것과 두 딸에게 어울리는 모양으로 재탄생되는 것을 지켜보곤 했었다. 그녀의 손이 닿은 것은 어떤 것도 부족함이 없었다. 그녀가 만든 모자들은 내가 다른 곳에서 보았던 것들보다 훨씬 예쁘고 멋있었다. 캐리가 만일 지금처럼 살지 않았다면 아마도 일류 모자 디자이너나 가수, 또는 예술가가 되었을 것이다. 그녀의 상상력과 유쾌한 장난기, 야무진 솜씨는 우리로 하여금 새 모자를 사는 환상과 흥분에 젖게 만들었다. 훗날 내가 실제로 파리에 가서 모자를 사려고 가게에 들렀을 때의 기분은 양철 상자 속에 든 모자를 사기 위해 다락방 계단을 올라 상상의 파리에 닿곤 했던 옛 탐험의 흥분에 비하면 절반에도 미치지 못했다.

그렇게 7년이란 세월이 그 어떤 7년보다도 빠르게 흘러갔다. 캐리의 집에 죽음이 한 번도 방문하지 않은 무난한 세월이었다. 캐리의 지혜는 점점 더 깊어졌고, 비록 그녀가 타고난 약점은 그녀를 떠나지 않았지만, 관대하고 아름다운 마음은 절정에 이르렀다. 자식들과 갈등을 겪을 때조차 아이들은 어머니를 고마운 친구이자, 함께 있으면 가장 재미있는 사람으로 생각했다. 비록 신나는 시간들이 전보다는 줄었지만 말이다. 화가 날 때는 결코 아무 말 없이 지나가는 성격이 아니었지만, 캐리는 점점 인내와 이해의 정도가 깊어지면서 원숙해졌다.

다시 안식년을 맞아 조국으로 돌아갈 시기가 왔다. 컴포트는 이제 열일곱 살의 날씬한 숙녀가 되어 대학에 들어갈 준비를 했다. 컴포트는 모순으로 가득 차 있으면서도 여러 모로 이상하리만치 성숙한, 열정적이면서 수줍음 많고, 어린아이 같은 숙녀였다. 캐리는 아름다움과 모험을 동경하는 이 딸을 만족시켜줄 이별선물을 생각하기 시작했다. 얼마간의 고심 끝에, 유럽을 거쳐 미국으로 들어가는 여정을 선물하기로 결정했다. 캐리는 다른 나라에 대한 자신의 기억을 아이들과 함께 나누고 싶어 했다.

내 생각에 이 시기는 '아버지의 신약성경' 프로젝트를 두고 만만치 않은 갈등이 있었던 때였다. 당시 캐리가 단호한 결심과 고집스런 태도를 굽히지 않아 앤드류가 장기적인 개정판 출간 계획을 연기할 수밖에 없었던, 캐리의 첫 승리이기도 했다. 그 결과 컴포트는 대학에 들어가 입을 새 옷을 장만할 수 있었다. 컴포트는 부모님의 침실 문 뒤에서 목소리를 잔뜩 낮추긴 했지만 밖에까지 새어 나오는 두 사람의 심한 언쟁을 들었다. 잠시 후 아버지는 생각에 찬 얼굴로 방을 빠져나왔고, 어머니는 단호하고 상기된 얼굴로 나와 눈을 반짝이며 그녀에게 말했다.

"얘야, 네게 새 옷을 사줄 수 있게 됐구나. 그리고 우린 유럽을 거쳐 미국으로 갈 거란다."

그들은 이번에는 시베리아를 횡단하는 기차를 타고 여행할 계획이었으므로 캐리는 공포의 바다 여행에서 벗어날 수 있었다. 그들은 증기선을 타고 양쯔 강 상류로 가서 한커우漢口에서 북쪽으로 향하는 기차를 탔다. 캐리는 아이처럼 들떠서 눈을 동그랗게 뜨고 새로운 풍경들을 바라보았다. 특히 러시아에 지대한 관심을 보였는데, 그곳은 죽음의 그림자가 짙게 깔린 듯한 어두운 분위기였고, 극소수의 교육받은 부자들과 짐승만도 못한 삶을 이어가는 수백만 명의 비참한 서민들 사이의 격차로 위화감이 극에 달해 있었다. 캐리는 계속해서 이런 말을 했었다.

"이 사람들이 언젠가는 세계를 뒤흔들 혁명을 일으킬 게다. 이런 상황에 처한 나라는 결코 안전할 수가 없지."

그 후로 10년이 채 지나지 않아 캐리의 예언은 적중했고, 그녀는 스스로 예상했던 대로 불안한 세계 정세를 바라보았다. 그리고 러시아 혁명이 진행되는 과정을 관심 있게 지켜보며, 극단적인 것을 본능적으로 혐오하는 그녀의 보수적인 성향에도 불구하고 러시아 국민들에게 연민과 공감대를 느꼈다.

그들은 여름 내내 유럽의 아름다운 명소들을 찾아다니며 각자 좋아하는 것들을 즐겼다. 앤드류의 관심사는 당연히 교회와 성당이었고, 컴포트는 모든 것에 열광하고, 캐리는 멋진 집들과 농장, 그리고 사람들에게 가장 많은 관심을 보였다. 그들은 스위스의 푸른 호숫가에 있는 작은 성 같은 호텔에서 두 달을 보냈다. 이 저택은 한 미망인이 관광객들에게 개방한 곳이었다. 캐리는 이곳에서 호수의 아름다움과 눈에 쌓인 알프스 산맥, 그리고 이 작은 미망인의 사연에 관심을 보이며 유유자적한 날들을 보냈다. 어디를 가든지 캐리에게는 자신의 삶을 하소연하는 사람들이 꼭 있었다. 어디에서 머물든지 그곳을 떠나기 전날까지 호텔의 객실 담당 여종업원들은 캐리에게 자신의 속사정을 낱낱이 털어놓곤 했었다.

미국으로 향할 날이 다가왔는데도 캐리의 마음속에서는 예전의 설렘과 흥분 같은 것이 일어나지 않았다. 심지어 반드시 미국에 가야 하는 이유가 있는지 궁금했다. 그녀의 마음속에서 미국은 빠르게 변화하고 있었다. 캐리가 생각하는 '현실'이, 실제 삶이 과연 그곳에 존재할까? 지난번에 미국을 방문했을 때 캐리는 자신의 자리를 찾을 수 없었다. 그 후로 또다시 7년이란 세월이 그녀 없이 흘러가지 않았는가. 하물며 이번엔 또 어떨 것인가? 캐리는 미국에 대한 새로운 정보들을 많이 들어왔었다. 가령 자동차나 집을 지켜주는 희한한 기계와 같은 새로운 발명품들로 가득 차 있다는 소식들이었다. 하지만 미국이 낯선 곳으로 변했다 해도 그곳엔 에드윈이 아내와 어린 자식들과 함께 살고 있지 않은가. 그것만으로도 충분했다. 그들은 폭풍우가 몰아치는 대서양을 건너 뉴욕에서 첫 기차를 잡아타고 남쪽으로 향했다.

어쨌든 캐리와 앤드류는 미국에서 1년을 채 머물지 못했다. 하얀 대저택으로 돌아온 캐리는 백발이 성성했던 땅딸막하고 도도했던 아버지에 대한 그리움이 물밀듯이 밀려왔다. 각종 시계들과 진귀한 돌들, 장신구를 손으로 꼼꼼히 세공하던 보석 가게와도 같았던 그의 방은 이제 깨끗이 비워져 코넬리우스의 아들이 차지하고 있었다. 캐리는 이제 그 집에 속한 사람이 아니었다. 그녀는 손님에 불과했다. 그것도 먼 타지에서 아주 가끔 찾아오는 방문객이었다. 코넬리우스의 부인은 그 장소를 조용한 곳으로 만들어놓았다. 옛 시절은 모두 사라진 듯했다. 지난날 엄연히 존재했던 그 모든 기억들마저도 이젠 온데간데없어진 듯했다.

마을의 교회에서 목회를 하던 앤드류의 형은 이미 세상을 떠났고 낯선 사람이 그 하얀 예배당에서 설교를 하고 있었다. 닐 카터도 세상을 떠나 그의 땅은 여름 관광객들에게 팔려나갔다. 옛 얼굴들은 거의 보이지 않았고 마을 이름까지 바뀌었다. 캐리에게는 너무도 낯설고 슬픈 일이었고, 더는 그곳에 머물 수 없었다.

하지만 에드윈과 그의 가족을 만나야 했고, 또한 컴포트가 학교에 적응하는 것도 봐야 했다. 캐리는 아이들에게 주의를 돌리고 여섯 달을 에드윈의 집에서 머물렀다. 처음 안아본 손자는 그녀에게는 말로 표현하기 힘든 감동이었다. 캐리의 품 안은 세상의 어떤 아이들을 품기에도 충분한 강한 모성애가 넘치는 따뜻한 곳이었다. 하지만 아들의 신혼집에서도 그녀는 여전히 손님일 뿐이었다. 자신의 조국에서 그녀가 소속감을 느낄 수 있는 진정한 집은 어디에도 없었다. 캐리는 컴포트가 새로운 대학 생활에 적응하고 친구들과 어울리는 모습을 지켜보았다. 이 나라에서 그녀를 필요로 하는 사람이 없다는 것이 새삼스레 그녀를 슬픔에 젖게 했다. 자식들조차 그녀와 공유할 수 없는 자신만의 세계를 구축하고 있었다.

그랬다. 캐리는 다시 바다 건너 자신을 필요로 하는 사람들이 있는 곳, 자신의 빈자리를 통감하며 자신이 돌아오기만을 손꼽아 기다리는 사람들 곁으로 돌아가야만 했다. 예전엔 미국을 방문할 때마다 중국에 돌아가야만 하는지 의문을 품지 않은 적이 없었다.

매번 조국을 다시 떠난다는 게 견딜 수 없는 고통으로 느껴졌던 것이다. 그러나 이제 그녀의 고개는 꿋꿋하게 그 먼 나라를 향해 있었다. 지금까지의 미국은, 그녀의 미국은 그녀의 마음속에, 그녀의 기억 속에 남아 있을 것이다.

그녀의 영혼 어딘가에서 이번이 그녀가 바다를 건너는 마지막 방문이 되리라고 속삭이고 있는 듯했다. 열대 질병이 창궐하는 환경에서 이미 몸이 쇠약해질 대로 쇠약해져 장수를 누리지도 못할 것이라는 생각 때문에서인지, 아니면 그녀의 나라가 그녀와 완전히 무관하게 느껴져서인지, 나는 모른다. 분명한 것은 캐리는 이미 마음속에서 미국의 모든 아름다운 기억들과 작별을 하고 있었다는 사실이다.

길고 찬란한 가을날을 아들 집에서 보내는 동안 캐리는 많은 시간을 아름다운 빛깔로 물든 나무들과 언덕 위에 투명한 보랏빛으로 맺혀 있는 이슬들을 만끽하면서 숲 속을 홀로 거닐곤 했다. 캐리는 애정 어린 눈빛으로 집들과 조용하고 단정하며 행복한 사람들, 일요일 아침이면 가족들과 예의 바른 사람들로 가득 찬 작은 예배당을 바라보았다.

캐리가 미국의 으뜸으로 꼽는 것은 사람들이었다. 이 땅에서 자신의 삶에 만족하며 영위해나가는 행복하고 행운이 가득한 사람들이었다. 때때로 캐리는 다른 나라에 사는 사람들이 누리지 못하는 환경에서 살아가는 그들이 얼마나 행운아들인지 알려주고 싶은 충동이 들었다. 그러나 삶의 심오한 부분을 쉽사리 풀어놓는 것은 불가능했다.

사람들이 그녀에게 정말로 '그 이교도의 나라로 돌아가고' 싶은

지 물으며 의아해하면 말없이 다소 쓸쓸한 미소를 지을 뿐이었다. 캐리는 눈을 감는 순간까지 자신이 태어나고 소중한 유년기와 학창시절을 보냈던 그 아름다운 기억 속의 미국을 그리워했다.

미국에서의 이 마지막 안식년이 캐리에게 무엇을 의미하는지 나는 중국에서의 어느 날 아침 그녀 옆에 서서 '드넓은 하늘은 아름답고'*를 따라 부를 때까지는 정확히 알 수 없었다. 그녀의 음성은 여느 때처럼 기쁨에 넘쳐 청아하게 울려 퍼졌다. 그러다 갑자기 노랫소리가 들리지 않아 돌아보았더니 캐리의 얼굴은 심한 흐느낌으로 일그러져 있었다. 그 흐느낌 사이로 그녀의 입에서 희미한 소리가 새어 나왔다.

"오, 미국…… 미국, 내 조국!"

그들은 중국으로 돌아왔고, 이제 캐리와 함께 남은 자식은 페이스뿐이었다. 그녀는 태평양을 건너면서 예전처럼 심하게 앓았지만 이것이 마지막 항해일 것이라고 확신하면서 묵묵히 참아냈다.

상하이에 도착하자, 왕 아마의 까무잡잡한 얼굴이 반갑게 그들을 맞이했다. 이제는 주름진 얼굴에 이도 빠지고, 백발도 숱이 얼마 없는 완연한 노인의 모습이었다. 노쇠한 그녀는 집안일을 절대 돕지 못하면서도 캐리와 몇 해를 더 함께 살았다. 그 후로 몸이 더욱 안 좋아져 양자로 삼은 아들 집으로 들어가 그곳에서 지속적인 보살핌을 받으며 생활했다. 캐리에게 부담을 주기 싫어서였다. 그러나 이제 중국으로 다시 돌아온 캐리는 왕 아마의 쭈글쭈글해진

---

* 1893년에 작곡된 'America the Beautiful'의 한 소절. 이 노래는 후에 비공식적 미국국가처럼 불림.

구릿빛 손을 덥석 잡고는 모두 함께 언덕 위의 집으로 향했다. 캐리는 스스로에게 말하고 있었다. 지난 수년간 평화로운 세월이 이어졌다고, 이제 그녀는 그 세월들을 바라보면서 흔들림 없이 여생을 보낼 것이라고 말했다.

그러나 캐리의 삶은 결코 평화롭지 못했다. 중국 혁명의 대참사가 대륙을 휩쓸고 모두를 혼란에 빠뜨리는 시기가 다가오고 있었다. 지난 11년 동안 중국은 이상하리만큼 조용했다. 보기 드문 고요와 이례적으로 안정된 세월이었다.

그러나 모든 것은 순식간에 뒤바뀌었다. 그동안의 평화는 겉으로 드러난 허상일 뿐이었고, 그 아래에서는 커다란 봉기가 일어나고 있었던 것이다. 신해혁명은 만주족을 몰아내고 순수한 한족으로 나라를 세우자는 정신이 밑바탕에 깔린 혁명으로, 쑨원孫文은 낡은 옛 왕조를 전복시키고 새로운 공화국을 선포했다.

중국에 온 지 몇 달이 채 지나지 않아 캐리는 미국 영사로부터 중국에 있는 미국인들은 모두 해안가로 도피하라는 충고를 들었다. 나라 전체가 들썩이고 중앙의 통제가 증발한 상황에서 무법자들이 날뛰며 백인들을 공격할 수도 있기 때문이었다. 캐리와 앤드류는 서로를 쳐다보았다. 옛날 일을 똑같이 반복해야만 한단 말인가? 앤드류는 내키지 않은 듯 말했다.

"당신과 아이는 떠나는 게 좋겠소."

캐리도 내키지 않았지만 몇 가지 짐을 싸기 시작했다. 모두가 떠날 준비가 된 다음날 아침, 캐리는 몸이 별로 좋지 않았다. 나는 캐리가 정말 몸 상태가 안 좋다고 느낀 건지 의구심이 들었다. 어쨌든 캐리는 자신은 떠날 수가 없겠다고 선포했다. 그렇게 그들은 남겨졌고, 다음날 캐리는 완전히 회복해 의기양양하게 짐을 풀고, 혁명을 끝까지 지켜볼 심산으로 집 안에서 다시 안정을 찾으려고 했다. 이젠 그녀의 치맛자락을 붙들고 늘어질 어린 자식도 없었거니와, 무엇보다도 위험을 피해 도망치는 일에 진절머리가 났던 것이다. 가장 치열한 싸움은 난징南京에서 벌어지고 있었다. 그곳으로부터 강 상류 쪽으로 수십 마일 떨어진 캐리의 집에서도 서구에서 들여온 현대식 대포의 여진을 고스란히 느낄 수가 있었다.

한번은 굉장히 가까운 곳에서 날카로운 총소리가 들렸는데, 캐리는 여느 때와 같이 대범함과 무모함으로 창가로 다가가 어디서 소리가 나는지 살펴보았다. 그러자 울타리 너머 대나무 숲에서 웅크리고 앉아 있는 희미한 형체가 눈에 들어왔다. 캐리는 서둘러 옷을 입고 아래층으로 내려가 아무에게도 말하지 않은 채 밖으로 나갔다. 그곳에는 피신해 도망쳐 온 세 여인이 있었는데, 모두 만주족 황실의 여인들로 긴 비단 드레스 차림에 머리는 모두 높이 틀어 올리고 있었고, 발은 만주족 여인들의 풍습을 따라 전족하지 않은 발이었다. 그들 중에는 평범한 중국 여인네의 옷으로 위장한 사람도 있었지만, 높이 솟은 광대뼈와 큰 발은 누구도 속일 수 없었다. 캐리는 그들이 만주족 관리의 아내와 딸들로 왕조가 바뀌는 비극적 처지에 놓인 희생양들이라는 생각이 들었다. 중국에는 한 왕조가 몰락하면 그 후에 들어서는 집권자들이 옛 집권자들의 일가족을 몰살하는 관례가 있었다. 이 가여운 여인들도 그런 운명이었다. 캐리는 자신의 집으로 들어와 숨으라는 손짓을 했지만, 여자들은 겁에 질려 긴 수풀 속으로 더 깊이 몸을 숨기며 꿈쩍 않고 손을 움켜쥐고 있었다. 캐리는 어쩔 수 없이 뒤돌아섰다. 사실 캐리가 나선다고 해서 그들에게 득이 될 게 없었다. 오히려 외국인이 도와준 걸 알면 그들에게 더 심한 고통이 돌아갈 게 뻔했다.

그날, 얼마나 많은 만주족이 중국 전역에서 무자비하게 학살당했는지 아무도 입 밖에 낼 수 없었다. 캐리는 페이스와 함께 방에 앉아서 눈을 감고 아무 소리도 듣지 않으려 했다. 그동안 온갖 시련을 겪은 캐리였지만 이날의 잔혹함만큼은 견디기 어려웠다. 그리고 대나무 숲에서 봤던 그 여인들이 가여워서 잊혀지지 않았다. 평생을 화초처럼 곱게 자란 그들이 지금은 짐승처럼 쫓기며 사냥을 당하고, 끝내 피로 얼룩진 드레스 차림으로 대나무 숲에 누워 있을 걸 상상하니 잠이 오지 않았다.

그러나 학살의 시간은 지나가고, 적어도 공화국의 형태가 갖춰지기 시작하자 캐리는 그 변화에 지대한 관심을 보였다. 그녀의 몸속에는 혁명가의 피가 흘렀으며, 혁명과 저항은 늘 그녀의 관심을 끌었다. 그녀의 조국도 공화국 아닌가. 그래서인지 캐리는 더욱 공화국이 가장 이상적인 정부 형태라고 믿게 되었다. 그녀는 새로운 미래에 희망을 품고 있었다. 캐리는 이렇게 말하곤 했다.

"아마 이제부터 그들이 새롭게 정화를 시작할 게다."

캐리는 새 정부가 들어선 직후 옛 왕조의 잔재라고 생각한 변발을 없애기 위해 단발령을 시행하자 전적으로 반겼다. 물론 캐리는 이 정책이 시행되는 현장에서 웃음을 참을 수 없었지만, 변발이 자신의 중요한 일부라고 생각하는 낡은 사고방식을 지닌 보수적이고 힘없는 중국인들에게 딱한 심정을 느꼈다. 아침에 아무 생각 없이 신선한 채소 바구니를 장대에 매달아 어깨에 짊어지고 성문 쪽으로 나선 농부들은 성문을 지키고 있던 군인들에게 잡혀 그들이 휘두르는 큰 가위에 변발이 무참히 잘려나가는 것을 지켜봐야 했다. 그 중 몇몇은 그들의 생명도 변발과 함께 잘려나간다는 생각에 공포로 울부짖곤 했다.

어쨌든 새 정부는 활기차고 추진력이 있었다. 어디를 가도 옛 왕조의 잔재가 포착되면 즉각 근절하기 위해 곳곳에 배치한 군인들이 눈에 띄었다. 그 당시 많은 남자들이 아침에는 자신의 변발과 함께 의기양양해서 집을 나선 후에 저녁이 되면 머리카락이 목덜미까지 잘려나간 채 수모를 당한 개처럼 집으로 슬금슬금 기어들어오곤 했다.

하지만 캐리는 이 모든 것을 바람직한 현상들로 받아들였다. 캐리는 예전부터 자신의 집에서 일하는 정원사나 집사에게 머리를 깎으라고 무수히 말하곤 했었다. 짧은 머리가 청결함과 올바른 정신으로 가는 첫 단계라고 생각했기 때문이었다. 도시는 곧 평화를 되찾았다. 혁명은 북쪽을 향해 올라갔다. 단발령을 비롯해 모든 변화의 물결이 한바탕 지나간 후에도 눈에 띄게 달라질 만한 즉각적인 변화는 이루어지지 않은 듯했다. 캐리는 흥분이 한차례 휩쓸고 지나간 자리에 예전의 삶이 산적해 있다는 것을 깨닫고는, 아이들로부터 자유로워진 현재, 계획했던 선교 사역에 전적으로 헌신할 채비를 했다. 페이스도 이젠 상하이의 기숙학교로 보낸 후라 집에 남아 있는 자식은 아무도 없었다. 캐리의 손은 예전처럼 분주하지 않았다.

캐리는 앤드류와 함께 정크선이나 인력거, 가마를 타고 다니며 긴 사역 여정에 동참했다. 이 시기에는 철도가 해안 도시에까지 들어와 동서남북을 가리지 않고 도시, 읍내, 마을을 찾아다닐 때는 기차를 이용했고, 그곳에 내려 시골 구석구석을 걸어 다녔다. 앤드류가 설교를 하는 동안 캐리는 여자들과 아이들을 모아놓고 읽기와 노래, 뜨개질, 다양한 수공 작업 등을 가르쳤다. 그러면서 기독교인이 반드시 갖춰야 할 단순한 삶의 철학을 전하려고 애썼다. 하지만 캐리는 이 모든 것을 앤드류의 방식이 아닌, 자신의 방식대로 했다. 앤드류는 마치 자신이 섬기는 왕이 하사한 서신을 품은 채 낯선 땅의 낯선 이들에게 전하러 온 사람처럼 일했다. 모두가 귀 기울일 메시지를 읽는 것은 그의 의무였다. 그는 의무를 이행했고, 그것으로 책임을 다한 것이었다.

이 시절에 캐리는 비록 앤드류와 30여 년을 부부로 지내며 슬하에 일곱 명의 자식을 두었지만, 둘 사이에는 여전히 좁힐 수 없는 간극이 있다는 것을 깨달았던 것 같다. 그녀는 자신의 내면에 존재하는 엄격한 청교도적인 면과 부합하는 남자를 만나 결혼했지만, 그동안의 삶은 그녀의 내면에 있는 인간적인 소양들을 훨씬 더 심화시키고 성장하게 만들었다.

집에서나 정크선 위에서, 또는 먼지 나는 시골길을 나란히 걸을 때나 도시의 번잡한 자갈길을 함께 걸을 때에 둘 사이에는 별 대화가 없었다. 유쾌한 분위기를 만들어내고 재미있는 대화를 이끌어가는 재주가 있던 캐리는 다른 사람들에게는 함께 있으면 즐거운 상대였지만, 앤드류에게는 그녀가 본 것들을 시시콜콜 이야기하는 것이 다소 피로하게 느껴지고 무모한 수다로 여겨질 뿐이었다. 그의 학식 있는 설교와 둔한 유머 감각, 자신의 일에 전적으로 몰입하는 자세, 사람이 살면서 겪는 실제적인 고통에 대한 몰이해, 그리고 아름다움이나 쾌락 같은 것이 들어설 자리가 없는 그의 금욕적인 삶의 방식이 캐리를 무의식 중에 밀어내고 있었던 것이다. 비록 캐리는 앤드류의 자제심과 고매한 정신을 늘 높이 샀지만 말이다.

캐리는 예전부터 앤드류와 함께 끈끈한 동료애를 나누며 일하는 상상을 해왔었다. 아이들이 어렸을 때는 끊이지 않는 집안일로 앤드류와의 유대관계는 실로 초라한 것이었지만, 아이들이 모두 장성한 지금은 무엇이라도 그와 함께할 수 있다고 생각했다. 캐리는 이 모든 걸 계획했다. 함께 성경책을 읽고, 함께 대화를 나누고, 함께 일하면서 앤드류는 캐리에게 실력을 기르고 종교적인 삶을 심화시키는 길을 가르쳐주고, 그녀가 이해하지 못하는 성경 구절을 설명해줄 것이다. 또한 캐리가 앤드류를 도와주고 보완해줄 일도 분명히 있을 것이다. 가령 교회에서 찬송하는 부분은 더 많이 도울 수 있을 것이다. 사람들이 별로 좋아하지 않는 가라앉은 곡보다 활기찬 곡을 선곡하는 데 도움을 줄 수 있고, 타고난 그녀의 총명하고 발랄한 분위기는 앤드류의 딱딱한 설교에 빛을 실어줄 수 있을 것이다. 설교 준비를 하는 과정에서도 그녀가 설교와 관련된 흥미로운 사연들이나 이야기를 제시해줄 수도 있을 것이다.

캐리는, 앤드류가 당연히 자신의 도움을 원할 것이라고 확신하며 설렘에 들떠, 사그라든 자신의 옛 열정을 새로운 삶의 국면에 대입시킬 준비를 했다.

지금이야말로 그녀가 진정 조국을 떠났다는 느낌이 드는 시기였으며, 지난 세월의 희생이 가치가 있었다는 생각이 들게끔 만드는 시기이기도 했다. 캐리는 앤드류가 분명히 자신의 도움을 반길 것이라고 믿었고, 그렇게 서로를 보완하며 이 시절을 보내리라 생각했다.

그러나 캐리의 예상은 완전히 빗나갔다. 앤드류는 자신의 설교를 준비하는 데 어떤 식으로든 도움을 받지 않으려 했다. 그는 자신의 방식에 더없이 만족해했고, 캐리가 뭔가를 보태거나 제안하는 것에 극도의 의구심을 품었다. 또한 캐리가 고른 찬송가들은 설교와 맞지 않고, 특별한 의미가 없으며, 종교적인 경건함을 유지하기에는 너무 가볍고 활기차다고 생각했다. 지옥이 입을 크게 벌리고 있는 마당에 이 세상의 아름다움이나 기쁨을 노래해서는 안 된다는 게 그의 생각이었다.

더욱이 여자는 남자에게 순종해야 한다는 사도 바울의 교리를 신봉하던 앤드류는, 캐리의 역할은 집을 가꾸고 아이를 돌보고 그의 필요에 응하는 것으로 충분하다고 생각했다. '남자는 여자의 머리이니……' 성경은 그렇게 가르치고 있었다. 여자는 남자를 통해서만 신께 다가갈 수 있었다. 실제로 그랬다. 캐리가 교회에 오는 아낙네들에게 여러 가지를 가르치긴 했지만, 믿음과 지식을 마지막으로 심사하는 일은 늘 앤드류의 몫이었다. 그들이 예배드리는 일에 합당한 사람들인지는 신의 사제인 그의 마지막 결정으로 남겨졌다.

캐리가 이런 앤드류의 마음을 훤히 들여다보게 되자 예의 그 격하고 반항적인 피가 다시금 끓어올랐다. 캐리는 처음으로 이 성인군자와 결혼한 게 오로지 그만을 위한 것이라는 사실을 깨닫게 되었다. 실제로 앤드류는 캐리를 대할 때 이기적이고 엄격했으며 오만하기까지 했다. 캐리가 여자라는 이유로 신께 직접 다가갈 수 없다는

또 다른 미국 291

게 말이 되는가? 그녀의 두뇌가 대부분 남자보다 더 영민하고 빠르지 않단 말인가? 신은 앤드류만의 신이란 말인가? 캐리는 두 손 위에 두뇌와 육체를 놓고 어린애처럼 확신하며 자유롭고 관대하게 그 두 가지를 마음껏 헌신하고 싶었다. 그러나 지금 그것이 쓸모없는 것이 되어 그녀에게 다시 돌아온 것이다. 이것이 앤드류의 마음과 직접적이고도 확실하게 접근한 첫 번째 교류였다. 나는 돌이킬 수 없는 마음의 상처를 입은 이 여인의 모습에 대해 잠시 배려심을 발휘해서 물러서 있을 수밖에 없겠다. 나는 캐리를 누구보다 잘 알고 있었다. 그녀의 정신과 매우 밀접하게 연결되어 있던 나는 그녀가 무의식적으로 내뱉는 말 한마디만으로도 그녀의 심정을 파악할 수 있었다. 때때로 그녀도 모르게 슬픔에 지친 거친 말이 나올 때가 있었지만, 그때마다 그녀는 그것을 의식하지 않고 지나가는 법이 없었다. 그녀는 언제나 나중에 그것 때문에 마음 아파했다.

캐리는 여자들에게 엄격한, 특히 종교를 갖기로 한 사람에게는 더욱더 엄격한 시대에 태어나 그런 교육을 받으며 자랐다. 일단 결혼을 하면 탈출구는 없었다. 둘 사이에 얼마나 많은 갈등이 있건, 둘의 유대감이 얼마나 보잘것없는 것이건, 서로 얼마나 다른 생각을 하며 지내건, 부부관계는 깨어질 수 없었다. 종교나 의무에서 비롯된 유대감이 사랑으로 맺어진 결속감보다 훨씬 더 강력하게 작용했다.

캐리는 이 사실을 알고 있었기 때문에 스스로를 굴복시켰고, 다시 한 번 화목한 분위기를 만들어내는 자신의 따뜻한 천성을 불러냈다. 그러나 그 내면에서 겪어야 했을 시련은 아무도 알 수 없는 것이었다. 캐리는 침묵과 인자한 태도로 중국 아낙네들이 조용히 오가는 삶 속에서 하루하루를 보냈다. 교회에 오는 아낙네들을 모아 조직적이고 활동적인 성가대를 만들려는 큰 계획도 다시는 세우지 않았다. 앤드류의 심기를 조금이라도 불편하게 해서는 안 되었다. 캐리는 교회 안팎에서 여러 가지 일을 하면서 분주하게 돌아다녔다.

나는 최근에 대학에서 한 중국인 교수에게서 이런 말을 들었다.
"캐리는 다른 사람과는 달랐지. 한 푼이라도 더 모으려고 빨래일까지 해서 돈을 모아 가난한 사람에게 주곤 했으니까. 이 여인은 그 이전에도 그 후에도 찾아볼 수 없는 그런 인물이었지."

XI
사투

 그 시절 캐리는 움츠려들어 홀로 지내는 것과 다름없는 생활을 했는데, 엄마로서 바쁘게 살 때는 생각지도 못한 생활방식이었다. 혼자 노래를 부르고, 정원을 가꾸었는데, 아름다운 정원은 이곳을 찾는 많은 사람들에게 즐거움을 주는 장소였다. 캐리는 험한 시골 길을 걸어서 작은 초가집들을 일일이 찾아다니며 그곳에서 자신을 기다리고 있는 아낙네들과 젊은 여성들을 만나곤 했다. 또한 이웃 사람들과 하인들까지 꼼꼼히 챙겼고, 이젠 너무 늙어 양아들과 함께 살고 있는 왕 아마에게는 소박한 선물을 보내기도 했다. 캐리는 아이들에게 애정 어린 장문의 편지를 썼고, 자신이 융통할 수 있는 한도 내에서 작은 선물까지 보냈다. 그리고 무한정 답장을 기다렸다.

그러나 이 시절은 하루하루 살얼음판같이 치열하게 살았던 삶 이후에 찾아온 날들이었다. 무언가가 캐리를 희미하게 지우고 있었다. 그녀는 보다 큰 목표를 가지고 자신만의 일을 찾아야 하는 사람이었다. 자신의 내면을 정열적으로 발산해야만 하는 그녀의 천성은 대상을 찾지 못한 채 꽁꽁 갇혀 있었다.

이 당시 마음 깊은 애정을 둘 곳이 없었던 캐리는 아마도 가장 외로운 사람이 아니었을까 싶다. 아이들이 어렸을 때는 그러한 친밀감을 아이들로부터 얻을 수 있어서 한순간도 외로움을 느끼지 않았다. 그러나 아이들이 모두 장성해서 집을 떠난 지금 그녀의 삶은 견딜 수 없이 공허하게 느껴졌다.

"나란히 함께 걸을 수 있다면 참 좋을 텐데. 내 분신과도 같은 누군가와……."

캐리는 구부러진 길 아래로 혼자 앞서 걸어가는 앤드류의 뒷모습을 멀거니 바라보며 혼잣말하듯 중얼거리곤 했다. 앤드류는 늘 그렇듯 선교 사역에 몰두하느라 이런 캐리의 마음은 전혀 헤아리지 못했다. 캐리 또한 자신의 속내를 보이기에는 자존심이 너무도 강했다. 하늘나라와 그토록 밀접하게 연결되어 있고 더할 수 없는 확신으로 신을 따르는 이 영혼이, 바로 옆에 있는 외로운 영혼을 보지 못하다니 참으로 신기한 일이었다. 앤드류에게 캐리는 그저 하나의 여자일 뿐이었다. 당시 캐리의 타고난 본성이 약화되는 걸 지켜보면서 나는 사도 바울을 진심으로 미워했다. 또한 모든 여성이 그래야만 한다고 생각했다. 자존심 강한 자유로운 여성으로 태어났지만, 여자라는 이유 때문에 격하되는 캐리 같은 여성들에게 그가 한 일을 절대로 수긍할 수 없었다. 나는 그가 퍼뜨린 교리는 새 시대에는 사라지고 있다고 캐리를 위로하곤 했다.

이 시기에 캐리는 부쩍 늙었다. 비록 자세는 늘 곧고 당당했지만, 몸은 점점 보기에도 딱할 정도로 여위고 왜소해져갔다. 검은 머리 한 올을 찾아볼 수 없는 눈처럼 새하얀 숱 많은 백발은 이마에서 굽이쳐 흐르고 있었다. 이 머리는 그녀의 아버지인 헤르마누스를 그대로 닮은 것이었다. 비록 그의 불같은 성미와 공격적인 태도는 캐리에게서 이미 사라지고 없지만, 웃음을 터뜨릴 때나 말을 하다가 갑자기 우스갯소리를 할 때는 옛 활력이 다시금 솟아오르는 듯했다.

이 당시 캐리는 비록 신에 대해서는 거의 말을 하지 않았지만, 마음먹고 성경책을 읽으려고 노력했었던 것 같다. 그녀는 신을 향한 옛 열망 속으로 다시 돌아가 아직 끝내지 못한 바람을 이루려고 했다. 지난 세월 동안 갖은 시련을 주었으면서도 신은 그녀에게 이렇다 할 만한 표식을 내보이지 않았다. 캐리는 절대로 이것이 우연이라고만 생각할 수 없게 되었다. 그녀는 잡지나 신문에서 간략한 시구나 문장들을 오려서 성경책 사이에 끼워 넣곤 했는데, 그녀의 성경책은 대부분 슬픈 시구들이나 그녀가 좋아하는 자연에 관한 글들이 쓰여 있는 종이들로 가득했다. 그녀가 세상을 떠난 후에 나는 이 글들을 보게 되었는데, 그제야 나는 이 당시 그녀의 속마음을 헤아릴 수 있었다. 그 시들은 죽은 아이들에 관한 내용이거나 고국을 떠난 망명자들의 심정을 표현한 것이었다. 그리고 누구도 신을 보지 못했기 때문에 믿음 하나만을 가지고 굳건히 따라야 한다는 내용이 계속해서 반복되는 글귀들이었다.

캐리가 예순 살이 되었을 때 갑자기 열대병에 걸려 오랫동안 몸져눕게 되었는데, 이것이 그녀의 생명까지 좀먹고 있었음을 알게 된 것은 나중의 일이었다. 간혹 어떤 식이요법으로 나은 예도 있었지만, 원인도 치료법도 모르는 병이었다. 이 병은 열대지방의 토착민들에게는 여간해서는 발병하지 않았지만, 그곳에 사는 백인들은 빈번하게 이 병을 앓았다.

캐리의 연약한 몸은 끊이지 않고 반복되는 말라리아와 이질로 더욱 병들어갔다. 이 질병은 그녀의 몸을 눈에 띄게 망가뜨렸고, 비록 그녀가 처음엔 침대에 누워 있으려 하지 않았지만, 질병과 사투를 벌여야 한다는 사실은 점점 확실해졌다. 대학을 졸업하고 이젠 어엿한 성인이 된 컴포트는 곧바로 중국으로 돌아와 캐리 옆에서 헌신적으로 간호를 했다.

일단 침대에 눕게 되면 상태는 더욱 악화되어갔다. 캐리는 거의 정신없는 잠에 빠져 며칠 동안 침묵 속에서 누워 있어야 했다. 그리고 이 시기가 지나면, 살기 위해서는 모든 힘을 그러모아야 한다는 결심으로 질병과 피나는 사투를 벌이는 날들이 이어졌다. 어느 날 아침 캐리는 유쾌하게 소리쳤다.

"나는 죽지 않기로 결심했단다. 이 낡고 오래된 몸에 절대로 지지 않을 게다. 난 아직 젊으니까! 내가 하고 싶은 것들을 생각해봤단다. 멋지고 유쾌한 일들 말이다. 근데 난 정말 어리석었더구나. 그 긴 세월 동안 인생을 충분히 즐기지 못했어. 이제부터라도 내 인생을 즐기면서 살 거란다."

캐리는 마치 자신의 주치의라도 된 양 스스로 상태를 진단하고 의연하게 일어섰다. 의사는 이 변화를 보고 놀랐다. 캐리는 정신력으로 스스로를 치료하며 넘치는 활력 속에서 마치 다른 사람처럼 느껴질 정도로 의사와 소상하게 이야기를 나누었다. 사실 그녀의 질병은 의사조차도 잘 모르는 병이었다. 그래서 캐리는 컴포트로 하여금 한때 이 병에 걸렸다가 회복했던 사람들에게 편지를 쓰게 했다.

"죽은 사람들에게는 물어볼 필요 없단다."

캐리는 이런 상황에서도 우스갯소리를 했다.

답장이 왔을 때 치료책은 식이요법이란 것이 분명해졌다. 하지만 그 식이요법이 사람에 따라 달라 혼란스러웠다. 이 병은 개인의 체질에 따라 특정 영양소가 부족해 비롯되는 것이었다. 캐리는 웃으면서 말했다.

"이젠 내 체질에 대해 공부할 차례구나. 나에게도 그런 것이 있을까봐 늘 걱정했었는데 말이다."

우유는 거의 모든 사람에게 유익한 음식인 듯해서, 캐리는 두 달간 우유만 마시는 식이요법을 했다. 두 시간마다 적은 양을 조금씩 마셨는데 아무 소용이 없었다. 흉할 정도로 살이 빠져 그 짙은 눈망울만 오그라든 얼굴 위로 두드러졌다. 캐리는 어느 날 아침 컴포트가 목욕을 시켜줄 때 이렇게 말했다.

"난 조만간 이상한 나라의 앨리스가 될 것 같구나."

캐리는 또한 쇠약해진 팔다리를 보면서 이렇게 말했다.

"이 몸이 녹아 없어지기 전에 뭐라도 갉아먹어야겠다."

캐리는 송아지 효소로 만든 정제와 버터밀크*를 시도해보았다.

이건 그나마 괜찮았다. 적어도 한 달 동안 체중이 줄지는 않았다. 하지만 때는 바야흐로 6월로 접어들어 홍수로 잠긴 논에서 습한 열기가 밀려들었다.

우리는 캐리를 구링에 있는 작은 돌집으로 데려갔다. 그녀의 허약해진 뼈로는 감당하기 힘든 여행이었다. 두꺼운 매트리스가 항상 그녀의 몸이 닿는 곳에 대기하고 있어야 했다.

산 위의 상쾌한 공기를 마시자 캐리는 즉각 차도를 보였고, 또한 누군가 간으로 만든 수프와 시금치 주스를 마시고 나았다는 새로운 치료법도 전해 듣게 되었다. 캐리는 의욕을 보이며 그 역한 액체를 마시기 시작했다. 캐리는 작은 베란다에 내다놓은 소파에 비스듬히 누워 수프를 마시면서 산 정상으로부터 골짜기에 이르기까지 무성하게 자란 나무들을 바라보았다. 우리는 캐리가 자연의 아름다움을 감상하면서 그녀가 마시고 있는 것으로부터 마음을 분산시키고 있었음을 알고 있었다.

첫째 주, 우리는 얼마나 가슴을 졸이며 저울을 응시했던가! 캐리는 60그램이 늘어 있었다. 첫째 달이 끝나갈 무렵에는 약 700그램이 늘어 있었다. 어디 하나 성한 구석이 없었던 입 속과 목젖의 상한 부분을 포함해 모든 병증이 사라졌다. 캐리는 다시 힘이 났고, 조금이라도 손을 놀리며 일을 할 수 있다는 것에 굉장히 신이 나 있었다. 캐리는 투병생활을 하면서 수많은 생각에 잠기곤 했는데, 우리는 그 단편 중 하나를 기억하고 있다.

"얘들아, 난 말이다. 몸이 회복되면 못 말릴 정도로 이기적으로

---

* 우유에서 버터를 분리한 뒤에 남는 신맛 나는 액체

변할 거란다. 이젠 나 자신을 끔찍하게 위할 생각이다!"

우리가 이 말에 반신반의하며 웃자, 캐리는 장난기 어린 눈빛을 반짝이며 말했다.

"그래, 내 이 손도 아주 곱게 가꾸고 말 거야!"

그러고 나서는 그녀가 되고자 하는 사랑스럽고 상냥하고 품위 있고 유쾌하며 티 한 점 없이 깔끔하게 차려입은 노부인의 모습을 생생하게 설명해주었다. 걸을 힘만 있어도 다시 정원으로 가서 흙 속에 손을 넣고 또 뭔가를 꼼지락거리며 일하리라는 것을 잘 알고 있던 우리는 이 말에 웃을 수밖에 없었지만, 캐리는 정색을 하고 말했다.

"아니, 절대 그런 일은 없을 게다. 슬픔 속에 지낸 날들이 정말 어리석게 느껴질 뿐이란다. 이젠 인생을 최고로 여기고 사랑하며 살 거다. 평생 동안 남을 위해 살았지만, 이젠 나 자신만을 위하며 살 생각이란다. 너희들은 상상도 못하겠지. 내가 늘 얼마나 나만의 시간을 꿈꿨는지. 내가 좋아하는 책과 잡지들을 실컷 보고, 자주색의 새 실크 드레스도 입어보고, 친구들 집도 방문하고 말이다. 그동안 수백 명의 사람들이 우리 집을 다녀갔지만, 정작 나는 내 즐거움을 위해 어느 누구의 집도 방문한 적이 없지 않니? 늘 무슨 일 때문에 찾아가 도와줘야만 했지."

하지만 이 회복기는 안정적이지 않았다. 여름이 지나는 동안 병은 계속해서 재발과 회복을 반복했는데 발병이 거듭될수록 그 증세는 점차 약해져갔다. 캐리는 질병과 싸워 이기고 있는 중이었다.

가을이 찾아왔고, 우리는 다시 삶의 현장으로 돌아갈 때가 되었다. 하지만 캐리는 이 산 위에 홀로 남아 지긋지긋한 질병과 싸워

이기고 말겠다고 결심했다. 캐리는 왕 아마가 그리웠지만, 이곳에 오기에는 그녀는 이미 너무 노쇠해져 있었다. 그녀는 정원을 손질하고 심부름을 해주던 집사와 홀로 그 집에 남아 여전히 쇠약한 몸으로 자신의 일을 감당하며 하루하루를 보냈다.

캐리가 그해 가을과 겨울을 어떻게 보냈는지는 그녀가 내게 보낸 편지를 통해 이야기를 이어나가야 할 것 같다. 캐리는 베란다에 누워 잎사귀들이 울긋불긋하게 물들고 낙엽이 지는 것을 바라보면서 천천히 회복되어갔다. 깊은 적갈색이 온 산을 뒤덮고, 보라색 과꽃이 활짝 피어났다. 그녀가 미국 고향에서 맞이하던 가을과 가장 흡사한 모습이었다. 캐리는 이 모든 아름다움 속에서 만끽하는 평화로움이 점차 원기를 회복하는 그녀의 몸속에 스며드는 것을 느꼈다.

마침내 캐리는 자리에서 일어나 조금 걸어 다닐 수 있게 되었다. 매일 그녀는 팔다리를 마사지하고, 일광욕을 하고, 식이요법을 지키면서 조금씩 먹는 음식을 늘려나갔다. 때때로 그녀는 뭔가 잘못 먹어서 몸이 다시 안 좋아지기도 했지만 그때마다 자신을 객관적으로 바라보고, 마치 그녀가 자신의 환자인 것처럼 우리에게 몸 상태를 상세히 기록한 보고서를 보내왔다. 이런 저런 실험의 과정을 거치면서 캐리는 스스로에게 가장 잘 맞는 식이요법을 알아냈고, 그 결과 더욱 빠른 속도로 회복해갔다. 그 전에는 양치류가 우거진 이 정원으로 나오기까지 계단을 거의 기다시피 했는데, 이제는 집을 나오면 바로 이어지는 자갈 깔린 산길도 산책할 수가 있었다.

그 후로 얼마 지나지 않아 이웃을 방문할 정도가 되었다. 골짜기에 모여 사는 백인들 중에는 회복기에 놓인 환자들도 몇몇 있었다. 이때부터 캐리의 편지는 자신의 근황 대신 그녀를 둘러싼 주변 사람들 이야기로 가득 차기 시작했다. 캐리는 꾸준히 그들을 방문했고, 곧 그들이 살아온 인생 역정을 알게 되었다. 때로는 그들이 앓고 있는 질병에 대해서도 편지를 썼는데, 나는 캐리가 유용한 처방전을 그들에게 아낌없이 알려주었으리라 확신한다. 캐리는 자기와 똑같은 병을 앓고 있던 미국인 중년 부인에게 더욱 관심을 가지게 되었고, 그녀에게 캐리가 할 수 있는 최대한의 도움을 주었다. 캐리는 그 부인이 회복되어가는 것을 만족스럽게 바라보았다.

겨울이 오자 캐리의 건강도 눈에 띄게 좋아졌다. 그녀는 이제 무언가를 하고 싶어 안달이 나 있었다. 예전의 낙천적인 기질과 주변에 대한 지치지 않는 관심도 다시 돌아와주었다. 그러나 완쾌된 것은 아니어서 의사는 맑은 산 공기 속에서 당분간은 더 생활해야 한다고 말했다. 캐리는 집을 개조하는 데 시간을 보내야겠다는 생각이 들었다.

집은 세월이 흐르면서 이곳저곳이 낡았고, 문짝을 비롯해 나무로 만든 부분은 흰개미들의 공격으로 너덜너덜해졌고, 암석으로 받친 곳은 여러 군데가 헐거워졌다. 게다가 이젠 컴포트도 집으로 돌아왔고, 페이스도 곧 올 텐데 집은 너무 비좁았다. 캐리에게 이 작은 집을 개조하는 것보다 더한 즐거움은 없었다. 비록 최소한의 경비로 해야만 했지만 말이다. 하지만 옛 자재들을 어떻게 사용할까 고심하는 것도 새로운 즐거움이었다. 뭔가를 새롭게 만드는 일, 더구나 가족들을 놀래키는 일은 재미 중의 재미였다. 캐리는 질병으로 잃었었던 관심과 옛 활력을 되찾아 일에 착수했다.

캐리는 중국인 토건업자를 불러 집 구석구석을 돌아보면서 목재와 돌 상태를 점검한 결과, 부서진 혈암만 빼고는 모두 상태가 양호했고, 커다란 들보도 모두 다시 사용할 수 있었다. 캐리는 작은 침실 세 개와 두 개의 아담한 욕실, 널찍한 현관, 큰 벽난로가 있는 거실이 있는 집을 설계했다. 그리고 그 아래로는 언덕의 경사를 그대로 살려서 두 개의 손님방을 만들었다. '아버지의 신약성경' 프로젝트를 염두에 둔 채, 이 모든 작업은 세심한 주의를 기울여서 믿을 수 없을 만큼 적은 돈으로 이루어져야 했다.

캐리는 가까운 빈집으로 거처를 옮기고 낡은 옛집이 다듬어지면서 새로운 틀이 세워지는 과정을 가슴 벅차게 지켜보았다. 온종일 캐리는 집 주변을 돌아다니며 돌들이 세워진 자리를 가늠하고 하루가 다르게 올라가는 담장을 보면서 기쁨에 들뜨곤 했다. 지붕부터 지하실까지 할 수 있는 한 전부 미국식으로 설계하고 지었던 것이다. 캐리는 일꾼과 함께 강가로 가서 벽난로에 놓을 부드러운 돌들을 주워 오기도 했다. 한 침실에는 작은 벽난로를 들여놓을 생각이었다. 캐리는 노년을 이곳에 와서 보낼 생각인 것 같았다. 마치 미국에서 지내는 듯한 느낌이 들게끔 말이다. 비록 그녀가 의식하지 못했다 하더라도, 마음 깊은 곳에서는 이미 잔인한 바다가 갈라놓은 미국과 이별을 했던 것이다.

이 겨울은 캐리에게 행복한 시간이었다. 뭔가 의미 있는 일을 하고 있다는 생각에 보람과 행복을 느꼈으며, 게다가 그녀의 몸과 마음 또한 건강을 되찾았다는 믿음이 들었다. 캐리는 가난하고 고통받는 사람들을 떠나 천혜의 자연 속에서 살고 있었다. 산 위에서 눈보라가 휘몰아치거나 모든 나뭇가지와 덩굴들이 얼음 옷을 입고 있을 때 태양이 등장하는 순간, 캐리는 이런 편지를 보내왔다.

"아름다움을 마치 내 일용할 양식처럼 먹고 마시면서 여전히 물리지 않을 수 있는 나에게조차 이곳은 눈부시게 아름답구나."

캐리는 그 겨울을 신나게 보냈다. 그곳에는 미국 어린이들을 위한 작은 학교가 있었는데, 캐리는 아이들과 터보건 썰매를 타며 즐거워했다. 나는 당시 그녀가 썰매에 가득 탄 아이들 앞에 앉아 밧줄을 두 손에 쥐고 짙은 눈망울을 빛내며 활짝 웃는 얼굴로 찍은 사진을 가지고 있다. 캐리는 어릴 때 이후로 해보지 못한 놀이를 하며 유쾌한 시간을 보냈다. 그녀 곁에 있으면 누구나 덩달아 즐거워지곤 했다.

8월이 되어 한 달간의 휴가를 맞아 우리가 그 산 위의 집으로 찾아갔을 때, 캐리는 수리를 마친 집에서 우리를 마치 성보다도 더 근사하고 멋진 곳으로 초대하는 듯 자부심으로 가득 차서 우리를 맞이했다. 창문에 드리워진 옥양목 커튼과 바닥에 깔린 깨끗한 매트, 그리고 집안 곳곳에 놓여 있는 푸른 화초 바구니와 갖가지 꽃 등, 캐리는 심혈을 기울여 집 안을 단장해놓았다. 이 집은 그녀의 집이었다. 그녀가 마음속에서 늘 꿈꾸고 품어왔던 미국의 이미지를 그대로 담아 드디어 이곳에 구현해놓은 것이다. 캐리가 얼마나 이 집을 애지중지했는지! 경사진 언덕 위의 나무들 사이로 작은 테라스가 있는, 잔디 위에 지은 작고 산뜻한 돌집은 정말 멋진 곳이었다. 무성한 나무들 사이로는 맞은편 산이 보였고, 그 뒤로 펼쳐진 산자락들 사이로는 먼 평야의 푸르른 경치가 아스라이 눈에 들어왔다. 돌집의 내부는 단순하고 조촐하기 그지없었지만,

깨끗하고 정갈한 분위기가 넘쳤고, 산바람과 안개로 늘 청량함을 유지했다. 이 시절 캐리는 살아생전 다시는 미국을 볼 수 없으리라는 생각을 때때로 품었던 듯하다.

여름이 지나자, 캐리는 어느 날 매우 진지하게 이제 충분히 놀았으니 일터로 돌아가야겠다고 말했다. 앤드류에게도 편히 쉴 수 있는 집이 필요했고, 캐리는 자신이 없는 그곳이 어떠하리라는 것을 짐작하고 있었다. 더구나 지난 여름에 컴포트는 미국인 청년과 결혼을 약속했고, 몇 달 후면 결혼식을 치러야 한다는 생각도 들었던 것이다. 페이스는 상하이에 있는 고등학교를 마치고 대학교에 들어가기 위해 미국으로 갈 준비를 해야 했다. 이 모든 일들을 앞두고 캐리는 마음이 바빠졌다.

겨울 내내 우리는 캐리를 세심히 살폈다. 캐리는 건강한 상태는 아니어도 일정한 컨디션을 유지했는데, 한때 금방이라도 부서질 것 같은 연약한 몸으로 간신히 하루하루를 버텼던 사람치고는 놀랄 만한 발전이었다. 캐리는 꾸준히 식이요법을 하면서 억지로 휴식을 취하곤 했다. 한편으로는 컴포트의 결혼식과 페이스의 미국행을 준비했다. 다시 찾아온 행복하고 분주한 시간이었다. 그녀에게는 행복과 분주함이 동의어였다.

봄이 찾아왔고, 결혼식은 그녀가 계획한 그대로 완벽하게 치러졌다. 실제 미국에 있는 어느 집의 잔디 위에서 가까운 친지와 친구들을 불러놓고 초저녁의 석양 아래 진행된 간소하고 유쾌한 결혼식과 똑같았다. 호리호리하고 어여쁜 신부, 컴포트가 흰 드레스를 입고 자연스럽게 걸어 들어오면 신랑이 면사포를 살포시 들어 올리는 이 모든 장면을, 이제 막 시작되는 새로운 삶을 캐리는 감격스럽게 지켜보았다.

컴포트와 페이스가 시작하는 새로운 삶은 캐리에게도 새로운 삶, 새로운 관심, 새로운 의욕을 가져다주었다.

캐리는 그날 눈같이 새하얀 숱 많은 곱슬머리를 높이 올리고 젊은 시절과 다름없이 생기 있는 짙은 눈망울을 빛내면서 앉아 있었는데, 그 모습은 어느 때보다도 아름답고 사랑스러웠다. 은빛 드레스를 입고 연분홍 카네이션을 한가득 안고 있었다. 그녀는 손수 만든 웨딩 케이크를 등나무 그늘 아래에서 젊은 신부가 자르는 모습을 흐뭇하게 지켜보았다. 결혼식이 모두 끝났을 때, 캐리가 매우 만족스러워하며 이렇게 말했다.

"미국에 있었어도 이보다 더 행복한 결혼식은 올리지 못했을 게야."

미국을 떠난 후로 8년의 시간이 지나갔다. 다시 안식년을 맞아 미국으로 갈 시기가 찾아온 것이다. 캐리는 미국을 다시 한 번 보고 싶은 열망과 지금 몸 상태로는 항해를 견디기 힘들 것이라는 의사 말대로 자신의 쇠약해진 몸 사이에서 어찌할 바를 몰라했다. 나는 캐리가 언제 마음을 접었는지 알지 못한다. 아마도 한순간에 내린 결정은 아니었던 것 같다. 캐리가 전혀 내색하지 않았기 때문에 거의 마지막 순간까지 우리는 캐리의 마음을 알지 못했다. 결국 캐리는 가지 않기로 결심했고, 앤드류는 페이스를 미국에 데려다주고 반 년이 지나 돌아왔다. 캐리는 그동안 혼자 집을 지키며 앤드류가 돌아올 때까지 할 수 있는 한 최선을 다해서 그의 자리를 대신했다.

　미국에 가지 않기로 한 그녀의 마지막 결정에 힘을 실은 것은 코넬리우스가 세상을 떠났다는 소식이었다. 캐리는 젊은 시절 자신에게는 늘 오빠 이상이었던 그의 사랑스런 얼굴을 떠올리면서 쉽사리 미국행을 포기할 수 있었다. 하지만 미국은 언제나 그녀의 마음과 기억 속에 생생하게 살아있을 것이다. 너무 많은 얼굴들이 가고 없었고 너무 많은 새로운 것들이 그곳을 채우고 있었다. 캐리는 미국 어디에도 그녀의 자리가 없다는 생각이 들었을 것이다. 에드윈도 일과 가정에 충실하느라 이제는 그녀를 필요로 하지 않았다. 그러나 캐리는 아직도 에드윈이 자신이 젊었을 때 돌보던 어린 아들인 것처럼 여전히 그에게 매주 장문의 편지를 써서 보냈다. 앤드류는 어린 손자손녀들이 어떻게 생겼는지 생각해본 적이 없지만, 캐리는 페이스에게 아이들이 머리카락과 눈은 어떻게 생겼는지, 그리고 어떻게 심술을 부리는지까지 세세한 것을 편지로 알려달라고 간청했다. 캐리는 손자들에 대한 애정이 매우 각별했으며, 그들 모두가 안전한 미국에 있다는 것이 큰 위안이었다.

　그렇게 캐리는 네모진 옛 선교사 사택에 홀로 남겨졌다. 항상 아이들의 떠드는 소리가 왁자지껄하게 들리고, 앤드류가 기도하고 공부를 하던 곳, 그러다가 먼 여정을 떠나곤 했던 곳, 많은 사람들이 찾아와 머물다 간 곳, 그곳에 이제 캐리만 홀로 남겨졌다.

　나는 한 번도 캐리가 무섭다는 말을 하는 것을 본 적이 없다. 집 안에는 정원 일을 돌봐주는 늙은 집사만이 아래층에 있는 하인들 숙소에서 기거했다. 캐리는 진기한 물건들을 파는 가게에서 낡고 녹슨 권총을 하나 샀는데, 어떻게 사용하는지도 몰랐다. 한밤중에 두어 번 침대에서 일어나 한 손에는 권총을, 다른 한 손에는 양초를 들고 집안 구석구석을 돌아본 적이 있을 뿐이었다.

황실을 전복시킨 첫 번째 혁명이 일어난 후 나라 전체가 혼란한 시기에 이렇게 그녀 혼자 지내는 것은 매우 위험한 일이었다. 그러나 이웃들은 캐리를 잘 알고 있었으므로, 캐리는 그다지 걱정하지 않았다. 캐리는 종종 두려운 일이 생길 경우엔 으레 먼저 분노가 치민다면서, 그렇기 때문에 두려워할 시간이 없다고 말했었다.

중국 정착 초기 시절, 어느 무더운 여름날 밤에 자고 있는 침실의 열린 창문으로 어떤 소리가 들리자 캐리는 자리에서 벌떡 일어나 침대 발치에 세워둔 가리개를 옆으로 젖혔다. 그랬더니 창가에 키 큰 중국 남자가 캐리를 사악한 표정으로 바라보며 서 있었다.

"당장 내려가지 못해!"

캐리는 금세라도 달려들 기세로 사납게 소리쳤다.

"우리 집에서 뭘 하는 게냐?"

캐리는 유행 지난 흰 잠옷을 입은 채 자그마한 체구로 그를 향해 달려갔고, 그는 잠깐 동안 동요하는 듯하더니 바로 뒤돌아 훔친 수건과 베갯잇을 냅다 던지고는 정원의 어둠 속으로 도망쳤다.

도둑이라면 지나치다 싶을 정도로 겁이 많았던 앤드류는 캐리의 야단법석에도 불구하고 침대에 그대로 누워 있다가 하는 수 없이 일어나 맨발로 도둑이 도망가는 걸 바라보았다. 캐리는 도둑을 쫓아 달려가면서 하인들을 소리쳐 불렀으나, 중국에서는 도둑들이 칼을 가지고 다닌다는 사실을 알고 있던 그들은 겁에 질려 일부러 늑장을 피우며 옷을 입었다. 하지만 캐리는 지네나 전갈 따위는 깡그리 잊은 채 달빛이 비추고 있는 이슬 내린 잔디 위를 맨발로 내달렸다. 캐리는 가까스로 담장에 닿아 도둑이 들고 달아나던 가방을 홱 나꿔챈 후 있는 힘을 다해 매달렸다. 마침내 도둑은 가방을 놓고 달아났고, 캐리는 정원 위에 흩어진 물건들을 주워 담아 집 안으로 들어왔다. 이 즈음 앤드류는 잠이 덜 깬 얼굴로 일어나 있었고, 하인들은 도둑이 떠난 걸 알고는 일부러 더 야단법석을 떨었다. 얼마 안 되는 옷가지와 침구류를 되찾아 가지고 돌아온 캐리는 의기양양해져서 다시 잠자리에 들었고, 앤드류는 그런 캐리에게 나무라듯 말했다.

"죽을 수도 있는 짓이었소. 그것만큼 어리석은 게 어디 있소?"

그럴 수도 있다는 생각이 든 건 캐리로서는 처음 있는 일이었다. 하지만 캐리는 이렇게 대답했다.

"그럴 수도 있겠죠. 하지만 누군가 내 집을 그런 식으로 침입한다고 생각하니 단지 화가 났을 뿐이라고요. 게다가 그 불한당 같은 작자가 당신 물건을 가지고 달아나는데 잠자코 보고만 있겠다는 거예요?"

난 캐리가 평생 동안 뭔가를 두려워한 적이 있다고 생각하지 않는다. 실제로 그녀는 육체적인 두려움과 소심함을 비웃는 사람이었다. 이것은 앤드류와 캐리 사이의 또 하나의 차이점이었다. 앤드류는 선교 사역을 할 때는 어떤 위험도 두려워하지 않는 반면, 그 외의 일에는 겁이 많고 소심했다. 캐리는 이 점을 이해할 수 없었다. 앤드류는 천성적으로 수줍음과 겁이 많고, 현실과 동떨어진 곳에서 살아가는 사람이었다.

XII
꽃 중의 꽃

 캐리는 비록 혼자 집에 남겨졌지만 외로움 속에 스스로를 가둬두지 않았다. 그녀는 매일 도처에 살고 있는 사람들을 찾아가 시간을 보냈고, 밤에는 완전히 녹초가 되어 돌아왔다. 그러나 그녀의 얼굴에서는 평온함과 만족감이 흘러넘쳤다. 나는 그녀에게 이때 무엇을 했는지 묻곤 했으나 캐리는 언제나 애매모호하게 대답할 뿐이었다.
 "그다지 뭐 특별한 일은 없었단다."
 그러나 말투만큼은 늘 밝았다.

내가 보기에 캐리는 예전부터 늘 해왔던 일인, 사람들을 방문하며 지냈었던 것 같다. 나는 캐리가 우리는 모두 신을 믿어야 하며, 그분이 기뻐하실 일을 하며 살아야 한다는 말 이상의 설교를 했을 것이라고는 생각하지 않는다. 신께서는, 남자들이 아내를 멸시하지 않고 사랑하기를, 여자들은 남편과 아이들을 위해 집을 잘 관리하기를 원하실 것이란 말을 전달했을 것이다. 캐리는 배움에 목말라 있지만 사회제도 때문에 교육을 받지 못하는 젊은 여자들에게 읽는 법도 가르쳤다. 또한 자신이 경험했던 다른 나라에 대해서 이야기하며 세상 돌아가는 일들을 가르치곤 했다. 나는, 평생 아기를 갖고 아기를 낳고, 그리고 초라한 집에서 집안일을 하는 게 전부인 이 단순한 아낙네들이 놀라 입을 벌린 채 넋이 나간 눈빛으로 캐리의 이야기를 듣곤 하던 모습을 아직도 기억한다. 캐리는 그들에게 별과 행성, 바다 등 신비로운 우주의 생성과 소멸을 이야기해주며, 그들이 이 광대하고 경이로운 우주의 일부라는 것을 직접 느끼게 해주었다. 나는 캐리가 태어날 때부터 불운한 환경 속에서 희망 없이 살아야 했던 여성들 외에 그 누구에게도 그토록 자애롭고 부드럽게 대하는 것을 보지 못했다.

하지만 캐리는 어린 소녀가 슬피 울며 전족을 하는 것을 보고는 그 엄마에게 격노했다. 캐리는 다시 한 번 완고한 설득으로 그 엄마의 고집을 꺾을 수 있었다. 그리고 아편 중독자를 구제하기 위해 혼신의 힘을 다하기도 했다. 또한 극심하게 저항하는 어떤 딱한 술주정뱅이를 상대로 불침번을 서다시피 하며 몇 주간의 집요한 설득 끝에 마침내 그의 마음을 돌렸다는 일화도 있다. 마침내 그는 자신과 가족이 지고 있던 빚에서 벗어나게 된 것을 캐리의 기도와 캐리가 믿는 종교 덕으로 돌렸다. 이 새로운 종교는 그를 새사람으로 만들기 위한 캐리의 열정적인 관심과 본성 속에서 강한 힘을 발휘했던 것이다. 그는 명쾌한 결론을 내렸다.

"그건 그렇게 되어야만 했지요. 어느 누구도 내가 어떤 놈이었는지, 우리 가족들이 굶어죽건 말건 상관하지 않았을 테니까요."

나는 캐리가 극복하기 어려워 보이는 일들을 할 때마다 힘든 과정을 즐긴다는 것을 믿게 되었다. 물론 처음엔 그 불쌍한 남자의 삶을 더욱 비참하게 만들었지만, 결국 그는 치유되었고, 다시 일을 시작해 가족을 부양했다.

캐리는 이 시절에 자신의 소소한 얘기들을 들어줄 친구를 갈망하는, 이미 가족들이 짐처럼 느끼는 나이 든 여자들에게 둘러싸여 있었다. 그들은 캐리의 여리고 인자한 마음을 잘 알고 있었다. 심지어 캐리는 화를 낸 후에도 그들에게 몇 푼의 돈과 음식, 외투를 만들어 입을 천 조각들을 쥐어주곤 했었다.

그들 중에는 여섯 아이의 엄마가 된 중국인 수양딸이 있었는데, 캐리는 그 아이들 한 명 한 명에게 각별한 관심을 보였다. 이 외에도 그녀가 방문하고, 그녀를 방문하는 많은 사람들과 이런저런 삶의 대소사에 대해 소상하고 긴 대화를 나누었다. 이렇게 풍부한 인생 경험을 가진 미국 여성이 소설을 썼다면, 아마도 어떤 백인들도 알지 못하는 삶의 이야기들로 책 20권 정도를 거뜬히 써냈을 것이다.

캐리는 사람들의 잘못과 죄악을 보는 동시에 그들에게 관대했고, 그들의 장점도 간파할 수 있었다. 그녀는 자신을 빗대어 우스갯소리를 하는 농담도 즐길 줄 아는 여유로운 사람이었다.

언젠가 그녀는 오르간 앞에 깔 러그를 하나 샀었다. 작고 예쁜 러그를 사기 위해 허리띠를 졸라매야 했지만, 그만큼 이 러그는 캐리의 마음을 즐겁게 해주었다. 어느 날 앤드류의 지인이 찾아왔다. 그 중국 남자는 기독교를 '신종교'라고 불렀는데, 둘은 이 화제를 가지고 한참 이야기를 나누었다. 얘기가 끝나고 남자가 가려고 일어서자, 앤드류는 배웅해주겠다고 하면서 걸으며 조금 더 이야기를 나누자고 했다. 때는 겨울이라 길 상태가 안 좋았기 때문에 앤드류는 다른 신발로 갈아 신고 올 때까지 기다려달라고 말했다. 그때 캐리는 위층에 있었는데, 앤드류가 올라오자 캐리는 함께 걷겠다고 나섰다. 그렇게 셋이 함께 집을 나서게 됐는데, 그 중국 남자는 조금 가다가 약속이 있다면서 샛길로 빠졌다. 캐리와 앤드류가 집에 돌아왔을 때 캐리의 야무진 눈은 금세 거실에서 뭔가가 없어진 것을 발견했다. 작고 예쁜 새 러그가 보이지 않았다. 앤드류와 얘기를 나누고 있을 때 그 남자는 새 러그를 보고는 탐을 냈고, 앤드류가 자리를 뜨자 기회를 틈타서 러그를 접어서 커다란 자신의 겨울 외투 속에 쑤셔 넣었던 것이다. 캐리는 아끼던 러그를 잃어서 속이 상했지만, 동시에 눈물이 나올 정도로 심하게 웃음을 터뜨렸다. 그 중국 남자가 경건한 얼굴과 진지한 음성 뒤로, 가슴팍에 러그를 숨기고 있었다는 걸 상상하니, 비록 그 행실은 캐리가 혐오하는 것이었지만, 그 희극적인 상황에 웃지 않을 수가 없었던 것이다. 그리고 이렇게 말함으로써 앤드류의 심기를 적잖이 건드렸다.

"그 사람이 당신에게서 이것저것 캐내는 부류가 아니길 바랄 뿐이에요. 만일 그렇다면 조만간 우리 집 살림은 거덜 나고 말 거예요!"

 캐리는 행동에 별다른 악의가 없는 한 늘 이처럼 관대했다.
 언젠가는 어떤 미국인이 분통을 터뜨리며 이렇게 말했었다.
 "중국 사람들이 우리한테 '외국인 악마들'이라고 소리칠 때마다 정말 화가 나요. 그들은 우리가 그들에게 득이 된다는 사실을 알아야 한다고요."
 캐리는 잔잔한 미소를 지으며 이렇게 대답했다.
 "그 사람들은 달리 우리를 어떻게 불러야 하는지 모를 뿐이에요. 언젠가는 내게 도움을 청하러 나이 들고 병든 부인이 찾아온 적이 있었는데, 그녀는 내 앞에서 머리가 땅에 닿도록 절을 하고는, 마치 여왕에게 하듯이 몸을 굽힌 채 '오, 존경하는 외국인 악마여, 제가 이렇게 당신의 도움을 청하나이다'라고 말했지요. 그들이 이 말을 어떤 상황에서 사용하느냐에 따라 다르게 해석될 수 있을 거예요."
 캐리는 이처럼 명쾌하게 해답을 제시했다.

 앤드류는 너무나 많이 변한 미국에 당혹감을 감추지 못한 채 여덟 달을 지내고 돌아왔다. 때는 제1차 세계 대전이 막 끝난 시기였다. 앤드류가 보는 미국은 전에 알던 미국이 아니었다. 그때까지 미국을 거의 천국처럼 생각했던 앤드류는 변한 미국을 보고 불안해했으며, 또한 선조들이 그 새로운 땅 위에 신대륙을 건설하고자 피땀 흘린 모든 노력과 세월들에 대한 회의가 찾아오기도 했다. 앤드류는 자신의 경험에 큰 의미를 부여하고 그것을 마음 깊이 품는 사람은 아니었다. 하지만, 그가 미국에서 받은 인상은 캐리에게도 조금씩 스며들어 캐리가 결국 전체 그림을 그릴 수 있게 되었을 때, 그것은 뭔가 잘못되고 비뚤어진 모습이었다. 미국은 그녀의 조국이 아니었던가!

캐리는 자신이 조국을 위해 무엇을 하기에는 이미 너무 늙고 아무 힘도 쓸 수 없다는 것을 안타깝게 생각하면서 우리에게 자주 이렇게 말하곤 했다.

"젊고 새롭게 내 인생을 다시 시작할 수 있다면 얼마나 좋을까. 그렇게 되면 내가 뭘 할지 예상할 수 있겠니? 난 외국인들이 들어오는 거점인 뉴욕으로 가서 그들에게 미국이 어떤 곳인지, 미국에서 살려면 어떻게 해야 하는지, 우리나라가 미국다움을 잃지 않으려면 그들이 어떻게 살아야 하는지 전하고 다닐 거란다. 지금 미국이 본모습을 잃은 게 다 그 때문이라는 생각이 드는구나. 너무 많은 사람들이 들어와 살면서 참된 미국인의 모습을 잃은 게지."

캐리는 거듭 말했다.

"삶을 다시 시작할 수만 있다면 미국을 위해 살 텐데. 내 아들이 그곳에 있다는 게 다행이고말고. 그 애가 미국을 위해 뭔가 할 테니까 말이야."

그 후 2년 동안 캐리는 줄곧 이 열망에 사로잡혀 있었다. 그녀는 현대적인 모습으로 변모한 미국을 다룬 기사나 글들을 닥치는 대로 읽으면서 미국이 직면한 궁지의 원인을 헤아리려고 노력했다. 한때 그토록 멋지고 평화롭던 그 땅이, 그래서 그녀로 하여금 저먼 나라의 불운한 사람들에게로 향하게 만들었던 그곳이, 지금은 그녀를 애타게 부르고 있는 듯했다. 캐리는 이미 노쇠해진 자신의 무력함 속에서 굉장히 슬퍼했고, 지금까지 거의 해본 적이 없는 조국을 위한 기도를 부단히 드렸다.

캐리는 자신의 몸이 점점 여위어가는 것과 극도의 무기력증이 덮치고 있다는 사실을 인지하지 못했다. 전에 앓던 질병은 아무 상처도 입히지 않은 채 그녀의 몸을 떠났고, 그녀는 자신이 먹는 양이 점점 줄어들고 있다는 것을 의식하지 못했다. 자신이 심할 정도로 여위어가고 있다는 생각이 들 때는 음식을 극소량밖에 먹을 수 없다는 자각을 할 때였다.

그러던 어느 날 갑자기 남아 있던 힘마저 모두 사라져 캐리는 자신의 방으로 걸어 올라갈 수도 없었다. 컴포트는 서둘러 미국에서 돌아왔다. 그녀의 눈은 어머니를 걱정하는 마음과 사랑으로 가득 찼다. 캐리의 상태가 예사롭지 않다는 것을 직감하고 있던 컴포트는 캐리의 심한 만류에도 아랑곳하지 않고 어머니가 나아질 때까지 그곳에 머물기로 결심하고는 곧 의사를 불렀다.

이번엔 정말 상태가 심각했다. 약해진 심장은 수술도 할 수 없을 정도였다. 어떤 희망도 품을 수 없는 경우는 이번이 처음이었다. 눈치가 빠른 캐리는 컴포트가 뭔가를 숨기고 있다는 것을 눈치채고는, 옛 고집이 발동했는지 쇠약한 몸으로 이렇게 소리치곤 했다.

"난 절대 죽지 않을 게다. 계획한 일들을 실행에 옮길 시간도 아직 갖지 못했단 말이다. 읽고 싶은 책들이 쌓여 있고, 또 나를 필요로 하는 사람들도 얼마나 많은데……."

캐리는 눈을 반짝이며 덧붙였다.

"내 손을 곱게 가꿀 시간을 가져야 하거든. 암, 이대로 죽을 순 없지. 품위 있는 노부인이 되어 예쁜 연분홍 드레스를 입고, 우리

손자손녀들의 멋진 할머니가 될 때까지 앞으로 10년은 더 좋은 세월을 가질 게야."

그러고 나서는 문득 자신의 허약한 몸 상태가 생각났는지 분이 섞인 어조로 신께 반항이라도 하듯 소리쳤다.

"어쨌든 페이스가 미국에서 돌아올 때까지, 그 아이를 다시 볼 때까지는 절대로 죽을 수 없어."

살기 위한 기나긴 투병생활이 시작되었다. 우리는 일꾼을 시켜 캐리를 등에 업게 하고 산 위의 돌집으로 향했다. 뼈만 앙상하게 남은 몸과 대적할 수 없는 정신의 소유자, 그녀의 변하지 않은 생기 어린 짙은 눈망울은 무성한 백발 아래 작은 얼굴 위로 담대하게 빛났다.

다시 한 번 캐리는 자신을 치유하기 위해 의연하게 대응했다. 타고난 건강했던 몸은 너무 자주 그녀의 의지 하에 불려나와 연거푸 질병에 맞서야 했고, 이번에는 그 의지가 절대로 말을 듣지 않을 것 같았다. 캐리는 이 사실을 잘 알고 있었다. 늙고 병든 몸이 곧 죽으리라는 사실에 분노와 불안한 마음으로 저항하는 날들이 며칠 지나자, 캐리는 꼭 필요한 말 외에는 침묵을 지켰으나, 그녀의 눈빛은 차마 바라볼 수 없을 정도로 무서웠다. 우리는 괴로움에 휩싸여 고개를 돌렸다.

그렇게 캐리의 저항은 막을 내렸다. 그녀는 모든 것을 체념하고 받아들였다. 그녀는 마치 자신의 몸을 무가치하고 무시할 만한 것으로 여기면서 마지막 몇 달 동안 정신이 원하는 것을 충족시키면서 보내기로 마음먹은 듯했다. 그녀는 모든 것을 잊고 평생 동안 마음 깊이 동경하고 사랑했던 아름다움 속에 머물면서 죽음에 대해서는 한마디도 하지 않았다.

캐리는 집을 둘러싼 나무에서 들려오는 새들의 감미로운 지저귐과 잔디 위에 드리워진 초록빛 그림자, 테라스에 피어 있는 백합의 우아함만 이야기했다. 황혼 녘에는 고요함 속에 누워 하늘에 떠 있는 구름과 골짜기의 경치를 바라보았다. 그녀가 앞으로 닥칠 자신의 마지막을 생각하고 있었는지는 나도 알 수가 없다. 캐리는 살면서 어떤 일이 닥치더라도 그것에 정면으로 맞서는, 자신의 삶에 의해 강하게 단련된 불굴의 의지를 가진 여성이었다. 캐리는 여전히 자신에게 어떤 표식도 보여주지 않는 신을 향해, 으레 죽음을 앞두고 신께 매달리는 따위의 감상적인 행동을 보이지 않았다. 캐리는 자신이 홀로 직면해야 하는 그 순간은 어느 누구도 정확히 말할 수 없다는 것을 깨달은 듯했다.

그러는 동안 삶에 대해 그토록 욕심 많고 열정적이었던 그녀가 삶의 끈을 느슨하게 놓아버린 것만 같았다. 여름의 끝자락에 우리는 캐리를 다시 강가의 집으로 데려갔다. 그때 우리는 그녀가 그곳에서 눈을 감으리라는 사실을 알고 있었다. 하지만 캐리는 적막한 분위기 속에서 무슨 생각을 하고 있는지 어떤 내색도 하지 않았다. 때때로 깊은 밤, 어둠이 내려앉으면, 캐리는 점점 창백해져서 자신의 곁을 떠나지 않는 컴포트에게 그 큰 눈을 돌린 후 어머니가 한때 자신에게 물었던 오래된 질문을 했다.

"얘야, 이게 죽음인 게냐?"

그러면 컴포트는 이렇게 소리쳤다.

"절대로 엄마를 죽게 내버려두지 않을 거예요!"

그러면 캐리는 웃으면서 말했다.

"넌 꼭 나를 닮았지. 나도 어머니에게 그렇게 말했었는데."

어느 날 캐리는 문득 이런 말을 했다.

"내가 즐겨 듣고 볼 것들이 아직도 많이 남았는데, 그토록 많은 즐거움과 기쁨들이 말이다. 너희들은 내가 얼마나 즐거움을 사랑했는지 모를 게다. 나는 빅트롤러*에서 나오는 음악을 듣고 싶단다. 아직 들어보지 못한 모든 종류의 음악을 듣고 싶구나."

우리는 빅트롤러와 몇 개의 레코드를 사러 항구도시를 다녀왔고, 그 후로 캐리는 음악을 들으며 누워 있곤 했다. 내가 모른다고 캐리가 생각했던 것은, 그녀는 분위기가 가라앉은 노래는 듣지 않는다는 것이었다. 누군가 '주께로 와서 쉬어라, 인내하며 그분을 기다려라'라는 찬송가를 틀어놓으면 캐리는 조용하고 의미심장한 어조로 이렇게 말하곤 했다.

"그걸 저리 치워라. 난 평생 인내심을 갖고 기다렸지. 결국 아무런 대답도 듣지 못했지만."

우리는 다시는 그 음악을 틀지 않았다. 이날 이때까지 나는 그 곡을 들을 수가 없다. 그 곡을 들으면 슬픈 목소리는 아니지만, 고요하면서 단호했던 캐리의 음성이 기억 속에서 재생되곤 했기 때문이다. 캐리는 이 시기에 신의 표식을 갈망해온 자신의 평생 숙제가 살아있는 동안에 이루어지지 않으리라는 진실과 대면하고 있었던 것이다.

마지막 때가 가까워옴에 따라 점점 기력을 소진해가는 캐리를

---

* 빅터 회사에서 만든 축음기

꽃 중의 꽃 319

돌봐줄 전문 간호사가 필요했다. 캐리를 어떻게 들어 올리고, 어떻게 간호해야 하는지 전문지식을 갖고 있는 사람이어야 했다. 전문가라는 사람들에게 알 수 없는 깊은 불신을 가지고 있던 캐리는 곁에 그런 사람을 두려고 하지 않았다. 캐리를 설득할 수 있는 유일한 핑계는 가족들이 밤낮으로 캐리를 돌보느라 너무 지쳤다는 것이었다. 캐리는 가족들을 조금이라도 쉬게 하려고 늘 노심초사했었다.

병의 독은 빠르게 그녀의 몸을 파고들어 청력과 시력이 몰라보게 나빠졌고, 가끔 의식이 거의 정상으로 돌아와 또렷한 정신으로 생활할 때도 있었지만, 거의 매일 잠만 자는 날들이 계속되었다.

나는 간호사가 처음 온 날을 잊을 수가 없다. 상하이에 있는 병원에 수소문해보았지만, 콜레라라는 전염병에 대해 잘 아는 사람을 찾기가 힘들었다. 그러나 마침내 우리가 보낸 지급 전보에 회신이 왔고, 어느 날 이른 아침에 한 간호사가 찾아왔다. 캐리 옆에서 밤을 지새며 앉아 있던 나는 계단에서 그녀를 맞이했는데, 그녀를 보자마자 내 마음은 깊이 가라앉았다. 과산화수소로 물들인 머리와 거친 피부를 지닌, 나이를 명확히 알 수 없는 영국 여자였다. 캐리가 가장 싫어할 만한 여자였다. 하지만 어쨌거나 그녀가 꼭 필요한 상황이었기 때문에 나는 그녀를 들어오게 해서 캐리에게 소개했다. 캐리는 희미해져가는 눈빛으로 영국인 간호사라고 말하듯 커다란 캡을 쓰고 있는 간호사를 빤히 쳐다보더니 캐리 특유의 직선적인 말투로 이렇게 물었다.

"머리 위에 왜 베갯잇을 뒤집어 쓰고 있는 게요?"

"원하신다면 캡을 벗겠어요."

간호사는 상냥하게 말했다.

"그럼, 벗어요."

간호사가 캡을 벗자, 캐리가 말했다.

"그 아름다운 머리를 왜 숨기고 있었던 게요? 고운 피부와도 잘 어울리는구만!"

이 당시 캐리는 간호사의 까칠한 얼굴을 제대로 볼 수 없을 정도로 시력이 좋지 않았다. 그러나 진심에서 우러나오는 캐리의 담백한 칭찬은 간호사의 마음을 움직였고 그녀는 머무르는 내내 캐리를 돌보는 데 온갖 정성을 다했다.

참으로 희한한 일은 이 관대하고 한없이 인간적인 여인의 마지막 순간에, 이제 자신의 삶은 끝까지 왔다고 생각하며 상하이까지 굴러오게 된, 닳을 대로 닳은 이 젊은 여인과 만났다는 것이었다.

캐리는 늘 그래왔듯이 관심과 연민을 가지고 간호사에게 사연을 물었다. 내가 생각할 때 그녀는 비도덕적이고 부정한 방법으로 인생 역정을 지나온 듯했다. 마지막 남은 양심과 자존심마저 제1차 세계 대전의 격랑 가운데 송두리째 사라져버렸다. 그녀의 기구한 사연 가운데는 불결하고 추잡한 부분들이 등장했지만, 캐리는 고개를 끄덕이며 자애롭게 수긍할 뿐이었다.

"암, 암, 그렇고말고. 아무 희망도 없이 암흑 같은 현실에서 좋은 사람이 되기가 얼마나 어려운지 난 잘 알고 있지."

그러다가 캐리는 특유의 방식으로 갑자기 화제를 바꾸곤 했다.

"자네가 춤 이야기를 하는 거로 봐서는, 폭스트롯도 잘 알겠구먼. 난 늘 그 춤을 구경하고 싶다네. 그 춤에 관한 책도 읽었지. 나를 위해 춤을 춰줄 수 있겠나?"

그러면 빅트롤러 위에서 재즈의 들쑥날쑥한 리듬이 흘러나오고, 캐리는 베개를 곧추세워 등을 기댄 채, 간호사가 빙빙 돌면서 춤을 추는 모습을 흥분과 기쁨에 넘쳐 바라보았다. 이 순간만큼은 캐리의 눈에서 죽음의 그림자가 걷히고, 옛 열정과 기운이 되살아난 듯 보였다. 춤이 끝나 간호사가 숨을 헐떡이며 의자에 앉으면, 캐리는 짐짓 전문가처럼 이렇게 말하곤 했다.

"참으로 멋진 춤이군. 우아하면서도 경쾌한 게 아주 좋아. 난 앤드류가 그동안 신에 대해 잘못 알고 있었다 해도 놀라지 않을 게야. 누구나 춤이나 통쾌한 웃음, 아름다움과 같은 삶의 행복하고 유쾌한 면을 선택할 권리가 있다고 믿거든. 내가 다시 살 수만 있다면, 그것들을 죄악으로 치부하는 대신 즐기면서 살 거야. 누가 알겠어? 신도 그것을 좋아하실지."

캐리는 잠시 생각에 잠기더니 이내 잠에 빠져들었다. 그랬다. 젊은 시절 캐리가 단호하게 내려놓았던 그녀의 천성은 지혜로 충만한 그녀의 말년에 다시금 제자리를 되찾았던 것이다.

캐리는 이 당시 앤드류에게 적잖이 반감을 보이며 그가 곁에 오는 것을 싫어했다. 그건 그를 쫓아버린다는 의미보다는, 그를 보면 다시 몸 상태가 안 좋아지고 정서적으로도 불안해졌기 때문이었다. 어떤 고민 덩어리가 그녀 안에서 다시 되살아나는 듯했다. 언젠가는 앤드류를 보더니 이렇게 중얼거렸다.

"그 오랜 세월을 잡아먹고도 그 책은 아직 완성되지 않은 게지……."

우리는 캐리가 앤드류를 볼 수 없게끔 멀리 떨어져 있게 할 수밖에 없었다. 앤드류는 적잖이 당황했지만, 충분히 수긍하며 따라줬다. 본래부터 캐리의 성격과 기분 변화를 전혀 이해하지 못했던 앤드류는 결국 마지막 순간까지도 그대로였다. 캐리는 의도적으로 신과 종교에 대한 모든 생각을 제쳐두고, 그녀가 그토록 사랑하고 충만하게 느낄 수 있었던 세상의 창조물들과 삶의 아름다운 면에 더욱더 집중했다.

우리는 캐리의 침대를 창가로 돌려서 그녀가 바깥 풍경을 볼 수 있도록 해주었다. 언젠가 캐리는 꿈꾸듯이 말했다.

"이제 와 생각하면 살면서 난 참 많은 좋은 것들을 누렸었지. 내 품에 어린아이들을 실컷 안아봤고, 정원의 살가운 흙내음 속에서 행복한 시간을 보냈고, 창문에 펄럭이는 러플 달린 커튼과 그 너머로 보이는 아름다운 언덕들, 계곡과 하늘, 책과 음악, 그리고 함께했던 사람들…… 내 인생은 좋은 것들로 가득 차 있었던 게야. 계속 살아갈 수 있다면, 이번엔 미국을 위해 내 삶을 바칠 텐데……."

당시 캐리가 갖고 있던 유일한 두려움은 페이스가 미국에서 돌아오기 전에 죽음을 맞이하는 것이었다. 하지만 페이스는 이 즈음에 돌아올 준비를 마쳤고, 캐리는 페이스를 기다리며 그때까지는 절대로 죽지 않으리라 마음먹었다. 점점 그날이 다가오고 있었다. 그러나 무리하게 기분을 내다가는 심장에 부담이 되어 자칫하다가는 큰일 날 수가 있었기 때문에 캐리는 평소처럼 매우 조용히 하루하루를 보냈다. 그러나 캐리는 대학을 갓 졸업한 젊은 딸이 죽음의 그림자가 잔뜩 드리운 집으로 돌아온다는 게 마음에 걸려 컴포트한테 선물로 받은, 은색으로 섬세하게 수를 놓은 연분홍 실크 드레스를 입혀달라고 부탁했고 머리도 예쁘게 손질했다. 침대 곁에는 장미꽃 봉오리가 예쁘게 장식된 사발까지 갖다 놓은 후 모든 준비가 끝났을 때, 캐리는 한 번도 하지 않던 부탁을 했다. 껌을 달라는 것이었다! 우리는 매판이 운영하는 상점에서 껌을 사 갖고 와 얼떨떨한 상태에서 캐리에게 건네주었다. 우리 중 어느 누구도 캐리가 껌 씹는 것을 한 번도 본 적이 없었다. 캐리는 아주 편안한 자세로 하얀 베개에 기대 앉아 있었다. 페이스가 왔을 때 캐리는 그곳에 앉아 매우 신나게 껌을 씹으며 눈을 반짝였다.

"내 딸이 이 늙은 애미를 보러 와주었구나!"

캐리는 3년 만의 상봉이 아니라 마치 어제도 페이스를 본 것처럼 자연스럽게 딸을 맞이했다.

"이렇게 나도 요즘 젊은 여자들처럼 껌을 씹는단다. 요즘 미국에서는 이게 유행이라지!"

우리는 모두 웃음을 터뜨렸고, 그렇게 순간의 긴장감은 눈 녹듯이 사라졌다. 캐리는 만에 하나 우리가 울음을 터뜨리지 않도록 계획적으로 웃게 만든 것이었다. 그녀의 슬픈 가슴이 금방이라도 부서질 듯한 몸을 더욱 산산조각내지 않도록 캐리는 슬픔에 맞서 스스로를 지켜내야만 하는 듯했다. 캐리는 페이스의 귀환을 조용히 받아들였고, 그로부터 며칠 지나지 않아 페이스가 그간 멀리 떠나 있었다는 사실조차 잊은 듯했다.

하루하루 캐리는 잠에 빠진 채 누워 있었다. 아주 가끔 힘을 그러모아 간신히 정신을 차리는 듯했다. 언젠가는 퉁퉁 부어 보기에도 딱한 두 손을 치켜들더니 뚫어지게 쳐다보면서 혼자 이렇게 중얼거렸다.

"결국 손을 곱게 가꾸지 못하고 가는군. 아마 다음 생에는······."

캐리는 자신의 죽음에 대해 단 한 번도 언급한 적이 없었다. 갑자기 잠에서 깨어 완전히 맑은 정신으로 곁에 있던 컴포트에게 이런 말을 했었다.

"얘야, 마지막 순간에 내가 두려워하거든 이 낡은 육체가 나를 상대로 꾀를 부리는 거라고 생각하거라. 그건 늘 나를 때려 눕히려고 했던 평생의 적이었지. 내 정신은 어느 순간에도 똑바로 정면을 응시하고 있다는 것만 기억하거라. 난 절대로 두려워하지 않으니까!"

그 후에 캐리가 다시 정신을 차렸을 때는 묘비명에 관해 얘기했다. 칭찬이나 찬사의 문구도 없어야 했고, 누구의 아내라든가, 어머니라는 말도 없어야 했다. 단지 그녀의 이름과 그 아래에는 영어와 중국어로 된 세 개의 성경구절을 적어 넣으라고 했는데, 승리를 알리는 마지막 구절은 바로 이것이었다.

'승리한 자에게는 내가 내 보좌에 나와 함께 앉게 하여주리라.'

그리고 다시 한 번 힘을 그러모아 이렇게 말했다.

"절대 슬픈 찬송가는 부르지 마라. 나는 환희에 찬 영광의 노래를 듣고 싶단다. 난 정말 죽고 싶지 않아. 해야 할 일들이 그렇게 많은데. 난 백 살까지 살려고 했었단다. 하지만 죽어야 한다면, 그래야 한다면, 기쁨과 승리 속에서 죽고 싶구나. 어쨌든 내 삶은 아직 끝나지 않았어."

마지막 유언이나 죽음을 알리는 징후 같은 것은 없었다. 캐리는 잠을 자면서 세상을 떠났다. 그녀의 영혼이 떠나가는 순간, 그녀의 얼굴에는 환한 미소가 떠올랐고, 잠시 후 깊디깊은 심연 속으로 가라앉았다. 그녀는 마치 우리로부터 멀찌감치 물러선 채 홀로 자신의 길을 떠난 것만 같았다. 우리가 할 수 있는 일은 생명력 넘치고 끊임없이 희비가 교차했던 그녀의 충만했던 삶을 기억하는 것뿐이었다.

우리는 캐리가 애지중지하던 연분홍 실크 드레스를 입힌 다음, 그녀 둘레에 은빛과 연한 금빛이 감도는 가을 국화를 뿌렸다. 캐리를 묻은 날은 잿빛 하늘 아래 바람이 불고 안개가 자욱한 가을날이었다. 캐리가 우리에게 불러달라고 했던 희망에 찬 노랫말은, 주변 어디에서나 흔히 볼 수 있는 불행하고 비참한 죽음에 맞서 필사적으로 저항하는 울부짖음에 대한 인명의 도전처럼 울려 퍼졌다.

우리가 알고 있는 그녀의 삶은 그렇게 막을 내렸다.

만일 캐리가 그녀의 삶을 본래 스스로 의도했던 바에 따라 평가하고자 했다면, 인생이 실패로 끝났다고 생각했을 것이다. 그녀가 맨 처음 시점에서 마지막을 볼 수 있었다면, 분명히 그것은 실패작이라고 불렀을 것이다. 신을 찾으려는 몸부림과 그녀가 지닌 다양한 정신 속에 존재하는 청교도적인 면을 심화시키는 일들은 결코 충족되지 못한 채 끝났다.

캐리의 민활하고 현실적인 삶의 자세 속에서는 결코 그런 것들이 만족스럽게 이루어질 수가 없었다. 아름다움 예찬론자이자, 미지의 것을 꿈꾸는 몽상가였던 캐리는 천성적으로 호기심이 많은 데다가 수수께끼 같은 면을 지니고 있었던 것이다. 캐리는 병든 자와 감옥에 있는 자들을 방문하는 사람이었고, 홀로 된 과부와 아버지가 없는 집을 찾아다니며 돌보는 자였으며, 배고픈 자를 먹이고, 우는 자 곁에서 함께 울고, 기뻐하는 자와 더불어 웃는 사람이었으며, 자신이 보다 좋은 사람이 되지 못하는 것을 자책하는 사람이었다. 캐리는 스스로를 나무라며 자신이 그토록 찾아 헤매는 신을 향해 이렇게 물었을 것이다.

"주님, 제가 당신을 위해 무엇을 하였습니까?"

그러면 신은 주저 없이 이렇게 답할 것이다.

"할 수 있는 한 다 이루었도다."

비록 캐리 자신은 삶이 아쉽게 끝났다고 생각할지라도, 그 삶의 굴곡을 목격했던 우리에게 그녀의 삶은 삶 그 이상이었다. 우리 중 누구도 그녀를 성인군자라고 생각하지 않는다. 그녀는 너무도 현실적이고, 활력과 유머가 넘치는, 정열적인 기질의 소유자였다. 우리가 알고 있는 사람 중에 캐리는 가장 인간적인 사람이었다. 연민에 넘쳐 감정을 주체하지 못하고, 신이 나서 아이처럼 좋아하고, 화가 날 땐 울분을 참지 못하는, 가장 복잡하고 다양한 내면을 지닌 여성이었다. 무엇보다 캐리는 우리에게 가장 좋은 친구이자 동료였다.

캐리가 그토록 사랑했던 미국을 이제 잘 알게 된 나는 그녀야말로 미국을 대표하는 꽃 중의 꽃이었다는 생각을 하게 된다. 마지막 순간까지 지칠 줄 모르는 젊은 정신과 내어주길 꺼리지 않는 한없이 넓은 마음, 빠듯한 생활 속에서도 삶의 아름다움을 쫓으며 열렬히 살 수 있는 능력을 지닌 그녀였다. 현실과 연결되지 않는 공허한 이상에는 결코 만족하지 않는 실제적인 이상을 꿈꾸던 그녀는 미국의 살과 피로 만들어진 그야말로 미국의 숨결이자 호흡이었다.

캐리가 다양한 방식으로 어루만졌던 수천 명의 중국인들에게 그녀는 바로 미국이었다. 얼마나 자주 나는 그들이 이렇게 말하는 것을 들었던가.

"미국인은 정말 친절하고 좋은 사람들이죠. 캐리가 미국 사람이거든요."

캐리가 외로운 선원을 비롯해서 어린 군인들과 모든 백인 남녀에게 베푼 정답고 사려 깊은 우정은 너무도 먼 그들의 나라를 대신하는 고향과도 같은 것이었다. 외지고 낯선 환경에서 성장하는 그녀의 아이들에게 캐리는 어떤 대가를 치르더라도 그들이 미국의 진정한 한 구성원으로 커갈 수 있도록 불행한 죽음이 없고 사랑과 질서로 넘치는 그들의 나라와 같은 환경을 만들어주고자 최선을 다했던 것이다.

그녀를 알고 있는 우리 모두에게, 이 여성은 미국 그 자체였다.

〈끝〉

타향살이 / 펄 S. 벅 ; 은하랑 옮김 고양 : 길산, 2011

344P. ; 125×187mm

영어서명 : The Exile
원저자명 : Pearl S. Buck
ISBN   978-89-91291-30-0 03840 : ₩14000

843.5-KDC5   813.52-DDC21   CIP2011003940

나폴레옹 전기

666 인간 '나폴레옹'
그는 알면 알수록 점점 커져만 간다(괴테)

역사상 그 누가 모스크바를 점령하여 아침 햇살에 빛나는 모스크바의 둥근 지붕들을 바라보았던가? 이 책은 너무나 잘 알려진 이름임에도 그동안 감추어져 있었던 영웅 나폴레옹의 진면목을 강렬하고 빈틈없이 요약했다. - 동아일보

펠릭스 마크햄 지음 / 값 13,000원

이야기 성서

기쁨과 슬픔을 집대성한 인류역사 소설
왜 인간은 에덴의 동쪽으로 돌아갈 수 없는가

노벨문학상 수상 작가 펄 벅 여사의 '이야기 성서'는 경건한 종교세계는 물론 인류역사의 시작과 그 과정을 특유의 유려한 필치로 흥미롭게 풀어낸다. - 조선일보

펄 S. 벅 지음 / 값 35,000원

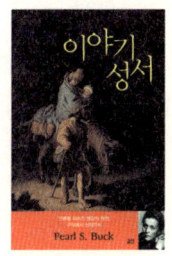

베토벤 평전

진실한 삶 속에서 울리는 풍요로운 음악 소리
베토벤, 자신을 버린 세상을 끊임없이 사랑하다

악성 베토벤의 인간적 삶에 초점을 맞춘 전기. 알코올중독자 아버지에게 혹독한 훈련을 받던 어린시절부터, 청각을 상실하는 말년에 이르기까지 베토벤의 삶과 예술을 풍성하게 되짚는다.
- 조선일보

앤 핌로트 베이커 지음 / 값 8,000원

상형문자의 비밀

고대 이집트의 눈부신 현장이 펼쳐진다

고대 이집트의 멸망과 함께 영원히 비밀 속으로 사라질 뻔했던 상형문자. 어느 날 로제타라는 작은 마을에서 회색빛 돌 하나를 발견하고, 돌 위에 씌어진 상형문자의 해독을 위해 모든 것을 바쳤던 사람들, 바로 그 정열적인 사람들의 신비로운 이야기.

캐롤 도나휴 지음 / 값 12,000원

두 개의 한국

**한국 현대사를 정평한 제3자의 객관적 시각
한반도 현대사는 진정한 핵의 현대사다**

전 워싱턴포스트지 기자 돈 오버더퍼의 눈을 통해 한반도 문제의 핵심인 청와대, 평양, 백악관 사이에서 비밀스럽게 진행됐던 수많은 사건들과 핵 협상의 숨막히는 담판 승부를 생생히 목도할 수 있다.

돈 오버더퍼 지음 / 값 22,000원

절대권력(전2권)

'돈 對 사상' 현대 중국의 고민

경제 발전에 따른 중국의 부패상을 담아낸 장편소설로 '사회주의적 인간의 건전성'을 찬미하는 데 목적을 두고 있다. 그러나 현대 중국의 갈등과 고민을 당성黨性과 자본주의적 배금주의와의 충돌로 이해하는 데 도움을 준다. - 중앙일보

저우메이선 지음

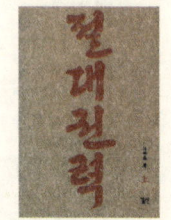

연인 서태후

꽃과 칼날의 여인, 서태후!

지금껏 수없이 오르내렸던 서태후란 이름은 각각의 입장에 따라 다른 해석이 나오게 마련이다. 환란의 청조 말기, 그녀의 이름은 어떤 사람에게는 시대를 밝히는 등불이었으며, 또 어떤 사람에게는 무시무시한 독재자의 이름이기도 했다. 중국에 대해 남다른 애정을 보였던 저자에게 '서태후'란 이름은 특히 매력적이었을 것이다. 이미 대작 《대지》로 친숙한 저자의 필치를 통해 '서태후'의 또 다른 모습을 볼 수 있다. 희대의 악녀로 불렸던 그녀를 순수하고 열정적인 여인으로 재탄생시키고 있는 것이다.

펄 S. 벅 지음 / 값 16,000원

매독

매독, 그리고 어둠 속의 신사들

콜럼버스가 신대륙 학살 끝에 얻어온 '창백한 범죄자' 매독은 근 5백년간 천재들의 영혼을 지배하며 복수의 칼날을 휘둘러왔다. 링컨의 알 수 없는 광증, 베토벤의 청력 상실, 히틀러의 유대인 학살, 니체의 폭발적인 사유, 이 모두가 만일 매독이 불러일으킨 불가해한 현상이라면, 과연 유럽의 역사는 어떻게 달라져야 하는가?

데버러 헤이든 지음 / 값 20,000원

해외 부동산투자 20국＋영주권

해외투자는 새로운 미래다！

이 책은 투자 천국인 미국, EU 영주권을 제공하는 몰타, 최저비용으로 고품격 삶을 누릴 수 있는 멕시코 등 20국가를 선별해, 금전적 이익과 생활의 자유를 한꺼번에 잡을 수 있는 새로운 차원의 투자 방법을 제시하고 있다. 새로운 경제 돌파구를 마련하고자 하는 소규모 투자자, 세계를 익히고자 하는 의욕적인 사업가, 새로운 문화 속에서 제2의 인생을 꿈꾸는 퇴직자라면, 이 책에서 해외투자에 대한 많은 정보를 얻을 수 있을 것이다.

헨리 G. 리브먼 지음 / 값 15,000원

누구를 위한 통일인가

전직 주한미군 그린베레 장교가 바라본 한국의 분단과 통일관

한국 격변기 때 중요한 역사의 현장을 온몸으로 체험한 주한미군 장교가 수기 형식으로 써내려간 이 책에서 우리는 흔히 접할 수 있는 딱딱한 이론이나 주관주의에 매몰된 자기 주장 따위는 찾아볼 수 없다. 마치 한 편의 소설을 읽는 듯한 착각에 빠지게 만드는 저자 특유의 생동감 넘치는 대화체 등의 현장 묘사와 그동안 배후에 가려져 왔던 숨겨진 일화들을 공개함으로써 읽는 재미를 배가시키며, 나무와 더불어 숲을 아우르는 객관적이고 심도 있는 분석을 통해 남북 분단의 근거와 실체, 주요 리더들의 특징과 그 역학적 관계에 대한 정확한 이해, 그에 따른 통일의 함정과 지향점 등을 설득력 있게 제시한 역작이다.

고든 쿠굴루 지음 / 값 17,000원

톨스토이 공원의 시인

톨스토이, 그리고 영혼의 집 짓기

1년밖에 살지 못한다는 시한부 인생을 선고받고 숲으로 들어와 20여 년을 더 살아낸 20세기 마지막 시인 헨리 스튜어트. 이 책은 삶과 죽음 사이를 흔들흔들 오가며 둥근 지붕의 집을 지은 헨리의 특별한 이야기이자, 세월 속에서 잃어버린 우리 영혼에 대한 기록이다. 마치 눈으로 보듯 세밀하게 그려진 집 짓기 과정은 부나 명예와 같은 껍데기가 아닌, 내면의 뼈대를 구축하는 일이 얼마나 중요한가를 역설하고 있으며, 곳곳에 녹아 있는 레오 톨스토이의 사상은 매순간 삶에 대한 뜨거운 애정으로 되살아난다.

소니 브루어 지음 / 값 15,000원

Dear Leader Mr. 김정일

김정일은 악마인가? 체제의 희생양인가?

2005년 타임지 선정 '세계에서 가장 영향력 있는 100인(지도자&혁명가 부문)' 중 한 사람. 세계 최초로 핵확산금지조약을 탈퇴한 지도자. 예술적 면모와 열정을 지닌 북한 최대의 영화 제작자. 개인 최대 코냑 수입자. 주민의 10%가 굶어 죽어가는 나라의 지도자. 이 책에서는 이처럼 아이러니 그 자체인 김정일을 정확하고 심도 있게 분석하고 있다.
김정일을 둘러싼 분분한 소문보다는 그의 행동과 북한 체제, 과거부터 현재까지 북한의 역사와 한국과의 관계를 정확히 분석하여 가정을 세우고, 그 가정을 증명한 이 책은 그간 어디서도 찾아볼 수 없던 북한 정밀 보고서이며, 김정일 정신분석 보고서다. 북한의 핵문제가 전 세계적으로 파급되고 있는 이때, 북한과 김정일을 정확하게 파악하지 못한다면 세계의 미래 역시 예측 불가능할 것이다. 저자는 이 책을 통해, 김정일을 사악한 미치광이로 매도하는 것은 지나친 단순화의 오류며, 김정일 또한 냉전이라는 덫에 사로잡힌 역사의 제물이고, 북한 공산주의라는 체제의 피해자임을 지적한다.

마이클 브린 지음 / 값 14,000원

통제하의 북한예술

'북한예술'을 발가벗긴 책

우리의 관심을 벗어날 수 없는 북한예술은 이 책에 잘 나타나 있다. 북한의 정치, 사회사를 통합적으로 관통한 저자의 서술에서 그 희미한 실체가 윤곽을 드러낸다. 또한 풍부한 자료를 통해 생생하게 전달되는 북한의 미술 세계에서 우리는 이제껏 품어온 궁금증을 하나씩 풀어가며 저자의 훌륭한 안내를 받게 될 것이다.

제인 포털 지음 / 값 18,000원

독재자의 최후

한 권으로 읽는 지상 최고 악당들의 세계사

역사의 굵직굵직한 사건 뒤에는 늘 독재자들이 그 모습을 감추고 있었다. 그리고 사건이 표면화되면 그들은 서서히 모습을 드러내고 자신의 나라와 국민들을 피의 전쟁으로 몰아넣었다. 예수 그리스도의 탄생 후 자행되었던 헤롯의 유아 대학살, 칭기즈칸의 공포적인 영토 확장, 전 세계를 전쟁의 소용돌이로 몰아넣은 히틀러, 그리고 최근 비참한 말로를 맞은 후세인에 이르기까지……. 이 책은 역사상 가장 잔혹하고 무자비한 독재 정권을 통해 피의 향연을 펼치고, 아울러 역사를 바꾸기까지 한 독재자들에 대해 조명하고 있다. 어떻게 해서 그들이 독재적인 성격을 띠게 되었는지, 그리고 어떤 최후를 맞게 되었는지를 알아보고, 국가와 국민들에게 행한 잔인한 실상들을 낱낱이 파헤치고 있다.

셸리 클라인 지음 / 값 18,000원

사요나라 BAR

일본 신사이바시 골목 어딘가의 '사요나라 바'를 무대로 펼쳐지는 이 소설은 사랑과 폭력, 그리고 상처와 연민을, 젊음과 중년세대를 아우르며 매우 실감나게 묘사하고 있다.
(야쿠자 조직원과 눈먼 사랑에 빠진) 영국인 호스티스 메리, (소설 '황금비늘'과 '캐리'의 주인공을 연상케 하는) 영험한 정신적 능력을 지닌 4차원적 인물 와타나베, (죽은 아내의 환상 속에서 살아가는) 외로운 일벌레 사토, 이들의 이야기가 탄탄한 구성과 함께 저자 특유의 현란한 문체에 힘입어 독자들은 어느새 '사요나라 바'에 앉아 삶의 진한 페이소스로 혼합한 위스키 한 잔을 맛보는 듯한 착각에 빠질 것이다.

수잔 바커 지음 / 값 14,800원

북경의 세 딸

소리 없이 찾아드는 대반점의 밤

이 소설은 거대한 중국 본토에 피의 강을 범람케 했던 '문화대혁명'의 물결 속에서 영혼의 갈등을 겪는 한 가족의 이야기다. 상하이 최고 대반점의 여주인으로 언제 무너질지 모르는 아슬아슬한 삶을 사는 어머니와, 조국의 부름과 자유 사이에서 번뇌하는 세 딸들……. 온갖 영화의 시기를 구름처럼 흘려보내고 대혁명의 습격으로 인해 문을 닫게 되는 대반점과 양 마담의 비참한 최후는, 인간이 역사에게가 아니라, 역사가 인간에게 가져야 할 도의적 책임은 무엇인가라는 엄중한 물음을 던지고 있다.

펄 S. 벅 지음 / 값 14,000원

사탄은 잠들지 않는다

장개석과 모택동의 내전으로 넓은 중국 대륙이 온통 피로 물들던 시대, 두 명의 아일랜드인 신부가 중국 광동성의 시골 마을에 갇히고 만다.
강인한 신의 사자이자 인간적 위트로 넘치는 피치본 대신부와, 무한한 애정 속에서 영혼의 치료사로 거듭나는 젊은 신부 오배논, 그리고 오배논에 대한 금지된 사랑으로 가슴 아파하는 아름다운 소녀 수란과 부모에게 버림받았다는 상처 속에서 삐뚤어진 공산당원이 되는 호산…….
이 네 사람 사이에 벌어지는 사랑에 대한 숭고하고도 슬픈 이 대서사시는, 수많은 극적인 사건이 숨겨진 한 편의 연극처럼, 읽는 이를 거대한 감정의 파도 속으로 몰고 간다.

펄 S. 벅 지음 / 값 9,800원

골든혼의 여인

황금빛 물결 속에 피어난 인연의 꽃

이스탄불에 석양이 질 무렵 황금빛 물결을 출렁이는 골든혼. 그곳에서 운명 지어진 아시아데와 존 롤랜드, 그리고 망명지에서의 새로운 연인 하싸. 어디로 흐를지 알 수 없는 세 남녀의 조국, 미래, 사랑의 물결을 따라 새 희망을 꿈꾸며 떠나는 인생 항로의 여정……

쿠르반 사이드 지음 / 값 12,900원

열두 가지 이야기

삶을 어루만지는 모성적 따뜻함의 정수

일상적 소재에서 신선한 감동과 삶을 이끌어낸 펄 벅의 열두 가지 단편이 담겨 있다. 단절과 소외, 의혹과 불안의 시대를 살아가는 현대인의 가슴속에 따뜻한 온기를 불어넣어 삶에 대한 긍정적인 감정을 일깨워주는 작품.

펄 S. 벅 지음 / 값 12,900원

만다라

리얼한 구성과 섬세한 내면 묘사
인도의 근현대사 안에서 펼쳐지는 대서사 로망스!

《대지》, 《북경의 세 딸》 등을 통해 전통과 현대가 충돌하는 지점에서 역동적으로 삶을 헤쳐 나가는 인물들을 보여주었던 펄 벅이 또 한 번 따뜻한 리얼리스트로 돌아왔다. 《만다라》는 그녀의 완숙한 통찰력이 돋보이는 후기작으로, 인도의 격동기를 살아가는 네 주인공의 인생과 사랑, 갈등과 번민을 그린다. 왕족의 권위를 벗어던지고 시대정신에 따르려는 라지푸트족의 위대한 왕 자가트, 체제순응적인 고결한 왕비 모티, 정체성을 찾아 방랑하다 오래된 나라 인도를 찾아온 미국여자 부룩 그리고 가난한 소수민족에게 영적 자비와 실질적 도움을 주려 애쓰는 영국인 신부 폴 등을 통해 시대와의 불화와 극복, 인종과 신분을 뛰어넘은 세기의 사랑, 주변국과의 전쟁과 영토분쟁의 현실, 환생으로 이어지는 인간의 끈질긴 관계 등을 생생히 보여준다.

펄 S. 벅 지음 / 값 12,000원

카불미용학교

눈물과 웃음, 그것이 우리들의 신입니다

아프간 여인들의 삶 속으로 들어간 데보라 로드리게즈의 다큐멘터리 기록 《카불미용학교》는 전쟁의 그늘 속에서 재기를 꿈꾸는 아프간 여성들을 위해 건설된 미용학교에서 벌어진 일들을 그린 논픽션 작품이다. 애절한 사랑을 가슴에 묻고 계약과 다름없는 결혼을 해야 했던 로산나, 그 외에도 미용학교 수업을 듣기 위해 탈레반 남편의 잔인한 폭력에 맞서야 했던 수많은 아내들처럼, 이 미용학교는 가슴 아픈 사연을 한 자락씩 품은 여성들의 이야기로 넘쳐흐른다. 이들은 미용기술과 더불어 우정, 그리고 자유가 무엇인지를 배워나가는 동시에, 전쟁의 포화 속에서도 인간적 삶을 놓치지 않으려 했던 아프간 사람들의 역사를 눈물과 웃음으로 털어놓는다.

데보라 로드리게즈 지음 / 값 10,000원

Miss 디거의 황금 사냥

부유한 왕자님을 만나고 싶은가? 그렇다면 당신은 먼저 공주가 되어야 한다! 결과가 존재를 규명하는 것이 아니라, 존재가 결과를 불러온다. 공주처럼 생각하고 공주처럼 행동하고 공주처럼 존재하라! 이 책은 저자의 수많은 시행착오와 심리학적인 고찰을 통해 부유한 남자들의 본질을 해부하고, 그 위에 당당한 여성만의 깃발을 꽂았다. 생생한 에피소드와 저자 특유의 재치 있는 입담, 명쾌한 해법은, 저자가 직접 실천해서 성공한 '공주의 공식'과 '공주의 법칙'을 살아있는 것으로 만들고, 당신이 이를 적용하느냐 안 하느냐에 따라 관계의 재앙을 불러오거나, 관계의 열매를 맺을 수도 있다는 저자의 주장에 강한 힘을 실어준다.

도나 스팽글러 지음 / 값 9,800원

새해

남편의 숨겨진 아이를 찾아 떠나는 길고 긴 여행

이 책의 이야기는 단순하지만 가혹한 질문에서 시작된다. "만일 당신의 남편에게 숨겨진 아이가 있다면 당신은 어떻게 하겠는가?" 어느 날 사랑하는 남편과 평온한 생활을 꾸려오던 로라의 집에 편지 한 통이 도착한다. '그리운 아버지께'로 시작하는 편지는 평온했던 로라의 행복을 송두리째 앗아간다. 배신감을 느끼면서도 남편을 사랑할 수밖에 없는 로라는 남편의 숨겨진 아이를 만나기 위해 긴 여행을 떠나고, 고통 끝에 그 아이를 자신의 세계로 받아들임으로써, 인간의 삶은 노력을 통해서는 결코 완벽해질 수 없으며, 상실과 슬픔을 메울 수 있는 것은 결국 또 다른 사랑뿐이라는 오래된 진실을 들려준다.

펄 S. 벅 지음 / 값 9,500원

피오니

**유대인 남자를 사랑해 비구니가 될 수밖에 없었던
한 중국 소녀의 가슴아픈 사랑 이야기!**

소설 《피오니》는 유대인 가정에 팔려간 어린 중국 소녀 피오니의 삶과 사랑을 다룬 이야기로, 펄 벅 특유의 인생에 대한 통찰과 인간에 대한 따스한 시선을 물씬 느낄 수 있는 아름다운 소설이다. 주인공 피오니는 주인집 아들 데이빗을 어린 시절부터 가슴깊이 연모한다. 하지만, 신분과 종교의 벽은 번번히 그녀의 사랑을 가로막는다. 게다가 데이빗은 어머니가 선택한 랍비의 딸 리아와 자신이 반한 중국 여인 쿠에일란 사이에서 갈등하는데…….

펄 S. 벅 지음 / 값 13,500원

동풍서풍

동양과 서양이 맞닿는 그곳에 당신이 있다

외국에서 서양식 교육을 받고 돌아온 의학자를 남편으로 맞은 중국 여인, 퀘이란이 전통적인 동양의 방식과 자유로운 서양의 방식 사이에서 갈등하다, 조금씩 조금씩 변화해가며 균형점을 찾아가는 과정을 그린 서간체 소설. 서양 여자를 아내로 맞으려는 퀘이란의 오빠와 전통을 고수하려는 기성세대 사이의 갈등, 또 변화에 직면한 20세기 초 중국인들의 사고방식과 생활풍습을 엿보는 묘미가 쏠쏠하다.

펄 S. 벅 지음 / 값 9,500원

여인의 저택

펄 벅의 수상(受賞) 소설들의 대부분은 중국의 평민인 농부들을 주로 다루고 있다. 그러나 이 작품은 부유하고 교양 있으며 깨어 있는 정신으로 다양한 인간사를 경험하는 대지주 집안의 이야기를 다루고 있다. 소설은 중국의 모든 주택과 마찬가지로 단층짜리 방들로 둘러싸인 안뜰이 모여서 서로 좁은 길로 이어져 있는 대저택을 배경으로 하고 있다. 작품의 주인공인 우 씨 일가는 그 안에서 각 개인의 삶을 존중하는 가운데 삼대가 모여 산다. 독자들은 이 소설을 읽어가는 동안, 펄 벅이 중국에 대한 이야기뿐만 아니라 전 세계인 누구나 공감할 수 있는 남녀관계를 다루고 있음을 알게 될 것이다.

펄 S. 벅 지음 / 값 14,000원

싸우는 천사

작가 펄 벅이 쓴 선교사로서의 아버지의 삶을 회고한 글

넓고 광활한 중국대륙을 복음화 시키겠다는 소명을 갖고, 중국으로 건너간 펄 벅의 아버지 선교사 앤드류는 혁명군의 총칼 아래에서도 자신의 선교의 소명을 결코 포기하지 않는 '투쟁하는 천사'였다. 그러나, 아내 캐리가 중병에 걸려 죽게 되고, 자신마저 젊은 선교사들에게 내몰려 강제 은퇴를 당할 위기에 놓이고 마는데……

펄 S. 벅 지음 / 값 14,000원

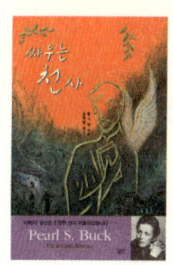

리앙家

중국과 미국을 배경으로 이어지는 전통과 진보 사이의 갈등

20세기 초, 미국에서 자라 성인이 된 리앙가의 4형제. 첫째와 둘째는 미국에서 태어났지만 본국인 중국으로 돌아가 살고 싶어 하고, 미국인으로서의 삶이 익숙한 셋째와 넷째는 공산주의화된 중국의 현실을 보고 이에 반대한다. 결국 이들은 중국으로 건너가게 되면서 변화에 대한 욕구, 전통을 지키고자 하는 과정에서 겪게 되는 좌절, 그 갈등 사이에서 정체성을 찾아가는 모습을 엿볼 수 있다.

펄 S. 벅 지음 / 값 18,000원

세 남매의 어머니

외딴 시골 마을에 사는 한 가난한 중국 여인네의 초상화. 20세기 초 중국의 어머니를 대변하는 이 여인네는 어느 날 갑자기 남편이 떠난 이후, 여자로서의 삶을 포기하고 어머니로서의 소박한 낙을 즐기며 살아가기로 하는데……. 이어지는 불행과 비극과 가난을 겪는 가운데에도 세 남매의 어머니로 꿋꿋이 삶을 헤쳐 나가는 모습에서 우리네 어머니의 모습을 엿볼 수 있다.

펄 S. 벅 지음 / 값 12,000원

용의 자손

참혹한 전쟁의 소용돌이에 휘말린 중국 농촌마을, 그 속에서 땅과 나라를 지키려 몸부림치는 한 가족의 눈물겨운 투쟁사

1차 세계대전의 화마를 피하고자 중립을 선언한 중국은 오히려 일본의 침략야욕에 노출된다. 폭력, 살인, 겁탈, 약탈 등 온갖 횡포를 일삼는 적군에 맞서 오로지 땅을 지켜내기 위해 싸우는 '링탄' 네 가족들. 그중 남자이면서도 왜군에게 성폭행을 당해 상처받은 영혼 '라오산'이 처참한 전쟁 속에서도 하늘이 정해놓은 운명 같은 사랑을 마침내 완성해가는 모습은 인간에 대한 작가의 진한 애정을 느끼게 한다.
40여 년을 중국에서 살아온 펄 벅은 《용의 자손》을 통해 전쟁이란 윤리나 정치의 반성으로는 치유될 수 없는 상처일 뿐이라는 사실을 다시 한 번 되뇌게 하고 있다.

펄 S. 벅 지음 / 값 15,000원

중국을 변화시킨 청년, 쑨원

삼민주의를 꿈꿨던 중국 최고의 모던보이

이 소설은 중국 근대화의 아버지이자 '삼민주의'로 널리 알려진 쑨원의 격동기를 재현한 작품으로서 펄 벅의 중국 역사에 대한 농후한 통찰력을 엿볼 수 있다. 19세기 말, 외국 열강의 식민지와 다름없었던 중국에서 쑨원은 조국의 근대화와 통일이라는 거대한 목적을 이루고자 했고 일생을 바쳐 자신의 과업에 충실했다. 이 책은 쑨원의 발자취를 연대순으로 세심하게 따라가면서, 중국의 영웅으로 추앙받을 수 있었던 높은 이상과 참된 정신, 나아가 그의 인간적 고뇌를 충실하게 그려냈다.

펄 S. 벅 지음 / 값 9,000원

여신

"하나의 사랑이 또 다른 사랑의 자리를 대신할 수는 없어. 각각의 사랑이 나름대로 풍요로워질 뿐이지."

한 남자의 아내로, 아이들의 엄마로 살아온 중년 여인 에디스. 평범했던 결혼 생활이 끝나자 갑작스런 외로움과 혼란에 빠져 지내던 중 노년의 철학자와 매혹적인 청년을 만나게 되면서 한 여성으로서의 삶과 진정한 사랑을 추구하는 여정을 시작하게 된다. 여성 내면의 심리묘사가 돋보이는 자전적이고도 철학적인 사랑에 대한 탐구.

펄 S. 벅 지음 / 값 9,500원

城의 죽음

영국의 고성古城을 뒤흔들어놓은 신대륙의 사랑!

왕의 후손으로 5백 년 넘은 스타보로 성을 상속받은 리처드 경은 전통과 영속성이라는 영국적 가치를 소중히 여기는 늙은 성주다. 그러나 바다 건너 신대륙에서 현대화의 활기찬 물결이 밀어닥치면서 성을 유지할 수 있는 수입원을 잃고 몰락하게 된다. 어느 날, 평등과 합리라는 새 가치를 추구하는 미국 청년 블레인이 이곳을 찾아든다. 얼마 안 가 그는 이 성의 비밀을 간직한 아름다운 하녀 케이트와 사랑에 빠지게 되는데……. 영국의 고성(古城)이라는 특별한 공간 안에서 풀어낸 이 소설은 수천 년간 얽혀온 성의 슬픈 비밀과 젊은 남녀의 희망적 사랑을 통해 새로운 미국적 가치와 깊은 영국적 가치의 합일에 대한 염원을 드라마틱하게 풀어가고 있다.

펄 S. 벅 지음 / 값 12,000원

건너야 할 다리

《건너야 할 다리》는 살면서 겪는 여러 일들, 그러니까 사랑과 이별, 낙천적인 소망과 슬픔, 그리움과 쓸쓸함이 잔잔하게 그린 소설이다. 자극적인 사건 없이 사람들과 부대끼면서 느끼는 감정들과 회환을 그린 소설이다. 몸 담고 있는 세상을 충실하게 껴안는 소설이면서, 눈에 보이지 않는 세상에 말을 거는 소설이다.

펄 S. 벅 지음 / 값 14,000원

어서 와요, 나의 연인

**잔잔하고도 뜨거운 갠지스 강변,
4대에 걸쳐 흐르는 영혼과 자유의 드라마!**

펄 벅의 대표작 《대지》에 비견할 만한 웅장한 스토리에 종교와 영혼의 자유라는 심도 깊은 주제를 다룬 이 작품은, 인도에서 펼쳐지는 한 가문의 4대에 걸친 잔잔하고도 열정적인 드라마를 다채롭게 수놓아간 보기 드문 대작이다.
19세기의 마지막 10년이 남은 시점, 뉴욕의 성공한 사업가인 맥카드, 사랑했던 아내 레일라를 잃고 외아들 데이빗과 인도행을 결정한다. 깊은 상실감 가운데 인도 방문에서 영적인 감복을 받은 그는 선교사를 키워 인도에 복음을 전파하고자 한다. 그러나 이는 엉뚱한 결과를 낳게 되는데…….

펄 S. 벅 지음 / 값 15,000원

숨은 꽃 (가제, 2011년 10월 출간 예정)

"주일미군 소위와 일본 여대생의 이루지 못한 사랑 이야기"

이 소설은 전후 점령군으로 일본에 부임한 미군 소위 앨런 캐네디와 꽃다운 일본 여대생 조스이 사카이의 사랑 이야기이다. 조스이에게 첫눈에 반해버린 앨런은 그녀의 사랑을 얻어내지만 두려움 없던 이들의 사랑은 미국에서 엄청난 시련을 겪게 된다. 유색인종과의 결혼을 반대하는 부모의 극심한 반대에 무릎을 꿇고 만 그들의 사랑이 남긴 것은 숨은 꽃, 아니 숨을 수밖에 없었던 아름다운 꽃 한 송이였다.

펄 S. 벅 지음

약속 (가제, 2011년 11월 출간 예정)

용의 자손들, 죽음과 약속의 땅 버마로 향하다!

일본의 식민지배 하에서 강인한 군인으로 성장한 라오산은 '승'이라는 새로운 이름으로 운명의 연인 메이리와 버마 밀림의 전장에 몸을 던진다. 언제 끝날지 모르는 전쟁의 고통과 약속 없는 미래 속에서도 두 사람은 서로를 의지한 채 사랑을 키워가는데…….
이 작품은 세계1차대전의 소용돌이에 휩말린 링탄 가족의 눈물겨운 역사를 그려낸 〈용의 자손〉의 2부 격으로, 참혹한 포화 속에서도 약속의 땅을 개척해가는 두 젊은이의 운명적 사랑, 그리고 목숨을 건 투쟁을 그려낸 또 하나의 역작이다.

펄 S. 벅 지음

펄 벅 시리즈

노벨문학수상작가
펄 벅이 돌아오다!

따뜻한 사랑과 화해를 향한 갈구, 역사와 인간에 대한 깊이 있는 시선으로
20세기의 고전을 빚어낸 "꿈의 스토리텔러 펄 벅"

기쁨과 슬픔을 집대성한 인류역사 소설
이야기 성서

꽃과 칼날의 여인, 서태후!
연인 서태후

소리 없이 찾아드는 대반전의 밤
북경의 세 딸

새해

동풍서풍

싸우는 천사

세 남매의 어머니

청년 쑨원

城의 죽음

어서 와요, 나의 연인

여자의 눈물은 사탄이 소유한 최고의 무기
사탄은 잠들지 않는다

삶을 어루만지는 모성적 따뜻함의 정수(精髓)
열두 가지 이야기

가늠할 수 없는 억겁의 사랑 그리고 꿈
만다라

피오니

여인의 저택

리앙家

용의 자손

여신

건너야 할 다리

타향살이

2012년까지 펄 벅의 전집이 도서출판 길산에서 출간됩니다.

펄벅문화원 Pearl S. Buck Literary Institute

펄 S. 벅 1892~1973

인간의 삶과 숙명적 굴레를 리얼리즘 서사로 길어올린 작가 펄 벅은 미국 웨스트버지니아에서 태어났다. 생후 3개월 만에 장로교 선교사인 아버지를 따라 중국으로 건너간 그녀는 어머니와 중국인 왕王 노파의 보살핌 속에서 영어와 중국어를 동시에 깨우치며 동서양의 감수성을 자연스럽게 체득한다. 이후 미국의 랜돌프 메이컨 대학교를 우수한 성적으로 졸업한 뒤 다시 중국으로 돌아와 남경대학교의 교수가 되었다.

1917년 농업기술박사인 존 로싱 벅과 중국에서 결혼하여 정신지체인 딸 캐롤을 낳았는데, 그 딸에 대한 깊은 죄의식과 연민의 감성은 창작에 커다란 동기가 되었다. 《대지大地》(1931)로 1938년 미국 여류작가로는 처음으로 노벨문학상을 수상했다.

1967년 한국 경기도 부천 소사에 전쟁고아와 혼혈아동을 위한 복지시설인 '소사 희망원'을 건립하였다. 이를 모태로 2006년 펄 벅 기념관이 부천시에 개관되었다.

옮긴이 은하랑

영국 에딘버러 대학교 문예창작학 석사 졸업 (수석)

영국 The Grierson Verse Prize 수상
역서 《의사결정의 가이드맵》, 《사요나라 Bar》, 《사탄은 잠들지 않는다》, 《어서 와요, 나의 연인》 외 다수
시집 《너는 당신을 계단처럼 기억한다》